앵무새의 정리

앵무새의 정리

드니 게즈 장편소설
문선영 옮김

1

자음과모음

수학의 역사에 대한 끝없는 경의를 담아낸
드니 게즈의 열정에 다시 빠져들다

방금 새벽잠 깬 아이를 다시 재우고 책상 앞에 다가앉는다.

잔잔한 충만 속의 숨죽인 일렁임…….

이 작품과의 첫 만남에서도 내 마음이 꼭 그러했다.

타임머신을 타듯 시간은 잘도 흘러 햇수로만 벌써 10년이 지났다. 수학역사소설이란 낯선 분야의 책, 그것도 600쪽이 훌쩍 넘는 원서를 처음 건네받았을 땐 '미안하게도' 절로 긴 한숨이 흘러나왔고 묵직한 두통과 함께 은근슬쩍 후회가 밀려왔었다.

가슴팍에 돌덩이를 얹은 듯 막연한 부담감에 단 한 줄 번역하는 데만 몇 날 며칠을 끌다 야금야금 훑어 내리기 시작했다. 어느새 한 장이 두 장 되고 두 장이 세 장 되면서 말 그대로 사전이 걸레짝 되고 엉덩이에 굳은살 박이도록 꼼짝없이 책상에 붙어 앉아 숱한 날밤을 지새우며 고대 그리스 시대부터 현대에 이르는 위대한 수학자들과 켜켜이 만리장성을 쌓았던 기억은 아직도 생생하다.

그러나 '원고는 가고 후회는 남는 것'. 1998년 여름, 최종 원고를 출판사에 넘긴 후 인쇄기를 거쳐 세상에 나온 나의 첫 작품은 너무도 낯설고 거칠었다. 벅찬 감격보다는 지긋한 회한이 가슴속에 꽉 차올랐다. 그런데 참으로 다행스럽게도, 초판이 출간되자마자 당시로선 생소하기만 했던 이른바 수학소설의 새 지평을 열었다는 세간의 과분한 평가와 더불어 독자들의 적지 않은 관심과 사랑을 오랜 시간 누릴 수 있었다.

그리고 또다시 이렇게 한층 다듬어지고 매끈해진 모습으로 거듭나게 되었다. 이번 개정 작업을 통해, 흔한 말로 10년 묵은 체증이 내리듯 마음속 빼곡히 쟁여져 있던 오랜 아쉬움과 미련이 말끔히 해소된 것만 같다. 분명, 전보다 편안한 마음과 세심한 눈길로 책 속 등장인물과 에피소드를 맞댈 수 있었고, 수학의 역사에 대한 끝없는 경의를 담아낸 드니 게즈의 열정이 가슴 벅차게 전해져 오기도 했다. 이러한 변화가 독자들에게도 오롯이 전달되었으면 하는 바람을 조심스레 가져 본다.

끝으로, 내게 지난날의 부족함과 미숙함을 조금이라도 만회할 기회를 주신 자음과모음에 감사드린다. 아울러, 누구랄 것 없이 이 작품을 즐기는 동안 비록 수학에 문외한이라 할지라도, 한 번쯤은 스쳐 지났을 법한 여러 수학자들의 다양하고도 녹록지 않았던 삶의 면면을 통해 학문에 대한 열의와 진정성을 발견해 낸다면, 그리하여 수학에 대한 거리감을 덜고 친근감을 더하는 계기가 된다면, 더 이상 바랄 게 없다.

하얀 눈이 고마운 날
문선영

차
례

1권

01
·
파란 머리 앵무새

막스는 그날도 여느 토요일과 다름없이 클리냥쿠르 벼룩시장을 둘러보기 위해 집을 나섰다. 몽마르트르 언덕에서 북쪽으로 좀 더 걸어 올라가자 벼룩시장이 눈에 들어왔다. 레아가 지난주 페레트가 사 준 나이키 운동화에 흠이 있는 것을 발견하고는 다른 것으로 교환했던 바로 그 상점을 찾은 막스는 진열된 물건들을 죽 훑어보더니 다시 그곳을 나와 대형 창고 안으로 들어갔다.

산더미처럼 쌓여 있는 잡동사니들을 막 뒤지려는 순간, 한쪽 구석에서 얼굴이 벌게진 채 식식거리고 있는 두 남자를 보았다. 막스가 보기에 둘이 싸우는 것 같았다. 그렇다면 자신이 상관할 바가 아니었다. 그때 앵무새 한 마리가 눈에 띄었다. 두 남자는 바로 그 앵무새를 붙잡으려던 것이다. 앵무새는 커다란 부리를 휘두르며 저항했다. 두 남자 가운데 덩치 작은 쪽이 먼저 앵무새의 날개 끝을 움켜쥐었다. 그러자 앵무새는 재빨리 몸을 돌려 그의 손가락을 피가 날 정도로 깨물었다. 막스는 작달막한 남자의 입에서 비명이 터져 나오는 것을 보았다. 그 순간 함께 있던 키 크고 우락부락하게 생긴 남자가 주먹으로 앵무새의 머리를 사정없이 갈겼다. 앵무새가 비틀거리더니 "살려줘…… 살려줘……" 하고 절규하는 듯했다. 한 남자가 부리 망을 꺼냈다. '앵무새의 입을 막다니!' 막스는 그들에게 곧장 달려들었다.

∗

같은 시각 라비냥가에서는 페레트가 지독한 폐유 냄새에 억지로 숨을 참으며 황급히 차고 방 안으로 들어오고 있었다. 그녀는 커튼을 걷고 침대에 누워 있던 뤼슈 씨에게 편지 한 통을 내밀었다. 겉봉에는 엄청나게 큰 우표 한 장이 붙어 있었다. 자세히 보니 브라질 우표였다. 페레트는 그 편지가 몇 주 전쯤 발송된 것 같다고 말했다. 우표에 찍힌 소인을 보니 마나우스라는 브라질의 한 도시에서 온 것이었다. 하지만 뤼슈 씨가 아는 사람 중에 브라질에 사는 이는 없었다. 뿐만 아니라 마나우스라는 곳은 이름조차 생소했다. 그러나 분명 그 앞으로 온 편지였다.

친애하는 πR에게
자네 이름을 이렇게 쓴 걸로 보아 내가 누군지 알겠지? 놀라지 말게. 나야, 엘가르. 지난 50년 동안 한 번도 만난 적 없는 자네의 옛 친구. 그래, 따져 보니 벌써 50년이란 세월이 흘렀군.
기억나나? 우리가 수용소에서 탈출을 감행한 이후 서로 헤어지게 된 것이 1941년이었지, 아마. 언젠가 자네도 말했던 것처럼 자넨 아직 시작하지도 않은 전쟁을 좇아 떠나고 싶어 했지. 하지만 난 사실 유럽을 떠나고 싶었네. 그 지긋지긋한 전쟁을 끝내고 싶었어. 결국 그렇게 하고야 말았지만.

어쨌든 자네와 헤어진 뒤 난 아마조니아로 향하는 배를 탔고, 지금까지 이곳에 살고 있네. 현재 있는 곳은 마나우스 근처인데, 물론 자네도 얘기 들은 적 있겠지만, 지금이야 별 볼 일 없어도 한때 고무 산지로 이름을 떨치던 곳이지.

오랜 세월이 흐른 지금에 와서 자네에게 편지를 하는 이유가 자못 궁금할 테지? 그 이유는 다름 아니라 조만간 자네 앞으로 한 트럭분의 책이 도착할 거라는 사실을 미리 알리려는 걸세. 왜 하필 자네냐고? 그건 우리가 한때 세상에서 둘도 없는 친구였고, 또한 내가 아는 사람들 가운데 유일하게 자네가 서점을 운영하고 있기 때문이지. 실은 내가 소장하던 책들을 좀 보내려 하네. 내가 가진 수학 관련 서적 모두를 말이야. 무게로 치면 수백 킬로그램쯤 될 걸세.

'문학'의 값진 보물이 모두 거기에 있다네. 자넨 내가 수학을 문학이라고 표현하는 데 대해 분명 의아해하겠지. 장담하건대 그 책들 안에는 우리 시대 최고의 소설가들의 작품만큼이나 가치 있는 이야기들이 들어 있다네. 페르시아의 오마르 하이얌이나 알투시, 이탈리아의 타르탈리아, 프랑스의 페르마, 스위스의 레온하르트 오일러 같은 수학자들의 이야기 말일세.

그 밖에 다른 이야기도 많아. 수학자뿐만 아니라 바로 수학에 관한 이야기 말이야. 물론 내 관점에 동조할 필요는 없네. 사실 자넨 수학이라는 학문에서 슬프도록 지겨운 진리만을 보는 숱한 수학자와 다름없을 테니.

혹여 자네가 이 수학책들 가운데 한 권이라도 펼치게 되는 날이 오면, 내게 '이 부분에서는 어떤 이야기를 하고 있느냐'고 물어봐 주게. 그러면 난해하고 지루하기 짝이 없는 수학도 완전히 새로운 시각으로 바라보게 될 테고, 훌륭한 소설 작품에 대해서조차 꼬투리를 잡는 자네같이 까다로운 독자도 크게 만족할 수 있을 거라 확신하네. 자, 이 얘기는 이쯤에서 그만하지.

여하튼 머지않아 자네 앞으로 배달될 상자 속에는 전 시대를 통틀어 가장 훌륭하고 값진 수학책들이 들어 있다네. 그것은 지금까지 하나로 정리된 적이 없는 것으로 개인 소장품으로는 가장 완벽한 수학 전집이라네.

그런데 내가 어떻게 해서 그 전집을 구할 수 있었는지 궁금하지 않나? 자네야 그쪽 방면에는 전문가이니, 직접 그 책들을 보면 시간이나 노력 면에서 어느 정도의 대가를 치렀을지 짐작할 수 있을 걸세. 물론 금전적인 면도 무시할 수 없지. 얼마나 많은 돈이 들었는데. 그 상자 안에는 그야말로 수년간에 걸친 추적 끝에 간신히 손에 넣은 5세기경의 고서 원본들도 더러 있다네.

내가 그 책들을 어떻게 구했냐고? 거기에 대해서는 말하지 않겠네. 이런 나를 이해해 주게. 물론 책을 수집하는 과정에서 늘 정당하고 합법적인 수단과 방법만 동원되었던 것은 아니지만 그렇다고 책이 피로 얼룩지는 일은 결코 없었다네. 간혹 여기저기에 술을 흘린 자국이라든지 수상쩍은 타협의 흔적은 있을 테지.

한 권씩 골라 모으는 데도 수십 년이 걸린 이 책들은 오직 나만을 위해 존재했네. 매일 책 속에 파묻혀 긴긴 밤을 보냈지. 희열로 충만한, 적도의 습하고 뜨거운 밤을 말이야. 정말이지, 옛날에 우리가 학교 근처 여관방을 전전하며 열띤 토론을 벌이던 그때와 같은 느낌이었다네. 얘기가 약간 빗나갔군.

끝으로 한마디만 더 하지. 자네가 예전과 다름없다면, 분명 돈에는 관심이 없을 테니 책을 팔아 치우는 일은 없을 거고, 수학에 전혀 흥미가 없을 테니 책에는 손도 대지 않을 거고, 따라서 책을 훼손하는 일은 없겠지.

1992년 8월, 마나우스에서

옛 친구 엘가르로부터

마지막에 그가 약 올리듯 던진 말은 사실이었다. 엘가르 그로루브르는 예나 지금이나 전혀 변하지 않았다. 뤼슈 씨는 처음으로 친구의 별난 계획에 동조하지 않겠다고 다짐했다. 문제의 그 수학책들을 받으면 일단 책을 읽고 나서 팔아 치우리라 단단히 마음먹었다. 그로루브르는 바로 그 점을 예상했던 것이다. 뤼슈 씨가 책을 팔더라도 일단 책을 읽은 다음 팔 거라는 것을 잘 알고 있었다. 또한 읽고 난 다음에는 결코 내다 팔지 못하리라는 것도 알고 있었다. 아마조니아에 있다고? 도대체 거기엔 왜 갔을까? 그리고 마나우스라는 도시에는 무엇 때문에? 뤼슈 씨는 생각에 골몰한 나머지 편지의 두 번째 장에 있던 추신을 미처 보지 못했다.

추신 1. 책을 담으려고 신경 써서 판지 상자를 만들었는데 그만 터져 버렸다네. 어쩔 수 없이 커다란 궤짝에다 한꺼번에 쑤셔 넣을 수밖에 없었어. 그러니 πR, 책은 자네 좋을 대로 분류하게. 이미 내 손을 떠난 일이니 자네가 알아서 해 주었으면 하네.

추신 2. 조만간 자네한테 갈지도 몰라. 자네나 나나 이젠 늙어서 언제 세상을 뜨게 될지 모르니 하루빨리 만나는 것이 좋겠지. 그런데 날 알아 볼 수 있겠나? 내 머리털은 이미 반백이 다 된 데다 습기 때문에 얼굴은 창백하고 두 발은 열기로 벌겋게 달아올랐지. 지금 자네에게 편지를 쓰고 있는 이 아마조니아의 숲에서 난 영락없는 늙은 마법사 꼴을 하고 있다네.

라비냥가는 약간 경사져 있다. 길은 비교적 짧고 넓은 편이다. 한쪽 끝에는 에밀 구도 광장과 몽마르트르 언덕의 화가들이 작업을 하던 옛 화실인 바토 라부아르가 있다. 기울어져 있는 광장을 따라 반대쪽 끝으로 가면 아베스가나 오르상가와 만난다. 그 비탈길 중간쯤에 바로 뤼슈 씨가 경영하는 서점 '1001개의 파피루스'가 자리하고 있다. 몽마르트르 언덕에 있는 대부분의 상점이 워낙 규모가 작다 보니 상대적으로 뤼슈 씨의 서점이 커 보였다. 또한 뤼슈 씨 자신도 그렇게 보이기를 바랐다.

좁은 서가마다 책이 짜부라질 듯 빽빽이 들어차 있는 모습은 그를 무엇보다 화나게 하는 것이었다. 동시에 띄엄띄엄 늘어선 책들 또한 그를 참을 수 없게 했다. 그가 자주 쓰는 표현으로 마치 거리를 둔 채 제각기 고독한 삶을 사는, 의지할 곳 없는 우리네 사람들 같았기 때문이다. 오후 6시경의 콩나물시루 같은 지하철도, 8월 15일 정오의 콩코르드 광장도 그는 못 견뎌 했다.

서점 일을 도와주는 날씬한 몸매의 여점원, 페레트 리아르에게 일러둔 몇 가지 기본 원칙 가운데 하나가 바로 책들이 숨 쉴 수 있게 적당한 간격을 두는 것이었다. 페레트는 그 원칙을 제대로 지켰다. 특히 뤼슈 씨가 끔찍한 사고를 당하는 바람에 그녀가 서점 일을 모두 도맡아 하게 되면서부터는 더욱 그랬다. 그녀는 이른 새벽부터 늦은 밤까지 하루 종일 단골 고객, 납품업자, 주문 서적, 판매 서적, 책 정리, 장부 정리, 반품 서적 등을 머리에 달고 다녀야 했다. 그야말로 모든 일을 도맡아 했고 또 무리 없이 잘 해냈다.

＊

　코와 귀엔 여기저기 할퀸 상처에다 뺨은 퍼렇게 멍이 들고 바지는 엉망이 된 채로 막스가 주방 문을 밀고 들어왔다. 올해 열한 살인 막스는 한마디로 고물상의 자질을 타고난 아이였다. 벼룩시장을 한 바퀴 돌 때마다 어디선가 신기하고 값비싼 물건을 하나씩 집어 들고 왔던 것이다. 이번에는 깃털이 달리고 고약한 냄새가 코를 찌르는 무엇인가를 주워 왔다. 그나마 상처 없이 멀쩡한 손등 위에는 병든 앵무새 한 마리가 앉아 있었다. 막스는 형 조나탕과 누나 레아가 막 아침 식사를 마친 나지막한 식탁 옆 의자 등받이에 그 새를 올려놓았다. 그러자 둘은 앵무새를 힐끗 쳐다보았다.

　키가 약 40센티미터 정도 되는 앵무새의 거무스름한 두 다리는 후들거리고 있었다. 게다가 초록색의 깃털은 너무 더러웠다. 비록 먼지로 뒤덮여 있었지만 커다란 날개 끝부분이 짙은 선홍색이라는 것쯤은 짐작할 수 있었다. 특히 놀라운 것은 앞머리가 파랗다는 사실이었다. 파란 부분 한가운데에 심한 상처가 나 있었다. 앵무새는 눈을 뜨고 있는 것조차 무척 힘겨워 보였다. 새까만 두 개의 홍채 주위에는 노란 테가 둘러쳐져 있었다.

　먼저 목욕부터 시켜야 했다. 앵무새는 아무 생각 없는 듯이 앉아 있었다. 우선 솜으로 몸통을 닦아 내고 깃털과 두 다리를 차례로 씻겨 주었다. 그러는 동안 새는 자신을 방어하려는 듯 막스를 향해 부리를 휘둘러 댔으나 빗나가기 일쑤였다. 눈을 번뜩였지만 이미 초점은 흐려져 있었다. 누가 봐도 곧 죽을 것만 같았다. 바로 그 순간 힘찬 날갯짓과 함께 새가 공중으로 날아올랐다. 어설픈 자세로 파닥거리던 앵무새는 벽난로

맨 위 석고로 된 부조물에 올라앉았더니 머리를 뒤로 젖혀 등에 난 깃털에
파묻고는 금세 잠이 들었다.

*

다락을 만들어 2층으로 증축한 뤼슈 씨의 집은 라비냥가를 따라 약
10미터가량 뻗어 있다. 건물 정면으로는 서점과 차고가 있는데 그 사이
에 안마당으로 통하는 작은 통로가 하나 있다. 안마당 가운데에는 오래
된 월계수가 한 그루 서 있고, 안쪽에는 두 개의 작업실이 나란히 붙어
있다.

서점과 차고 바로 위층 전체가 이들 가족이 거처하는 곳이다. 자그마
한 부엌은 주방을 향하고 있으며 주방 한쪽 면 전체를 커다란 벽난로가
차지하고 있다. 페레트는 뤼슈 씨가 예전에 기거하던 방을 사용했다. 비
좁은 화장실과 널찍한 욕실 사이에 있는 작은 구석방은 이 집의 막내, 막
스의 차지였다.

1층이 큰길 쪽으로 나 있는 것과 달리 안마당으로 향해 있는 2층은 길
게 이어진 프로방스식 발코니 때문에 전체적으로 약간 앞으로 나와 있
고 마당에서 2층 내실로 통하는 좁은 계단이 있다. 무어 양식을 본뜬 공
간 배치였다. 서쪽 담벼락 바로 아래에는 물탱크가 하나 있는데 납빛이
도는 낡은 수도꼭지에서는 연신 물이 새어 나와 동양풍의 수반에 방울
져 떨어지곤 했다.

다락을 똑같이 나눠 만든 두 개의 방은 각각 쌍둥이 남매 조나탕과 레
아가 사용했다. 한편 계단 맨 위의 조그마한 화장실은 모든 방으로 통하
는 일종의 연결부 구실을 했다. 슬레이트로 덮은 지붕에는 천창이 나 있

어 낮에는 눈부신 햇빛이, 밤에는 대도시의 어둠이 스며들었다. 조나탕과 레아는 제 방에 연결된 천창을 여는 순간 다락방의 우주 비행사가 되어 하늘과 구름, 달과 별의 세계와 교신하곤 했다. 창유리를 통해 무한한 우주의 일원이 되는 것이다.

이 집 안마당에는 '뤼슈 승강기'라는 것이 있다. 뤼슈 씨가 10년 전 사고로 하반신이 마비되자 직접 사람을 시켜 설치한 것이다. 이 장치는 파리 시내의 일반 카페에서 볼 수 있는 술통 승강기에서 착안한 것이다. 보통 바 뒤쪽 지하실로 통하는 문 아래 있는 술통 승강기는 지하실에 보관된 생맥주 통과 술병 상자를 들어 올리는 데 사용된다. 그러나 뤼슈 씨의 집 마당에 설치된 승강기는 술통 대신 뤼슈 씨를 2층 발코니까지 들어 올리는 역할을 한다. 뤼슈 씨는 휠체어를 발코니 승강대까지 끌고 가서 바퀴를 고정시킨 다음 전기 조종장치로 승강기를 작동시킨다. 승강대에는 멋진 파라솔을 매달아 한낮의 뜨거운 햇볕을 가리도록 했다. 뤼슈 씨가 알록달록한 파라솔 아래 휠체어에 근엄하게 앉아 천천히 위로 올라가는 모습은 장관이 따로 없다. 어쨌든 하반신이 마비된 뒤 그는 집을 개조하여 자신이 거동하기에 편한 방을 따로 마련했다.

낡은 자동차는 더 이상 쓸모가 없었다. 사실 자동차가 그대로 있었다면 가속 페달을 힘껏 밟으며 좁은 도로를 구석구석 누비고 다니던 그리운 옛 시절을 생각나게 했을지도 모른다. 하지만 뤼슈 씨는 자동차를 처분했고 빈 차고는 개조해 자신의 방으로 만들었다. 그때부터 휠체어를 타고 곧장 거리로 나가 동네를 한 바퀴 돌아보는 일상의 즐거움을 만끽할 수 있게 되었다. 두 차례에 걸친 건물 개조를 통해 뤼슈 씨는 수직 이동뿐만 아니라 수평 이동도 큰 어려움 없이 스스로 할 수 있게 되었다. 가끔 날씨가 더울 때면 땅바닥에서 지독한 폐유 냄새가 숱한 기억과 함께 피어올랐다.

가구를 고를 때에도 그는 늘 독특한 것을 고집했는데 닫집이 있는 침대만 해도 그렇다. 자줏빛 벨벳 벽지를 바른 이 거대한 물건은 거의 방 전체를 차지했다. 뤼슈 씨 자신은 이 침대를 일컬어 '거지를 위한 최고의 침대'라고 말한다. 침대의 닫집과 끈 달린 장화, 두 가지 모두 뤼슈 씨가 특별히 집착하는 물건이다. 방 한구석에는 코너 장이 있는데 그 안에는 신발이 가득하다. 그리고 문짝에는 이런 글귀가 적힌 스티커가 붙어 있다.

과학을 모르면 신발의 과학을 이해하지 못한다.
— 플라톤의 『테아이테토스』에서

이미 오래전부터 뤼슈 씨는 아무런 기대 없이 살아가고 있었다. 그의 인생은 이미 황혼기에 접어들었던 것이다. 산들바람 같은 세월의 흐름에 떠밀려 이젠 서서히 죽음을 향해 나아가고 있었다. 바로 그때 편지 한 통이 날아든 것이다. 페레트가 조용히 차고 방을 빠져나간 뒤에도 그는 한참 동안 지구 끝에서 옛 친구가 보내온 편지를 손에 쥐고 있었다. 편지는 평온한 그의 일상을 온통 뒤흔들어 놓으려 했다. 이날 아침에는 그 어느 때보다도 폐유 냄새가 심했다.

그로루브르. 뤼슈 씨와 그는 대학 1학년 때부터 알고 지내던 사이였다. 두 사람 모두 소르본 대학교에 입학해 뤼슈 씨는 철학을, 그로루브르는 수학을 전공했다. 몇 년간의 학부 과정을 마친 이들은 글쓰기에 관한 한 최고임을 자부했다. 당시 뤼슈 씨는 '존재론'에 대한 논문을 발표해 주목을 받았으며, 그로루브르 역시 충분한 고증을 거쳐 '0'에 관한 소책자를 발간한 상태였다. 학생들 사이에서 이들은 '존재와 무'로 통했다. 둘은 항상 붙어 다녔다. 여러 해가 지나 사르트르가 철학 시론 『존재와 무』를 출간했고, 뤼슈 씨는 그 제목이 자신들의 별명을 그대로 도용한 것이라고 확신했다. 하지만 이를 입증할 만한 증거는 없었다.

산책을 하기 위해 휠체어를 끌고 거리로 나선 뤼슈 씨의 얼굴에는 걱정스러운 기색이 역력했다. 그로루브르는 과연 무엇을 원하는 걸까? 죽을 날만 기다리고 있는 자신에게 자극을 주어 깊은 무력감에서 벗어나도록 하려는 것일까? 이것이 과연 선물인가, 아니면 시한폭탄인가? 산책에서 돌아와 가구상을 집으로 불렀다. 두 개의 작업실 가운데 한 곳에다 그로루브르의 책을 보관할 책장 몇 개를 들여놓을 생각이었다.

어느 날 갑자기 책이 도착하기라도 한다면……. 어쨌든 그로루브르가 책을 보내는 이유를 굳이 설명하지 않은 데에는 뭔가 꿍꿍이속이 있는 게 분명했다. 그는 일단 예고한 일은 반드시 실행에 옮기는 사람이었다. 예전과 달라진 게 없다면 말이다. 책 무게만 해도 '수백 킬로그램'에 달한다니, 분명 들여놓는 데만도 여러 날이 걸릴 것이다. 설사 책이 도착하지 않는다 해도 작업실을 비워 두었다가 서점의 재고분을 보관하는 창고로 사용할 수도 있을 것이다.

＊

"아니, 웬 개 오줌 냄새야!"

페레트가 몹시 신경질적인 반응을 보였다. 그녀는 늘 그렇듯 소리 없이 집 안으로 들어왔다. 그러고는 마치 날아가는 양탄자에 올라탄 것처럼 그 가냘픈 몸을 이리저리 잘도 옮겨 다녔다. 이쯤 되면 그녀가 구속받는 것을 끔찍이도 싫어한다는 사실을 직감할 수 있다. 미용실에서 돌아온 그녀의 머리는 평소보다 훨씬 더 짧아진 데다 구불구불하게 컬이 들어가고 검게 염색되어 있었다. 그리고 얼굴에는 연하게 화장을 했는데, 참으로 아름다웠다. 물론 페레트 자신에게는 그리 대단한 일도 아니겠지만.

조나탕이 말했다.

"앵무새가 좀 더럽긴 해도 개 오줌 냄새 같은 건 안 나요, 엄마."

옆에서 레아가 한마디 거들었다.

"정확히 말해 앵무새의 오줌 냄새지."

"앵무새라고?"

페레트는 주위를 두리번거리며 앵무새를 찾았다. 조나탕과 레아가 앵무새 있는 곳을 가리켰다. 앵무새는 벽난로의 부조물 위에 앉아 있었다.

"바깥으로 당장 쫓아내야겠다!"

막스가 화를 냈다.

"지금 자고 있잖아요, 엄마."

새를 돌봐야겠다는 생각이 그다지 없는 듯 레아가 제안했다.

"깰 때까지 기다리죠."

페레트가 버럭 소리를 질렀다.

"집 안에 쌍둥이, 귀머거리, 반신불수가 있는 것만으로도 충분해! 그런데 거기다 앵무새까지 키우자고?"

갑자기 그녀의 얼굴이 사색이 되었다. 너무 화가 난 나머지 휠체어 바퀴가 굴러오는 소리를 미처 듣지 못했던 것이다. 벽난로 앞에서 휠체어가 멈췄다. 페레트가 먼저 말을 꺼냈다.

"죄송해요, 뤼슈 씨."

"페레트, 뭐라고 했소? 죄송하다니…… 사실을 말했을 뿐인걸. 이 집

안 식구들에 대한 아주 객관적인 묘사였소."

페레트는 눈물이 쏟아질 것 같았다. 뤼슈 씨는 이미 며칠 전부터 그녀가 긴장하고 있음을 알아차렸다.

손가락으로 작은 원을 그리며 뤼슈 씨가 말했다.

"머리 모양이 참 잘 어울리는군."

페레트가 그를 쳐다보고는 당황스러워했다.

"예? 제 머리 말씀인가요? 아, 예. 근데 너무 곱슬거리죠?"

"엄마, 제 말씀 좀 들어 보세요."

조나탕은 페레트에게 앵무새가 집으로 오게 된 경위를 설명했다. 조나탕이 막스의 무용담을 신나게 늘어놓는 동안 페레트는 아들의 얼굴에 생긴 몇 개의 상처를 보았다. 찬찬히 살펴보더니 그리 큰 상처가 아니라는 걸 알고는 안심했다.

"뤼슈 씨 생각은 어떠세요?"

"큰 상처는 아닌 것 같군."

"그렇죠. 근데 앵무새는?"

"큰 상처가 난 것 같소."

"아뇨. 앵무새를 그대로 둘 것인가 아니면……."

"상처가 있는 걸 알면서도 내버린다면, 꼼짝없이 '앵무새 구조 태만죄'로 걸려들 텐데."

그 말에 모두 폭소를 터뜨렸다. 막스만 빼고 말이다.

그는 잠시 엄마의 얼굴을 뚫어져라 쳐다보았다. 그러고는 침착한 목소리로 따져 물었다.

"엄마, 정말 누군가가 도움을 필요로 하는데도 그런 식으로 못 본 척할 셈인가요?"

당황한 페레트가 머리를 설레설레 흔들었다. 며칠 전부터 그녀를 끊임없이 괴롭히던 생각이 또다시 밀려왔다.

'그들에게 말해야지. 도대체 뭘 망설이는 거야?'라는 생각을 하면서도 이렇게 말했다.

"앵무새가 말을 하니?"

막스는 단호한 어조로 말했다.

"한 마디도 안 해요. 집에 온 뒤로는……."

"그럼, 임시 비자쯤은 내줄 수 있지."

*

조나탕과 레아는 각자 침대 위에 길게 누운 채 반쯤 열린 칸막이 문을 사이에 두고 이야기를 주고받았다.

"막스가 한 얘기 말이야. 창고 안에 있던 '옷을 잘 차려입은' 두 남자가 왜 앵무새에게 부리 망을 씌우려 했을까?"

"앵무새의 입을 막기 위해서였을 거야, 틀림없어."

"말을 못 하게 하려고? 아니면 물지 못하게 하려고?"

조나탕과 레아의 나이와 키를 합치면 각각 33세와 3.4미터다. 약 2분 30초 차이로 조나탕은 오빠가, 레아는 동생이 되었다. 이렇게 태어난 순서에 따라 이름 역시 조나탕과 레아, 'J와 L' 순으로 붙여진 것이다. 2분 30초 늦게 태어나는 바람에 둘째가 되어 버린 레아는 끊임없이 그 2분 30초를 따라잡으려 했다. 매 순간 레아는 첫째가 되고 싶어 했다. 그리고 실제로 그녀는 대개 원하는 바를 이루는 편이었다. 한편 조나탕은 굳이 첫째가 되기를 바랐던 건 아니지만 오빠라는 사실에 대해서는 매우 흡족해했다.

조나탕과 레아는 두 개의 물방울처럼 꼭 닮은 것 같으면서도 전혀 닮지 않았다. 서로 그토록 비슷하면서 동시에 그토록 다를 수 있을까? 그들은 '같은 사람'이면서 다르게 포장되어 있었다. 오로지 두 눈만 같았다. 누구도 오빠의 눈과 여동생의 눈을 구별할 수 없을 것이다. 이들 남매는 마치 물 빠진 청바지처럼 연한 파란색의 커다란 눈망울을 가지고 있었다.

짧은 머리의 레아는 청바지에 니트 조끼와 티셔츠를 받쳐 입고 그 위에 점퍼를 걸치고 나이키 같은 유명 브랜드의 운동화를 즐겨 신었다. 작고 단단한 가슴을 가진 그녀는 얼굴에 화장 한 번 한 적 없었지만 머리는 늘 염색하고 다녔다. 엄마가 염색을 많이 하면 머릿결이 상한다고 말했지만 갖가지 요상한 색깔로 머리를 물들이고 다니면서 몇 주마다 한 번씩 머리색을 바꾸었다. 리아나(열대산 칡)의 유연함과 선의 섬세함. 유클리드라면 레아를 '넓이가 없는 길이'라고 표현했을 것이다.

반면 조나탕은 1960년대에 유행하던 곱슬곱슬한 장발에다 헐렁한 옷을 입고 오른쪽 귀에는 금귀고리를 하고 있었다. 추위라고는 전혀 모르는 건강한 체질에다 몸집이 작거나 마른 편이 아니었다. 한때 얼굴 여기저기에 여드름이 났지만 지금은 모두 없어졌다. 딱 하나, 아래턱의 여드름은 어떤 일이 순조롭게 진행되지 않을 때 고개를 내밀곤 한다. 손은 곱상한 편이며 등도 곧다. 또 호리호리하지만 떡 벌어진 넓은 가슴을 가졌다. 유클리드라면 조나탕에 대해 '길이와 넓이만 가진 면'이라고 했을 것이다.

그렇다면 깊이는?

이 가족은 깊이에 관한 한 막스에게 고마워해야 한다. 막스는 시원한 이마를 덮고 있는 붉은 곱슬머리가 인상적이다. 새까맣고 너무 작아서 마치 조개탄 두 개가 박혀 있는 것 같은 두 눈은 이맛살에 파묻혀 거의 보이지 않는데도 얼마나 반짝이는지 모른다. 게다가 나이에 걸맞은 팽팽한 피부. 언젠가 몽마르트르의 여자 점술가들이 지나가던 막스를 보고는 어른이 되어서도 너무 어려 보여 안 좋을 수 있겠다고 말한 적이 있다. 하지만 막스는 늘 심각한 얼굴을 하고 있어 상대로 하여금 당혹스럽다 못해 때론 거북한 생각마저 들게 했다. 유클리드가 막스의 모습을 봤다면 뭐라고 했을까? '입체'라고 했을 테지. 막스는 '길이, 넓이, 깊이' 등을 모두 가지고 있으니 말이다. 게다가 공기처럼 너무나도 가벼웠다.

막스는 도대체 어떻게 앵무새의 입 모양만으로 "살려 줘……"라고 소리 지른다는 걸 알았을까? 사실 앵무새의 입만 봐서는 무슨 말을 하는지 알 수 없었다. 그러나 이해할 수는 있었다. 막스에게 '소리'라는 것은 빙산과도 같았다. 사람들이 듣는 것은 그저 겉으로 드러난 일부에 지나지 않으며, 말의 대부분은 제대로 들리지 않는 법인데 이는 청력과는 전혀 관계가 없었다. 그는 제7의 감각을 조금씩 발달시켰다. 몸 전체로 소리를 감지하고 받아들여 귀가 놓친 소리를 포착할 수 있는 것이다. 뤼슈 씨는 막스에게 이런 놀라운 능력이 있음을 알아채고는 '아이올로스(그리스 신화에 나오는 바람의 신) 막스'라는 별명을 붙여 주었다. 막스가 어떠한 바람도 감지할 수 있다고 생각했던 것이다.

02
·
아이올로스 막스

　굵은 빗줄기가 거세게 선창을 두드렸고 그 때문에 화물선이 흔들리면서 용골에까지 진동이 전달됐다. 바스토스 선장은 기진맥진한 상태로 벌써 몇 시간째 키를 잡고 배를 조종하고 있었다.

　벨렘을 떠나온 것은 사흘 전이었다. 그러나 정말 브라질에서 유럽까지 항해를 한 것인지 도통 알 수가 없었다. 30년 전 배를 타기 시작한 이래 이토록 심한 폭풍우를 만났던 적은 한 번도 없었다. 바다에 대해서는 훤히 꿰고 있던 그였지만 순식간에 몰아닥친 돌풍의 위력 앞에서 당황하지 않을 수 없었다. 추운 날씨였지만 온몸이 땀으로 범벅이 되었다. 레이더는 이미 작동을 멈춘 듯했다. 바로 그 순간, 레이더 화면상에 아까 종적도 없이 사라진 점 하나가 다시 나타나 깜빡거렸다. 조타실 문이 열리더니 부선장이 안으로 뛰어 들어왔다. 배가 계속 흔들리자 키에 부딪히지 않으려고 문손잡이를 꽉 쥐고 있는 모습이 매우 초췌해 보였다.

　"짐칸에 가서 화물이 잘 있는지 점검하고 오겠습니다. 배가 서너 차례 심하게 흔들려 묶어 놓은 밧줄이 끊어질지도 모르고 해서……. 그리 오래 걸리지는 않을 겁니다, 선장님! 그런데 짐을 너무 많이 실었나 봅니다."

그러고는 마른기침을 하며 목소리를 가다듬었다.

"화물 몇 개는 버려야 할 것 같습니다."

바스토스 선장은 돌아서서 그에게 호통을 쳤다.

"자네 미쳤나! 내 화물들을 버리라니. 사람들이 안전하게 옮겨 달라고 맡긴 짐들을 물고기에게 던져 주란 말인가? 내 말 잘 듣게. 이날 이때까지 작은 짐짝 하나 소홀히 한 적 없네. 내 아버지와 할아버지도 이 일을 하시면서 같은 신조를 가지고 살아오셨어. 그따위 소리 하려거든 당장 가서 기관실이나 살펴보게."

부선장은 잠시 머뭇거리더니 무슨 말인가 하려고 했다.

"명령일세!"

바스토스 선장은 부선장이 남대서양에서 가장 뛰어난 승무원들 가운데 한 명이라는 사실을 잘 알고 있었다. 강인하고 경험 많은 이들을 엄선하여 배에 태운 그였기에 부선장의 능력을 누구보다 잘 아는 데다, 벌써 수년 동안 그와 함께 일해 온 터라 부선장의 용기를 시험해 볼 기회가 자주 있었다.

"선장은 날세. 따라서 결정은 내가 해. 배에 실린 모든 화물은 항구에 무사히 도착하게 될 거야."

그런데 화물이 뭐였더라? 바스토스 선장은 애써 기억을 떠올리려 했다. 하지만 전혀 생각나지 않자 화물을 배에 싣던 순간을 기를 쓰고 머릿속에 떠올려 보았다. 여느 때와 다름없이 통나무와 가구, 수십 개의 컨테이너……. 그리고 보니 마나우스에서 온 책 상자도 여러 개 있었다.

그때 별안간 화물선이 멈춰 섰다. 일순 정적이 흘렀고 엔진 소리도 뚝 그쳤다. 마치 영원과도 같은 긴 시간이 지난 뒤 엔진 소리가 다시 들려오

26

기 시작했다. 그러나 아까보다는 많이 약해져 있었다. 배는 한층 더 힘에 부쳐 하는 것 같았다. 가슴을 졸이던 바스토스 선장은 엔진 하나가 터졌다는 사실을 이내 깨달았다. 짐을 바다에 던져 버리는 것만이 유일한 해결책이었다. 하지만 선장은 세차게 고개를 가로저었다. 화물은 신성한 것이다. 그렇다면 사람은? 순간 큰 파도가 연거푸 두 차례나 화물선을 강타하자 배가 중심을 잃고 심하게 흔들렸다. 지금 당장 결정을 해야 한다. 바스토스 선장의 얼굴이 창백해지면서 이내 결단을 내렸다. 내가 '에이해브' 선장이 아닌 것처럼 내 배도 '피쿼드호'가 아니다.

결국 자신의 신념을 꺾고 만 선장은 선원들에게 대기 명령을 내리기로 결심했다.

'화물을 바다에 던져 버리는 거야. 그러고는 하느님께 모든 시련을 거두어 주십사 기도를 올리는 거지.'

바로 그때 엄청난 굉음과 함께 배가 하늘로 빨려 올라가듯 허공으로 높이 떠올려졌다. 한없이 치솟던 배가 거의 정점에 이르렀을 때 바스토스 선장은 희미한 안개 속에서 거대한 배 한 척이 자신들을 향해 다가오는 모습을 얼핏 보았다.

*

앵무새는 부조물에 올라앉은 채 꿈쩍도 하지 않았다. 깃털이 다 빠져 앙상한 몸뚱이를 드러낸 채 말이다. 뒤로 젖힌 머리는 여전히 등 쪽 깃털에 푹 파묻혀 있었다. 기력을 되찾게 해 줄 깊은 잠에 빠진 것일까? 아니면 깨어날 수 없는 혼수상태에 빠진 것일까? 막스는 사다리를 벽난로 앞으로 끌고 올라가 맨 위 칸에 걸터앉았다. 그러고는 손을 뻗어 앵무새를 만지려다 이내 멈칫했다. 생각해 보니 앵무새가 꼼짝하지 못하는 상황을 이용해 일방적으로 쓰다듬을 권리는 없었던 것이다. 적어도 앵무새에게 자신의 손길을 거부할 여지는 남겨 두어야 했다.

"우리 집에 온 뒤로는 왜 한 마디도 안 하는 거니? 네가 말을 한다는 거 다 알아. 창고에서 네가 한 말을 다 들었다고. 넌 반벙어리고 난 반귀머거리니 앞으론 서로의 말을 잘 알아듣게 될 테지. 그러자면 우선 네가 깨어나야만 해. 여유를 갖고 천천히……. 어쨌든 깨어나야지."

막스는 갑자기 말을 멈추고는 두리번거리며 자신이 말하는 동안 혹시 방 안에 들어온 사람은 없는지 살폈다. 그러고 나서 다시 앵무새를 바라보며 말했다.

"내가 쳐다보지 않을 땐 듣고 있지 않다는 거야. 넌 귀머거리가 뭔지 모를 테지? 그걸 아는 사람은 아무도 없어. 넌 귀머거리가 아니니까 늘 네 목소리를 듣겠지. 때로는 뭐랄까, 조금은 내 자신으로부터 벗어나고 싶어. 쌍둥이와는 완전히 반대지. 넌 쌍둥이를 본 적 있니? 쌍둥이들은 말이지…… 둘인데도 꼭 한 사람 같아. 이름도 '조나탕과 레아' 이런 식으로 붙이고! 난 '아이올로스 막스'인데 말이야. 내가 말이 많다고 생각하겠지? 태어날 때부터 귀머거리가 아니었다는 게 얼마나 다행스러운 일인지 몰라. 만약 그랬다면 말까지 못했을 거야. 귀머거리에 벙어리인 것보다야 말을 알아듣고 또 말할 수 있는 게 낫지, 안 그래? 그나저나 네게도 이름이 있어야 할 텐데. 넌 생각 안 해 봤지? 하긴 그게 문제가 아니지. 일단 네가 할 일은 창고에서 머리를 얻어맞을 때 당한 충격에서 빨리 벗어나는 거야. 난 네가 얻어맞는 모습을 보았단다. 나쁜 놈들 같으니라고! 다시 만나기만 해 봐라. 네가 한 녀석을 물어뜯었지? 잘했어! 그놈들 지금 널 찾느라 혈안이 되어 있겠지. 훗, 어림도 없어. 파리가 얼마나

큰데. 가만, 내가 조금 아까 '귀머거리에 벙어리'라고 말했나? 그건 네가 전혀 듣지 못한다면 말할 수도 없을 거라고 생각했기 때문이야. 우습지? 아냐, 우스운 게 아니지. 귀로 듣기 때문에 말도 하는 거야. 말하는 것은 물론 소리도 듣고 낼 수도 있는 거지. 마당에 있는 수도꼭지에서 물 떨어지는 소리며 뤼슈 할아버지의 휠체어 삐걱거리는 소리……. 아무튼 모든 소리 말이야. 내가 그 소리들을 똑같이 내 볼게, 들어 봐."

그러고는 아주 작은 소리로 물 떨어지는 소리와 휠체어 삐걱거리는 소리를 흉내 냈다.

"봤지? 그대로 따라 하기만 하면 돼. 사람들은 모두 앵무새라고!"

웃음을 터뜨리는 순간 사다리가 기우뚱하자 막스는 얼른 부조물을 붙들어 중심을 잡았다.

"사람들이 흉내 내지 못하는 게 딱 두 가지 있는데, 그건 고함 소리와 울음소리야. 이 둘은 들었다고 해서 그대로 따라 하지는 못해. 웃음소리도 마찬가지일걸. 물론 확실하진 않지만 말이야."

*

식탁 위에는 스파게티가 산더미처럼 준비되어 있었다. 레아는 소스가 골고루 버무려지도록 포크 두 개로 스파게티를 잘 섞었다. 빨리 먹고 싶은 마음에 나머지 식구들의 시선이 계속 그녀의 손놀림을 좇았다. 그때 갑자기 어디선가 쉰 목소리 하나가 튀어나왔다.

"아보카 하나만 있으면 말할게."

목소리의 주인공은 다름 아닌 앵무새였다. 아무것도 보지 못한 막스는 당연히 아무 말도 듣지 못했다. 그저 소음이려니 하고 생각한 그는 비록 무슨 말이었는지 파악하지는 못했지만 이내 가족의 표정에서 뭔가 놀라운 일이 벌어졌음을 눈치챘다. 막스는 뒤를 돌아보았다. 갑자기 움직이기 시작한 낡은 시계추처럼 앵무새가 부르르 몸을 털었다. 앵무새는 부조물 위에 두 다리를 꼿꼿이 세운 채 서 있었다. 깃털에서 윤기가 흘렀고, 양 날개 끝에는 붉은빛이 선명했다. 그러나 번쩍이는 파란 이마 위에는 여전히 가느다란 상처가 남아 있었다. 레아는 그 상처 주변에 있는 깃털 색이 바뀐 것을 알아차렸다. 깃털은 부드러운 빛깔에 작은 털 뭉치 모양을 하고 있었다. 제일 먼저 반응을 보인 것은 페레트였다.

"너희, 저 앵무새는 말을 못한다고 했잖아!"

조나탕이 말했다.

"말은 한다니까요. 그런데 지금 말하지 않겠다고 하잖아요."

뤼슈 씨가 정확히 지적했다.

"아냐. 말은 하되, 자기 변호사(프랑스어에서 '아보카'는 변호사와 아보카도 열매라는 두 가지 뜻이 있다)가 있어야 한댔어."

레아는 의아해했다.

"왜 그런 말을 했지? 어쨌든 굉장한데."

조나탕이 우겼다.

"앵무새는 누군가의 말을 듣고 그대로 하는 거야. 따라 하는 거라고."

레아가 딱 잘라 말했다.

"그러면 변호사가 기르던 앵무새네, 뭐."

막스는 사실대로 말했다.

"아냐. 어느 악당의 앵무새야. 그건 악당이 한 말일 거야."

조나탕이 물었다.

"벼룩시장에서 앵무새를 죽이려던 두 남자에게 했던 말 아닐까? 그렇지 않니, 막스?"

막스가 당시 상황을 떠올리며 대답했다.

"두 남자는 앵무새를 죽이려 하진 않았어. 하지만 말을 못 하게 부리 망을 씌우려고 했지."

갑자기 터져 나온 웃음소리에 모두들 깜짝 놀라 돌아보았다. 페레트가 아주 재미있다는 듯이 말했다.

"쯧쯧! 너희 추리소설을 너무 많이 읽었구나. 앵무새는 '나의' 아보카라 하지 않고 그냥 아보카 '하나'라고만 했어. 그러니까 여기서 말하는 아보카는 검은색 정복을 걸친 변호사가 아니라 초록색의 매끈한 껍질을 가진 아보카도 열매를 말하는 거라고. 이 앵무새는 지금 몹시 배가 고픈 거야."

그러나 그때 마침 마르티르가에는 문을 연 가게가 한 군데도 없었다. 막스는 하는 수 없이 아프리카 토산품 가게들이 밀집해 있는 구트 도르 거리까지 가야만 했다. 거기에서 세네갈산 아보카도 1킬로그램을 사 들고 집으로 돌아왔다. 앵무새는 그것들을 순식간에 먹어 치웠다.

머리를 얻어맞아 생긴 상처는 금방 아물었지만 그때의 충격 때문인지 앵무새는 여전히 아무것도 기억하지 못하는 것 같았다. 앵무새는 한 번도 들어 보지 못한 말을 되풀이했다. 가족은 이 앵무새에게 노쮜뛰르(미래가 없다는 뜻)라는 이름을 붙여 주었다. 머리 위로 쳐든 화려한 깃털 때문에 노쮜뛰르는 조류 역사상 최초의 펑크 앵무새가 되었다.

그들은 계단 맨 위에다 모이 그릇과 작은 물통 등이 딸린 홰를 마련해 주었다. 그리고 앵무새에게 외풍이 가지 않도록 주의했다. 모이 그릇 바로 아래에는 각종 배설물을 받는 커다란 철판을 놓았다. 막스는 노쮜뛰르에게 제 이름을 가르쳐 주었다.

"노퓌튀르, 너라면 누군가 곤경에 빠졌는데도 못 본 척했을까?"

막스가 앵무새에게 던진 질문은 페레트를 고민하게 만들었던 그 질문이다. 페레트는 이제 이 집에서 어떻게 다섯 식구가 모여 살게 되었는지 털어놓을 때가 왔다는 것을 알았다.

*

모든 일은 17년 전에 시작되었다. 한 번의 추락을 계기로 말이다. 당시 페레트는 곧 스무 살이 되는 처녀였다. 대학에서 법학을 전공하던 그녀는 한 젊은 예심판사와 조만간 결혼식을 올릴 예정이었다. 겨울방학 때 피레네산맥의 어느 기차역에서 처음 만나 이듬해 봄 코트다쥐르에 함께 돌아온 둘은 여름방학이 시작될 즈음 파리에서 식을 올리기로 약속했다.

그러던 어느 날 그녀는 웨딩드레스의 마지막 가봉을 위해 블랑 백화점으로 가고 있었다. 결혼을 앞두고 처리해야 할 온갖 잡다한 일에 골몰한 나머지 보도 한가운데 나 있던 맨홀을 미처 발견하지 못했다. 하수도 청소부들이 안전 규칙을 무시한 채 맨홀 뚜껑을 열어 놓고도 별도의 바리케이드를 세워 놓지 않아 생긴 일이었다.

페레트는 순간 어딘가에 빨려 들어가는 느낌을 받았고, 이윽고 외마디 비명을 질렀다. 그녀가 맨홀 속으로 사라진 것을 본 사람은 아무도 없었다. 몇 시간이 지나서야 그녀는 그 속에서 나올 수 있었다. 도대체 그 안에서 몇 시간이나 있었을까? 더러운 물에 옷이 흠뻑 젖은 페레트는 제대로 몸을 움직이지도 못했다.

블랑 백화점에 도착했을 때에는 이미 커튼이 드리워지고 문이 굳게 잠긴 상태였다. 곧장 집으로 돌아온 그녀는 전화선을 뽑아 버린 후 목욕을 했다. 그리고 그날 밤 내내 악몽에 시달렸다. 이튿날 페레트는 사람들에게 결혼 취소 통보를 했다. 그리고 그로부터 아홉 달 뒤, 이란성쌍둥이 조나탕과 레아가 태어났다.

페레트의 부모는 딸이 아무런 설명도 없이 파혼을 결정함으로써 예식 준비에 들어간 비용을 모조리 날리고 친구들의 웃음거리가 됐다는 사실 때문에 그녀를 용서하지 않았다. 결국 페레트는 그날 이후로 부모님 얼굴을 본 적이 한 번도 없다. 남편이 될 뻔했던 젊은 예심판사 역시 다시는 만나지 못했다.

그리고 그 무렵 '1001개의 파피루스' 서점에서 일자리를 얻게 되었다. 쌍둥이가 태어나자 뤼슈 씨는 페레트에게 자기 집에 들어와 함께 살자고 제의했다. 그녀는 주저하지 않았다. 이후 뤼슈 씨는 그녀에게 일을 하나하나 가르쳤다. 시간이 지나 그녀는 세 번째 아이를 갖기로 했다. 하지만 이때 역시 아무런 설명도 하지 않았다. 친자가 아닌 아이를 입양하기 위해서는 남편이 있어야 한다는 입양 관련 규정을 무시하고 당시 생후 6개월밖에 안 된 어린 막스를 데려와 조나탕과 레아와 함께 뤼슈 씨의 집에서 키운 것이다.

다들 페레트의 말에 귀를 기울였다. 지난 17년이란 세월이 단 몇 분 만에 모습을 드러낸 순간이었다. 이 짧은 시간 동안 중요한 사실들이 어느 정도 밝혀진 것이다. 갑자기 페레트가 하던 말을 멈췄다. 침묵이 흘렀다. 그녀에게 가장 소중한 사람들이 모두 거기에 있었다. 막스, 조나탕, 레아 그리고 뤼슈 씨. 이들이 바로 그녀의 가족이다.

페레트는 해방감을 느꼈다. 사실 자신의 추락에 관해 남들에게 말한 적은 한 번도 없었다. 또한 막스의 입양에 관해서도 얘기한 적이 없기 때문에 뤼슈 씨가 유일하게 할 수 있는 거라곤 그 문제에 관해 전혀 언급하지 않는 것이었다. 페레트는 누구와도 눈을 마주치지 않으려는 듯 고개를 숙인 채 무덤덤한 목소리로 말했다. 이야기를 마치자 고개를 들어 구불구불한 자신의 머리카락을 쓸어내리며 식구들을 바라보았다. 먼저 막스에게 말했다.

"넌 내 친자식이 아니야. 하지만 널 데리고 있기로 결정했단다."

두 쌍둥이에게도 말했다.

"너희 둘은 내 자식이다. 내가 너희를 돌볼 거야."

그러고는 세 아이 모두에게 말했다.

"누가 뭐래도 내겐 너희밖에 없어!"

그녀는 담배 한 개비를 입에 물고는 불을 붙였다. 뤼슈 씨가 손을 내밀었다.

"페레트, 내게도 하나 주구려."

사실 뤼슈 씨는 이미 몇 년 전에 담배를 끊었다. 페레트가 그에게 담배 한 개비를 건넸다. 그러고 나서 성냥불을 붙여 내밀었고, 뤼슈 씨가 담배에 불을 붙이려고 몸을 기울였을 때 그에게 나직이 속삭였다.

"뤼슈 씨, 당신은 우리에게 가정을 주셨어요."

이렇게 한마디 하고는 담뱃불을 비벼 끄더니 피로한 기색을 감추며 아무렇지 않은 듯 자리에서 일어났다. 어느새 그녀의 얼굴이 환한 미소로 밝게 빛나고 있었다.

"다들 잘 자요."

그녀는 이 말을 남긴 채 깃털처럼 가볍게 주방을 빠져나갔다.

침대에 누워 있으면서 페레트는 르피크 거리 모퉁이에 있는 생선 가게 생각이 자꾸 나는 이유를 알 수 없었다. 평소 생선 가게 앞을 지날 때마다 그 집 주인에게 속으로 고맙다는 말을 하곤 했다. 언젠가 일자리를 알아보러 그곳에 갔을 때 생선 가게 주인은 그녀를 받아 주지 않았다. 만약 책 대신 정어리나 고등어, 소라 등을 팔았더라면 과연 지금 어떻게 되었을까? 그런 생각을 하다 곧 잠이 들었다.

바로 그 시각, 주방에서는 막스가 잠옷 차림으로 노퓌튀르의 홰 앞에 팔꿈치를 괴고 앉아 뭔가를 하고 있었다. 희미한 불빛 속에서 앵무새의 두 눈이 반짝였다. 앵무새는 막스의 말을 귀 기울여 들었다.

"네가 어디에서 왔는지 궁금해. 하긴 내가 어디에서 왔는지도 모르는데 그게 뭐 그리 중요하겠니. 엄마 말씀 너도 들었지? '널 데리고 있기로 결정했단다'라고 하셨잖아."

막스는 앵무새를 쓰다듬었다. 그러자 앵무새가 고개를 숙여 막스의 손길을 순순히 받아들였다.

"나도 그래. 널 데리고 있기로 결정했어. 임시 비자가 무슨 문제겠어."

그러고는 얼굴에 환한 미소를 띠며 말을 계속했다.

"널 벼룩시장에서 데려올 때 이미 결정한 일이야."

같은 시각, 다락방에서는 조나탕과 레아가 자리에 누워 별 하나 없는 캄캄한 밤하늘을 바라보고 있었다. 도시의 불빛이 반사되어 불그스름한 구름다리가 보였다. 레아에게 뭔가 말을 하고 싶어 입이 근질근질하던 조나탕은 단도직입적으로 물어보기로 했다.

"아까 엄마가 '아홉 달 후……'라는 말을 꺼냈을 때 정확히 무슨 말을 하려던 것일까?"

이때 레아가 조나탕의 말을 끊었다.

"쌍둥이가 태어난 거지. 꼭 설명을 해야 알겠니? 엄마 말씀이, 우리는 하수도에서 생겼대잖아."

조나탕은 벌컥 화를 냈다.

"아냐. 엄마가 우리를 그런 곳에서 가졌을 리 없어."

"제비꽃 향기로 가득한 푹신한 침대에서 널 가졌다고 믿고 싶은 거겠지?"

레아는 킥킥대며 웃었다.

"엄마는 실크로 된 부드러운 시트 위에 꽃이 수놓아진 예쁜 베갯잇을 베고 누워 있어야 하는데…… 그치? 그리고 말쑥한 외모의 젊은 판사가 우리 아버지라면 어땠을까? 한마디로 너의 출생은 고전에나 나올 법한 이야기라고, 얘야."

"엄마가 우리에게 그럴듯한 거짓말로 둘러대는 것보단 차라리 '너희가 어떤 환경에서 생겼는지 차마 밝힐 수가 없구나'라고 말해 줬으면 좋았을 텐데. 엄마가 우리에게 진실을 말해 줬으면 해."

조나탕은 단단히 화가 나 있었다.

"엄마는 진실을 말한 거야!"

그때 1층 차고 방에서는 뤼슈 씨가 뭔가 불만스러운 듯 침대에 누워 계속 투덜거렸다.

"모든 일이 한꺼번에 일어나다니. 그로루브르와 그의 책, 페레트와 그녀의 고백, 게다가 앵무새까지. 그런데 어떻게 앵무새에게 그런 이름을 붙인 거지? 노퓌튀르라. 내 나이로 보나 뭐로 보나 날 그렇게 부르고 싶었던 거야. 그따위 단어를 가지고……. 녀석들 웃기는구면. 그런데 페레트는 왜 18년을 기다린 이유에 대해선 얘기하지 않았던 걸까? 말도 안 돼! 그런다고 뭐가 달라지겠어? 아무것도 달라질 리 없지. 하지만 아이들은……. 애들에게 말해야겠군. 쌍둥이에겐 더더욱 말할 필요가 있어. 두 녀석은 잘못될지도 몰라. 분명해. 하지만 막스는 달라. 걘 강한 아이니까. 그런데 아이들에게 어떤 식으로 말한다? 어떻게 말해야 할지 모르겠군. 걔네들도 이젠 어린아이가 아니야. 어른들이 더 나쁘지. 애들에게 직접 대놓고 말한다면 틀림없이 충격받을 거야. 고집이 세고 자존심도 강한 데다 예민하기까지 한 애들이니. 묘안을 찾아봐야겠군."

그러나 뤼슈 씨는 방법을 생각해 내기도 전에 잠이 들어 버렸다.

*

지난 몇 년 사이에 작업실은 온갖 잡동사니로 가득 찼다. 뤼슈 씨는 이참에 작업실을 말끔히 비우기로 결심했다. 한편 벼룩시장에 물건들을 내다 팔러 간 막스는 그 문제의 창고 앞을 지나가지 않도록 각별히 주의했다.

가구상이 첫 번째 작업실에 머지않아 도착하는 그로루브르의 장서들을 보관할 서가 설치 작업을 모두 끝내자, 뤼슈 씨는 그를 자신의 차고 방으로 안내했다. 뤼슈 씨는 그의 솜씨에 매우 흡족해하며 두 번째 작업실의 설비 계획에 관한 세부 지침을 전달했다. 여러 날에 걸친 고심 끝에 드디어 묘안을 찾았던 것이다.

"그래, 탈레스야!"

03

•

그림자 사나이, 탈레스

"구구 왕의 아들이 통치하던 시대였다. 에게해 연안에 위치한 이오니아 지방의 밀레투스라는 도시 근처에 엑사미아스와 클레오불리나의 아들, 탈레스가 들판을 가로질러 걷고 있었다."

일요일 꼭두새벽부터 감히 조나탕을 깨울 수 있는 사람은 수다쟁이 레아뿐이다. 무거운 눈꺼풀을 간신히 들어 올린 조나탕은 아래턱에 난 여드름을 긁는 것으로 하루를 시작했다. 곧이어 콧소리 섞인 쉰 목소리가 들려왔다.

"탈레스가 들판을 가로질러 걷고 있었고 하녀 하나가 그를 따르고 있었다."

이 목소리는 레아가 아니다. 라디오인가?

"무작정 걷기만 하던 탈레스는 하늘을 유심히 살펴보았다."

하지만 조나탕 방에는 라디오가 없다. 조나탕은 침대에서 빠져나와 방문을 향해 돌진했다.

"헛것을 보다니!"

앵무새가 문틀에 매달려 있었다. 문 바깥쪽에 있던 레아 역시 거창한

38

이야기를 막 늘어놓으려던 그 새를 발견하고는 깜짝 놀랐다. 조나탕과 레아는 앵무새를 못 본 척하고 급히 계단을 뛰어 내려갔다.

식당에 있는 시계가 11시를 가리키고 있었다. 막스가 아침상을 치우는 동안 뤼슈 씨는 신문을 읽는 척했다. 레아는 뤼슈 씨에게로 달려가 이렇게 따졌다.

"일요일 아침에 앵무새를 시켜 저희를 깨우는 게 현명하다고 생각하세요? 저 앵무새가 코맹맹이 소리로 할아버지가 주입시킨 내용을 그대로 되풀이하는 모양이라니!"

순간 앵무새가 날개를 퍼덕이더니 레아 앞으로 날아가며 깍깍대기 시작했다.

"난 되풀이하지 않아. 전달하거나, 알리거나, 가르치는 것도 아니야. 이야기를 한다고!"

앵무새가 격분하자 이제는 흉터만 남은 상처 주위의 바늘처럼 치솟은 깃털이 더욱 두드러져 보였다. 레아는 자기도 모르게 입고 있던 가운이 젖혀져서 얼른 옷매무새를 고쳤다. 이때 조나탕이 귀고리를 만지작거리며 물었다.

"우리에게 왜 탈레스 이야기를 하는 거죠? 아침 일찍부터 말예요."

뤼슈 씨는 조나탕의 질문을 못 들은 척하고는 신문을 내려놓았다.

"노퓌튀르가 너희에게 말했듯이 탈레스는 천체 운행의 신비를 밝혀내기 위해 하늘을 유심히 살펴보았단다. 어느 날 하루는 그를 뒤따르던 젊은 하녀가 들판 한가운데 나 있는 커다란 구덩이를 발견하고 구덩이를 피해 갔지만 탈레스는 계속 하늘만 쳐다보며 걷다가 그만 구덩이에 빠져 버리고 만 적이 있었어. 그러자 하녀가 탈레스를 구덩이에서 꺼내 주며 한마디 쏘아붙였지. '바로 자기 발치에 있는 것도 보지 못하면서 하늘에서 일어나는 일을 알 수 있다고 생각하시다뇨!' 하고 말이다."

뤼슈 씨는 이렇게 말을 맺었다.

"그래, 모든 일은 한 번의 추락으로 시작됐단다."

그때 문이 열리더니 페레트가 물건이 가득 담긴 무거운 장바구니를 들고 들어왔다. 뤼슈 씨가 마지막에 한 말을 들은 듯했다. 조나탕과 레아는 엄마의 얼굴을 쳐다보았다. 둘은 그 말의 의미를 깨달았던 것이다. 레아가 빈정대는 투로 한마디 내뱉었다.

"그럼 자식도 많았겠네요."

뤼슈 씨가 대답했다.

"탈레스는 자식이 없었단다. 그래서 자기 누이인 키비스토스의 아들을 양자로 들였지."

다른 학생들처럼 조나탕 역시 탈레스에 관한 이야기를 여러 차례 들었다. 그때마다 신생님은 학생들에게 수학의 정리에 관해서만 말했지 만든 사람에 대한 언급은 전혀 한 적이 없었다.

수학 시간에는 사람에 대해 이야기하지 않았다. 어쩌다 탈레스나 피타고라스, 파스칼, 데카르트 같은 이름이 등장하기도 하지만 그것은 단지 이름일 뿐이었다. 치즈나 지하철역 이름처럼 말이다. 그들이 언제, 어디에서, 어떻게 했는지에 관해서는 전혀 말해 주지 않았다. 칠판은 항상 수많은 공식, 증명, 정리, 이런 것들로만 채워지곤 했다. 그것들이 누군가에 의해 만들어진 것이 아니라 산이나 강처럼 그저 옛날부터 항상 그곳에 있어 왔던 것처럼. 사실 산이 예로부터 항상 그곳에 있었던 것은 아닌데도 말이다. 수학의 정리들이 오히려 산이나 강보다 더 영원하다는 말까지 있을 정도였으니. 수학은 역사학도 지리학도 지질학도 아니다. 그렇다면 정확히 무엇인가? 사람들은 이 질문에 대해 그다지 관심을 보이지 않는다.

*

막스는 노퓌튀르의 깃털을 쓰다듬으며 말했다.

"정말 대단해. 그래, 잘했어. 네가 그들에게 뭐라고 했는지 알아."

그는 몸을 좌우로 흔들면서 입을 내밀고 앵무새 흉내를 냈다.

"'난 따라 하지 않아, 이야기를 한다고!' 우와, 멋졌어 정말! 모두들 얼마나 놀랐는데. 어쨌든 넌 참 기억력이 좋더구나."

한편 자기 방으로 올라간 조나탕은 곰곰이 생각했다. 그러더니 레아에게 말했다.

"앵무새 말인데, 완전히 회복한 것 같아. 예전에 어떤 앵무새가 한참 동안 말하는 걸 들은 적 있지?"

레아는 묵묵부답이었다.

"너도 기억할 거야. 엄마랑 같이 센강 변의 애완동물 상점에 구경 간 적 있지? 앵무새가 들어 있는 새장 앞에서 발길을 멈추고 한 시간이나 있었잖아. 그때 앵무새들은 입도 뻥긋하지 않았어."

"아마도 말하는 새가 아니었나 보지."

그제야 레아가 입을 열었다. 하지만 그녀의 정신은 딴 데 가 있었다.

"저 앵무새는 그냥 말하는 새가 아니라 수다쟁이라고!"

레아는 조나탕을 남겨 두고 주방으로 내려갔다. 그러고는 뤼슈 씨에게 다가가 다짜고짜 이렇게 물었다.

"탈레스의 추락으로 도대체 무엇이 시작되었죠?"

레아는 아침 식사를 하기 위해 자리를 잡았다. 부엌에서 일을 하던 페레트가 둘의 대화에 귀를 기울였다. 뤼슈 씨는 잠시 여유를 부리더니 마침내 입을 열었다.

"탈레스는 인류 역사상 최초의 '사상가'였어. 그렇다고 탈레스 이전에 생각이란 것을 한 사람이 아무도 없었다는 말은 아니다. 물론 오래전부터 있긴 있었지. 탈레스 이전에는 점성가나 서기, 사제, 만담가 같은 사람들이 기도문을 암송하고 산술을 담당하거나 이야기를 들려주었지. 하지만 탈레스는 전혀 다른 것을 했단다. 그는 누구도 생각해 보지 못한 완전히 새로운 문제에 대해 생각했지. 예를 들면 생각이란 무엇인가? 또는 생각하는 것과 존재하는 것 사이에는 어떤 관계가 있을까? 내가 생각하지 못하는 것들이 과연 있을까? 자연계는 무엇으로 이루어져 있나? 이와 같은 물음은 여태껏 한 번도 제기된 적이 없었기에 더더욱 우리를 깜짝 놀라게 한 것이지."

뤼슈 씨는 거다란 즐거움을 느끼며, 철학의 세계에 흠뻑 빠져들었다. 그때 인도의 전통 의상인 사리와 비슷한 연보라색 천을 걸치고 끈 달린 샌들을 끌며 나타난 조나탕이 대화에 끼어들었다. 조나탕은 시리얼이 가득 담긴 사발에 우유를 부었다.

"그런 것은 철학에 해당되지 않나요, 뤼슈 할아버지?"

레아가 질문을 하자마자 조나탕이 말을 이었다.

"탈레스는 수학자인 줄 알았는데……."

일단 아이들의 '주의를 끄는 데' 성공했다는 생각에 뤼슈 씨는 몹시 기뻤다. 그래서 재빨리 대답했다.

"기원전 6세기경 탈레스 시대에는 철학과 수학의 분화가 거의 이뤄지지 않았단다. 그런 명칭 자체도 존재하지 않았어. 시간이 훨씬 지나서야 그런 명칭이 만들어졌지. 그러고 나서 또 한참 후에야 두 학문이 서로 나뉘게 되었단다. 그런데 오늘날에 와서는 다들 두 학문의 뿌리가 하나라는 사실을 망각하고 있지."

뤼슈 씨는 일단 아이들을 자신의 이야기로 끌어들인 이상 중도에 그만둘 수는 없었다. 탈레스는 그가 잘 알고 있는 철학자이며 동시에 누구보다 높이 평가하는 철학자다. 하지만 탈레스가 이룩해 낸 업적의 수학사적 중요성에 관해서는 다시 한번 공부할 필요가 있었다.

그렇다면 어디에서 이것에 관한 자료들을 구하지? 그래, 국립도서관에 가면 되겠군. 학창 시절에 그는 몇 주 동안 그곳에 틀어박혀 시간을 보내곤 했다. 물론 그로루브르와 함께 말이다.

*

국립도서관은 영화관 드나들듯 그렇게 자유로이 드나들 수 있는 곳이 아니다. 반드시 도서관 출입증이 있어야 한다. 이 출입증을 발급받으려면 우선 도서관 행정 직원과의 인터뷰를 통해 엄격한 자격 심사를 거쳐야만 한다. 발급 신청서를 접수한 직원은 그에게 교원인지 연구원인지 물었고, 그냥 연구 과정에 있다고 하자 지도 교수가 누구인지, 그리고 학생증이 있는지 등에 관해 질문을 던졌다. 그러다 문득 상대의 나이를 깨달은 그 직원은 잠시 당황하는 기색을 보였다.

그녀는 변명하듯이 말했다.

"우리 도서관에서는 신청자 누구에게나 이런 질문을 합니다."

그는 도서관 직원에게 이렇게 말할 수도 있었다.

"이봐요, 난 페레트 리아르라는 젊은 여자와 살고 있는데 그녀가 스무 살 때 하수구에 빠지는 바람에 어찌어찌해서 연구를 하기로 결심했소.

왜냐하면 쌍둥이가……."

그랬다면 그녀는 무슨 말인지 전혀 이해하지 못했을 것이다. 그는 먼저 그 도서관 직원에게 환한 미소를 지어 보였다.

"난 피에르 뤼슈라는 사람이오. 몽마르트르에서 서점을 하고 있고, 나이는 여든네 살이지. 내 지도 교수는 1944년에 이미 돌아가셨소. 결국 논문을 끝내지 못했다오. 그 뒤로 죽 혼자서 어찌해 보려고 노력하고 있어요. 나의 연구 주제는 지극히 개인적인 것이다 보니, 그간 변변한 논문 하나 없소이다. 지금 탈레스와 그리스 수학의 기원에 관한 책들을 찾고 있소."

그러자 그 정도면 충분하다는 듯이 그녀가 손을 들었다.

"열흘짜리를 원하세요, 아니면 1년짜리를 원하세요?"

"이 나이에 열흘짜리면 충분하지 않겠소? 그게 당연하겠지. 그러나 1년짜리로 주시오."

뤼슈 씨는 돈을 치르고 나서 사진 촬영을 했다. 사진은 현상과 동시에 플라스틱으로 된 도서관 출입증에 바로 찍혀 나왔다. 이렇게 만들어진 출입증을 자랑스럽게 집어 든 그는 자세히 들여다보지도 않고 곧장 윗옷 주머니에 밀어 넣었다. 그러고는 열람실로 가서 입구에 있는 사서에게 출입증을 맡기고 좌석 번호판을 받아 들었다.

열람실은 예나 지금이나 하나도 변한 것이 없었다. 오래전 이 좁은 통로를 어지간히도 열심히 지나다녔다. 지금은 휠체어를 끌고 다니다 보니 여러모로 어려운 점이 많았다. 통로를 지나면서 다른 의자에 부딪히거나, 누군가 바닥에 내려놓은 서류 가방을 깔고 지나가거나, 서가에 흠집을 내기도 했다. 그렇게 해서 간신히 책상열 한가운데 위치한 자신의 자리에 도달할 수 있었다. 새삼 옛날 생각이 나면서 알 수 없는 친근감이 느껴졌다.

그는 전기스탠드를 켰다. 국립도서관에 오면 습관처럼 늘 하던 일이다. 그런데 도서 목록과 색인 카드를 따로 모아 놓은 방은 지하에 있었다. 그곳에 가려면 계단을 이용해야 했다. 거동이 불편한 그는 몹시 화가 났다. 도서관 관리자에게 바로 항의할 작정이었으나 열람실에도 전체 도서 목록이 비치되어 있다는 사실이 기억났다. 그래서 20세기 초까지 간행된 도서를 정리해 놓은 전체 도서 목록을 쉽게 이용할 수 있었다. 먼저 색인 번호를 적어 두었다가 대출 신청서에 기입했다.

근처 카페는 점심 식사를 하러 온 손님들로 붐볐다. 다른 사람들과 합석한 그는 샌드위치에 보르도산 와인 한 잔을 곁들였다. 오후 1시 30분쯤 되자 카페 안은 텅 비었다. 뤼슈 씨는 다시 찾아온 평화를 만끽하며 그곳에 한동안 머물렀다. 마치 학생이 된 듯한 기분이었다. 늙은 학생 말이다. 아까 발급받은 도서관 출입증을 꺼내 사진을 들여다보았다. 크기는 작았지만 매우 선명했다. 그는 맑은, 아주 맑은, 거의 투명할 정도로 맑은 두 눈을 보았다. 그리고 뒤로 빗어 넘긴 가늘고 숱 많은 머리, 움푹 팬 양볼, 단단해 보이는 턱, 곧게 뻗은 코, 주름 하나 없이 매끈한 피부. 그는 빙긋이 웃었다.

'주름은 마음속에 있군.'

그러고 보니 자신의 모습을 이렇게 보는 것도 상당히 오랜만이다. 그는 출입증을 지갑 속에 집어넣었다. 그러고는 카페를 나와 작은 공원 반대편에 위치한 문구점으로 가서 각양각색의 공책들을 구경했다. 필기구에 관한 것이라면 무엇이든 집착을 보이는 그는 결국 속지에 커다란 바둑판 모양의 칸이 쳐 있고 여백이 많은, 두꺼운 검정색 공책 한 권을 샀다. 일을 모두 마친 그는 택시를 타고 집으로 돌아왔다.

집에 들어서자마자 곧장 두 번째 작업실로 향했고 말끔히 단장된 새 작업실을 볼 수 있었다. 가구상이 설계 도면에 나와 있는 대로 성실히 작업을 수행했던 것이다. 자신의 차고 방으로 간 뤼슈 씨는 그동안 구상하고 있던 계획을 하나하나 실행에 옮기며 오후를 보냈다. 이 정도면 다음 주 일요일을 위한 준비는 모두 끝난 셈이다.

*

며칠째 아침나절을 국립도서관에서 보내는 사이 그의 공책은 거의 다 채워졌다. 뤼슈 씨는 열람실에 자리를 잡고 필기해 둔 내용을 다시 읽어 내려갔다.

기원전 7세기경 아나톨리아(소아시아 지역) 연안. 리디아 제국의 중심지 사르디니아는 구구 왕의 아들이 통치하고 있었던 데 반해 근처 이오니아 지방의 밀레투스에는 왕이 없었다. 당시 밀레투스는 주요 도시국가들 가운데 하나로 이른바 자유도시였다.

탈레스는 바로 그곳에서 620년경에 태어났다. 탈레스는 고대 그리스의 일곱 현인 가운데 한 명이었으며 인류 역사상 최초로 수학의 대상을 규정한 사람이기도 하다.

탈레스는 수보다는 주로 도형, 다시 말해 원, 직선, 삼각형 등에 관심이 있었다. 그는 최초로 각을 완전한 수학적 존재로 보아 기존 기하학의 3대 요소인 길이, 넓이, 부피 등에 이어 네 번째 요소로 취급했다. 또한 교차하는 직선의 맞꼭지각은 서로 같다고 주장했다.

뤼슈 씨는 교차하는 두 직선을 그렸다.

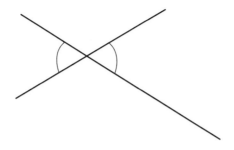

너무 썰렁한 그림이었다. 자신의 젊은 시절을 암울하게 했던 이들과 너무나 비슷했다. 뤼슈 씨는 계속 읽어 내려갔다. 그러고는 다음과 같이 적었다.

원과 삼각형의 관계
탈레스는 삼각형에다 세 꼭짓점을 지나는 원, 곧 외접원을 대응시킬 수 있음을 보여 줌으로써 외접원의 일반적인 작도법을 제시했다.

이 대목에서 그는 뭔가 잠시 생각하는 듯싶더니 공책 여백에다 이렇게 적어 넣었다.

이는 원이 항상 세 점을 지난다는 것을 의미한다. 또한 그 세 점을 지나는 원은 단 하나뿐이다.

그러고는 다시 읽어 보았다. 아니지……. 세 점이 일직선으로 놓이는 경우엔 직선이 되므로, '일직선이 아닌'이라는 단서를 달았다. 이렇게 명확히 해 둘 필요가 있다. 그렇지 않으면 엉터리 같은 이야기밖에 안 될 테니까 말이다. 이어서 '이는 일직선이 아닌 세 점이 분명히 삼각형을 정의하는 것은 물론 분명하지는 않지만 원도 역시 정의한다는 것을 의미한다'고 덧붙였다. 뤼슈 씨는 그림을 그리면서 탈레스가 수학적 대상들 간의 관계에 관심이 많았다는 생각을 했다. 먼저 것만큼이나 썰렁한 그림이군!

ㄱ는 원의 내부를 색칠했다. 그랬더니 아까보다는 좀 나아졌다.

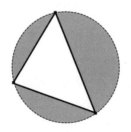

그리고 각종 필기구를 꺼내 그림에다 네모난 테를 두르더니 눈을 가늘게 뜨고 이리저리 살펴보았다. 마치 화가의 그림을 액자에 끼운 것처럼 테두리를 그려 넣기로 한 자신의 아이디어가 그럴듯해 보였는지 매우 흡족해하면서 말이다.

그때 맞은편에 앉아 있던 한 젊은 여자가 두꺼운 공책에 정신없이 그림을 그리고 있는 이 노신사를 신기한 듯 바라봤다. 뤼슈 씨는 공책에 떨어진 지우개 가루를 손바닥으로 쓸어 냈다. 그런 다음 다시 공책을 훑어보고는 다음과 같이 적었다.

탈레스는 이등변삼각형의 경우 두 각의 크기가 서로 같음을 증명했다. 따라서 변의 길이와 각의 크기 사이에는 밀접한 관계가 있음을 알 수 있다. 곧 두 변의 길이가 같으면 두 각의 크기도 같다.

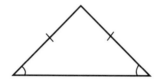

그다음 줄을 읽던 뤼슈 씨는 웃지 않을 수 없었다. 거기에 이렇게 적혀 있었던 것이다.

아메리카 원주민들은 들소를 '이각수'라고 부른다. 자전거나 모터사이클을 보통 이륜차라고 한다. 그리고 각이 세 개인 도형을 삼각형이라고 한다. 하지만 삼변형이라는 표현 역시 가능하다. 실제로 사각형과 사변형을 한가지로 보듯 고대 그리스인들은 삼변형이라는 말을 썼다.

어원에 관한 이야기가 나오자 뤼슈 씨는 몇 마디 덧붙였다.

그렇다면 이등변isosceles의 어원은? 'iso: 같은, skelos: 다리'에서 왔다. 곧 이등변삼각형은 길이가 같은 두 다리를 가진 삼각형이다. 따라서 어떠한 삼각형이든지 세 변의 길이가 서로 다른 경우는 불완전한 부등변 삼각형이라고 불렸다.

뤼슈 씨는 '불완전 삼각형이 있다고 하자'로 시작되는 수학 문제를 상상했다. 그 말이 머릿속에 울려 퍼지면서 '두 아이＋한 아이', 곧 세 명의 자녀를 둔 페레트를 생각했다. 한참 동안 깊은 생각에 잠겨 있던 그는 페레트가 이미 자신의 추락에 대해 아이들에게 이야기했다는 것을 기억해 냈다. 그러나 실제로 그녀가 한 이야기는 극히 일부에 지나지 않았다. 뤼슈 씨는 이 사실을 깨닫지 못한 채 다시 원점으로 돌아가 탈레스에 관한 연구를 시작했다.

탈레스가 규정한 원과 삼각형의 관계에 이어 각과 변의 관계, 직선과 원의 관계에 차례로 접근했다. 이를 위해 그는 그리스 수학의 기원에 관한 책을 찾아 읽어 보았다. 그러고는 필요한 내용들을 종이에 옮겨 적으려는 순간 그로루브르의 편지 한 대목이 문득 떠올랐다.

이 책들 안에는 우리 시대 최고의 소설가들의 작품만큼이나 가치 있는 이야기들이 들어 있다네.

수학을 졸라나 발자크, 톨스토이 같은 거장들의 작품에 비교하다니, 늘 그랬듯이 이번에도 과장해서 말한 것이었다. 하지만 적어도 수학에 관한 한 그 말은 맞는 듯했다.

이야기는 직선과 원으로 진행된다. 그러면 직선과 원 사이에는 어떤 일이 일어날까? 직선이 원을 분할하든지 혹은 분할하지 않든지 한다. 뤼슈 씨는 또한 직선이 원을 스쳐 지나갈 수도 있다는 생각을 했다. 만약 하나의 직선으로 원을 분할할 경우 원은 반드시 두 부분으로 나뉜다. 그때 두 부분의 크기가 똑같아지려면 어떻게 직선을 그어야 할까? 탈레스는 이에 대해, '직선으로 원을 이등분하려면 그 직선이 반드시 원의 중심을 지나도록 해야 한다'고 말했다. 이때 원의 중심을 지나는 직선이 바로 지름이다. 지름은 원의 중심을 지나는 가장 긴 선분으로 원 전체를 가로지른다. 따라서 지름이 원의 크기를 결정한다고 말할 수 있다. 뤼슈 씨는 컴퍼스와 자, 연필 등을 가지고 다음과 같은 그림을 그렸다.

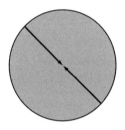

그는 계속해서 읽어 내려갔다. 그러고는 이렇게 적었다.

　탈레스의 대답은 특정한 하나의 원이 아닌 일반적인 모든 원에 다 해당된다. 하지만 고대 이집트인들이나 바빌로니아인들의 경우 특정한 하나의 대상으로부터 나온 수치 결과에까지는 생각이 미치지 못했다. 탈레스는 모든 종류의 존재에 관한 진실을 밝히고자 했다. 다시 말해 세상에 존재하는 무수히 많은 대상의 본질을 입증하고자 했던 것이다. 이는 완전히 새로운 것에 대한 열망이라고 할 수 있다. 이를 위해서는 무엇보다 탈레스 자신이 관념적인 존재, 곧 세상의 모든 원을 대표하는 '원' 그 자체를 이해하지 않으면 안 될 것이다. 그 이유는 그가 세상의 모든 원에 관심이 있으면서도 그들 가운데 일부에 대해서는 그렇지 않을 뿐만 아니라 원의 속성과 진실을 확인하고자 하며 그로써 '인류 역사상 최초의 수학자'라는 직함을 얻게 될 것이기 때문이다. 그것이야말로 사물을 이해하는 아주 새로운 방식이다. '원의 중심을 지나는 직선은 원을 이등분한다'는 사실은 정말 놀라운 발견이었다.

국립도서관을 나오면서도 그의 머릿속은 직선과 원에 대한 생각으로 가득 차 있었다.

*

안마당의 월계수 가지 위에 앉아 있던 노퓌튀르가 갑자기 폴짝폴짝 뛰었다. 그 광경을 보고 모두들 폭소를 터뜨렸다. 정원 탁자에 앉아 기나피기 돈 와인 한 산을 홀짝이던 페레트는 도저히 나오는 웃음을 참을 수가 없었다. 주변이 어수선해지자 뤼슈 씨도 보고 있던 공책을 막 덮으려던 참이었다. 그런데 아쉽게도 쇼는 이미 끝났고 노퓌튀르는 나뭇가지에서 내려와 막스의 어깨 위에 올라앉았다. 뒤이어 뤼슈 씨가 말을 꺼냈다.

"탈레스는 세상에 존재하는 무수히 많은 대상의 본질을 입증하고자 했어."

조나탕이 참을 수 없다는 듯이 쏘아붙였다.

"뤼슈 할아버지, 이젠 그만해 두세요. 세상 어딘가에 몰래 숨겨져 있어 할아버지도 모를 아주 작은 원이 하나쯤은 있지 않을까요?"

"전혀…… 그런 건 절대로 없다!"

레아가 끼어들었다.

"아까 못 들었어? '모든' 원이라고 하셨잖아."

조나탕은 큰 소리로 외쳤다.

"어쨌든 말도 안 돼. 그게 전체주의라는 거야!"

뤼슈 씨는 아무 대답도 하지 않았다. 젊은이다운 열정과 분노를 사랑하기 때문이었다. 기존 질서에 반항하는 그들의 생각을 존중하는 것이다. 소르본 대학교에 다니던 시절 담배 연기 자욱한 구내 카페 타바(일반 카페와는 달리 담배와 우표를 함께 취급하는 곳)에서 그로루브르와 격론을 벌이던 때가 생각났다.

레아는 마치 신들린 사람처럼 몸을 꼿꼿이 세우고 대들었다.

"뤼슈 할아버지는 자기만의 정리에서 도무지 벗어나질 못하시는군요!"

페레트는 레아의 거침없는 태도에 깜짝 놀라 말없이 그녀를 쳐다보았다. 그러더니 비어 있는 잔에다 기나피 와인을 한 잔 가득 따르고는 딸기 시럽을 살짝 넣어 쓴맛이 가시게 했다. 그리고 조용히 입을 열었다.

"뤼슈 씨의 수학 말인데요. 비극적인 운명 같은 거라고 생각하지 않으세요?"

그 말을 듣고 뤼슈 씨는 버럭 화를 냈다.

"나의 수학이라고? 그로루브르가 퍽이나 좋아하겠군. 그의 뜻대로 된 셈이야!"

그래도 페레트는 개의치 않고 자신의 생각을 말했다.

"비극과 수학 사이에는 어떤 관계가 있지 않을까요? 둘 다 그리스에서 거의 같은 시기에 생겨났죠, 아마?"

뤼슈 씨는 어리둥절해하며 그녀를 쳐다보았다. 그로서는 여태껏 두 가지를 연관 지어 생각해 본 적이 한 번도 없었다.

'비극과 수학이라……. 아이스킬로스, 에우리피데스, 소포클레스……

이들에 대해 깊이 연구해 봐야겠군!'

그러고는 조나탕에게 이렇게 대답했다.

"안심해라. 그 정리는 관념적인 존재에 관한 것일 뿐이야."

레아가 깔깔거리며 웃었다.

"그래서 전혀 두려워하지 않으시는구나."

"전혀. 정리란 인간에게 해당되는 게 아냐."

막스가 물었다.

"그렇다면 앵무새에게는요?"

"물론 아니지."

*

이른 아침인데도 날씨가 더웠다. 한낮이 가까워 오면서 수은주는 계속 올라갔다. 오직 영화만이 삶을 지탱해 주는 희망이었다. 조나탕과 레아는 집에서 가까운 클리시 광장으로 향했다. 일상의 갑갑함을 잠시나마 잊기 위해 그들은 영화관을 찾았다. 그곳에는 푹신한 의자에 두꺼운 모켓, 영화 시작을 알리는 막, 거대한 범선의 돛처럼 큰 화면이 기다리고 있었다.

페레트가 돈이 한 푼도 없어 붐비는 일요일 오후 상영에 맞춰 아이들을 데려갈 때면 이들은 막간을 이용해 자신들의 말도 안 되는 최신 자작곡을 흥얼거리며 초콜릿 아이스바를 게걸스레 먹어 치웠다.

아주 더운 날
초콜릿 아이스바에서

가장 맛있는 건

막대 부분이라네.

가장 오래가니까.

　이 영화관의 다음 상영 프로그램은 하워드 혹스의 〈파라오의 땅〉이었다. 1955년 작품인 이 스펙터클 영화는 잭 호킨스와 듀이 마틴, 조앤 콜린스 등이 출연했고 윌리엄 포크너가 시나리오를 맡았던 작품으로 피라미드의 비밀을 다룬 것이다.

　둘은 벌써부터 흥분해 있었다. 하지만 얼마 안 있어 아쉬움을 남긴 채 시원한 영화관을 나와야 했다. 조나탕과 레아는 천천히 몽마르트르 언덕으로 올라갔다. 그러고는 힘없이 콜랭쿠르 다리로 다가갔다. 콜랭쿠르 다리는 매우 특이했다. 묘지 위를 가로지르고 있어 보행자들이 무덤 위를 밟고 지나가는 것과 다름없는 형국이다. 이 다리를 만들자고 한 측에서는 무덤이 머리 위에 있는 것보단 발 아래 있는 것이 훨씬 더 낫다며 묘지 밑으로 터널을 뚫느니 차라리 묘지 위로 다리를 놓자고 주장했다.

　"오가는 사람도 많은데 큰 나무들이나 좀 심어서 묘지를 가려 주면 얼마나 좋아!"

　레아는 못마땅한 듯 투덜댔다.

　"매일 똑같다니깐. 불필요한 일에나 신경들 쓰고 말이야!"

　레아는 이 다리를 몹시도 싫어했다.

　조나탕은 마치 몽유병자처럼 앞서가는 레아의 모습을 바라보았다. 힘없이 아래로 떨어뜨린 고개, 가시철사 같은 가슴 위에 빗장 지르듯 걸쳐져 있는 어깨, 그리고 왜가리처럼 마르고 긴 몸통. 조나탕은 여동생이 꼭 까마귀 같다는 생각을 하며 팔꿈치로 옆구리를 슬쩍 찔렀다. 그러자 레아는 놀란 나머지 엉겁결에 옆으로 물러섰는데 하마터면 다리 아래로 떨어져 무더운 오후 텅 빈 거리를 달리던 자동차에 치일 뻔했다.

레아가 버럭 화를 냈다.

"나 건드리지 마! 이제 그만해! 너한테 곰팡이 냄새가 나."

이것은 여동생 레아가 '세상에 대해 불평을 늘어놓을 때마다' 조나탕이 던지는 말이다.

＊

서점 앞에서 막스가 둘을 기다리고 있었다. 막스는 쌍둥이 남매를 보자 얼른 오라고 손짓하더니 작업실로 데리고 갔다. 작업실은 알아볼 수 없을 만큼 달라져 있었다. 바닥에는 클리시 광장에 있는 영화관 의자의 모켓보다 훨씬 두꺼운 양탄자가 깔려 있었고 군데군데 나래새(볏과의 여러해살이풀)로 짠 얇은 돗자리가 눈에 띄었다. 노퓌튀르는 자줏빛 벨벳을 씌운 높다란 의자 위에 당당히 앉아 있었다. 방 안쪽에서 뤼슈 씨가 입가에 잔잔한 미소를 띠고 이들을 맞이했다. 막스는 우선 쌍둥이를 돗자리 위에 앉힌 다음 자신은 구석으로 물러나 앉았다. 한동안 침묵이 흐르더니 어디선가 파도 소리가 들리는 듯했다. 일종의 신호였다. 노퓌튀르가 쉰 목소리로 말을 시작했다.

"탈레스는 뱃전에 서서 이오니아 땅이 멀어지는 것을 바라보았다. 밀레투스는 이미 멀리 사라진 후였다. 그렇게 이집트로 떠났던 것이다."

노퓌튀르는 높다란 의자 위에 앉아 엄숙한 태도로 이야기했다. 한 마디 할 때마다 목이 부풀었고 두 눈은 반짝거렸다. 그러다 가끔 다리를 쭉 펴서 자세를 바로잡고는 목소리를 가다듬었다. 마치 어디선가 발성법

56

강의라도 들은 것처럼 말이다.

"그가 탄 배는 때마침 불어온 지중해 계절풍에 밀려 단숨에 바다 건너 이집트 해안이 바라다 보이는 곳에 도착해 마리우트 호수로 진입했다. 그곳에서 탈레스는 삼각 범선으로 갈아타고 나일강을 거슬러 올라갔다."

노쿼튀르의 목소리가 점점 작아지더니 완전히 사그라졌다. 그러자 막스는 노쿼튀르를 부드럽게 어루만지며 선물로 사발에다 땅콩, 아몬드, 헤이즐넛, 캐슈너트 등을 섞은 별 세 개짜리 혼합 사료를 부어 주었다. 이윽고 뤼슈 씨가 입을 열었다.

"나일강 변의 몇몇 도시에 접근할 때마다 번번이 제지를 당하는 바람에 여행이 중단될 위기에 처해 있던 어느 날, 마침내 강 연안에서 멀지 않은 넓은 고원 한가운데 우뚝 솟은 쿠푸 왕의 피라미드를 발견했지. 탈레스는 그토록 웅대한 건축물을 한 번도 본 적이 없었어. 사실 나일강을 따라 여행하는 동안 다른 여행객들이 미리 귀띔해 주긴 했지만 그 규모는 그의 상상을 초월한 것이었단다. 탈레스는 당장 배에서 내렸어. 피라미드에 가까워지면서 그의 발걸음도 차츰 느려졌지. 자신도 모르게 그 엄청난 위용에 압도되었던 거야. 탈레스는 그만 그 자리에 주저앉고 말았단다. 그때 나이를 알 수 없는 한 농부가 그의 곁에 쭈그리고 앉아서 이렇게 말했어. '당신이 넋을 잃고 바라보는 저 피라미드가 얼마나 많은 사람의 목숨을 가져갔는지 아는가?' '아마도 수천 명쯤, 수만 수십만 명!' 탈레스는 도저히 못 믿겠다는 표정으로 그를 쳐다보았지. 그러자 농부가 말했어. '아마 그 이상일 거야. 사람들이 왜 그렇게 많이 죽었겠나? 운하를 만드느라고? 아니면 댐을 만드느라고? 그럼 강에 다리를 놓느라고? 아니면 길을 닦느라고? 왕궁을 짓느라고? 신전을 세우느라고?

광산을 개발하느라고? 모두 틀렸어. 저 피라미드는 쿠푸 왕이 우리 백성들로 하여금 스스로 보잘것없는 왜소한 존재임을 깨닫게 하려는 단 한 가지 목적으로 만든 것이지. 그러니 피라미드의 규모는 상상을 뛰어넘을 수밖에 없어. 그만큼 우리는 더욱 왜소한 존재가 될 테니까. 결국 그의 목적은 달성된 셈이지. 왕과 그의 수하에 있는 건축가들은 피라미드와 우리 사이에는 결코 공통의 척도가 존재할 수 없다는 것을 우리 머릿속에 각인시키려 했던 거야.' 탈레스는 쿠푸 왕의 의도에 관해서는 예전에도 이와 비슷한 이야기를 들은 적이 있었단다. '공통의 척도란 있을 수 없다니!' 어쨌든 왕의 은밀한 계획하에 만들어진 이 거대한 건축물은 공통의 척도를 뛰어넘는 것이었지. 다시 말해 2000년 전에도, 이미 그 거대한 건축물은 인간의 손으로 만든 것이면서도 인간의 인식 범위를 뛰어넘는 불가사의한 것으로 남아 있었던 거야. 왕의 의도가 무엇이었든 간에 피라미드의 높이를 측정할 수 없다는 것이 바로 그 증거라고 할 수 있지. 피라미드는 인간이 살고 있는 이 세상에서 눈에 가장 잘 띄면서도 그 크기를 측정할 수 없는 세계 유일의 건축물이었던 거야. 탈레스는 도전해 보고 싶었지. 농부는 밤새도록 이야기했어. 그가 탈레스에게 어떤 말을 했는지는 아무도 몰라. 해가 지평선에서 떠오를 때쯤 탈레스는 잠에서 깨어났지. 그때, 자신의 그림자가 서쪽으로 뻗어 있는 것을 보았어. 그래서 생각했지. 아무리 작은 물체라도 그것을 커 보이게 하는 조명 방법이 항상 있게 마련이라고 말이야. 그는 한참 동안 자신의 발치에 생긴 그림자에 시선을 고정시킨 채 가만히 서 있었단다. 그러는 동안 해가 점차 높이 올라갈수록 그림자가 작아진다는 사실을 알아낸 거야. 그래서 탈레스는 '크기를 직접 잴 수 없으니, 머리로 계산해야겠다'고 마음먹었지. 그러고는 한동안 피라미드를 뚫어져라 쳐다봤어. 그의 적수와 '맞먹을 만한' 협력자를 찾아야 했으니까. 그는 천천히 자신의 몸에서 그림자로, 다시 그림자에서 몸으로 그리고 피라미드로 차례차례 시선을 옮겼지. 그러다가 하늘을 올려다보니 태양이 강렬한 빛을 내뿜고 있었어. 협력자는 바로 거기에 있었던 거야. 그리스의 태양신 헬리오스든 이집트의 태양신 라든 태양은 세상의 만물을 어떠한 차별도 없이 공평하게 대하지. 때문에 이후 그리스에서는 민주주의가 꽃피게 되었던 거야. 태양은 지극히 왜소한 인간과 거대한 피라미드를 똑같이 취급함으로써 공통의 척도에 대한 가능성을 확인시켜 주었던 게다. 탈레스는 '내가 나의 그림자와 맺고 있는 관계는 피라미드가 제 그림자와 맺고 있는 관계와 같다'는 생각을 하게 됐단다. 그리하여 이러한 결론을 내렸지. '내 그림자의 길이가 내 키와 같아지는 순간 피라미드의 그림자 길이 역시 피라미드의 실제 높이와 같아질 것이다'라고 말이야. 하지만 이 같은 막연한 생각은 실증이 필요했지. 그러나 탈레스 혼자 그 작업을 하기란 불가능했어. 최소한 두 사람이 필요했지. 그래서 농부에게 도움을 청했고 허락을 받아 냈어. 추측건대, 실제로도 그랬을 거야. 하긴 사실을 어떻게 알겠니? 다음 날 동틀 무렵이 되자 농부는 피라미드를 향해 걸었고 그 거대한 그림자가 드리워진 위치로 가 앉았지. 탈레스는 자신의 키와 같은 길이의 반지름을 갖는 원을 모래 위에다 그리고는 한가운데로 가서 똑바로 선 채 자신의 그림자 끝을 응시했어. 그림자의 끝이 원주를 막 스칠 때, 다시 말해 그림자의 길이가 자신의 키와 같아졌을 때, 미리 약속한 대로 탈레스가 소리쳤지. 그러자 기다리고 있던 농부는 즉시 피라미드의 그림자 끝 지점에다 말뚝을 박았어. 탈레스는 그곳으로 달려갔지. 아무 말 없이 두 사람은 팽팽한 줄을 가지고 피라미드의 밑변에서 말뚝까지의 거리를 측정했지. 그렇게 그림자의 길이를 측정함으로써 피라미드의 높이를 알 수 있었던 거야. 한데 갑자기 발밑에서 모래가 들썩였어. 남풍이 불기 시작했던 거야. 탈레스와 농부는 서둘러 삼각 범선이 정박해 있는 강기슭으로 내려갔단다. 지칠 대로 지친 이들의 시야에 피라미드의 모습은 이미 사라지고 없었지만 배에 올라탄 탈레스는 강기슭에 서서 빙그레 웃고 있는 농부를 보았어. 그렇게 두 사람은 헤어졌지. 탈레스는 기분이 매우 좋았어. 농부의 도움으로 한 가지 속임수를 생각해 냈거든. 과연 수직선의 길이는 측정할 수 없는 것일까? 만약 수평선을 이용한다면 수직선의 길이를 계산할 수 있을 거야. 높이는 하늘로 사라지는 것이니까 측정이 어렵겠지? 하지만 지면과 같은 평면 위에 펼쳐진 그림자는 측정할 수 있을 거야. '작은 것'을 이용해 '큰 것'을, '접근 가능한 것'을 이용해 '접근 불가능한 것'을 또한 '가까이 있는 것'을 이용해 '멀리 있는 것'을 측정하는 거지. 수학은 인간의 속임수에 불과해."

뤼슈 씨는 이렇게 결론을 맺었다. 자줏빛 벨벳을 씌운 높다란 의자 위에 꼿꼿이 서 있던 노퓌튀르는 여전히 부동자세를 유지하고 있었다. 자고 있는 것처럼 보이기도 했다.

레아는 믿기지 않는다는 듯한 표정으로 물었다.

"솔직히 옛날 영화에 나오는 이야기죠?"

"정말 눈물 나는 찬사로구나. 난 세실 블런트 데밀 감독의 〈십계〉나 〈벤허〉 같은 영화를 무척 좋아하지."

"음향은 쓸 만했지만 영상은 별로였어요. 어쨌든 꾸며 낸 이야기치곤 재미있네요."

뤼슈 씨는 벌컥 화를 냈다.

"꾸며 낸 이야기라니! 탈레스는 실존했던 인물이고 밀레투스라는 도시 역시 그렇단다. 피라미드도 지금까지 그대로 남아 있고 태양도 변함

없이 빛나고 있지. 또 지중해의 계절풍도 매년 여름마다 불어오고 나일 강 역시 유유히 흐르고 있는데 꾸며 낸 이야기라니."

뤼슈 씨는 잠시 마음을 가라앉힌 뒤 다시 말을 이었다.

"자, 이제 탈레스의 정리에 대해 생각해 보자."

모든 일이 순식간에 일어났다. 검은색 천이 유리창을 가리자 갑자기 방 안이 깜깜해졌고, 이어 뒤쪽 벽에 흰 천이 드리워졌다. 막스가 영사기를 켜자 모터 돌아가는 소리가 났다. 그리고 여기저기서 조명이 켜지더니 어둠 속에서 빛의 벽감을 만들었다. 흰 천 위로 무엇인가가 나타났다. 처음에는 흐릿하던 그림이 점차 또렷해졌다.

"이런 그림 본 적 있지?"

"네."

조나탕이 대답했다. 레아 역시 고개를 끄덕였다.

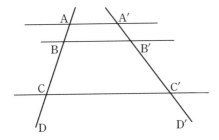

"다음!"

뤼슈 씨가 소리치자 화면이 바뀌었다.

$$\frac{\overline{AB}}{\overline{AC}} = \frac{\overline{A'B'}}{\overline{A'C'}}$$

막스가 슬라이드를 돌렸다.

아이들은 못마땅하다는 듯이 입을 삐죽거렸다.

"칫! 이제 옛날 영화가 아니네요, 뤼슈 할아버지. 저건 실험영화로군요. 오늘 오후 하워드 혹스의 영화에서 보니, 정말 불쌍……."

바로 그 순간 금속성 목소리 하나가 그들의 말을 잘랐다.

"자, 주목! 이것이 정리다."

말을 한 것은 노퓌튀르가 아니었다. 그때 불이 켜졌다. 유리창 옆 천장 가까이에 스피커 하나가 고정되어 있었다. 커다란 나팔이 달린 그 스피커는 제2차 세계대전 당시 포로수용소에나 있었을 법한 오래된 물건이었는데 막스가 벼룩시장에서 가져온 것이었다. 스피커가 지지직거리기 시작했다.

"이것이 정리다. 두 개의 할선, D와 D′상에, 세 개의 평행선 $\overline{AA'}$, $\overline{BB'}$, $\overline{CC'}$를 그어 생기는 선분들은 비례한다. 다시 말해 $\overline{AB}$와 $\overline{AC}$의 비는 $\overline{A'B'}$와 $\overline{A'C'}$의 비와 같다."

뒤통수를 맞은 듯 어안이 벙벙해진 조나탕과 레아는 아무 말도 하지 못했다. 진짜 소리와 빛이다. 노퓌튀르만이 스피커의 진가를 알아주지 않았다. 난생처음으로 인간이 아니면서 말할 줄 아는 다른 물체와 맞닥뜨린 것이다. 물론 스피커에서도 말소리가 나오지만 스피커는 반복하는 능력만 있을 뿐 나팔에서 흘러나온 내용은 한 마디도 이해하지 못한다. 또한 주인의 목소리를 금속에다 새긴 것일 뿐. 그 사실이 절대 자유주의자인 앵무새 노퓌튀르를 화나게 했던 것이다. 막스가 녹음기의 버튼 하나를 누르자 돌아가던 카세트가 멈췄다.

"시작은 좋았어요!"

조나탕과 레아가 뤼슈 씨에게 빙긋 웃어 보였다.

"이 정리는 그리스 수학의 백미라 할 수 있는 비례론의 모태인 셈인데…… 탈레스의 정리 또는 비례의 정리라고 하지. 자, 아까 탈레스가 태양이 만물을 똑같이 취급한다고 했을 때, 닮음이라는 개념에 몰두하고 있었거든. 사실 닮음의 배경에는 '형태'라는 것이 있지. 닮은 도형들은 모두 똑같은 형태를 갖는 거야. 비례를 유지한다는 것은 곧 형태를 유지한다는 것이지. 흠, 이렇게 말할 수도 있어. '형태란 일정 비례를 유지하며 크기를 달리해도 변하지 않는 것이다.' 이 표현이 더 정확하겠군."

그는 잠시 말을 멈추고 주위의 반응을 살폈다. 조나탕과 레아는 그의 이야기를 열심히 듣고 있었다. 그때 화면 위에 작은 형광빛 빨간 점 하나가 나타났다. 그 빛은 마치 상처를 보고 덤벼드는 파리처럼 공식 주위를 맴돌았다.

뤼슈 씨가 자신 있게 외쳤다.

"공식은 입으로 말할 것!"

예전에 그로루브르가 수학 공부를 할 때 늘 강조하던 말이었다.

"공식은 입으로 말하면서 외워야 해. 공식의 속뜻을 알고 싶다면 문제를 풀어 봐."

당시만 해도 뤼슈 씨는 그의 말을 전혀 이해하지 못했다.

"내가 뭐라고 했지?"

조나탕이 대답했다.

"'입으로 말할 것'이라고 하셨어요. 그러고는 아무 말씀도 안 하셨죠."

"아, 그래. '공식은 입으로 말할 것!' 그럼 탈레스의 공식은 무엇을 말하고 있지?"

잠시 침묵이 흘렀다.

"다시 묻겠다."

레아가 말 잘 듣는 학생처럼 고분고분 대답했다.

"$\overline{AB}$와 $\overline{A'B'}$의 비는 $\overline{AC}$와 $\overline{A'C'}$의 비와 같아요."

"아냐. 너희에게 이렇게 물었지? 탈레스의 공식은 무엇을 말하고 있냐고. 보통, 사람들이 말을 할 때는 어떠한 생각을 표현하고자 하는 거잖니. 수학의 경우도 마찬가지야. 탈레스의 공식도 무언가를 말하고자 하는 거지."

형광빛 점이 $\overline{AB}$ 위에 멈췄다.

"탈레스의 공식에서 이야기하고 있는 것은 $\overline{AB}$ 는 $\overline{A'B'}$에, $\overline{AC}$는 $\overline{A'C'}$에 대응한다는 거야. 탈레스의 공식은 우리에게 이것을 말하고 있는 게다. 첫 번째 쌍 $\overline{AB}$와 두 번째 쌍 $\overline{A'B'}$의 비가 같다는 거야. 아무것도 아닌 것처럼 보이는 이 정리를 이해해야만 축척이라든지 축소 모형, 도면, 지도, 축소판, 확대판 등 비율에 관련된 문제들을 해결할 수 있는 거야."

뤼슈 씨가 손짓하자 막스는 방 안 구석에 놓여 있던 복사기 쪽으로 갔다. 그러고는 매직펜으로 백지에 앵무새 비슷한 모양을 그린 다음 그 종이를 유리판 위에 올려놓고 50퍼센트라고 표시된 버튼을 누른 후 잠시 기다렸다가 복사가 완료되자 원본과 복사된 종이를 집어 모두에게 내보였다. 뤼슈 씨가 말했다.

"축소판이야. 분명히 모양은 같지만 크기가 더 작지. 앵무새의 크기가 절반으로 줄어든 거야."

막스는 다시 원본을 유리판 위에 올려놓고, 150퍼센트라고 적힌 버튼을 누른 다음 잠시 기다렸다가 이번에도 원본과 복사본을 함께 내보였다. 또다시 뤼슈 씨가 설명을 덧붙였다.

"이건 확대판이야. 모양은 같지만 크기가 더 크지. 앵무새의 크기가 $\frac{3}{2}$만큼 확대된 거야."

그때 갑자기 조나탕이 벌떡 일어나서는 막스의 손에 있던 확대판과 밑에 내려놓았던 축소판을 집어 들어 사람들에게 내보이며 뤼슈 씨의 말투를 흉내 냈다.

"모양은 같지만 크기가 더 크지."

그러고는 손가락으로 레아를 가리키며 그녀에게 물었다.

"확대된 앵무새는 축소된 앵무새보다 몇 배 더 크지?"

갑작스러운 질문에 레아는 어쩔 줄 몰라 얼굴을 붉히며 말했다.

"나의 변호사 앞에서만 말하겠어!"

노퓌튀르가 소스라치게 놀라며 몸을 떨었다. 화제를 바꿀 요량으로 레아가 이어 말했다.

"그런데 탈레스가 실제로 어떤 방법을 사용했는지에 관해서는 확인이 안 되죠? 피라미드의 실제 높이를 측정하는 것이 문제였기 때문이 아닐까요? 종이에 공식을 만들어 내는 게 아니고 말이에요."

"그러니까 네 말은 공식을 파피루스 위에 썼다는 거지?"

조나탕이 집요하게 레아의 말꼬리를 물고 늘어졌다.

"파피루스에 썼건 종이에 썼건 공식은 같아. 어디에 썼느냐 따위는 중요하지 않아."

막스는 용지의 재료에 따라 공식이 달라질 수 있는가에 대해 골똘히 생각해 보았다. 천부터 은박지에 이르기까지 죽 훑어 가면서 '덧셈 기호(+)'가 '뺄셈 기호(−)'로 되는 경우와, 양피지에서부터 벨렝지(독피지를 모방한 고급 종이)까지 훑어 가면서 '곱셈 기호(×)'가 분수를 표시하는 '−'가 되는 경우 등을 따져 보았다.

"몇 배나 더 크냐고?"

조나탕이 아까 한 질문에 대해 빨리 대답하라고 재촉했다. 그러나 모두들 그의 말에는 신경도 안 썼다. 탈레스의 공식은 스크린상에서 자취를 감춰 버렸다. 뤼슈 씨는 다시 이야기를 시작했다.

"나무나 음…… 그래, 지금은 콩코르드 광장에 있지만 어쨌든 나폴레옹이 파리로 가져오기 전에 이집트에 있었던 그 오벨리스크의 크기에 대한 문제였다면 혹은 날씬한 사람의 신체 크기에 관한 문제였다면 탈레스의 계획이 보다 간단했을 테고, 그대로 측정하기만 하면 됐겠지. 하지만 피라미드는 옆으로도 많이 퍼져 있잖니. 그러한 형태의 밑면을 가지고 있다는 것이 바로 피라미드의 기하학적인 특징이지. 쿠푸 왕의 피라미드는 밑면이 정사각형이고, 수직선이 정사각형의 중앙에 정확히 오게 되어 있단다. 피라미드의 높이는 곧 수직선의 길이지. 그리고 수직선의 그림자 길이가 바로 수직선의 길이란다. 정말 간단하지? 자, 슬라이드 돌려!"

그러자 또다시 그림 하나가 스크린 위에 나타났다.

뤼슈 씨가 레아에게 시선을 고정시킨 채 말했다.

"하지만 실제로 탈레스는 바깥으로 뻗어 있는 밑면의 그림자 부분만 측정할 수 있었지. 피라미드 안쪽 바닥 부분엔 접근할 수 없으니까 말이다."

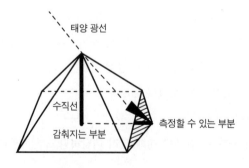

레아가 열이 받치는 듯 소리쳤다.

"결국 이 모든 게 그에겐 아무짝에도 쓸모없는 것이었겠네요!"

"한때 나 역시 그렇게 확신했었지. 그리고 한참을 생각한 끝에 마침내 해결책을 찾아냈단다. 다른 책에서 말이야. 탈레스는 태양이 정확히 밑면의 변과 수직을 이루는 위치에 오게 될 때 측정함으로써 간신히 문제를 피해 갈 수 있었던 게다."

레아가 물었다.

"뭐라고요? 다시 말해 주세요?"

"가만, 나도 생각 좀 해 보자. 밑면의 변과 수직을 이룬다는 말은 피라미드 안쪽의 감춰진 부분이 한 변 길이의 $\frac{1}{2}$에 해당된다는 뜻이지. 따라서 피라미드 높이는 그림자 길이에 한 변 길이의 $\frac{1}{2}$을 더한 값이다, 이거야."

뤼슈 씨는 신속하게 결론을 내렸다.

레아가 고개를 갸우뚱했다.

"음, 모르겠어요."

조나탕도 마찬가지였다.

"저도 이해가 안 돼요."

때마침 페레트가 저녁 먹으라고 그들을 불렀다.

"밥 먹자."

뤼슈 씨는 안도의 한숨을 내쉬었다.

"겨우 위기를 모면했네. 안 그래도 배가 고프던 참이었는데."

그 사실만은 분명했다.

다음 날, 조나탕과 레아는 오후 수업이 없었다. 쌍둥이가 학교에서 돌아오자 뤼슈 씨가 갑자기 그들을 불렀다.

"서둘러라, 알베르가 오기로 했어."

바로 그때 초인종이 울렸고, 나가 보니 알베르였다. 커다란 체크무늬에 챙이 달린 때 묻은 회색 모자, 돋보기처럼 알이 두꺼운 안경, 입에 물려 있는 불 꺼진 담배꽁초, 허리가 굽은 육십대 노인에게서나 볼 수 있는 거리낌 없는 태도……. 모든 게 여전했다.

"여러분, 안녕하세요!"

그는 자신이 어떻게 행동해야 하는지 잘 알고 있었기 때문에 휠체어에 의지할 수밖에 없는 뤼슈 씨의 마음에 꼭 들었다. 뤼슈 씨는 사고를 겪은 후부터는 이동할 때마다 내부가 온통 가죽으로 덮여 있고 회색 금속 칠을 한 알베르의 고물 자동차를 이용했다. 사실 최근 며칠 동안 뤼슈 씨를 국립도서관에 데려다주고 있는 사람도 다름 아닌 알베르였다.

뤼슈 씨가 알베르에 대해 이야기하면서 이렇게 말한 적이 있다.

"그 사람, 한마디로 자유인이야."

이 말을 할 때 뤼슈 씨가 얼마나 기뻐했는지……. 그 역시 나름대로는 자유인이기 때문이었다. 알베르는 늘 호출택시이기를 거부했다. 이것이 그의 자랑거리였다. 뤼슈 씨는 손님들이 이 찢어지는 목소리를 듣고 어떻게 참을 수 있을까 궁금했다. '보지라르가 105번지, 벨빌가 83번지, 8번지 앞 게메네 골목, 보지라르가 105번지, 포부르생드니가 34번지, 게메네 골목, 8번지 앞…….' 그는 손님을 찾아 헤매거나 지하철역 앞 택시 정류장에서 기다리고 있다가 손님을 받기도 했다. 물론 뤼슈 씨처럼 그에게 호감을 갖는 손님도 여러 명 있다.

뤼슈 씨의 사고 이후 둘의 사이는 더욱 가까워졌다. 하루 동안 휴가를 낸 알베르는 교외로 당일치기 소풍이나 다녀올 생각으로 뤼슈 씨를 찾아온 것이다. 차 뒷좌석에는 마치 르누아르 명화에서처럼 맛있는 것으로 가득 찬 바구니가 놓여 있었다.

막스는 수업이 있었다. 하지만 페레트에게 허락을 받고 그들을 따라 나서기로 했다. 이렇게 노퓌튀르까지 포함해 모두가 차에 함께 올라탔다. 페레트는 서점 입구에 서서 부러운 눈으로 그들의 출발을 지켜보았다. 하지만 뤼슈 씨는 자신들이 어디로 가고 있는지 말하려 하지 않았다. 피갈 광장과 노트르담 드로레트 국립묘지, 트리니테 성당 그리고 모차르트의 〈후궁으로부터의 유괴〉가 상연되고 있는 오페라 가르니에 극장 등을 거쳐 오페라 지역으로 접어들었다. 알베르는 지하철 5호선, 피라미드역 입구 앞을 지날 때 서서히 속도를 줄였다.

루브르궁을 지나자 차는 루브르의 아치들 밑으로 진입해 개선문이 있는 마당으로 들어섰다. 알베르는 급정거를 해 차를 길가에 주차시켰다. 나폴레옹 정원 중앙에 유리 피라미드가 햇빛을 받아 빛나고 있었다.

그들은 그 앞에 자리를 잡았다.

"쿠푸 왕의 불투명 피라미드와 루브르궁의 투명 피라미드 사이에는 4639년이란 세월이 가로막고 있지. 또 하나는 나일강 변에 있지만, 다른 하나는 센강 변에 있고……."

뤼슈 씨는 이야기 도중에 스케치북과 연필을 꺼냈다.

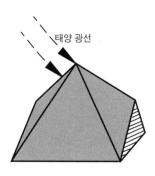

"태양이 만물을 똑같이 취급한다는 탈레스의 생각은 태양 광선이 평행하게 같은 방향을 향한다는 사실에 근거한 것이었단다. 우주는 너무나 멀리 떨어져 있고 우리 인간 역시 너무나 작은 존재이다 보니 이러한 견해가 타당성 있다고 보는 거야. 이것이 바로 탈레스가 피라미드의 크기를 측정하던 당시의 상황이었지."

뤼슈 씨가 연필로 그림을 그리자 노퓌튀르는 무슨 그림인지 더 자세히 보려는 듯 그의 어깨에 올라앉았다.

"탈레스가 측정하려던 피라미드는 여기에 있는 이것처럼 투명한 것이 아니었지. 그럼 이제부터 하나하나 분석을 해 보자. 피라미드 내부를 들여다보는 데 방해가 되는 것들은 모두 지우고 그림자만 그대로 남겨 둔 상태에서 수직선을 그어 보면……."

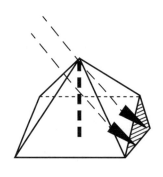

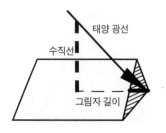

뤼슈 씨는 피라미드의 각 면에 연필로 색칠한 부분을 깨끗이 지우고 피라미드의 꼭대기에서 밑면의 정중앙으로 이어지는 수직선을 그었다.

"피라미드의 높이는 바로 수직선의 길이지. 탈레스가 입증하려던 게 바로 이거야. 그럼 면밀히 따져 보자."

열심히 설명하느라 뤼슈 씨의 몸이 계속 들썩이자 노퓌튀르는 막스의 어깨로 옮겨 앉았다. 뤼슈 씨는 지우개로 피라미드의 네 면을 모두 지웠다. 그리고 위에서 내린 수직선의 끝점에서 피라미드의 그림자를 나타내는 검게 칠한 삼각형의 끝점까지 수평선을 그은 다음 말했다.

"피라미드가 투명하다고 치면 이것이 바로 탈레스가 그 길이를 측정하고자 했던 수직선의 그림자 부분인 셈이지."

"피라미드 밑면의 내부, 그러니까 피라미드 내부에 그림자가 생기는 부분은 점선으로 표시할 수밖에 없어. 왜냐하면 그 부분은 접근이 불가능하니까. 당연히 탈레스도 이 그림자 부분은 측정할 수 없었겠지. 한편 피라미드 바깥에 생긴 그림자의 경우 밑면의 변에서 그림자 끝까지 이르는 길이는 굵은 선으로 표시했는데 이 부분은 측정할 수 있는 부분이야. 곧 이야기 전체를 놓고 봤을 때 탈레스가 실제로 측정할 수 있는 것은 오로지 이 부분밖에 없는 셈이지."

뤼슈 씨는 검게 칠한 삼각형을 지워 버리고 수직선을 연장시킨 다음 수직선의 끝점에는 A, 그림자의 끝에서 밑면의 변까지 수직선을 그어 만나는 지점에는 H 그리고 그림자의 끝점에는 M이라고 각각 표시했다. 그런 다음 첫 번째 그림과 마지막 세 번째 그림을 나란히 놓았다.

"이게 분석 전의 모습이야. 그리고 이건 후의 모습이고. 꼭 다이어트 식품 광고 같지 않니?"

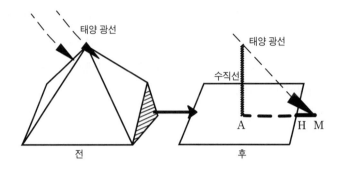

태양 광선 / 전 / 태양 광선 / 수직선 / A / H M / 후

"사물의 살에 해당되는 부분은 지워 버릴 것. 또 피라미드의 전체 크기는 무시하되 제기된 문제에 미치는 영향만을 고려할 것. 탈레스가 한 일이 바로 지우고 배제하고 단순화하고, 잊어버리는 것이었어. 모든 수학자가 이런 식으로 한단다. 이러한 작업을 수학자들은 '추상'이라고 하지. 수학자의 일은 거기에서 끝나."

조나탕과 레아가 거세게 반발했다.

"뭐예요!"

"탈레스가 만약 수직선을 연구 대상으로 삼았다면 지면 위에서 직접 $\overline{AM}$의 길이를 구했을 테고 그의 용무도 이미 끝나 버렸겠지. 하지만 그는 피라미드 밑면의 내부에 감춰져 있어 접근이 불가능한 이 $\overline{AH}$ 부분을 측정하고자 했던 거야."

"그러니까 성격이 이상하다는 거죠."

조나탕과 레아의 대답이었다.

뤼슈 씨는 이들의 야유를 무시했다. 그리고 고개를 들었을 때 지나가던 관광객 몇 명이 멈춰 서서 이 광경을 지켜보고 있음을 알았다. 그는 다시 탈레스의 이야기로 돌아왔다.

"쿠푸 왕의 피라미드 주변에서는 과연 무슨 일이 일어났을까? 거의 언

제나 그렇지만, 태양 광선의 방향이 밑변과 수직이 아닌 경우 그림자는
부등변삼각형 모양이 되었거든. 그래서 탈레스는 아무것도 할 수 없었
지."

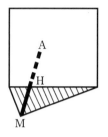

일반적인 경우:
부등변 삼각형이 되어 탈레스는
아무것도 할 수 없었다.

"수학은 속임수라는 사실을 잊지 마라. 탈레스는 그 속임수에서 벗어
날 수 있는 특수한 상황을 찾아내려 했어. 하루의 특정 시점, 다시 말해
태양 광선이 밑변과 수직이 되는 시점에서만 문제를 해결할 수 있다는
사실을 발견한 거야. 집에서 이야기했을 때 너희가 전혀 이해하지 못한
그 부분 있지? 자, 계속하자."

사실 제대로 이해가 될지 확신이 서지 않았다. 게다가 그들 주위로 관
광객이 빽빽이 모여들기 시작했다.

"탈레스는 직접 측정을 통해 확인하지 못하는 것은 추론을 통해 해결
해 나갈 작정이었단다. 과연 그의 무기는 무엇이었을까? 피라미드로부
터 그는 단 한 가지, 밑변의 길이를 측정할 수 있을 뿐이었단다. 계산 과
정에 이를 이용하고자 한 것은 물론이지."

뤼슈 씨는 엄청나게 빠른 손놀림으로 새로 그린 그림 하나를 보여 주
었다.

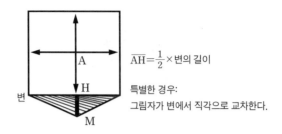

$\overline{AH} = \frac{1}{2} \times$ 변의 길이

특별한 경우:
그림자가 변에서 직각으로 교차한다.

그는 매우 만족스러운 표정으로 자신의 이야기를 열심히 듣고 있는 아이들을 바라보았다. 그러는 사이 그의 주변으로 더 많은 관광객이 몰려들었다. 그는 천천히 스케치북을 집어넣었다.

"그런데 그림자가 밑변과 수직이라는 사실을 탈레스는 어떻게 알았을까요?"

뤼슈 씨는 조나탕을 물끄러미 쳐다보았다.

"참 좋은 질문이다. 나 역시 궁금해하던 부분이야."

그러고는 공책을 다시 폈다.

"탈레스에게 직각자는 없었지만 그 대신 더 좋은 것이 있었지. 바로 피라미드의 방위야. 피라미드를 설계한 건축가들은 피라미드의 네 면 가운데 하나는 정남향이 되도록 했거든."

뤼슈 씨는 마지막 그림을 완성했다.

"태양이 남쪽에 있을 때 그림자는 밑변과 직각을 이루지. 정확히 정오가 되면 말이야."

조나탕이 말했다.

"하루 중 가장 더울 때네요."

뤼슈 씨가 조나탕을 향해 말했다.

"뭔가 알고자 한다면 그 정도 고통쯤은 감수해야지."

레아가 끼어들었다.

"탈레스가 일사병에 걸렸다는 얘기는 책에 안 나와 있어요? 한낮에 사막 한가운데 서 있었는데⋯⋯."

"물론 한낮이었지만 그늘에서 한 거란다, 레아. 탈레스는 태양이 아니라 그림자를 측정했다고 하지 않았니?"

뢰슈 씨의 말에 관광객들 가운데 누군가가 자지러지게 웃었다.

조나탕이 물었다.

"피라미드의 그림자는 1년 내내, 그것도 매일 정오마다 생기죠?"

"아니."

뢰슈 씨가 대답하자 조나탕이 덧붙였다.

"우선 눈에 보이는 그림자, 다시 말해 피라미드 바깥으로 뻗은 그림자가 있어야 해요. 아무튼 제가 제대로 이해했다면 말이에요."

"정확히 정오에 그림자가 있어야 해. 그림자와 피라미드의 크기가 똑같아야 하니까."

레아가 말을 받자 뢰슈 씨가 대답했다.

"매일 정오마다 피라미드 바깥에 밑변과 직각을 이루는 그림자가 생기는 것은 아니야. 가장 큰 어려움은 바로 거기에 있지. 그런 그림자가 생기려면 태양의 위치가 너무 높아서도 안 돼."

"자, 정리해 보자. 먼저 두 가지 조건이 필요한데, 하나는 그림자가 피라미드의 높이와 같아야 한다는 것이고, 다른 하나는 반드시 밑면과 직각을 이뤄야 한다는 것이지. 그 조건을 만족시키기 위해서는 일단 순수기하학에서 벗어나 천문학과 측지학, 지리학 분야로 넘어가야겠지. 쿠푸 왕의 피라미드는 우리와 같은 북반구에 위치하면서도 우리보다 훨씬 아래쪽인 위도 30° 지점의 기제라는 곳에 있단다. 따라서 그림자가 물체

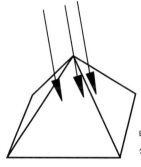

태양의 위치가 너무 높으면 그림자가
생기지 않는다.

의 크기와 같으려면 적어도 태양 광선이 45° 정도 기울어져 있어야겠지. 그런데 기제의 경우 여름철 한낮에는 태양 광선이 거의 수직으로 내리 쬔단다. 그렇기 때문에 1년 내내 늘 그림자가 생긴다고 볼 수는 없겠지. 게다가 그림자가 밑면과 직각을 이루기 위해서는 북남향이어야 해. 이런 조건들이 모두 충족되는 것은 1년 중 단 이틀에 불과하단다. 천문학자들이 주장하기를, 탈레스가 측정에 성공한 날은……."

뤼슈 씨는 주머니에서 수첩 하나를 꺼내 뒤적이더니 말을 이었다.

"11월 21일과 1월 20일뿐이었다는구나. 이제 선택하기만 하면 돼. 레아야, 탈레스의 작업은 분명 정오에 이뤄졌지만 그늘에서, 그것도 겨울에 이뤄졌던 거야. 만약 탈레스가 병을 얻었다면 그건 일사병보다는 감기였을 확률이 높겠지."

한 무리의 일본인 관광객이 뤼슈 씨 옆을 지나가다 힐끗거렸다. 그들 가운데 몇 명이 뤼슈 씨가 그린 그림들을 사고 싶어 했다. 어떤 사람은 사진을 찍기도 했다.

레아가 물었다.

"탈레스의 정리는 다소 일반적인 것 같지만 측정법이 상당히 특이하네요. 그런데 탈레스는 과연 어느 정도로 구체적인 생각을 했을까요? 늘 피라미드의 높이를 측정하는 것이 문제였죠, 그렇지 않나요?"

"그의 수중에는 줄 하나밖에 없었기 때문에 별도의 측량 단위가 필요했지. 그래서 탈레스, 곧 자신의 키를 단위로 삼았던 거야. 자신의 키와 길이가 같은 줄을 가지고 그림자의 길이를 재 보니 18탈레스라는 수치가 나왔어. 다음으로 밑변의 길이를 측정해 2로 나누었더니 67탈레스였지. 이 두 수치를 합산한 결과 쿠푸 왕의 피라미드 높이는 85탈레스였던 거야. 1탈레스가 이집트의 길이 단위로 3.25쿠데(약 52.5센티미터, 팔꿈치에서 손가락 끝까지) 정도니까, 이를 기준으로 환산해 본 결과 전체 피라미드 길이는 276.25쿠데인 셈이지. 이제야 쿠푸 왕의 피라미드 높이가 280쿠데라는 걸 알았군. 다시 말해 147미터라는 얘기지."

뤼슈 씨는 전날 밤 이 값을 얻기 위해 얼마나 끙끙댔는지 차마 말할 수 없었다.

"여기 이것의 크기는 말이지……."

그는 루브르 박물관의 유리 피라미드를 가리켰다. 그가 수첩을 뒤적이려는 순간, 알베르의 음성이 들렸다.

"높이는 21.6미터이고, 한 변의 길이는 34.4미터죠."

순간 모두들 깜짝 놀란 표정으로 알베르를 쳐다보았다.

그는 쑥스러운 듯 쓰고 있던 모자를 만지작거렸다.

"관광객들을 데리고 이곳에 올 때마다 듣는 소린걸요."

뤼슈 씨는 종이들을 하나하나 펼쳐 놓으며 말했다.

"더 이상 의문이 생기지 않도록 그림 몇 개를 준비했다."

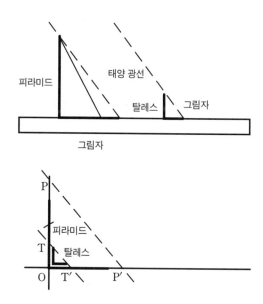

그림에서 이러한 식이 성립된다.

$$\frac{\overline{OT}}{\overline{OP}} = \frac{\overline{OT'}}{\overline{OP'}}$$

일본인 관광객들이 그림을 달라고 손을 내밀었다. 하지만 뤼슈 씨는 정중히 거절했다.

"이제 조나탕이 알고 있던 것과 같은, 탈레스의 정리를 의미하는 그림과 식이 보이지?"

그러고는 마지막 그림을 내보였다. 정말 추상이라는 것의 진가를 알 수 있었다. 진정 더 많은 내용이 들어 있는, 한마디로 완벽한 그림이었다. 자신의 눈앞에 가장 정확한 그림이 있었던 것이다. 뤼슈 씨는 이렇게 결론을 맺었다.

"이 정리는 실제로 여러 개의 평행한 직선이 한 쌍의 할선과 교차하는 경우 일어나는 현상을 보여 주는 것이란다."

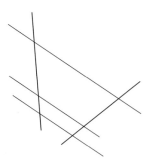

뤼슈 씨의 말이 끝나자 우레 같은 박수가 쏟아졌다. 어조 하나하나에 독특한 억양이 들어간 그는 탈레스를 '타엘리스'라거나 '탈라이스'라고 발음했다. 그 덕분에 탈레스라는 단어가 웃음거리를 제공해 흥분한 어느 미국인은 "예에, 텔리스!"라고 소리치기까지 했다. 특히 일본인 관광객들은 거의 넋을 잃은 듯했다. 그들은 심지어 동전을 던져 주려고까지 했다. 여긴, 파리니까…….

얼마 후 도쿄의 어느 일간지 문화면에 사진 한 장이 실렸다. 당당하게 휠체어에 앉아 있는 뤼슈 씨와 그 옆에 서 있는 막스, 그의 어깨 위에 앉아 있는 노퓌튀르, 모자는 벗었지만 담배꽁초를 그대로 입에 문 알베르의 모습이 루브르 박물관의 그 유명한 유리 피라미드를 배경으로 찍힌 사진이었다. 이 사진에는 다음과 같은 설명이 붙어 있었다.

프랑스의 한 노학자가 고대 그리스의 수학자 탈레스의 그림자 계산법을 이용, 건축가 이오 밍 페이가 설계한 루브르 박물관의 유리 피라미드의 높이를 측정했다.

해가 담 너머로 사라지자 차츰 선선해졌다. 알베르의 차가 곧바로 북쪽으로 빠지지 않고 센강을 따라 콩코르드 광장으로 진입했을 즈음 가로등이 켜졌다.

알베르는 모두에게 오벨리스크의 높이를 측정해 볼 충분한 시간을 주려는 듯 그 둘레를 천천히 두 바퀴나 돌았다. 그러고 나서 생토노레가로 접어든 알베르는 방돔 광장의 기념탑을 보고 휘파람을 불며 탄성을 질렀다.

뤼슈 씨는 약간 피곤한 기색을 보이기 시작했다.

"지금 보이는 것처럼 기념탑과 오벨리스크를 가져오기도 했어. 하지만 피라미드는 운송하기가 더 어렵겠지."

막스가 살짝 귀띔했다.

"또한 크기를 측정하기도 어렵죠."

"그렇지. 고등학교 때 수학 선생님은 '그다음엔 정리 등을 응용하기만 하면 돼'라고 말씀하시고 분필을 내려놓으시곤 했지. 그러기만 하면 된다고 말이야."

레아가 말했다.

"수학 자체는 쉽군요, 뤼슈 할아버지. 수학을 응용하는 것이 어려울 뿐이죠."

조나탕이 끼어들었다.

"제가 보기엔 수학도 어렵지만 그 응용은 훨씬 더 어려운 것 같아요."

"조나탕, 넌 항상 심각하게 생각하는구나. 탈레스를 보렴. 그의 정리 위력은 모든 응용법을 능가할 뿐만 아니라 쉽다는 거야. 피라미드를 측정할 때 그는 피라미드와 그림자 사이의 비가 1이라고 하는 매우 특수한 사례를 들었지."

"물론 쉽기야 하지만 자주 쓰이진 않죠."

뤼슈 씨가 철학자 같은 어조로 말했다.

"그게 보통이야. 일반적인 사례에 비하면 그리 흔치는 않지만 말이다. 그것은 인생에서 어려우면서 흔한 경우와 쉬우면서 드문 경우를 선택해야 하는 것과 같은데……."

"나라면, 쉬우면서 흔한 경우를 택하겠어요."

조나탕과 레아가 다시 입을 모아 말했다. 그때 막스가 자리에서 일어났다.

"뤼슈 할아버지, 어제 집에서는 탈레스가 한여름에 밀레투스를 떠났고 쿠푸 왕의 피라미드에 도착하기 전까지는 실제로 걸음을 멈추지 않았다고 말씀하셨잖아요? 그리고 좀 아까는 탈레스가 겨울에 측정했다고 하셨고요. 어쨌든 그의 여행은 6개월도 안 걸린 셈이네요."

뤼슈 씨는 순간 눈앞이 캄캄해졌다. 드디어 함정에 걸려들고 말았다.

"가령, 알렉산드리아를 찾았을 때 조금씩은 쉬어 갔겠지. 글쎄, 모르겠다. 아냐, 내가 무슨 말을 하는 거지? 알렉산드리아는 아니겠다. 이 도시는 훨씬 후에 만들어졌으니까. 그럼 테베를 찾아갔다고 하자. 사실, 난 탈레스가 피라미드의 하단부에 자리 잡고 앉아 측정하기에 알맞은 때를 기다렸을 거라고 생각해."

막스가 물었다.

"그럼 농부는요? 그 이집트 농부는 어떻게 된 걸까요?"

뤼슈 씨가 고개를 갸우뚱했다. 농부의 존재는 완전히 잊고 있었던 것이다.

조나탕과 레아가 서로 마주 보고 말했다.

"농부가 없었다면 측정도 불가능했을 텐데요?"

"너희 말이 맞구나. 농부가 없었다면 탈레스는 측정할 수 없었을 거야. 그의 그림자 길이가 키와 같다는 사실을 입증하지도 동시에 피라미드의 그림자 끝을 표시해 두지도 못했겠지. 탈레스의 정리를 응용하려면 두 명이 필요하겠구나."

"그러니까 '탈레스와 농부의 정리'라고 해야 할 거예요. 농부의 것은 농부에게 돌려줘야 해요!"

레아가 강력하게 주장했다. 탈레스의 정리에 관한 문제가 나올 때마다 뤼슈 씨도 그 농부가 누구인지 궁금했다. 일행 모두 자동차의 가죽 시트에 몸을 파묻었다. 차 안에는 한동안 침묵이 흘렀다.

몽마르트르 언덕의 높이를 구하는 동안, 뤼슈 씨는 탈레스의 정리를 아이들에게 설명해 주기로 마음먹은 후 얻은 몇 가지 교훈을 되새겼다. 이야기는 사실성 측면에서 사람들이 알고 있는 모든 내용과 맞아떨어져야 하며 역사와도 일치해야 한다. 뤼슈 씨는 쌍둥이가 꽤나 다루기 힘든 고집 센 상대라는 결론에 도달했다. 그리고 이들이 자신의 실수를 결코 눈감아 주지 않으리라는 것을 알았다.

가벼운 충돌을 해결하는 데 능숙한 알베르는 일부러 복잡한 정체 구간으로 슬그머니 끼어들었다.

조나탕이 침묵을 깨고 대뜸 이렇게 물었다.

"뤼슈 할아버지, 탈레스가 일식을 예견했다는 거 아시죠?"

"그래."

"그 말씀은 안 하셨잖아요."

"안 했지."

"책에서 읽은 적이 있는데 탈레스가 그 시대에 유명해진 건 그러한 수학 정리 때문이 아니랬어요. 그가 예견한 일식 현상이 그가 예측한 시점에 정확히 일어났다는 것 때문이죠."

레아는 뜻밖의 사실에 당황하는가 싶더니 조나탕에게 은밀한 공모의 시선을 던지고는 벌떡 일어나 뤼슈 씨를 심문하듯 몰아쳤다.

"탈레스를 따라다니던 멍청한 그 하녀는 입 다물고 있는 편이 나았을 거예요. 감히 한 말씀 드리자면, 사실 '바로 자기 발치에 있는 것도 보지 못하면서 하늘에서 일어나는 일을 알 수 있다고 생각하시다뇨'라는 하녀의 말은 틀렸어요."

잔뜩 비꼬듯이 하녀의 말투를 흉내 내던 레아는 그만 자동차의 급정거 때문에 유리창에 부딪치고 말았다. 하지만 동요하지 않았다. 레아는 뤼슈 씨가 반박할 틈도 주지 않고 알베르에게 차를 세워 달라고 요구했다. 그러고는 차에서 내렸다. 조나탕도 그 뒤를 따라 내렸다.

차가 몽마르트르 언덕을 향해 올라가는 동안 뤼슈 씨는 자신이 왜 일식에 관해 말하지 않았는지 자문해 보았다. 하지만 아무런 답도 찾지 못했다. 일식 때는 어떠한 일이 일어날까? 바로 직전에 두 눈을 후벼 파던 빛이 갑작스레 사라진다. 순식간에 낮이 밤으로 변한다. 관계를 맺는 인간, 탈레스…… 그렇다면 17년 전, 페레트가 보도 한가운데 뚫린 맨홀에 추락하는 사고를 당한 직후 더 이상 보려 하지 않았던 것은 무엇일까? 뤼슈 씨는 곰곰이 생각해 보았다.

차는 조나탕과 레아를 피갈 광장과 블랑슈 광장 사이의 큰길가에 던져 두고 떠나 버렸다. 레아는 차에서 내리자마자 조나탕에게 물었다.

"왜 나에게 먼저 일식 이야기를 해 주지 않았어? 너 혼자만 재미 보기야?"

"너야말로 네 맘대로 할아버지를 몰아세우듯 심문하는 건 어떻고. 2는 2 곱하기 1이기도 하다는 거 잊지 마."

둘은 중앙 분리대를 따라 죽 걸어갔다. 평소 이들이 끔찍이도 싫어하는 커다란 풍차 날개가 번쩍이고 있는 물랭루주 앞을 지날 때쯤 몹시 화가 난 조나탕은 이렇게 마음먹었다.

'앞으론 내가 하는 일을 레아에게 속속들이 알리지 않을 테야. 어차피 사람은 각자 자기 입장에서 살아가야 한다는 것을 스스로 인정하도록 해야겠어.'

그러고는 일식에 관한 이야기로 되돌아갔다. 하늘을 연구한 덕분에 탈레스는 일식을 예견함으로써 태양이 갑자기 사라져 버리는 것에 대한 두려움에서 벗어날 수 있었다.

조나탕은 뒤처져 걷고 있는 레아가 빨리 따라오기를 기다렸다.

"구덩이에 관해서 말인데 내 생각은 이래. 탈레스는 구덩이에 떨어져 뭐랄까, 어둠에 갇히는 위험을 감수했던 거야."

레아가 물었다.

"일정 공간에서의?"

조나탕이 말을 이었다.

"그래, 일정 공간에서. 그런 뒤 탈레스는 천체를 연구해 지구 전체를 뒤덮어 인간을 공포에 떨게 한 어둠에서 벗어날 수 있게 한 거야."

레아는 당혹감을 감추지 못한 채 조나탕을 쳐다보았다. 페레트가 그들에게 출생의 비밀을 털어놓았던 것이 조나탕을 혼란스럽게 만들었나? 평소와는 너무나 다른 말투였다. 그들은 나란히 걸었다. 이 문제에 대해 함께 고민할 수 있다는 점에서 레아는 처음으로 쌍둥이로 태어나서 좋다는 생각을 했다. '2는 1 더하기 1이기도 하지.' 그녀는 갑자기 걸음을 멈추더니 알베르가 브레이크를 밟아 유리창에 머리를 부딪쳤던 일을 떠올리고는 조나탕의 팔을 잡아끌었다.

"그러니까 네 말은, 그 구덩이가 곧 다가올 공포에서 벗어나기 위해 치러야 할 대가였다는 거지?"

탈레스가 한 일은 심사숙고 끝에 이뤄진 것이었다. 결국 조나탕과 레아는 그림자를 지배하고 세상의 어둠을 길들인 이 위대한 인물의 업적을 인정하기로 했다.

04
·
아마존 서재

  프랑스 기동 순찰대의 요란한 경적이 파리 사람들의 단잠을 깨우는 7월 14일 혁명 기념일 아침처럼 유리창이 약한 진동에 흔들렸다. 누군가 차고 방문을 두드렸던 것이다. 뤼슈 씨가 문을 열어 보니 몸집이 작은 한 남자가 손에 들고 있던 종이를 내보이며 그를 찾았다.

  "거리 이름은 있는데 번지수가 안 적혀 있네요. 선생이 '리슈' 씨 맞습니까?"

  "그렇소. 내가 뤼슈요."

  뤼슈 씨는 자신의 성을 정확히 말해 주었다.

  뤼슈 씨는 서점 앞에 대형 화물 트럭 한 대가 정차해 있는 것을 보았다. 순간 그것이 무엇인지 깨달았다. 이윽고 한 사람이 차에서 내리더니 뒷문을 열었다. 트럭에는 상자들이 가득 차 있었다. 바로 조금 전까지만 해도 설마 했었는데 사실이었다. 그로루브르의 장서였다.

  남자가 뤼슈 씨의 귀에 대고 큰 소리로 말했다.

  "저, 선생님, 제 말 듣고 계세요? 자칫하면 이 물건들을 못 받으실 뻔했습니다. 물건을 싣고 오던 화물선이 대서양 한가운데서 침몰할 뻔했거든요. 쿠바 군함의 도움으로 무사할 수 있었다는군요. 엄청난 폭풍을 뚫고 항구까지 그 화물선을 예인해 왔답니다. 화물을 너무 많이 실었다나 봐요. 선원 가운데 한 명이 제게 귀띔해 주었는데 선장이 화물들을 바다에 던져 버리라고 명령하는 순간 쿠바 군함이 나타났다지 뭡니까. 정말이지, 물건을 받게 되신 건 한마디로 기적입니다."

그가 뤼슈 씨 앞에 와 섰다.

"난 기적 같은 건 믿지 않소. 물건이 도착하지 않았더라도 그건 그럴 수밖에 없는 이유가 있었겠지."

작업실이 곧 책 상자로 가득 찼다.

"이놈의 책들, 뭐가 이리 무거워."

상자를 옮기던 짐꾼 한 사람이 뤼슈 씨 앞을 지나가며 투덜거렸다. 책 상자는 입구에까지 가득 들어찼다. 마치 그들 말고도 누군가가 상자들을 나르고 있는 것 같았다. 짐꾼은 바닥에 털썩 주저앉더니 얼굴을 닦았다. 그러고는 상자 뚜껑에 기재된 내용을 가리키며 말했다.

"브라질에서 온 것들이군요. 그곳에서 들어오는 것들은 거의가 다 통나무죠. 항구에서 커다란 화물 몇 개하고 재수 없는 인간들을 봤어요. 옆에 우리 참나무 목재, 성냥 등이 있었거든요."

갑자기 뤼슈 씨가 물었다.

"어쨌든 화물에 물이 스며들거나 하진 않았죠?"

"그거야 모르죠. 저희는 화물 운반만 하니까요."

1962년, 알제리에서 귀환한 뤼슈 씨의 한 친구가 받기로 되어 있던 화물 상자 하나가 마르세유 항구에서 다른 배로 옮겨 싣는 과정에서 그만 물에 빠지는 일이 발생했었다. 다행히 상자는 건져 올렸지만 친구는 그 사실을 전해 듣지 못했다. 나중에 그가 상자의 뚜껑을 열었을 때는 이미 그 안에 있던 옷이며 책, 기타 내용물이 몽땅 썩어 버린 상태였다.

뤼슈 씨는 상자 하나하나 꼼꼼히 살펴보기 시작했다. 그는 휠체어에 몸을 의지한 채 주위를 돌며 판자에 손을 대 보았다. 판자는 젖은 흔적 없이 멀쩡했다. 잠시 후 짐꾼들은 작업실을 떠났고, 트럭의 엔진 소리가 라비냑가에 울려 퍼졌다. 그리고 이내 거리는 정적에 휩싸였다.

가구상에게 부탁해 만든 서가가 멋지게 벽을 장식하고 있었다. 큰 유리창으로 차가운 빛이 홍수처럼 밀려들었다. 모든 작업실이 그렇듯이 뤼슈 씨의 작업실 역시 북향이었다. 머지않아 서가는 책으로 가득 차게 되리라. 책들은 여기에서 잘 지낼 것이다. 직사광선도 습기도 없으니까.

*

페레트가 상자 뚜껑 아래로 장도리를 살짝 끼워 넣었다. 그러자 호두알 깨지는 것 같은 소리와 함께 판자가 삐걱거렸다. 뤼슈 씨는 상자 뚜껑이 열리는 것을 보았다.

'책이로구나.'

상자 꼭대기까지 빽빽이 들어찬 책들은 서로 포개져 있었다.

뤼슈 씨가 소리쳤다.

"멍청한 녀석! 책들이 잔뜩 짜부라져 있을 게 틀림없어."

페레트가 책 한 권을 집어 들더니 한참 동안 살펴보고는 고개를 들어 믿을 수 없다는 표정으로 뤼슈 씨 쪽을 쳐다보았다. 그녀의 손에는 16세기에 간행된 책이 한 권 쥐어져 있었는데 보존 상태가 매우 좋았다. 페레트는 흥분된 얼굴로 뤼슈 씨에게 책을 내밀었다. 그가 받으려 하지 않자 가장 가까이에 있는 책장에 책을 꽂았다. 제일 처음으로 꺼낸 책이었다.

뤼슈 씨는 주의 깊게 페레트의 행동을 지켜보았다. 그녀는 역시 호두 까는 소리를 내며 다른 상자들도 열었다. 휠체어의 바퀴 구르는 소리가 정적을 깨뜨렸다. 뤼슈 씨가 죽 늘어선 서가 앞으로 다가갔다. 천천히, 아주 천천히, 매우 주의 깊게, 페레트가 꺼내 정리해 둔 책들을 하나하나 살펴보았다. 전혀 손을 대지 않고 애정 어린 시선으로 어루만지듯 그저 바라보기만 하다가 가끔씩 책 겉장에 쓰여 있는 제목을 읽어 나갔다. 그 것은 그로루브르의 장서 가운데 극히 일부에 불과했다. 나머지 책들은 아직 상자 속에 있었다.

"저 많은 책을 사들인 걸 보면 부자였나 보군."

뤼슈 씨의 입에서 무심코 흘러나온 말이었다.

페레트가 놀란 표정으로 물었다.

"그가 어땠다고요? 이젠 부자가 아니란 말인가요? 그렇다면 망했거 나…… 죽었다고 생각하시나요?"

뤼슈 씨가 말을 얼버무렸다.

"그렇지 않소. 대체 무슨 말을 하는 거요? 조만간 그의 소식을 듣게 될 테지."

페레트가 의심하는 듯한 눈치를 보이자 그가 다시 한번 말했다.

"틀림없이 그에게서 금방 소식이 올 거요……."

그러자 그녀가 돌연 그의 말을 가로막았다.

"'금방'이라는 말씀은 하지 마세요."

뤼슈 씨는 어리둥절해하며 그녀를 쳐다보았다. 페레트가 다시 말을 이 었다.

"'금방'이란 말씀은 하지 마세요, 제발. '그것을 금방 보내 드리겠습니 다'라든지 '금방 다시 오겠습니다'라든지 마치 유행병처럼 손님이나 납품업자들이 하루 종일 그 말을 되풀이하는데, 정말 지긋지긋해요."

"당신이 그 말 한마디에 이렇게까지 예민하게 반응할 줄은 몰랐소. 화나게 할 의도는 없었다는 걸 알아주오."

페레트는 왜 갑자기 화를 냈을까? 사실, 다시 서점으로 돌아가고 싶지 않은데 가게 문을 열 시간이 되었던 것이다. 그녀는 아마도 작업실에 남아 뤼슈 씨 곁에서 책들을 구경하고 싶었으리라. 이를 눈치챈 뤼슈 씨는 그렇게 하도록 했다. 이는 극히 이례적인 경우였다.

*

주근깨투성이인 한 젊은 여자가 서점 안으로 들어와서는 신간 코너 쪽으로 달려갔다. 그녀는 피부병을 다룬 래리 박사의 베스트셀러, 『널 죽일 테야』를 집어 들고 와서 계산을 끝낸 뒤 아무렇지 않은 듯 낭당하게 서점을 나갔다.

다시 작업실로 돌아온 페레트는 뤼슈 씨에게 이렇게 말했다.

"상자 속에 책 분류표 같은 게 하나도 없네요."

"그러게 말이오."

"그거라도 있으면 우리 작업이 훨씬 수월할 텐데 말예요."

"그로루브르가 지난번 편지에 상자별로 책을 분류할 시간이 없었다고 썼더군."

그러다 갑자기 하던 말을 멈췄다.

"지금 '우리'라고 했소?"

그러자 페레트가 얼굴을 붉혔다.

"허락만 하신다면 책 정리를 도와드리고 싶어요."

"내가 허락한다면? 물론 허락하지. 내가 어찌 감히 당신에게 도와달라고 요구하겠소. 그런데 가게 일 때문에 어떨지 모르겠소만……. 처음 점원으로 들어와서 일할 때만큼이나 일거리가 많을 텐데."

"맡으실 건가요?"

"무엇을 말이오?"

"그 책들 말이에요."

"일단은 그래야겠소. 그로루브르가 내게 다시 기별하고 책들을 어찌할 것인지 말할 때까지는……."

"어쨌든, 친구분 참 이상해요. 그렇게 생각하지 않으세요? 책들을 제대로 분류해 넣을 시간조차 없었다니 뭐가 그리 급했을까요?"

"나 역시 그게 궁금하오. 그뿐만 아니라 왜 갑자기 나에게 자신의 장서들을 보내온 것인지, 그것도 내 의사는 물어보지도 않고 말이오. 내가 만약 몇 년 전에 이미 죽고 없어 '주소 불명'이라는 소인이 찍힌 채 편지가 되돌아오면 어쩌려고."

그의 얼굴에 장난기 어린 미소가 떠올랐다.

'이 책 상자들을 몽땅 되돌려보냈으면 어찌 되었을까!'

뤼슈 씨는 그로루브르가 '반송'이라는 글귀가 적힌 상자들을 돌려받고 난감해하는 장면을 상상하면서 묘한 쾌감을 느꼈다.

페레트가 순진한 표정으로 그에게 물었다.

"그의 주소를 아세요?"

순간 뤼슈 씨는 당황했다. 그러고 보니 주소를 모르지 않는가. 전화번호조차도 없었다. 아예 그런 것을 알려고 한 적도 없었다. 아무래도 그로루브르 쪽에서는 처음부터 일방적으로 보낼 생각이었던 것 같다. 결론적으로 말해, 그로루브르와 연락할 방법이 전혀 없었던 것이다. 페레트는 얼른 전화번호부를 펼쳤다. 그리고 국제전화 연결 번호인 19 33 12를 누르고 브라질 국가 번호 55를 눌렀다. 하지만 전화 교환원은 너무도 단호하게, 마나우스에는 엘가르 그로루브르라는 사람이 없다고 말했다. 뤼슈 씨는 그로루브르가 편지에서 마나우스 근처에 산다고 했던 것이 생각났다. 그 이상의 설명은 없었다.

"그 근처라고 하면 반경 수백 킬로미터에 이르는 지역을 말할 수도 있죠."

페레트는 교환원에게 전화를 끊지 말아 달라고 했다.

"뭐라고요?"

페레트는 교환원과 계속 말을 주고받았다.

"도시나 마을 이름을 알아야 하는데, 그걸 모르면 아무 일도 할 수 없다고요?"

그러더니 수화기를 내려놓았다. 뤼슈 씨는 낙담해서 어깨를 으쓱해 보였다. 함정에 빠진 것이다. 소르본 시절부터 그랬다. 항상 그로루브르는 상대의 의사는 묻지 않고, 혼자 결정하고 나서 자신의 술책에 끌어들이기 위해 온갖 수단과 방법을 동원하곤 했다. 그리고 대개는 그의 뜻대로 일이 풀려 나갔다.

"확실히 친구분이 문제라고 생각하시죠?"

페레트는 자기의 추측이 틀림없을 거라는 투로 집요하게 물었다.

"내가 그렇게 생각할 만한 이유라도 있소? 나나 모든 세상 사람에게 그렇게 보인다고 해서 반드시 사정이 그러리란 법은 없소. 하지만 그것을 의심해 볼 가치가 있느냐 하는 것은 생각해 볼 만하지."

페레트는 깜짝 놀란 표정으로 그를 쳐다보았다.

"페레트, 의심해 볼 가치가 뭐가 있겠소. 안 그렇소?"

그때 오십대로 보이는 중년 부인 하나가 서점 문을 살짝 밀고 들어왔다.

"낚시 용어 사전이나 이 분야에 관련해 뭐 볼만한 책이 있나요? 남편이 얼마 전에 퇴직했는데 선물할 만한 것으로요."

뤼슈 씨는 페레트와 부인이 얘기를 주고받는 틈을 이용해 그 자리를 빠져나왔다. 작업실로 돌아오면서 그는 부인이 남편에게 책보다는 낚싯대 세트와 신선한 미끼를 선물하는 편이 훨씬 나을 거라는 생각을 했다.

그는 가장 가까이에 있는 책 상자에 손을 집어넣었다. 순간 시야가 흐려지면서 섬광처럼 대서양 한가운데 수심 100미터 아래에 가라앉아 있는 상자들의 모습이 언뜻 보였다. 그런 일이 가끔씩 일어나곤 했다. 1794년 당시 프랑스 국민의회가 미국 의회로 보내려던 운반선이 난파되는 바람에 카리브해에 수장되었던 1차 미터원기原器처럼, 세상에서 가장 훌륭한 수학책들이 대서양 심해를 가득 채우고 있다. 끔찍할 정도로 생생한 환영이었다.

이러한 재난 속에서도 그 무엇인가가 그에게 위안을 주었는데 그것은 바로 상자가 파손되지 않고 원형 그대로였다는 사실이다. 정말 단 한 개도 부서지지 않았다. 책들은 물, 소금, 물고기, 연체동물, 해초 등으로부터 안전하게 전달되었다. 하마터면 2000년이 지나서 마르세유 먼바다의 미지근한 바닷물에 잠겨 있는 그리스 항아리 속에서 금화를 발견할 때쯤에야 그 상자들이 발견될 뻔했다.

"오, 안 돼!"

그는 자기도 모르게 소리를 질렀다. 아니, 질렀다고 생각했다. 상자들 가운데 하나가 반쯤 열려 있었던 것이다. 바닷물이 그 안으로 스며들었다. 어떤 책의 귀퉁이 부분이 나타나고 그다음 검붉은색의 모로코 가죽으로 만든 오돌토돌한 겉표지가 보이면서 책이 통째로 상자 밖으로 미끄러지듯 나오더니 점점 위로 떠올랐다. 뤼슈 씨는 온 힘을 다해 팔을 뻗었다. 그리하여 번쩍이는 소용돌이와 함께 곧장 수면을 향해 올라가던 그 책을 마침내 붙잡을 수 있었다. 그런데 뚜껑이 벌어진 다른 상자 속의 책들도 차례대로 하나씩 빠져나오고 있었다. 그러는 동안 뤼슈 씨의 몸은 점점 가라앉았다.

그는 자신의 작업실에서 손에 쥐고 있던 책을, 마치 구명대를 붙잡듯 꽉 움켜쥔 덕에 구조될 수 있었다. 그렇게 이 끔찍한 조난 사고에서 빠져나온 것이다. 환영은 사라졌지만 그가 쓰다듬으며 행복감에 젖곤 했던 모로코 가죽으로 만든 오돌토돌한 겉표지가 손에 닿기 전까지만 해도 조금 전 경험했던 공포는 쉽게 가시지 않았다.

겨우 정신이 돌아오자 뤼슈 씨의 시선은 제일 먼저 작업실의 서가로 향했다. 기적적으로 구출된 책들이 그곳에 있었다. 반쯤 열린 상자들 속에는 그의 손길을 기다리는 다른 책들이 있었다. 그로루브르가 그것들을 자신에게 맡긴 셈이다. 그는 그것들에게 문제가 생기지 않도록 조심하겠노라 다짐했다.

*

때마침 조나탕과 레아가 작업실로 들어서면서 극도의 흥분 상태에 놓여 있는 뤼슈 씨를 발견했다. 평소 거의 투명해 보이던 그의 두 눈은 그 나이로서는 놀라울 만큼 번뜩이는 광채를 발했고 여윈 두 손은 휠체어의 바퀴를 움켜쥔 채 천천히 움직였다.

조나탕과 레아는 책에서 태어나 책과 함께 살아온 셈이다. 그들에게 책은 마치 교외에 사는 개구쟁이들 앞에 놓인, 버려진 고물 자동차만큼이나 익숙했다. 하지만 이번에는 경우가 달랐다. 지구 끝에서 보내온 이 책들 때문에 달라진 뤼슈 씨의 모습이 그들을 사로잡았다. 뤼슈 씨는 즉석에서 이 작업실을 '아마존 서재'라고 이름 붙였다.

모든 장난감을 한꺼번에 늘어놓고 싶어 하는 아이처럼 뤼슈 씨에게도 그와 같은 욕구가 솟구쳤다. 책들을 몽땅 꺼내 도서실 전체 규모를 한눈에 가늠해 볼 수 있도록 서가에 모두 꽂아 보고 싶다는 충동이 일었다. 하지만 그것은 완전히 미친 짓이다. 만약 실제로 그렇게 한다면 그 후에는 책들이 아무렇게나 꽂혀 있는 도서관을 어떻게 사용한단 말인가? 그는 갈등을 거듭하다 결국 좀 더 신중해지기로 마음먹었다. 뤼슈 씨는 자신의 욕구를 잠재웠다. 아마존 서재를 어떤 식으로 정리해 나갈 것인지 그 원칙을 정하는 것이 급선무였다.

처음 서점을 열었을 때 판매할 책들을 우선 분류해 일반 소설, 추리 소설, SF 소설, 수필, 실생활, 관광 등 분야별로 코너를 마련했다. 규모가 작은 시집 코너와 함께 관광객들을 위해 읽기 쉬운 소설류 위주의 '외국인을 위한 코너'도 마련했다. 그의 기억으로는 당시만 해도 필요에 따라 책 분류를 다시 함으로써 코너별로 변화를 주기도 했던 것 같다.

그로루브르는 정말 도움이 되지 않았다. 그와 연락하는 것이 가능하다면 그의 서고를 어떤 식으로 만들었는지 물어볼 텐데. 또 그가 만든 색인표와 분류 목록을 보내 달라고 할 텐데. 익숙하지 않은 물건들을 정리할 때는 어떤 원칙을 세워야 할까? 그리고 수학에 문외한인 경우에는 수학 책을 어떤 식으로 분류하고 정리하는 것이 좋을까?

'스무 살 때 이미 거부했던 일을, 여든이 넘은 이 나이에 새삼 강요당하다니……. 그로루브르는 자기의 수학에 날 끌어들이려고 술수를 쓴 거야! 비열한 놈.'

담요가 휠체어에서 미끄러져 바닥으로 떨어지자 뤼슈 씨는 몸을 굽혔다. 그 참에 소맷자락으로 구두를 문질러 닦고는 마비된 두 다리 위로 담요를 다시 끌어 올렸다. 간신히 화를 가라앉힌 뤼슈 씨는 그로루브르가 파 놓은 함정이 아닐까 하는 억측을 머릿속에서 지워 버렸다. 편지에서 간간이 눈에 띄는 빈정대는 듯한 말투가 거슬리긴 했지만 그 어조는 자못 엄숙하기까지 했다. 모르긴 해도 절박한 상황임에 틀림없었다. 뤼슈 씨는 점차 그 무엇인가가 그로루브르로 하여금 자신의 장서를 친구에게 서둘러 보내지 않으면 안 되게 했다는 것을 확신하게 되었다. 도대체 그것이 무엇일까?

πR, 책은 자네 좋을 대로 분류하게나. 이미 내 손을 떠난 일이니 자네가 알아서 해 주었으면 하네.

"그래, 이제 내 것이 되었으니……."
뤼슈 씨는 투덜거렸다.
"그가 원했던 게 바로 이거로군."
뤼슈 씨는 우선 연대순으로 정리한 다음 주제별로 분류하는 방식을 택했다. 다시 말해 초판 발행일을 기준으로 정리하고 나서 주제별로 분류한 다음 서가에 꽂는 것이다.
수학사는 크게 몇 개의 시기로 나뉜다. 그 시기는 '섹션' 단위로 구분하기로 했다. 이어서 수학의 각 분야에 대한 목록을 만드는데 이들 분야 역시 몇 개의 부문으로 나뉜다. 그러나 이들 분야는 시대에 따라 다소 변하기 때문에 시대에 따라서는 해당 부문이 반드시 일치하지 않을 수도 있다. 어떤 것은 명맥이 끊어져 사라지거나 새로 생겨난 분야에 흡수되기도 하고 또 어떤 것은 세분화되어 다른 형태를 띰으로써 결국 완전히 새로운 것으로 탈바꿈하기도 했다.

분류 원칙을 세운다는 것은 결국 수학의 전체 구조를 재구성한다는 말과 다름없지 않은가. 거기에 이르기 위해 뤼슈 씨는 지리학자와 역사가가 되어야만 한다. 우선 수학의 세계에 관한 지도를 작성해야 한다. 역사상 실재하는 지도 말이다.

"그로루브르는 아름다운 아마조니아에서 유유자적하며 살겠다는데 난 작업실에 처박혀 탐험가 노릇이나 해야 하다니!"

뤼슈 씨는 몹시 불만스러웠다. 그렇지만 도전해 보기로 마음먹었다. 우선 간단한 조사를 한 다음 크게 세 시기로 분류했다. 시간이 지나면 다시 손질할 것이다.

〈섹션 1〉 고대 그리스 수학

(범위가 보다 확대된 고대, 곧 기원전 700년~700년)

〈섹션 2〉 아라비아 수학(800년~1400년)

〈섹션 3〉 서양의 수학(1400년 이후)

이때 각 부문은 어떻게 할 것인가? 여러 영역의 목록 작성을 통해 결국 '수학은 무엇을 다루는 학문인가?'라는 물음에 대한 답을 얻을 수 있을 것이다.

그렇다면 수학은 과연 무엇을 다루는 학문인가? 도형과 수, 공간과 양. 다시 말해 '기하'와 '산술'이 질문에 대한 첫 번째 대답이다. 뤼슈 씨 자신도 인정하듯이 다소 초보적인 수준의 답변이기는 하다. 수학에 관련된 사전이나 백과사전을 뒤지기 전에 그는 학창 시절 듣던 강의 과목을 떠올리려고 애썼다. 무려 60년이나 지났음에도 앞서 말한 두 가지 이외에도 대수학이나 삼각법, 확률, 통계, 역학 등의 과목명이 모두 기억났다. 기하학은 도형, 산술은 수, 삼각법은 각도, 역학은 도형의 평형과 운동 등을 각각 대상으로 하고 있다.

막스는 개봉된 책 상자들이 널려 있는 작업실에 도화지와 커다란 지우개, 평행자, 색연필(그는 수성펜을 싫어한다) 등 필요한 문구 일체를 준비해 놓았다. 먼저 도화지를 여러 장 겹쳐 셀로판테이프로 고정시킨 다음 화판을 만들어 벽에 걸었다. 뢰슈 씨는 무릎 위에 공책을 펼쳐 놓고 '아마존 서재'의 도서 분류 원칙에 대해 막스에게 설명해 준 뒤 의견을 물었다. 민주적인 방법으로 의견을 수렴하는 것이 좋겠다고 생각한 뢰슈 씨는 페레트와 쌍둥이, 알베르를 불렀으나 앞의 세 사람만이 참석했다. '기하학' 코너를 마련하자는 제안은 만장일치로 통과되었다. 막스는 종이에 네모 칸을 그린 다음, 그 안에 '기하학'이라고 써넣었다. 그런데 산술이 문제였다. 참석자 가운데 일부는 대수학과 하나로 묶어 분류하자고 했다. 이들 두 개의 부문이 엄연히 존재한다는 사실을 확인시키기 위해 뢰슈 씨는 각각의 특성을 설명했다.

"'산술'은 그리스어로 수를 뜻하는 단어에서 나온 말이지."

레아가 질문을 던졌다.

"그럼 '대수학'의 어원은 뭐죠?"

뢰슈 씨는 전혀 생각지도 못했던 문제다. 그는 그저 공책을 들여다보며 하던 말만 계속했다.

"산술이란 1, 2, 3…… 등 세상에 존재하는 자연수를 연구하는 분야인 반면 대수학은 방정식을 다루는 학문이야. 결국 서로 다른 분야라고 할 수 있지. 산술은 모든 수의 형태와 속성, 짝수인지 홀수인지, 나눌 수 있는 수인지 아닌지 등에 관해 연구하는 거란다. 하지만 대수학의 경우 방정식 푸는 방법을 알고자 하는 것일 뿐 구하고자 하는 것의 속성을 파악하려는 것은 아니야. 말하자면, 계산 그 자체는 대상을 어떤 형태로 구속하느냐 하는 문제란다. '두 짝수의 합은 짝수'라는 문장은 산술에 해당하는 반면 '방정식 $ax^2 + bx \cdots$의 근은 $\cdots$'은 대수학에 나오는 문장이지."

얼핏 사람들의 얼굴을 보니 조금은 이해하는 듯했다. 두 가지 영역의 차이를 고려한 결정적인 논거로서 뤼슈 씨는 산술이 기원전 6세기경 그리스에서 탄생한 반면 대수학은 훨씬 후에 시작되었다고 말했다. 막스는 두 개의 칸을 그렸고 이어 뤼슈 씨는 '삼각법'으로 넘어갔다.

"그 명칭에서 보듯이 삼각법은 삼각형의 크기를 측정하는 학문이다. 변이 아닌 각으로서 정의된 삼각형 말이야. 종종 삼각법을 그림자의 학문이라고들 하지. 어디에서 따온 말인지 다들 알지?"

그러자 조나탕이 루브르 박물관에서 만난 어느 미국인 관광객의 억양을 흉내 내어 대답했다.

"예에, 티엘리스!"

뤼슈 씨는 말을 이었다.

"이는 물체의 기울기와 방위, 방향 등 각도로써 측정 가능한 모든 것에 관해 연구하는 학문이야. 사인과 코사인에 따라 직접 그 물체를 측정하지 않고도 각도를 알 수 있지. 각도의 사인과 코사인은 모두 수로 나타내고."

조나탕은 '삼각법은 각도의 사인과 코사인을 구하는 것이고 각도 자체는 기하학에 관계된 것이므로, 삼각법은 기하학의 일부'라는 이유를 들어 삼각법을 기하학에 포함시키자는 주장을 했다. 반면 레아는 '각도의 사인과 코사인은 수이며 수 자체는 산술에 관계된 것이므로' 당연히 산술에 삼각법을 포함시키자고 했다. 하지만 뤼슈 씨는 다음과 같은 비유로 둘의 의견을 일축했다.

"맞아. 삼각법은 두 영역의 '결혼'인 셈이니까, 신혼부부에게는 따로 방 하나를 마련해 줘야지."

막스는 주저하지 않고 바로 네모 칸 하나를 그렸다.

이어 '확률론'으로 넘어갔다.

"막스가 벼룩시장의 어느 창고에서 앵무새 한 마리와 마주칠 확률은 거의 없었죠, 안 그래요?"

레아가 끼어들었다.

"그런데도 막스는 노퓌튀르와 우연히 마주쳤어요. 그 일을 계기로 노퓌튀르가 우리와 한 식구가 되는 행운을 누리게 되었던 거고."

노퓌튀르는 확률론이 수학의 한 분야로 채택되는 데 일조를 한 셈이었다. 이제 막스가 칸 하나를 그리면 된다.

다음 분야로 넘어가면서 뤼슈 씨는 수학자들이 역학이라고 부르는 분야는 이론적인 것일 뿐 실재하지 않는 학문이라는 점을 분명히 밝히는 것이 좋겠다고 생각했다.

"역학은 물체의 운동 원인에 관심을 두고 있는 학문이지. 무엇이 운동을 유발하는 걸까? 그건 힘이란다. 수리역학자들은 그러한 힘을 여러 가지 함수를 이용해 공식으로 나타내고자 했어."

다들 아무 말도 하지 않고 앉아 있었다.

뤼슈 씨는 알베르가 그 자리에 없다는 사실이 못내 아쉬웠다. 막스가 칸 하나를 그렸다. 그때 페레트가 통계학은 왜 목록에 표시하지 않느냐고 물었다. 이에 대해 뤼슈 씨는 통계학이란 것이 수학의 한 분야로서 인

정반기에는 너무 경험에 의존하는 경향이 있다고 주장했다. 결국 통계학은 제외되었다.

페레트가 소리쳤다.

"빠뜨린 게 있어요! 논리학이에요!"

"빠뜨린 게 아니오. 논리학은 철학에 속하는 학문이지. 논리학의 기초를 세운 아리스토텔레스도 내가 알기론 수학자가 아니라 철학자였소."

"수학에 논리가 없다면 도대체 어디에 있는 거죠?"

"그건 생각 속에 있소, 페레트!"

뤼슈 씨가 덧붙여 말했다.

"특히 추론 안에 있죠. 그리고 추론이 없다면 수학이 아니죠."

막스는 박수를 치며 얼른 칸 하나를 더 그리며 물었다.

"맞아. 그게 논리학 아닌가요, 엄마? 그리고 현대 수학은요?"

시끄러운 토론이 계속되는 가운데 페레트는 '현대'라는 것이 하나의 분야를 가리키는 명사가 아니라 시간을 나타내는 말임을 지적했다.

"시간을 가리키는 말이든 아니든 간에 '현대'라는 단어는 도형이나 수, 코사인, 확률, 추론, 이런 것들이 아니잖아요."

조나탕이 투덜거렸다.

그 말에는 반박의 여지가 없었다. 페레트는 두 단어를 한 말처럼 쓴다는 조건 아래 이를 받아들였다. 막스는 네모 칸을 그리고 그 안에 '현대 수학'이라고 적어 넣었다.

모두들 화판을 보고 탄성을 질렀다.

그들은 개수를 세어 보았다. 모두 세 개의 섹션에 각각 여덟 개 분야로 정리되었다. 결국 아마존 서재를 꾸미는 데는 총 스물네 칸이 필요하게 된 것이다.

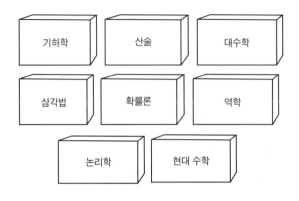

공작비둘기와 키가 작은 수탉, 적록색 오리, 멧비둘기와 보통 비둘기, 아주 작은 모잠비크산 검은머리방울새, 파란 띠를 두른 붉은가슴핀치, 각종 카나리아류, 산호색 부리에 오렌지빛 볼을 가진 다이아몬드 비둘기, 몸통은 우윳빛에다 머리 꼭대기에 연노랑 깃털 세 개가 나 있으며 안쪽 꼬리 부분에는 노란색이 살짝 들어가 있는 대왕오디새, 앙고라토끼와 양토끼, 햄스터, 게르빌루스쥐, 두 장의 플라스틱 판 틈에 끼인 바싹 마른 해마 한 쌍, 이구아나, 카멜레온 그리고 3년생 보아뱀 등이 있었는데 막스는 움직임이 거의 없는 보아뱀 우리 앞에 꼼짝 않고 서서 그 동태를 살피고 있었다. 하지만 이 모든 동물을 바라보며 그저 감탄이나 하려고 여기까지 온 것은 아니었다.

출발 전에 막스는 자신의 빨강 머리를 감추기 위해 그 위에 커다란 베레모를 눌러썼다. 사람들은 그 사실을 전혀 모른다. 몽마르트르에서 그랑불르바르까지 미끄러지듯 단숨에 달려왔다. 센강에 도착하기 직전, 막스는 아주 좁은 길로 들어섰다. 표지판에는 다음과 같이 적혀 있었다.

'장 랑티에가, 13세기 당시 거주자, 장 루앙티에.'

700년이나 되었다니, 굉장했다. 앵무새의 경우도 마찬가지다. 그 정도로 오래된 종도 있다는 사실을 막스는 알고 있었다. 그럼 노쿼튀르는 몇 살쯤 되었을까? 사실 그 해답을 얻기 위해 이곳까지 온 것이다.

센강 변을 따라 루브르 박물관과 샤틀레 광장 사이에는 메지스리 선착장이 있는데 그 옆으로 동물 판매점과 고서적 상점이 죽 늘어서 있다. 센강 위로 솟은 보도 위에 자리 잡은 고서적상은 강 오른쪽 언덕에서 나오는 자동차들의 행렬을 사이에 두고 동물 판매점들과 나눠진다. 동물 판매점이 운집된 이 구역에 가면 지구상에 존재하는 모든 종류의 새들을 만나 볼 수 있다. 물론 워싱턴 조약에서 보호 대상으로 규정한 몇몇 종류는 제외하고 말이다. 이들은 판매가 금지된 종이다. 하지만 웃돈만 더 쳐준다면야……

막스는 메지스리에 있는 대형 조류 판매점으로 들어갔다. 입구에는 빵집처럼 '동물은 들어올 수 없음'이라는 문구가 붙어 있었다. 한데 갑자기 막스가 폭소를 터뜨리는 것이 아닌가. '동물'이라는 말 다음에 누군가 흥분한 듯 손 표시를 하고 '우리에 들어 있어도 절대 안 됨!'이라고 덧붙여 놓았던 것이다.

첫 번째 방은 개들이 있는 곳이었다. 막스는 요란하게 짖어 대는 작은 푸들 무리 앞을 지나 요크셔테리어, 그리고 단단한 쇠줄에 묶여 루커 골든 옆에 축 늘어져 누워 있는 발바리 앞을 차례로 지났다. 또 다른 방에는 다른 종류의 개들이 있었는데 벽보에는 이렇게 써 있었다. 접근 금지. 그때 막스의 어깨 위에 있던 노쿼튀르가 털을 곤두세운 채 몸을 움츠렸다. 막스는 그 자리를 떠나 앵무새 코너로 향했다. 여기서 막스는 한 가지 중요한 사실을 깨달았다. 사랑앵무는 앵무새의 암컷이 아니라는 것. 지금까지 막스는 사랑앵무가 앵무새의 암컷인 줄 알고 있었다. 그래서 사랑앵무는 모두 암컷이고 앵무새는 모두 수컷인 줄 알았다. 그러나 거기에는 사랑앵무 수컷과 앵무새 암컷 여러 마리가 있었다.

'노퓌튀르는 수컷일까, 암컷일까?'

막스는 궁금해서 주위를 두리번거렸다. 점원이 어떤 부부에게 설명을 하고 있었다.

"수컷은 암컷보다 머리가 더 크죠."

그 부인이 물었다.

"모르긴 해도 생식기를 조사해 보면 바로 알 수 있지 않을까요?"

점원이 퉁명스럽게 대답했다.

"안 그래요. 그랬다면 애초에 머리 얘기를 꺼내지도 않았죠. 앵무새의 성은 눈으로 보거나 손으로 만져 봐서는 알 수 없다니까요. 암수, 두 가지 성을 동시에 갖고 있거든요."

그 부부는 어리둥절해하며 마주 보았다. 그러다가 부인이 먼저 입을 열었다.

"양성이든 아니든 간에 수컷과 암컷이 있을 거 아니에요? 하여튼 내가 사 가는 앵무새가 어느 쪽인지는 알아야겠어요."

"성을 확실히 아는 방법이 딱 한 가지 있는데 그건 바로 간단한 수술을 해 보는 겁니다."

점원은 이렇게 대답하고는 휙 돌아서더니 다른 손님에게로 가 버렸다. 막스는 몰래 노퓌튀르의 머리 크기를 쟀다.

"어쨌든 네 머리는 작아 보이진 않는구나. 안심해, 수술은 안 할 테니."

노퓌튀르는 과연 어디에서 왔을까? 그리고 무슨 종일까? 다양한 종류의 쇠앵무류를 소개하는 포스터가 그 첫 번째 질문에 답을 주었다. 노퓌튀르는 쇠앵무류의 일종은 아니었다. 하지만 앵무새 종류만 해도 100여 가지가 넘다 보니 그다지 도움이 되지 않았다. 커다란 지도 위에 앵무새의 분포 현황이 표시되어 있었다. 중앙아프리카와 남아메리카 지역이 2대 주요 서식지였으나 동아시아와 인도 역시 그에 못지않았다.

막스는 파리 경찰청에서 만든 파리 수의사 명단이 나와 있는 벽보 앞에서 걸음을 멈췄다. 벽보를 들여다보던 그의 표정이 이내 굳어졌다. 공문에 프랑스 영토 내로 반입된 모든 동물은 '검역 증명서'가 있어야 한다고 쓰여 있었기 때문이다. 또한 프랑스 도착 시 반드시 검역을 거치도록 되어 있었다. 그렇다면 서둘러 그곳을 벗어나야만 했다. 막스는 봉지를 두 손 가득 움켜쥐고 계산대로 다가갔다. 줄이 길게 늘어서 있었다. 계산대 옆에 서 있던 점원 하나가 노쀠튀르를 발견하고는 호기심을 주체하지 못하고 이렇게 말했다.

"우와! 멋진 청모자 아마존앵무새다. 좋겠네요. 가봉산 자코와 함께 그 종류가 가장 말을 잘하죠. 그런데 앵무새를 데리고 매장에 못 들어온다는 거 알죠? 생각해 봐요. 앵무새가 병이라도 걸려…… 물론, 검역 증명서는 있으실 테죠? 앵무새가 아주 건강해 보이네요."

그러더니 목소리 톤이 갑자기 낮아졌다.

"말 잘하는 앵무새에게 거액을 준다는 구매자를 몇 명 알고 있는데……. 이 앵무새 말 잘해요?"

"앵무새에게 물어보세요."

"무슨 말이든 해 보렴."

점원이 노쀠튀르에게 말을 시키려고 했다. 그러자 노쀠튀르는 고개를 돌려 버렸다. 기분 상한 점원이 말했다.

"도대체 너 왜 그래?"

그녀가 손을 내밀자 노쀠튀르는 공격 자세를 취했다.

"흉한 상처가 있네."

점원이 막스에게 물었다.

"앵무새 키운 지 오래됐어요?"

바로 그때 막스가 계산할 차례가 돌아왔다. 그는 물건값을 지불했다. 점원이 다시 묻자 막스가 대답했다.

"저 좀 바쁘거든요, 엄마가 기다리고 계셔서……. 그리고 엄마 말씀이 모르는 여자들하고는 말하지 말랬어요."

그러자 점원이 웃음을 참으며 이렇게 말했다.

"어린 신사께서 유머가 있으시네."

막스는 서둘러 그곳을 빠져나왔다. 그 점원이 자기 블라우스 주머니를 막 뒤지더니 종이 한 장을 꺼내 거기에 적힌 전화번호를 읽으려는 순간 얼른 밖으로 나와 버린 것이다. 상점을 나서면서 막스는 노퓌튀르에게 조용히 말했다.

"저 점원이 우리 둘을 이상한 눈으로 쳐다봤던 것 같아. 특히 너를 말이야. 저 여자 뭔가 수상쩍어하는 것 같았어."

그 시간 점원은 목소리를 낮춘 채 누군가와 통화를 하고 있었다. 수화기에 입을 바짝 갖다 대고는 말했다.

"예, 열두 살 정도 돼 보이는 남자아이가 청모자 아마존앵무새 한 마리를 데리고 있었어요. 대단한 앵무새던걸요."

"……."

"예, 머리에 상처가 있는 파란 머리의 앵무새요."

"……."

"글쎄요, 그건 모르겠어요. 남자아이의 머리 색깔은 잘 못 봤거든요."

"……."

"뭐라고요, 왜 못 봤냐고요? 그 아이는 베레모를 쓰고 있었어요."

"......."

"......지금 이곳에 붙잡아 뒀냐고요? 그게…… 벌써 가 버렸어요. 곧 오신다고요? 알았습니다."

그녀는 수화기를 내려놓자마자 손님들 사이를 헤치고 거리로 달려 나가더니 주위를 샅샅이 살폈다. 낡은 벽보 한 장을 등 뒤에 숨긴 채 길 반대편에 있는 한 고서점의 진열대 앞에서 사태를 지켜보던 막스는 그 점원이 씩씩거리며 상점으로 되돌아가는 것을 보았다.

막스는 노퓌튀르에게 살짝 귀띔했다.

"내가 말했지? 저 여자가 좀 수상하다고. 자, 도망가자. 지금 동물 밀매가 이뤄지고 있는 게 틀림없어."

그러다 갑자기 하던 말을 멈췄다.

"그랬구나. 이제야 알았다. 벼룩시장에서 만난 두 작자가 바로 앵무새 밀매업자였어. 점원이 말하길 말 잘하는 새는 높은 값을 받을 수 있다고 했잖아. 이것 봐! 말 잘하는 새라면…… 저런, 넌 대단해! 넌 엄청난 가치가 있는 거야, 노퓌튀르. 경연회에 나갔으면 1등도 했겠지. 그들은 거액의 재산이 사라져 버린 사실을 알고 단단히 화가 났던 거야. 생각해 봐. 구매자를 물색해 놓고 선금까지 받아 챙겼는데 네가 도망가는 바람에 받아 놓은 돈을 몽땅 환불해 줘야 할 판이니. 그들이 화낼 만도 하네. 노퓌튀르, 넌 천재야, 천재. 얼른 이곳을 빠져나가는 게 좋겠어. 베레모 쓰고 오길 잘한 것 같아."

다시 장 랑티에가를 지나 메지스리에 도착한 막스는 오늘 일을 찬찬히 정리해 보았다. 자신은 그 밖에 무엇을 알고 있을까? 노퓌튀르가 수컷인지 암컷인지, 그리고 몇 살인지도 모른다. 단지 자신에게 검역 증명서가 없다는 것과 그 진단서 한 장이 필요하다는 것, 그리고 노퓌튀르가 청모자 아마존앵무새이고 말을 아주 잘하는 새라는 사실만 알 뿐이다.

막스와 노쾨튀르가 그곳을 떠난 지 얼마 되지 않아 커다란 메르세데스-벤츠 자동차 한 대가 문제의 조류 판매점 입구에 와서 급정거했다. 그리고 잘 차려입은 두 사람 가운데 덩치 큰 남자가 차에서 내렸다.

05

•

시대를 대표하는 수학자

뤼슈 씨는 완전히 짜부라진 채 상자 속에 들어 있던 책들을 모두 꺼내자 당장이라도 펼쳐 보고 싶은 마음이 굴뚝같았다. 하지만 아마존 서재를 제대로 만들기 위해서는 한 번 더 국립도서관에 들러 자료를 찾아봐야 할 것 같았다. 그래서 알베르에게 다음 날 아침 자신을 데리러 오라고 일러두었다. 뤼슈 씨는 준비한 분류법에 따라 간단한 계획을 세웠다. 사실 그것은 거창한 계획이기도 했다. 제일 먼저 해야 할 일은 시대를 망라해 수학의 계보를 작성하는 것이었다. 무려 2500년 동안의 계보를 말이다.

즐거운 마음으로 국립도서관을 찾았다. 그러나 지난번과는 달리 책 사이에서 빈둥거리며 시간을 보낼 수 있는 처지가 아니었다. 그로서는 즉시 일을 추진해야만 했다. 본질을 파악할 필요가 있었던 것이다. 앞으로 더 큰 장애가 있으리라는 것을 그는 철학자로서의 경험으로 이미 직감하고 있었다.

뤼슈 씨는 다소 무거운 자신의 공책을 꺼내 펼친 다음 책장을 넘겼다. 공책을 이미 다 써 버린 상태라 빈칸이 없어 당황했지만 다행히 예전에 사 둔 여벌의 공책이 한 권 있었다. 역시 두껍고 무거운 공책이었다. 그리고 언젠가 단골 고객 한 사람이 베네치아에서 보내준, 여태껏 한 번도 사용한 적 없는 새 펜을 꺼냈다. 나선형의 문양이 들어간 그 펜은 전체가 유리로 되어 있었다. 자루뿐만 아니라 펜촉까지도 말이다. 그 여성 고객이 펜과 함께 동봉한 쪽지에는 '자기 앞에서 직접' 제작된 펜대라고 쓰여 있었다.

그는 잉크를 꺼내 뚜껑을 연 다음 펜촉에 잉크를 찍어 쓰려다 주위를 둘러보고는 하던 일을 멈췄다. 주변에 앉은 사람들이 이상하다는 듯이 자신을 쳐다보고 있었다. 바로 그 순간 흰색 콘센트와 회색 코드로 연결된 검은색 노트북들 사이에 둘러싸여 있는 자신을 발견했다. 다행히도 가져온 커다란 수학 사전과 그 정도 크기의 과학사 개론서가 방어막이되고 있었다. 뤼슈 씨는 유리 펜을 잉크에 한 번 담갔다 빼고는 글씨를 쓰기 시작했다. 사각사각, 펜이 종이 표면을 스치는 소리가 났다. 이윽고 사방에서 일제히 타닥타다 자판 두드리는 소리가 들려왔다. 자판 위에서 춤추고 있는 힘줄 선 손가락들이 그에게 전자 기계의 우월함을 일깨우려는 듯했다. 하지만 뤼슈 씨는 그 소리에 아랑곳하지 않았다. 그는 글쓸 시간을 허비하지 않기로 마음먹었다. 이제 몇 가지 사항만으로도 충분했다.

*

〈섹션 1〉 고대 그리스 수학 (기원전 700년~700년)

• 기원전 6세기

  수학의 창시자: 탈레스 → 기하학, 피타고라스 → 정수론.

• 기원전 5세기

피타고라스학파: 크로토네의 필롤라오스, 메타폰티온의 히파소스, 키오스의 히포크라테스, 데모크리토스 → 원자론.

엘레아(이탈리아 남부의 도시)학파: 파르메니데스, 제논, 엘리스의 히피아스 → 소피스트, 기하학자.

• 기원전 4세기

아테네학파. 플라톤의 아카데미아 연구 업적: 크니도스의 에우독소스(착출법 발명, 적분법의 시조), 키레네의 테오도루스, 테아이테토스, 타렌툼의 아르키타스, 아리스토텔레스(논리학, 추론), 메나이크모스, 필라노스의 아우톨리코스, 로도스의 에우데모스(소요학파, 수학 및 천문학·역사학자).

• 기원전 3세기(고대 그리스 수학의 황금기)

3대 수학자: 알렉산드리아 출신의 유클리드와 아폴로니오스, 시라쿠사 출신의 아르키메데스 → 기하학의 체계 마련.

유클리드 『기하학 원론』, 아폴로니오스 『원뿔곡선론』, 아르키메데스.

그는 마지막에 인용한 세 사람의 저서 대부분이 수학과 관련된 것임을 알았다.

기원전 3세기부터는 알렉산드리아를 중심으로 수학이 발전.

이른바 헬레니즘 시대에 접어듦. 탈레스와 피타고라스의 이집트 여행 직후 탄생된 그리스 수학은 그들의 출신지를 중심으로 꽃피게 됨.

• 기원전 3세기

에라토스테네스 → 천문학 및 지리학·수학자, 알렉산드리아 도서관 책임자, 최초로 지구 둘레 측정.

- 기원전 2세기

  히파르코스 → 삼각법의 창시자, 테오도시우스 → 천문학자.

- 기원전 1세기

  헤론 → 역학자.

- 2세기

  프톨레마이오스 → 지리천문학자, 게라소스의 니코마코스, 스미르나의 테온 → 수론, 메넬라오스 → 원뿔곡선론.

- 3세기

  디오판토스 → 대수학의 창시자.

- 4세기

  파포스 → 전대의 기하학을 집대성, 알렉산드리아의 테온 → 기하학자, 그의 딸 히파티아는 고대 그리스 최초이 여류 수학자.

- 5세기

  대표적인 그리스 수학의 주해자: 프로클로스 → 유클리드 수학의 주해자, 에우토키우스 → 아폴로니오스와 아르키메데스 수학의 주해자.

- 6세기

  보에티우스 → 그리스의 마지막 수학자, 고대 그리스 수학의 역사가 막을 내림.

날이 저물어 월요일도 끝나 간다. 뤼슈 씨가 앉아 있는 책상열에는 단 두 사람만 있을 뿐 그 넓은 열람실에 드문드문 빈자리가 많아졌다. 자신이 필기한 내용을 대충 훑어보니 놀랍게도 20여 개의 이름만 열거되어 있었다. 1000년에 걸쳐 활약한 수학자들 가운데 고작 20명이라니. 공책에 적은 몇 안 되는 사람들이 고대 그리스 수학의 역사를 이룩했다니 참으로 놀라운 일이 아닐 수 없지만 마침내 해낸 것이다. 필기한 내용이 너무 간략한 듯했으나 현대의 수학책을 분류하는 데는 충분했다. 이제 '그리스 시대부터 현대까지'의 수학자 목록을 만드는 일만 남았다. 하지만 그것은 현실적으로 불가능했다. 그래서 1900년까지만 다루기로 했으나 역시 터무니없는 결정이다. 무려 1500년 이상의 기간을 어찌 살펴보겠다는 것인지. 가엾게도 꼼짝없이 '관' 속에 갇혀 있게 될 아마존 서재의 책들이 떠오르자 몹시 괴로워졌다.

화요일 오전 9시가 되기 훨씬 전에 알베르가 국립도서관 현관 앞에 뤼슈 씨를 내려 주었다. 그는 9시 45분까지 공항에 반드시 가야 한다면서 양해를 구했다. 뤼슈 씨의 작업은 빨리 진행되었다. 전날 '섹션 2'에 필요한 책들을 미리 신청해 둔 덕분이었다.

〈섹션 2〉 아라비아 수학(800년~1400년)

그는 갑자기 막막해졌다. 아라비아의 수학자 가운데 단 한 사람이라도 인용할 수 있을까? 마음이 다급해진 뤼슈 씨는 꽤 두꺼운 개론서를 붙들고 열심히 읽어 내려가다가 이내 그 책이 아라비아의 수학자가 아닌 아랍어로 책을 쓴 수학자들에 관한 것임을 알았다. 그들은 페르시아인이나 유대인, 베르베르인 등이었다. 특히 의학과 천문학, 철학, 물리학, 수학 등 동시에 여러 분야에서 '광범위한' 활동을 펼친 학자 대부분이 그쪽 출신이었다. 그런 점에서 이들은 거의 모든 학문의 경계를 넘나들던 그리스 최초의 철학자들과 유사했다.

'섹션 2'에서는 수학이 아라비아 지역에 널리 퍼지게 된 700여 년에 걸친 아라비아 수학의 역사를 다뤘다. 바그다드학파의 경우만 해도 호라산과 아랄해 연안의 콰리즘, 이집트, 시리아, 마그렙(모로코, 튀니지, 알제리를 포함하는 사하라사막 이북의 북아프리카 지역), 이베리아반도 등에까지 영향을 미쳤다.

5세기부터 8세기에 이르는 침체기를 겪은 이후 그리스 수학은 그리스의 수학을 자기 것으로 만들어 결실을 맺게 한 아라비아의 수학자들에 의해 재조명되었다. 한편 고대 이교 문명지인 알렉산드리아의 수학은 그리스도교 국가인 동로마 제국을 통해 이슬람 문화의 중심지 바그다드에 전래되었다.

특히 9세기와 10세기에 활동한 이 아라비아 학자들은 위대한 수학자이자 동시에 노련한 번역가라는 공통점을 지니고 있었다. 그들은 유클리드, 아르키메데스, 아폴로니오스, 메넬라오스, 디오판토스, 프톨레마이오스 등 고대 그리스 수학자들의 원고를 번역하는 대규모 사업에 뛰어들었다. 그 결과 고대 그리스의 수학 지식을 자신들의 것으로 만들었을 뿐 아니라 그 범위를 상당한 수준까지 확대함으로써 그리스 수학에는 없는 전혀 새로운 형태의 학문을 탄생시킬 수 있었다. 또한 다른 세계, 특히 인도의 학문에 깊은 관심을 보이기도 했다.

그는 마치 시간이 많이 남아 있기라도 한 듯 미사여구까지 덧붙였다.

그리스 수학자들과 마찬가지로 아라비아 학자들도 대개 수학, 의학, 천문학, 철학, 물리학 등 여러 분야에서 '광범위한' 활동을 펼치고 있었다. 특히 아라비아의 수학자들은 대수학과 조합론, 삼각법을 창안했다.

- 9세기 전반

  바그다드가 중심지.

  알콰리즈미 → 대수학(미지수 하나를 갖는 일·이차 방정식).

  아부카밀 → 대수학(미지수를 여러 개 갖는 연립방정식)의 영역 확대.

  알카라지 → 최초로 무리수를 수로 간주.

  알파리지 → 기초 수론의 기틀 마련. '모든 수는 반드시 더 이상 나눌 수 없는 소인수로 분해되며 그 소인수의 곱이 바로 원래의 수이다'라는 이론을 정립.

- 9세기 후반

  역시 바그다드가 기하학의 중심지.

  바누 무사 삼형제.

  타비트 이븐 쿠라, 알나이리지, 아불 와파 → 넓이 계산, 포물선, 타원, 분수론, 사인표 작성, 독립된 분야로서의 삼각법 창안.

- 10세기 말

  수학의 양대 산맥: 알비루니(지리·천문·물리학자). 서양학파의 알하젠(수론, 기하학, 미분법, 광학, 천문학 등. 대수학은 제외).

  이븐 알화얌 → 유명한 페르마 정리의 기초 마련. '임의의 세제곱수는 두 세제곱수의 합이며, 그 방정식 $x^3 + y^3 = z^3$의 답은 정수가 아니다.'

  그 밖에 10세기 말에는 알카라지가, 12세기에는 알사마왈이 위대한 수학자로 인정받음. 특히 알사마왈의 경우 열 개의 미지수를 갖는 210개의 연립방정식을 개발. 그 문제를 풀었음. 대수 계산법.

이것은 설명이 필요했다.

- 대수학: 산술에서 수에만 사용하는 각종 연산($+$, $-$, $\times$, $\div$, $\sqrt{}$제곱근 구하기 등)을 미지수에 적용하는 방법. 수론을 대수학까지 확대 적용.
- 알카라지는 대수학에서의 승수, 곧 X^n과 $\frac{1}{X^n}$에 관해 연구. 알사마왈의 경우 음수를 이용해 기본 승수 계산법, 곧 $X^m X^n = X^{m+n}$을 증명. 특히 수론에서 정확한 해답을 구하기 위해 '순환증명법'을 최초로 사용한 학자들 가운데 한 사람. 1차 정수 n의 합과 그 제곱의 합, 세제곱의 합을 구하는 방법 제시.

뤼슈 씨는 공책의 여백에 '$1+2+$'부터 쓰기 시작했다. 더 이상 쓸 자리가 없어졌다. 그는 글씨가 빽빽이 들어찬 쪽으로 돌아와 다음 공식을 집어넣었다.

$$1+2+3+\cdots+n-\frac{n\times(n+1)}{2}$$

그는 공식이 맞는지 확인해 보지 않을 수 없었다. n에 5를 대입해 풀어 보았다. 먼저 앞의 숫자 다섯 개를 모두 더했다. 그랬더니 합이 15였다. 공식에 직접 대입하면 같은 결과가 나올까?

$$\frac{5\times(5+1)}{2}=\frac{5\times6}{2}=\frac{30}{2}=15$$

다음 공식은 꽤나 복잡했다.
정수 n의 제곱의 합

$$1+4+9+16+\cdots+n^2=\frac{n(n+1)(2n+1)}{6}$$

이어서,

1차 정수 n의 세제곱의 합은 이 정수 n의 합의 제곱과 같다.

$$1+2^3+3^3+\cdots+n^3=(1+2+3+\cdots+n)^2$$

'이거 시간 낭비하고 있군. 지금 있는 공식들을 모두 확인해 봤자 별 소득 없겠는걸.'

이러한 생각에 뤼슈 씨는 공식 정리하는 일을 그만두었다. 문득 커피가 생각났다. 자동판매기 커피가 아닌 정말 묽고 연한 원두커피 말이다. 뤼슈 씨는 길모퉁이에 있는 카페로 가 커피 한잔을 마신 뒤 열람실로 돌아왔다. 기분이 산뜻해졌다. 자기 자리로 다가가던 그는 자리에 채 앉기도 전에 펜이 없어졌다는 사실을 알았다. 순간 통로에 있던 의자들을 이리저리 밀치며 제자리로 달려갔다. 흥분한 그는 정신없이 펜을 찾았다. 펜은 정말 없었다. 순간 눈앞이 아찔했다. 그는 책상 아래를 살펴보려고 몸을 굽히다가 두꺼운 수학책들 가운데 하나가 불룩해져 있는 것을 보았다. 책을 펼쳤다. 바로 거기에 펜이 끼워져 있는 게 아닌가. 아까 커피를 마시러 나가기 직전에 무심코 책갈피 사이에 끼워 두었던 것이다. 그는 조심스럽게 펜을 집어 펜대의 나선형 홈에 손가락을 갖다 댔다. 그러고는 형용할 수 없이 기쁜 마음으로 글을 써 내려갔다.

- 11세기 말

  오마르 하이얌 → 위대한 수학자이자 시인.

- 12세기 말

  샤라프 알딘 알투시 → 위대한 수학자. 서양의 수학자들보다 500년이나 앞서 도함수의 개념을 도입한 계산법 사용.

- 13세기

나시르 앗딘 알투시 → 천문학자, 프톨레마이오스의 천동설을 수정.

그러고 보니 이 이름은 예전에 들어본 적이 있는 것 같은데, 어디에서였더라? 뤼슈 씨는 기억을 떠올리려 애를 썼다.

- 15세기 초

아라비아 수학의 절정기

사마르칸트 → 천문대 책임자.

알카시 → 700년간의 아라비아 수학을 집대성하였음. 대수학과 기하학 간의 관계 및 대수학과 수론 간의 관계 규명. 삼각법 및 조합론(집합 요소의 다양한 조합법 연구). 근호를 이용한 방정식의 풀이(사칙연산과 제곱근, 세제곱근 등을 사용하여 방정식을 푸는 계산법 개발).

정확히 오후 7시 45분을 알리는 첫 번째 종소리가 울려 퍼졌다. 그가 막 '섹션 2'를 끝냈을 때였다. 속도를 더 빠르게 하기는 어려웠다. 자신의 필기 내용이 아마존 서재를 조성하는 데 충분한 도움이 될지는 사용해보면 알 것이다. 내일은 특히 중요한 부분인 15세기 이후의 서양 수학에 대해 알아볼 참이었다. 두 번째 종이 울렸다. 뤼슈 씨는 휠체어를 움직여 열람실 출구로 향했다. 정각 8시였다. 비비엔느가 보도 위, 국립도서관 현관 앞에서 한참 동안 택시를 기다렸다. 꽤나 쌀쌀하고 습한 날씨였다.

*

　분명히 뤼슈 씨는 공책에 필기한 내용을 완전히 이해하고 있지는 못했다. 곳에 따라선 전혀 이해하지 못하는 부분도 있었다. 그래서 그는 천천히 다시 베껴 썼다. 수학의 역사에 대한 고찰을 보다 철저히 하려 했으나 여러 가지 기술적인 한계로 핵심에 접근하기가 쉽지 않았다. 사실상 이 작업의 목표는 훨씬 소박했다. 단순히 수학의 각 분야와 친숙해지는 것은 물론 몇 가지 원칙을 설정하여 체계적인 고찰을 꾀함으로써 수학에 대한 진정한 이해가 가능하도록 하는 것이었다.

　각 시대마다 중요하게 다뤄졌던 문제는 무엇이었을까? 주요 연구 분야는? 위대한 인물은? 지난 수 세기 동안 제기된 문제 중 마침내 인류 역사의 어느 시기에 해결된 유명한 수학 문제는 무엇일까? 그리하여 어떠한 분야가 새로 탄생하고 이로써 새로 제기된 문제는 또 무엇이었을까? 바로 이러한 것들이 그가 대강이라도 파악하고자 하는 내용들이다. 전문가가 아니라 식견을 갖춘 아마추어로서 말이다. 하지만 중요한 문제를 모두 파악한다고 해서 과연 수학에 식견을 갖춘 아마추어라 할 수 있을까? 뤼슈 씨는 불현듯 이런 생각이 들었다. 그리고 그 문제에 대한 답을 구하려는 순간, 단지 교양을 목적으로 이 수학책들을 읽은 것이 아니라는 사실을 망각하고 있었음을 깨달았다. 그에게는 완수해야 할 과제가 있었다. 바로 작업실의 상자들 속에 있는 책들을 조속히 해방시켜 아마존 서재를 꾸미는 일 말이다.

　이튿날 아침, 뤼슈 씨는 침대에서 도저히 몸을 일으킬 수가 없었다. 고열이 난 데다 여기저기 안 아픈 곳이 없었다. 유행성 독감에 걸린 것이다. 아마도 전날 국립도서관 앞에서 택시를 기다리느라 한참을 떨었던 탓이리라. 페레트는 알베르에게 오지 말라고 연락했다. 그리고 감기에 걸린 뤼슈 씨를 정성껏 간호했다. 뤼슈 씨를 알게 된 이후 그가 아픈 걸 본 적은 겨우 서너 차례뿐이었다. 더구나 앓아누웠던 적은 단 이틀뿐이 었다. 그러나 기침과 콧물로 정신을 못 차리면서도 뤼슈 씨는 모자를 뒤 집어쓴 채 알베르의 자동차에 몸을 싣고 열람실로 향했다. 그리고 필기 도구를 모두 꺼냈다. 그는 지금 아주 중요한 부분을 메모하고 있다.

〈섹션 3〉 서양의 수학(1400년 이후)

이 세 번째 섹션은 너무나 광범위해 다시 몇 개의 부문으로 나눌 필요 가 있었지만 지금은 그 정도에서 만족하기로 했다.

지리학 분야: 1차 → 이탈리아, 2차 → 프랑스·영국·독일, 3차 → 네 덜란드·스위스·러시아·헝가리·폴란드. 유럽 남서부 출신 수학자는 거의 없었다. 그는 다음과 같이 적기 시작했다.

*

•16세기
기초 대수학의 황금기.
이탈리아의 볼로냐 학파(삼·사차 방정식): 타르탈리아, 카르다노, 페 라리, 봄벨리.
복소수 발견.
기호법의 눈부신 발전: 비에트, 스테빈.
•17세기

로그 발명: 네이피어.

바로크 수학.

대수학: 알베르 지라르, 해리엇, 오트레드.

해석기하학(대수학을 통해 수와 공간의 관계를 정립): 페르마, 데카르트.

불가분량의 기하학: 카발리에리, 로베르발, 페르마, 그레그와르 드 생 뱅상.

미적분법(미분·적분): 뉴턴, 라이프니츠, 야코프 베르누이와 요한 베르누이, 테일러, 매클로린.

정수론: 페르마.

확률론 및 조합론: 파스칼, 페르마, 야코프 베르누이.

기하학: 데자르그, 파스칼, 라 이르 등.

머리가 지끈거렸다. '이런 짓은 더 이상 내 나이에 어울리지 않는 일이다.' 집으로 돌아가 낮잠이라도 한숨 자고 싶었다. 그는 두 눈을 감았다. 그러자 학창 시절 정신없이 공부에 전념했던 시험 기간이 떠올랐다. 6월이면 어김없이 찾아온 시험 기간, 그야말로 혼란스러운 시기였다. 지금이야 다행히도 가을의 문턱에 와 있지만 그는 더 이상 스무 살 청년이 아닐뿐더러 환자였다. 덤으로 생긴 하루를 허비할 수만은 없었다. 작업실의 상자 속에 짜부라져 있을 값진 수학책들의 모습이 눈앞에 아른거리자 갑자기 힘이 솟는 것 같았다.

• 18세기

고전주의 시대, 해석학의 황금기.

수와 도형에 이어 함수가 수학의 주요 연구 대상으로 부각됨.

미분방정식, 곡선에 대한 연구, 복소수, 방정식 이론, 변분법, 구면삼
각법, 확률론, 역학: 베르누이가※, 오일러, 달랑베르, 레로, 드무아브
르, 크라메르, 몽주, 라그랑주, 라플라스, 르장드르.

18세기 초 라이프니츠와 뉴턴이 제기한 문제의 해결책인 미분방정
식의 적분법, 곧 구적법求積法이 크게 발전했음.

한 세기 더!

• 19세기

수학의 새로운 분야들이 탄생된 시기, 새로운 도구(집합, 행렬……)의
발명.

19세기 초에는 복소변수 함수론이 중심 이론: 코시, 리만, 바이어슈
트라스.

대수학: 아벨, 갈루아, 야코비, 쿠머.

기하학: 퐁슬레, 샬, 클라인.

가우스의 경우 거의 모든 분야에서 활약.

비유클리드 기하학: 가우스, 로바체프스키, 보여이, 리만.

행렬: 케일리.

논리대수: 불.

집합론: 칸토어, 데데킨트.

기타: 힐베르트 등.

그는 더 이상 견딜 수가 없었다. 불덩이 같은 그의 머리는 터지기 일
보 직전이었다. 뤼슈 씨는 콧물을 닦느라 손수건을 세 장이나 썼고 그

사이 10여 쪽에 달하는 내용을 필기했다. 이미 기진맥진한 그는 마침내 2500년에 걸친 수학의 모든 것을 손안에 넣은 것이다. 페레트는 활동하기에 좋은 운동복으로 갈아입었다. 여전히 기침과 콧물에 시달리던 뤼슈 씨도 움직임이 자유로운 풀오버를 걸쳤다. 그들은 주말마다 아마존 서재를 정리하는 데 시간을 보냈다. 휠체어를 움직여 책 상자 앞으로 다가가 뚜껑을 연 뤼슈 씨는 책 한 권을 꺼내 들고서 자못 엄숙한 표정을 지었다. '〈섹션 3〉 오일러의 『미적분법 입문』.' 드디어 아마존 서재를 장식할 첫 번째 책이 서가 한쪽에 자리잡았다. 곧이어 '〈섹션 1〉 디오판토스의 『산학』.' 첫 번째 상자가 완전히 비자 빈 상자는 안마당으로 내다 놓았다. 그리고 두 번째 상자, 세 번째 상자가 차례로 비워져 나갔다. 뜻밖에 현대 수학책들도 일부 들어 있어 섹션 하나를 새로 추가하지 않으면 안 되었다.

〈섹션 4〉 20세기의 수학

어쨌든 최근에 간행된 책들도 들어 있다니 매우 놀라웠다. 전집류는 카르티에 라탱(라틴 지구. 파리의 대학가이며 프랑스의 유명한 서점과 출판사들이 밀집해 있다. 옛날에 라틴어로 교육했기 때문에 생긴 말)에 있는 전문 서점 같은 데서 얼마든지 구할 수 있는 것들이기 때문에 별문제가 아니었다. 하지만 이렇게 최신 도서가 끼여 있다는 사실은 실제로 아마존 서재의 위상을 높이는 결과를 가져왔다. 더욱이 처음에 단순히 도서 수집가의 서고라고 생각했던 아마존 서재가 졸지에 연구원의 서고로 격상된 이유는 최근 몇 년 동안 발행된 수학 잡지로 가득 찬 상자 하나를 발견했기 때문이다. 뤼슈 씨는 그중 한 권이라도 없어지면 안 된다고 생각해 잡지들은 서가에 꽂지 않기로 했다. 페레트는 잡지 상자를 다시 닫고는 아마존 서재 한쪽 벽에 바짝 밀쳐 놓았다.

실버맨, 『타원곡선의 계산』 → 섹션 4

비에트, 『해석학 입문』 → 섹션 3

나시르 앗딘 알투시, 『완전사변형 개론』 → 섹션 2

네이피어, 『신비로운 로그의 세계』 → 섹션 3

가우스, 『정수론』 → 섹션 3

알카시, 『산술의 열쇠』 → 섹션 2

메넬라오스, 『구면학』 → 섹션 1

수도 없이 많은 '보물'이 그들의 손을 거쳐 갔다. 모든 서가는 책으로 가득 찼다. 작업은 월요일 아침까지도 끝나지 않았다. 페레드는 서점 문을 열기 전에 먼저 작업실로 갔다. 거기서 그녀는 상자들 틈에서 휠체어에 앉아 잠들어 있는 뤼슈 씨를 발견했다. 아마 그는 작업실에서 밤을 새웠을 것이다. 그의 무릎을 덮고 있던 담요가 미끄러져 내리자 반듯하게 줄이 선 바지와 잘 닦아 반짝반짝 빛나는 구두가 드러났다. 그는 뭔가 만족스러운 표정을 짓고 있었다. 고개가 한쪽으로 기울어진 바람에 가느다란 목에 잡힌 주름살과 튀어나온 성대가 눈에 띄었다. 숨을 내쉴 때마다 그의 피부는 마치 바람에 펄럭이는 돛처럼 바르르 떨렸다. 사고 직후 단 며칠 만에 열 살은 더 들어 보일 만큼 늙어 버렸다. 그녀는 그가 좀 더 자도록 내버려 두었다.

그로루브르의 장서들을 확인하는 일은 뤼슈 씨가 생각한 것보다 훨씬 어려웠다. 그가 들고 있는 책은 작업이 한창 진행 중일 때부터 그의 시선을 끌었다. 지은이가 누구인지 또 내용이 무엇인지 전혀 알 수 없을 뿐만 아니라 차례 역시 그에게는 너무도 난해했다. 그는 그 책을 다시 한번 훑어보았다. 그때 종이 한 장이 떨어져 나와 서가 밑으로 들어가 버렸다. 뤼슈 씨는 누군가에게 도움을 청하고 싶지는 않았다. 게다가 집에는 페레트밖에 없지 않은가. 그녀는 서점에서 일과 씨름하고 있을 게 분명했다. 뤼슈 씨는 방법을 찾기 위해 궁리했다. 그러다 이내 표정이 밝아졌다. 누구의 도움도 필요하지 않다. 그는 휠체어를 움직여 작업실 벽장 앞으로 가서 진공청소기를 꺼내 떨어져 나온 종이가 자취를 감춘 지점까지 끌고 갔다. 청소기의 출력을 최대한 올리자 청소기 몸체가 흔들렸다. 잠시 후 흡입구에 작은 카드 한 장이 딸려 나왔다.

수학만이 속임수다. 네가 그것에 다가가지 못하면 그것이 네게로 올 것이다! 그는 탈레스의 매니저라고 자처했다.

그것은 손으로 쓴 도서 카드였다. 뤼슈 씨는 곧 거기에 적힌 글씨가 그로루브르의 필체임을 알았다. 가늘게 써 내려간 글씨체는 자신에게 보내온 편지 속의 것과 같았지만 더 촘촘하게 쓰여 있었다. 카드의 내용은 책의 개요에 관한 것으로 그로루브르의 논평이 빽빽하게 적혀 있었다. 꽤 오래전에 만든 것처럼 보였다. 뤼슈 씨는 다른 책들도 꺼내 펼쳤다. 책 맨 뒷장의 표지 안쪽에 비슷한 카드 한 장이 셀로판테이프로 고정되어 있었다. 진작 이를 알지 못했다니 놀라울 따름이었다. 그 카드는 테이프가 떨어지는 바람에 책에서 빠져나온 것이었다. 이제는 서고를 정리할 수 있을 것 같았다. 이 카드가 많은 도움이 될 것이다.

서둘러 식사를 마친 페레트는 뤼슈 씨를 보러 작업실로 갔다. 또다시 철야 작업이 시작됐다. 이제 정리할 상자는 딱 하나밖에 남지 않았다. 앞서 정리된 수학책들처럼 마지막 상자에 든 책들도 아마존 서재 서가에 한 자리를 차지하게 되었다. 페레트는 그 상자를 안마당으로 끌어냈다.

데자르그, 『원뿔과 평면의 만남을 위한 청사진』 → 섹션 3

카르다노, 『위대한 계산법』 → 섹션 3

이와사와, 『국소 유체론』 …… → 섹션 4

어느새 날이 밝았다. 국립도서관이나 아르스날 도서관을 제외하고는 이토록 많은 고서가 한 장소에 진열된 것을 본 적이 없었다. 뤼슈 씨는 고서 경매에 수없이 참가해 봤지만 이처럼 비중 있는 책이 수십 권씩 선보인 경우는 한 번도 보지 못했다. 그들은 너무나 기쁜 나머지 얼싸안고 입이라도 맞추고 싶었다. 정말 놀라운 일이었다. 뤼슈 씨는 자신의 오랜 친구가 참으로 자랑스러웠다. 이토록 멋진 도서실을 만들어 낼 수 있었던 것은 모두 이 친구 덕이었다. 눈앞에 있는 책들 거의 모두가 초판본이었다. 고서들 가운데에는 무려 500년 이상 된 것도 있었다. 말하자면 지구상에서는 거의 찾아볼 수 없는 희귀본들인 셈이다. 그렇다면 아마존 서재에는 그런 책이 도대체 몇 권이나 있는 것일까?

어떤 책들에는 손으로 쓴 주석과 함께 공들여 그린 도형과 삽화 등 그야말로 진짜 예술 작품이 곁들여져 있었다. 수많은 최고 복각본(한 번 새긴 책판을 원본으로 삼아 그대로 다시 목판으로 새겨 펴낸 책)들. 뤼슈 씨는 그 속에서 초판 가운데 최고 원형이라 할 수 있는, 그리고 그 판본에 의해 책의 원본이 이미 공개된 적 있는, 그래서 고서 수집가라면 누구나 탐을 내는 판본의 백미, 최초 판이 있다는 사실에 자신의 눈을 의심했다. 또 한 가지 놀라운 사실은 프랑스식이나 이탈리아식으로 된 모든 형태의 판형이 있다는 것이다. 모든 고서가 놀랍도록 보관 상태가 좋았다. 대부분의 장정은 실제 그 시대의 것들로, 간혹 송아지 가죽으로 덧씌운, 도저히 흉내 낼 수 없으리만큼 멋진 작품들도 있었다. 그렇다고 모든 장정이 최고급이었던 것은 아니지만 그중에는 많은 애서가에게 행복감을 주기에 부족함이 없을 양가죽 표지도 있었다. 이 수천 권의 책이 그리스어, 라틴어, 아랍어, 이탈리아어, 독일어, 영어, 러시아어, 스페인어 그리고 프랑스어로 쓰여진 것들이었다. 가히 지구상의 모든 언어가 총집결된 수학의 '바벨탑'이라 부를 만했다.

　머지않아 자네 앞으로 배달될 상자 속에는 모든 시대를 통틀어 가장 훌륭하고 값진 수학책들이 들어 있네. 그것은 일찍이 하나로 정리된 적이 없는 것으로 개인 소장품으로는 가장 완벽한 수학 전집일세.

그로루브르는 거짓말하지 않았다. 그의 말은 거짓말 같은 사실이었던 것이다. 두 사람은 아마존 서재 문을 다시 닫았다. 그러고는 길모퉁이에 있는 카페로 갔다. 아직 다른 손님이 들어오지 않은 카페에서 푸짐한 음식으로 행복한 아침을 맞이했다.

06

·

그로루브르의 두 번째 편지

페레트가 침대 커튼 사이로 들이민 싸구려 봉투에는 나무가 무성한 밀림을 배경으로 화려한 깃털을 자랑하는 벌새 그림의 커다란 우표가 봉투의 4분의 1이나 차지하며 떡하니 붙어 있었다.

"그로루브르군!"

커튼 뒤에서 뤼슈 씨가 소리쳤다. 그의 머리가 벨벳 자락 사이로 언뜻 보였다.

"페레트, 내가 말한 대로 그가 드디어 소식을 보내왔소."

그러더니 윙크를 하며 덧붙여 말했다.

"이렇게 금방 소식을 주다니."

페레트는 얼마 전 '금방'이라는 표현을 놓고 자신이 한 무례한 언사를 떠올리며 미소를 지었다. 그녀가 커튼을 젖혔다. 봉투를 자세히 들여다보던 뤼슈 씨는 위쪽에 찍혀 있는 발신자 이름을 보았다. 아마조나스 마나우스 경찰서. 그로루브르가 아니었다. 뤼슈 씨는 순간 화가 났지만 우표가 찢어지지 않도록 조심스레 봉투를 열었다. 페레트는 안마당으로 향해 있는 창문을 활짝 열었다.

"제기랄!"

페레트가 깜짝 놀라 돌아보았다. 평소 뤼슈 씨가 그런 상스러운 말을 입에 담은 적이 없기 때문이었다. 잔뜩 일그러진 표정으로 뤼슈 씨가 그녀에게 편지를 건넸다.

영국 사람인 듯한 마나우스 경찰서장(그의 이름은 읽기가 쉽지 않았다. '그린데이로스'라고 쓴 것처럼 보였다) 그린데이로스는 엘가르 그로루브르가 마나우스 근처 자신의 숙소에서 화재로 숨졌다고 통보해 왔다. 시신은 완전히 타 버린 채 발견됐다고 했다. 마침 그로루브르의 집에서 일하던 원주민 하나가 잔해 속에서 편지 한 통을 찾아낸 뒤 며칠이 지나서야 경찰서로 보내왔다는 것이다. 동봉된 편지가 그것이었다. 이번 편지도 그로루브르의 첫 번째 편지처럼 두툼했는데 화재로 눌어붙은 봉투에는 뤼슈 씨의 이름과 주소가 적혀 있었다. 틀림없는 그로루브르의 필체였다. 뤼슈 씨는 등 뒤에 쿠션을 댔고 페레트는 침대 가장자리에 앉았다.

"누가 엘가르 아니랄까 봐……. 어쩌면 그렇게 저다울까! 이제 겨우 갈피를 잡는 순간 죽어 버리다니."

뤼슈 씨는 일그러진 표정으로 봉투를 열어 편지를 꺼냈다. 그는 무척 흥분해 있었다. 페레트는 그의 손에 쥐어져 있던 편지를 슬며시 빼내 소리 내어 읽기 시작했다.

친애하는 πR에게

이제 자네에게 몇 가지 설명할 시간밖에는 남지 않았군. 이번에는 꼭 자네에게 설명해야겠어. 먼저 왜 하필 아마조니아에 정착했는지 말해 주겠네. 자네는 틀림없이 이러겠지. '근데 그 친구, 그곳엔 뭐 하러 갔을까?' 난 유럽에서는 숨이 막힐 것만 같았네. 자네도 알잖나, 숨 쉬고 싶어

하는 나의 끝없는 욕구를 말일세. '폐활량 6리터' '노르망디 지방의 혼례 옷장 같은 가슴', 그게 자네가 자주 쓰던 표현이었지, 아마. 그래, 그 뒤에 어딜 갔었냐고? 세계의 산소 공급원이라 할 수 있는 곳, 지구에서 가장 큰 산소 탱크, 바로 아마존강의 밀림 지대야. 여기에서 난 심호흡을 할 수 있었지. 그러나 몇 년 전부터 변화가 찾아왔어. 비열한 작자들이 숲을 불태우지 뭐야. 여기저기서 화재가 발생하고 있다네. 엄청난 숲이 통째로 연기 속으로 사라지는 모습을 보니 가슴이 찢어지더군. 하지만 누가 그들을 막을 수 있겠나?

파리를 떠나면서 나는 "적도를 지나면 더 이상 죄악도 없다"라는 16세기 포르투갈 속담을 머릿속에 담아 두었지. 지도를 살펴보게. 마나우스는 적도 너머 불과 2~3도 떨어진 곳에 위치하고 있다네. 이 도시에 정착함으로써 난 단번에 나라와 대륙, 반구를 바꾼 셈이지.

이 도시에게도 제 삶이 있었어. 나처럼 말일세. 시간이 없군. 본론으로 들어가지. 그렇지 않으면 자네는 앞으로 일어날 일에 대해 아무것도 이해하지 못할 테니 나로선 자네에게 지난 40년 동안 내 일생일대의 꿈이 무엇이었는지 말해야만 하겠네. 몇 년간 열심히 일하면서 난 아무도 만나지 않고 숲속에서만 시간을 보냈다네. 어느 날인가 아이디어 하나가 떠오르더니 머릿속에서 떠나질 않는 거야. 사실 엄청난 위험 속에서도 내가 살아남을 수 있었던 건 모두 그 아이디어 때문이었지. 다름이 아니라 난 가장 유명한 수학의 가설 몇 개를 풀어 보기로 결심했다네. 아마도 자네 마음에는 들지 않을 걸세. 대규모 작업이 될 테니까.

그 많은 생각 가운데 왜 하필 이런 아이디어가 떠올랐을까? 과거에 활약했던 수학계 거물들과 겨뤄 나의 우월성을 확인하기 위해? 아닐세. 난 경쟁이란 걸 결코 좋아하지 않아. 그건 아마도 내게 다른 사람들은 아무런 의미가 없기 때문이겠지. 학문의 전당에서 교수의 자격을 얻기 위해? 그것 역시 아니라네. 자네는 내가 '동료들' 틈에 둘러싸여 연구소에서 하루를 보내는 것으로 알겠지? 아닐세, 피에르. 난 그저 살아남기 위해 이렇게 도전하게 된 걸세. 이 나라에서 자연이란 어떤 것인지 자넨 상상할 수조차 없을 거야. 자연의 생명력에는 가공할 만큼 엄청난 그 무엇인가가 있다네. 자네는 내가 수목이 자라나는 모습을 봤다고 하면 나를 믿어 줄 텐가? 자연이 '비어 있음'을 싫어한다는 사실을 알려 주는 곳이 있다면 바로 이곳을 말하는 것일세. 자네가 만일 지독한 고통을 참지 못해 나무를 마구 베어 낸 뒤 떠나더라도 며칠 후 돌아오면 그곳은 다시 나무로 가득 차 있을 걸세. 이런 일이 도처에서 넘쳐나고 있다네. 물리적인 그무엇도 저항하지 못하는, 지칠 줄 모르는 자연과 맞설 수 있는 것이 과연 존재할까?

살갗이 떨어져 나가고 체액이 방울져 떨어지고 모든 것이 썩어 들어가는 이러한 대기 속에서, 생명의 과잉으로 죽음을 재촉하는 이러한 대기 속에서, 나는 숨 막히는 열기도 축축한 습기도 부패시키지 못하는 무형의 존재, 곧 상상에만 집착했다네. 우리가 어떤 식으로든 대적할 수 없는 부정형의 막연한 무성함에 대해 절제된 엄격함으로 맞서 보고 싶었다네. 언젠가 소멸하게 마련인 물질에 대한 이런 망상을 떨치기 위해 나는 크리스털의 단단한 순수성에 빠져들게 되었지.

수확 전에 썩어 버린 수학의 정의를 본 적 있는가? 방울져 떨어져 버린 정리는? 곰팡이가 슬어 버린 추론은? 그리고 벌레 먹은 공리는? 나는 수학을 선택했네. 단지 수학이 나의 원래 전공이라는 이유 때문만은 아니었어. 자네가 웃을지도 모르겠지만 수학이 썩지 않는다는 사실을 깨닫게 되었지. 나를 짓누르는 현실의 강한 호소에서 벗어나기 위해 순수한 정신 활동에 의지할 수밖에 없었네.

수학에 있어 나의 관심 분야는 과연 무엇일까?

밀림에서 길 만드는 방법을 자넨 모를 걸세. 서로 뒤얽혀 있어 어디가 어딘지 도통 알 수 없는 밀림의 수풀을 벌채용 큰 칼을 휘둘러 잘라 내며 터널을 만들어 나가다 보면 그게 바로 길이 되는 거라네. 자네 머릿속에는 어떠한 영상이 떠오르나? 어쨌든 난 말이지, 부드럽게 이어진 사막이 하나 펼쳐져 있고 저 멀리 바위산이 우뚝 솟아 있는 모습이 보여. 신기루가 아닌, 누구도 그 존재를 부인할 수 없는 진짜 바위산 말일세. 그리고 자네는 그 바위산에 도달하지 못해. 이런 영상이 문학적 효과라고는 생각지 말게. 나에게 그 영상은 나를 둘러싼 환경으로부터 해방시켜 주는 위안거리야. 몹시 불안한 자연의 무성함에 대해 극도의 순수성과 철저한 단순성을 추구했지. 그것들을 어디에서 찾아내느냐고? 바로 수학의 몇 가지 훌륭한 가설들 속에서지. 수 세기에 걸쳐 가장 위대한 수학사들의 이론에 반항하는 가설, 예를 들면 그 유명한 페르마의 가설, 골드바흐의 가설, 오일러의 가설, 카탈랑의 가설 등. 전 인류가 그 존재를 확신하면서도 그곳에 이를 수 있는 방도가 전혀 없는 하나의 대륙이 있다고 상상해 보게. 바로 그것이 수학의 가설이라는 걸세! 하지만 자네는 잘 알 테지. 그 가설이 절대적인 단순함으로 더욱 흥미를 끈다는 것, 보통의 고등학생도 쉽게 이해할 수 있는 정도라는 사실 말일세. 모든 사람이 사실이라고 생각하면서도 어느 누구도 그 진실성을 입증해 보일 수 없는 주장인 셈이지. 내가 필요로 하는 것이 바로 그것일세. 얼마나 사소한 것인가.

그 가설 가운데 두 가지를 증명해 보기로 했네. 완벽하게 해낼 수는 없겠지만 말이야. 밤낮을 안 가리고 내 시간을 온통 그 연구에 쏟아부었지. 낮보다 밤에 더욱 몰두했다네. 그리고 결국 해내고야 말았지. 선택의 여지가 없었네. 나로선 생사 이외에도 여러 가지가 달린 문제였으니까……. 아니, 오로지 생사가 달린 문제였다네. 결국 가설이 '두 손을 든 셈'이지. 그 가운데 가장 오래되고 유명한, 가설의 시조라 할 수 있는 페르마의 가설과 골드바흐의 가설, 그 두 가지가 말이야. 과연 가설들은 어떤 것일까? 그들의 특징은 당황하게 만드는 단순성에 있지. 피에르 자네라도 아마 그 가설을 이해할 수 있을 걸세.

이 소식이 알려진다면 지구상의 모든 신문이 분별없는 짓을 할지도 모르지. 하지만 다행히도 그들은 모를 거야. 그래서 이 사실을 숨긴 채 나의 증명에 대해서 비밀로 하기로 결심했다네. 자네도 비밀을 지켜 주기 바라네. 만일 자네가 모든 사실을 세상 사람들에게 퍼뜨린다 해도 그 말을 믿을 사람은 아무도 없을 걸세. 사람들은 그저 늙은 미치광이라고 손가락질이나 하겠지. 그래서 나의 작업에 대해 전혀 알리지 않으려는 걸세. 설마 자네 화난 건 아니겠지? 이제 시간이 얼마 남지 않았지만 그 같은 선택을 한 이유만은 자네에게 설명해야겠군. 비록 우리가 서로 다른 점이 많기는 하지만 자네는 나를 이해할 걸세. 우선 수학의 역사에서 비밀의 관행이 통용된 것이 처음이 아니라는 사실을 알아주게나. 그것은 바로 수학자들의 오래된 습성이지. 현대에 와서는 더 이상 통용되지 않지만 말일세. 오늘날에는 오히려 정반대라고 볼 수 있는데 실제로 어떤 결과를 완전히 증명하기도 전에 공개해 버린단 말일세. 나의 경우엔 증명은 하되 공개는 하지 않아. 그렇다고 해서 내게 '현대적'이 되라고 요구할 자네가 아니겠지. 그럼 다시 본론으로 돌아가세.

자네도 기억하겠지만 우리는 사사건건 부딪쳤어. 난 그 때문에 우리의 우정이 더욱 공고해질 수 있었던 게 아닌가 하는 생각을 한다네. 내가 수많은 작품을 남겼다는 점에서 아리스토텔레스를 좋아한 반면 자네는 단 한 권의 저서도 남기지 않은 소크라테스를 열렬히 좋아했지. 내가 약해질 줄도 아는 인간적인 모습 때문에 당통을 좋아했을 때 자네는 결코 부패하지 않도록 자신을 지킬 수 있었다는 이유로 로베스피에르를 좋아했고……. 자네는 랭보가 좋아 파리를 떠나지 않았지. 하지만 난 베를렌을 좋아하다 보니 이렇게 파리를 떠나 지구의 끝에 와 있는 거고. 그렇지만 우리가 함께 좋아했던 것들도 많았어. 철학에는 탈레스와 피타고라스라는 두 원류가 있지. 그러고 보니 이렇게 말한 것도 바로 자네였구먼. 자네는 탈레스에 열광했던 반면 나는 피타고라스를 숭배했어. 이들 모두 이집트로 여행을 했었다지. 나일강 연안으로 갔던 자네의 탈레스는 그림자 이야기를 가지고 돌아왔고, 자네에게도 자주 말했던 걸로 기억하는데 나의 피타고라스는 수 이야기를 가지고 돌아왔지.

피타고라스는 모든 부류의 동물들과도 이야기를 나눴어. 가령 한 나라 전체를 공포의 도가니로 몰아넣은 곰에게 더 이상 인간을 공격하지 않도록 설득하거나 황소에게 병을 유발하는 잠두(누에콩)를 먹지 말도록 설득했다고 생각해 보게나. 여기에서 나는 수십 마리의 동물을 키웠네. 우리가 오랜 시간 함께 토론했었다는 것만으로는 충분치 않아.

아마 자네도 알 걸세. 피타고라스가 일종의…… 그래, 종파를 창설했다는 사실 말이야. 당시 규범 가운데 하나가 바로 전수받은 지식에 대한 비밀 엄수였다네. 이방인들 앞에서 비밀이 드러나지 않도록 피타고라스학파의 구성원들은 가능한 한 기록을 남기지 않았고 그들의 지식을 그저 입에서 입으로 전했을 뿐이지. 기록은 남지만 말은 사라지는 법이니까. 그들은 말이 사라지지 않도록 하기 위해 기억력 훈련에 초점을 맞췄던 거야. 그런데 이들 가운데 메타폰티온의 히파소스라는 자가 자신이 일원으로 참여해 밝혀낸 무리수의 놀라운 발견에 관한 것을 그만 외부에 유출하는 사건이 벌어졌어. 이러한 비밀 유출에 대한 벌이었는지 그는 얼마 후 물에 빠져 죽고 말았지.

내 경우엔 말이야, 오래전부터 일 때문에 알고 지내던 몇몇 사람이 그 가설을 내가 증명했다는 사실을 알게 되었다네. 내가 말할 수 있는 것은 적어도 이 사람들 성격이 그리 유순한 편은 아니라는 걸세. 게다가 참을성 있는 사람들도 아니고 말이지. 그들은 내가 증명한 내용을 넘겨받는 대가로 거액을 주겠다고 제의했다네. 물론 난 거절했지. 이따 밤이 되면 그들이 날 찾아올 거야. 내 말을 믿어 주겠지, 피에르. 그들이 나의 증명을 갖지는 못할 거야. 이 편지를 다 쓰고 나면 바로 그 증명을 태워 버릴 셈이니까. 나에게 불행이 닥치게 되더라도 나의 증명을 영원히 잃어버리지 않도록 하기 위해 피타고라스학파의 아쿠스마타akousmata를 떠올리며 그 증명 내용을 기억할 수 있는 믿을 만한 친구에게 말로나마 남기려 하네.

어쨌든 젊은 시절 내가 자네에게 뭔가를 숨길 때마다 자넨 그것을 알아내기 위해 요령 있게 행동하곤 했어. 그러고 나면 내가 자네에게 그 문제에 관해 지겨울 정도로 이야기했지.

자네도 기억하겠지만 초년만 해도 탈레스는 그저 수완 좋은 상인이었을 뿐이었네. 그러다 만년에 이르러서야 비로소 수학에 관심을 갖게 되었던 거야. 지금 자네 서점은 매우 잘되고 있을 거라 확신하네. 자넨 항상 좋아하는 것을 아주 잘 '팔' 줄 알았지. 그렇지만 어떤 서점이라도 좋아하는 책만 팔기란 쉽지 않을 걸세.

어쨌든 자네는 내 책들을 받았어! 난 자네에게 거짓말한 적이 없을뿐더러 그 책들은 정말 훌륭한 것들이지. 그렇지 않나? 아, 방금 생각난 건데, 내 서고에서 정리하기 위해 사용했던 분류 양식을 자네에게 보낸다는 것을 그만 깜빡했지 뭔가. 하지만 이미 자네 방식에 따라 정리를 마쳤을 테니 내 분류 양식은 더 이상 필요 없겠지.

이제 곧 날이 저물겠군. 슬슬 준비를 해야겠네.

그럼, 잘 있게.

1992년 9월, 마나우스에서

옛 친구 엘가르로부터

추신. 그건 그렇고, 무엇이 나로 하여금 피타고라스에게 '집착'하도록 만들었는지 자네에게 말한 적 있던가? 피타고라스는 최초로 우정이라는 단어를 만든 사람이야. 자네도 알고 있는지 모르겠군. 언젠가 사람들이 그에게 친구란 무엇이냐고 묻자 그는 이렇게 대답했지. "220과 284라는 숫자가 서로 다르듯, 또 다른 나 자신이다." 각 수가 서로의 값을 측정하는, 진약수의 합이 될 때 두 수를 '친화수' 또는 '우애수'라고 하지. 피타고라스학파가 발견한 친화수들 가운데 가장 유명한 것이 바로 220과 284야. 이 두 수는 아주 멋진 짝을 이룬다네. 시간이 있으면 한번 확인해보게나. 그리고 우리 둘 역시 '친구'겠지? 피에르 자네를 평가하는 기준이 뭔가? 나일 테지? 이제 우리가 서로를 측정한 값의 합계를 내야 할 시간이 된 듯하군.

편지를 읽는 동안 입이 다 마른 페레트는 침대에 누워 닫집의 벨벳 천에 시선을 고정시킨 채 편지 내용을 듣고 있던 뤼슈 씨의 침대 머리맡 탁자 위에 편지를 내려놓았다. 그녀는 아무 말 없이 차고 방을 나갔다. 뤼슈 씨는 문이 닫히는 소리도 듣지 못했다.

'그래, 그로루브르 이 친구, 지난 50년간 소식 하나 없다가 겨우 살아 있다는 소식을 받자마자 얼마 안 되어 이제는 죽고 없다는 연락을 해 오다니. 수십 년 동안 체념하고 살았는데, 아주 오래전에 아물었다고 생각했던 상처를 제멋대로 건드리는군!'

페레트는 서점 문을 열러 나갔다. 철제문이 끼익 소리를 내며 열렸다. 뤼슈 씨는 옷 갈아입는 데 여느 때보다 더 많은 시간을 보냈다. 그러고 나서 신발장을 뒤져 추모 기간에 신을 만한 에나멜 구두 한 켤레를 골랐다. 그는 신발이 번쩍거릴 정도로 열심히 닦았다. 분노가 그의 슬픔을 가로막지는 못했다. 뤼슈 씨는 그로루브르가 그의 단 하나뿐인 진정한 친구였음을 깨달았다. 이로써 두 번씩이나 그를 잃은 셈이다. 그리고 이번에는 정말 마지막이다.

허리를 굽혀 구두끈을 잡아맨 뤼슈 씨는 창백한 얼굴로 몸을 일으켜 가슴을 폈다. 그로루브르가 자신의 장서를 그에게 보내오지 않았다면 화재로 이미 사라져 버렸을지도 모른다. 이러한 사실이 그의 마음을 뒤흔들어 놓았다. 책이 모두 불타 버렸다면 그와 페레트가 여러 날에 걸쳐 아마존 서재에다 정리해 둔, 도저히 그 가치를 평가할 수 없을 만큼 귀중한 이 책들이 사라져 버렸다면, 참으로 회복하기 힘든 엄청난 상실이었을 것이다. 뤼슈 씨의 입가에 잔잔한 미소가 번졌다. 지난 몇 주 동안 그의 책이 두 차례나 위험한 순간을 맞이하다니……. 책을 배달해 준 운송 회사 직원의 말이 사실이라면, 한 번은 대서양의 파도에 휩쓸려 사라질 뻔했고 또 한 번은 아마존의 화염 속에서 사라질 뻔했으니 말이다. 그야말로 물과 불의 위협으로부터 용케 피할 수 있었으니 한마디로 기적이었다. 장서의 발송과 화재 사이에 어떤 관계가 있는 것이 아니라면 말이다.

'어쩌면 그로루브르가 책을 보내온 이유가 화재로 사라지는 것을 막기 위함이 아니었을까. 그로루브르는 자신의 집이 화재로 사라질 것이라는 사실을 훨씬 앞서 알고 있었던 게 아닐까. 그가 그 사실을 미리 알고 있었거나 혹은 짐작이라도 했거나, 아니면 그럴까 봐 두려워했다는 말인가? 한마디로 화재의 가능성이 있었거나 예상된 일이었단 말인가? 예상된 일이었다면 이미 계획적으로 예정돼 있었다는 말이 된다. 예정돼 있었다면 누가 그런 계획을 세웠단 말인가?' 꼬리를 무는 추측의 엄청난 결과 앞에서 뤼슈 씨는 더 이상 생각할 수 없었다. 우연한 일쯤으로 받아들이는 편이 낫다. 화재와 아무 상관 없이 장서들이 발송됐다는 다소 기적 같은 우연 말이다.

성당 앞을 지나던 그는 아베스 광장을 가로질러 맥줏집 테라스 앞에서 멈춰 섰다. 평온한 오후였다. 유모차를 끌고 가는 부인들이며 벤치를 하나씩 꿰차고 누워 있는 거지 삼총사, 넋을 잃고 19세기 말에 만들어진 지하철 입구 장식을 바라보고 있는 금발의 관광객 부부. 맥줏집에 자주 드나드는 단골 몇 사람이 뤼슈 씨에게 인사를 했다. 그도 답례를 했다. 그러나 내성적인 성격이다 보니 다른 사람과 잡담을 나눌 생각은 전혀 없었다. 그는 브랜디 한 잔을 주문하고 싶었다. 왜 그랬는지 모른다. 종업원이 가운데가 불룩한 작은 술잔을 내려놓았을 때 비로소 그 이유를 깨달았다. 그들이 가장 좋아하는 술이었던 것이다. 그로루브르와 그는 중요한 때를 위해 브랜디를 마시지 않고 남겨 두곤 했다. 지금 뤼슈 씨에게 그 술은 애도의 술이었다. 그는 조금씩 홀짝거렸다. 한 모금씩 마실 때마다 목구멍이 타오르는 듯했다. 그리고 머릿속에 여러 가지 의문이 한꺼번에 밀려들었다. 친구의 죽음과 편지에 인용된 수학의 파편들에 관한 것이었다. 수학에 관한 이야기들은 어쩌다 나온 게 아니었음을 그는 확신했다. 보다 자세히 알아볼 필요가 있었다. 또한 탈레스에 대해 했던 것처럼 피타고라스에 대해서도 깊이 연구해야겠다고 생각했다. 하지만 그

목적은 분명히 달랐다.

아베스 광장은 여전히 평온한 오후를 보내고 있었다. 지나가는 사람과 차가 거의 없었고 햇빛은 아주 부드러웠다. 과거를 추억하기에 참으로 좋은 분위기였다.

그로루브르와 뤼슈가 사사건건 부딪쳤다는 이야기는 사실이었다. 당시 둘은 세상을 두 동강 내기로 결심한 것 같았다. 넌 여기, 난 저기. 뤼슈 씨는 그들의 의견 차이를 강요하는 강박 관념의 정체를 떠올렸다. '서로 같은 것을 좋아한다면 같은 행동이나 말을 되풀이하는 것과 같은 거지.' 그로루브르가 한 말이다. 아니다, 그 말을 한 것은 바로 뤼슈 씨였다. 그는 그들 사이에 대해 이야기할 때 항상 '넌 너고, 난 나야'라고 말했었다. '그래도 우린 하나야' 언제나 이런 투였다. 이것이 다른 동급생들이 그 두 사람에게 쉽사리 다가서지 못하게 하는 요인이었다. 사람들은 그 말투를 비웃곤 했다. 물론 그들이야 그런 것에 전혀 신경 쓰지 않았지만 말이다.

그로루브르의 체력은 늘 뤼슈 씨를 놀라게 했다. 1939년 선전 포고가 있기 수 주 전 군대에서 일어난 일이다. 당시 두 사람은 갓 입대한 신병이었다. 그때 몇 가지 체력 검사가 실시되었다. 엘가르 그로루브르 차례가 되어 그가 폐활량 측정기에 대고 숨을 내쉬자 바늘이 계속 올라가는 것이었다. 모두들 그의 주위로 몰려들었다. 바늘이 멈췄을 때 눈금은 이미 6을 넘긴 상태였다. 이를 본 상사가 감탄하며 호루라기를 불었다. "폐활량 6리터!" 그리고 갑자기 소리를 질렀다. "그로루브르, 완전군장으로 숲 한 바퀴 돈다. 실시!" 무려 20킬로미터나 되는 거리를 말이다. 결국 그로루브르는 밤이 돼서야 돌아왔는데 땀 한 방울 흘리지 않고 아주 멀쩡한 모습이었다. 상사는 한 번 더 뛰어갔다 오라고 할 심산으로 조소를 띠고 그 앞으로 다가가서는 입을 열었다. 그때 그로루브르의 눈에는 두려움의 빛이 역력했다. 결국 상사는 그에게 시키려던 일을 그만두었다. 그날 밤 내무반원 모두는 잠에 곯아떨어져 정신없이 코를 골아 대는 그로루브르의 모습을 지켜봐야 했다.

뤼슈 씨는 생각했다.

'산만 한 몸통, 사실 그건 나의 표현이었지. 그로루브르가 춤추러 가면 그의 가슴에 얼굴을 내맡기는 아가씨가 꼭 한 명씩은 있었다. 여자의 머리 위로 솟아오른 무표정한 그의 얼굴이 마치 뱃머리처럼 아주 작은 무대 위를 휘저으며 춤추는 사람들의 무리를 헤치고 다녔었지. 정말 짜증 나는 기억이야!'

뤼슈 씨는 종업원에게 종이와 펜을 달라고 해서 작업을 시작했다. 몸을 굽힌 채 종이 위에 열심히 무언가를 적었다. 그의 피곤한 듯한 표정에서 작업이 쉽지 않음을 알 수 있었다. 그는 벌컥 신경질을 내더니 써 놓은 글에 줄을 박박 그어 지우고는 새로 써 내려가기 시작했다. 시간이 얼마쯤 지난 후, 수정을 위해 수많은 선을 그은 덕에 다음과 같은 결과를 얻을 수 있었다.

220의 진약수: 1, 2, 4, 5, 10, 11, 20, 22, 44, 55, 110
284의 진약수: 1, 2, 4, 71, 142

220의 진약수들의 합은? 하나하나 더해 나가다 계산이 틀리자 줄을 그어 지우고 다시 시작했다. 그리하여 얻은 결과는 바로 284. 절반은 해결했다는 생각에 뤼슈 씨는 살짝 회심의 미소를 지었다. 그러면 284의 진약수들의 합은? 이번에는 틀리지 않고 합산했고, 220이라는 숫자를 적었다. 그의 얼굴에 환한 미소가 번졌다.

'옳거니, 확인했어. 두 숫자는 정말 친구로군.'

바로 그때 페레트가 들어왔다. 뤼슈 씨의 탁자로 가서 앉은 그녀는 독한 술을 담은 불룩한 술잔을 발견했다. 그러고는 이른 시간임에도 와인 한 잔을 주문했다.

"요즘 들어 우리 이야기를 나눈 적이 없었죠, 뤼슈 씨?"

뤼슈 씨는 그녀의 얼굴을 한참 동안 바라보았다. 그녀는 처음 서점에 취직하던 날에서 그다지 변한 것이 없었다. 단지 곱슬곱슬한 머리가 예전보다 좀 짧아졌고 머리색이 더 검게 변했을 뿐이다. 탄력 있는 육체를 가진 젊은 여성. 그녀를 마흔 살로 보는 사람은 없었다.

"그렇군."

뤼슈 씨는 그녀의 말을 인정했다. 그러고는 잠시 후 말했다.

"나를 피에르라고 불러 주겠소?"

"아, 아뇨!"

페레트가 외쳤다. 그녀는 자신이 너무 즉각적인 반응을 보였다는 생각이 들자 이내 얼굴을 붉혔다.

"제가 당신의 이름을 부르거나 말을 놓게 된다면 그 때문에 우리 사이가 멀어지게 될 거라는 생각이 들어요. 이 정도 거리가 좋아요. 제 생각에 당신도 허물없이 지내는 걸 그리 좋아하지 않으실 것 같은데요."

"아무도 내게 그런 말을 한 적은 없지만 그게 사실인지도 모르지."

"얼마 전부터 많은 일이 일어나고 있죠. 우리의⋯⋯."

그녀는 적절한 단어를 찾지 못한 듯 잠시 망설였다.

"⋯⋯우리의 동거가 이제 전환점에 와 있다고 생각해요. 아뇨, 제 말뜻은 우리의 공동생활을 얘기하는 거예요. 우리 이제 조심해야겠어요."

뤼슈 씨는 계속 듣고만 있었다. 페레트가 그렇게 말하는 것은 처음이었다.

그녀는 다시 말을 이었다.

"이번 일은 너무 복잡해요. 당신 혼자서는 감당하지 못해요. 알아요, 당신은 아무에게도 요구하지 않는다는 걸 말예요. 언제나 그렇죠. 그것은 차치하고라도 제가 알고자 했던 그로루브르 씨는 당신의 친구죠. 그를 보면 누가 생각나는지 아세요? 바로 미국에 있는 삼촌이에요. 젊은 시절 미국으로 떠난 후 평생을 떠돌아다니다가 오래전에 소식이 끊겨버렸는데, 어느 날 공증인이 알려 온 바로는 삼촌이 많은 재산을 남겼다는 거예요. 하지만 이번엔 모든 것이 거꾸로 진행됐어요. 유언이 있기 전에 이미 당신은 그 재산을 물려받았잖아요. 이 장서들 말이에요. 이 책들은 재산 이상의 가치가 있죠. 값을 따질 수 없을 만큼 어마어마한 가치가 있어요. 그런데 오늘 아침에 도착한 편지는 도대체 뭐죠? 유언장 아니던가요? 뜨거운 불길 속에서 쓴 유언장……"

그러고는 어깨를 으쓱하며 말을 이었다.

"더 이상 무슨 말을 하겠어요? 어쨌든 음모가 있는 유언장임을 밝혀야 해요. 당신도 곧 알겠지만 젊은 사람들은 요령 있게 잘 대처할 줄 알아요. 영리하기 이를 데 없죠. 물론 전 그 정도까진 아니에요."

뤼슈 씨는 페레트에게 고마움을 표하고 싶었다.

그들은 식당에서 저녁 식사 후 회의를 소집하기로 결정했다. 페레트는 뤼슈 씨의 손을 자신의 손 위에 얹었다. 사실 페레트는 뤼슈 씨에 대해 아는 바가 전혀 없었다. 그들은 나름대로 비밀을 가지고 있었다. 그러나 며칠 전부터 비로소 서로 마음의 문이 조금씩 열리기 시작한 것이다. 페레트가 불쑥 물었다.

"그로루브르 씨에게 그렇게 애착을 갖는 이유가 뭐죠?"

"이유가 뭐냐고?"

한순간 그의 표정이 변했다. 어쩔 줄 몰라 하는 듯했다. 그리고 이내 옛 기억 속으로 빠져들었다.

"언젠가 독일이 기습해 왔을 때도 이런 표정이었지. 당시 대부분이 포로가 되었소. 그로루브르는 탈출할 수 있었지만 난 아니었지. 어느 날 그로루브르가 진지에 와 있는 걸 보았는데 다리를 심하게 절더군. 적의 공습으로 다리가 부러졌던 거요. 그러는 가운데 겨울이 왔지. 정말 지독한 추위였소. 난 그만 폐렴에 걸리고 말았지. 의약품이 전혀 없다 보니 모두들 내 목숨 정도는 하찮게 생각했소. 하지만 그로루브르는 겨자를 구해 와 그 반죽을 자신의 모직 바지에 싸서 찜질을 해 주었다오. 순간 불이 붙는 듯했소. 내가 온몸을 떨자 그 친구는 자신이 입고 있던 외투를 벗어 내게 입혀 주었지. 그리고 며칠 동안 밤낮없이 날 간호했다오. 얼마 후 간신히 정신을 차리고 깨어났을 때, 등에 아무것도 받치지 않은 채 꼿꼿이 침대 머리맡 의자에 앉아 있는 그 친구를 보았지. 그는 '철학은 영원불멸하지. 고로 멍청한 짓 따윈 하지 않아. 그들은 네게 기대를 걸고 있어'라면서 내가 좋아하던 철학자들의 이름을 하나씩 읊어 댔소. 내 몸이 회복되어 가자 철사처럼 여윈 날 보고 그로루브르는 이렇게 말했다오. '그래, 앞으로도 계속 겨자를 찾게 되지는 않겠지. 우리에게 또다시 무슨 일이 생긴다면 여기에서 죽자.' 그리고 지금은 걸을 수 있으니 동료들에게 작별을 고하고 떠나자는 제안하는 거요. 우리는 탈출할 방도를 찾았소. 눈에 띄지 않으려면 따로 움직일 수밖에 없었다오. 나는 들판으로 갔고 그는 숲으로 숨어들었지. 그게 그와의 마지막이었소."

*

막스는 엄마의 입술을 더 잘 보기 위해 맞은편에 앉았다. 벌꿀 바게트를 잔뜩 먹은 노뷔튀르는 홰에 앉아 졸고 있었다. 조나탕과 레아는 소파를 차지하고 있었고 뤼슈 씨의 휠체어는 그들로부터 약간 떨어진 어두운 곳에 있었다. 하루 종일 밖에서 시간을 보내다 온 그의 에나멜 구두는 이미 광채를 잃어버렸다. 벽난로를 등지고 똑바로 선 페레트는 하얀 블라우스 위에 소매 없는 외투를 걸친 채 편지를 읽고 있었다. 그녀는 각자 그로루브르의 말을 되짚어 볼 수 있도록 침묵의 시간을 마련하며 천천히 읽어 내려갔다.

페레트가 '우리가 서로를 측정한 값의 합계를 내야 할 시간이 된 듯하군'이라는 마지막 문장을 읽었을 때 모두의 입에서 동시에 한마디씩 튀어나왔다. 화재와 피타고리스, 가설과 그로루브르의 알 수 없는 행동들, 행방불명된 증명. 페레트는 그 편지를 뤼슈 씨에게 내밀었고 그는 기계적으로 편지를 받아 들었다. 모두들 웅성거리는 가운데 막스의 성난 목소리가 터져 나왔다.

"정말 비열한 놈들이네."

막스의 입에서 나온 말은 비난의 한마디였다. 막스는 뤼슈 씨를 돌아보고는 이렇게 말했다.

"뤼슈 할아버지 친구가 그들에게 자…… 자신의…… 그것을 팔고 싶지 않았다면……."

"……증명."

페레트가 그의 말을 도왔다.

"친구분은 그럴 권리가 있어요. 그 증명은 그분의 것이고, 또 증명을 해 보인 것도 자신이니까요. 어느 누구도 그분에게 강요할 수는 없는 거죠. 그들은 그 사고에 대해 책임을 져야 해요."

조나탕이 물었다.

"넌 어째서 '사고'라고 말하는 거지?"

뤼슈 씨가 단호한 어조로 말했다.

"일종의 사고인 셈이지. 오늘 아침부터 그 점에 대해 많은 생각을 했단다. 나 역시 어느 정도는 책임이 있다고 생각해."

페레트가 화를 벌컥 냈다.

"무슨 말씀을 하시는 거죠? 어째서 1만 킬로미터나 떨어진 곳에서 일어난 사고의 책임이 지금 여기 있는 당신에게 있다는 거예요?"

"거리는 문제가 아니지, 페레트. 도대체 무슨 일이 벌어진 걸까? 자신의 증명이 적힌 문서를 없애 버리기로 결심한 그는 편지를 쓰기 시작했겠지. 무려 여덟 장이나 되는 편지를 말이오. 그 친구는 시간이 흐르고 있다는 걸 깨닫지 못했을 거요. 편지를 다 썼을 즈음엔 해가 거의 저문 상태였소. 그에게는 단 몇 분밖에 남지 않았던 거요. 다른 사람들이 들이닥쳐 그의 증명을 빼앗으려 했으니까. 그는 허겁지겁 증명이 적힌 문서에 기름을 뿌리기 시작했을 거요. 그런 와중에 서두르다 그만 잘못해 불이 집 안 전체로 번지게 되었던 거지. 그는 빠져나갈 수가 없었소. 왜냐하면 그는…… 그는 젊은이가 아니었으니까. 생각해 보시오. 40년에 걸친 연구 성과가 들어 있는 공책, 수첩, 메모…… 이 모든 것이 자신의 눈앞에서 불타는 모습을 말이오! 너무나 끔찍한 일 아니었겠소. 아니면…… 모르겠소. 그 충격으로 기절하다 그만 기름을 엎질러 사방이 불바다가 되고 또……."

뤼슈 씨는 여러 가지 장면을 떠올리곤 격한 감정에 휩싸였다.

조나탕이 조심스럽게 운을 뗐다.

"제 생각으로는 말이죠. 할아버지가 말한 것 같은 상황은 일어나지 않았다고 봐요. 할아버지는 그 모든 사건에 대해 아무런 책임이 없어요."

뤼슈 씨는 슬픈 표정으로 고개를 가로저었다.

조나탕이 계속해서 말을 이었다.

"모두 그 친구분이 꾸민 일이에요. 할아버지께 보내온 편지는 그분의 유언장인 셈이죠. 자신의 죽음을 예감하고 각본을 짠 거라고요."

뤼슈 씨가 소리를 질렀다.

"그러니까 네 말은……."

"그분이 자살했다는 거죠. 그래요, 제 생각은 그래요."

조나탕은 거의 확신하는 듯했다.

"그로루브르는 그럴 사람이 아냐."

"제 말 좀 들어보세요. 그로루브르 씨는 그들의 제의를 거절하기로 마음먹었어요. 그리고 그놈들이 빼앗으려던 문서를 모두 파기했죠. 그분은 그들을 잘 알고 있었고 그들 역시 자신들이 할 수 있는 것이 무엇인지 알고 있었던 거죠. 그들이 그로루브르 씨의 집에 들이닥쳤을 때 그가 '너희가 찾는 것은 내가 이미 불태워 버렸으니 절대 손에 못 넣을걸' 하고 말한다고 상상해 보세요. 그들이 어떤 반응을 보일 거라고 생각하세요? 격분한 나머지 그에게 덤벼들어 마구 주먹을 휘두르며 분명 어딘가에 사본을 숨겨 두었을 테니 빨리 입을 열라고 하겠죠. 그로루브르 씨는 그런 일이 일어나리라는 걸 이미 알고 있었어요. 그래서 필요한 조치를 취한 거죠. 뤼슈 할아버지께 편지를 쓴 다음 서류를 불태우고 나서 집안 전체에 불을 지르고 자살한 거예요. 어떻게 자살했냐고요? 그 나라에는 무수히 많은 방법이 있어요. 쿠라레(남아메리카 원주민이 화살촉에 바르는 독)도 그쪽에서 생겨난 게 아니던가요?"

페레트가 물었다.

"하지만 자살하는 것보다 도망가는 것이 더 나았을 텐데 왜 그러지 않았을까?"

"그놈들에 대해 잘 아니까요. 자기가 가는 곳이면 어디든지 쫓아올 놈들이라는 걸 알고 있었던 거죠. 아주 조직적인 범죄 집단일 거예요."

그때까지 잠자코 있던 레아가 빈정거리며 말했다.

"마치 한 편의 영화 같네. 범죄 집단이건 아니건 간에 무슨 일이 일어났는지 아는 게 뭐 그리 중요해?"

조나탕이 레아의 참견에 아랑곳하지 않고 자세를 바로 하는 순간 그의 긴 머리카락이 흔들렸다.

"친구분은 자신의 집에 불을 지르게 될 거라는 걸 스스로 알고 있었던 거예요. 하지만 집을 그냥 불태우지는 못했을 거예요. 그건 불가능한 일이었죠. 자신이 만든 증명, 그것은 불태울 수 있었지만 책은…… 솔직히 말씀드리자면 전 그토록 멋진 장서를 가지고 있는 사람이 아무런 이유 없이 수천 킬로미터나 떨어진 곳에 그 장서를 보냈다는 게 참 이상하다고 생각했어요. 뭔가 급박한 상황이 있었으리란 느낌이 들어요."

조나탕이 말하는 사이에 레아는 자리에서 일어나 아무 말 없이 자기 방으로 올라가 버렸다.

조나탕이 덧붙여 말했다.

"우리에게 네 증명을 팔든가, 그렇지 않으면 네 책들을 하나하나 불태워 버리겠다는 식으로 그놈들이 장서들을 이용해 협박할 가능성이 농후해서 그들이 아예 모르는 곳에다 안전하게 두기 위해 보낸 것이 아니라면 말이죠."

막스는 자신의 생각을 말했다.

"사실 장서의 발송만으로는 아무것도 알 수 없어."

"사람이 죽었다면 이 네 가지 가운데 어느 하나에 해당되겠죠. 자연사, 사고사, 자살, 살해. 하지만 분명 자연사는 아니었어요. 우리는 지금 사고사나 자살로 추정하지만 살해의 가능성도 배제할 수는 없어요."

페레트는 자못 확신에 차 있었다. 모두들 페레트를 멍하니 바라보았다. 어느 누구도 살해의 가능성은 생각해 보지 않았던 것이다. 분위기가 차츰 심각해졌다. 뤼슈 씨는 자세를 바로 했다.

조나탕이 큰 소리로 말했다.

"사실 그놈들은 살해할 생각까진 없었을 거예요. 서류가 불타 버렸으니 그들에게 남은 건 그로루브르밖에 없었을 테니까요. 그가 죽어 버리면 그들은 아무것도 얻을 수 없죠."

뤼슈 씨는 가만히 듣고만 있었다. 그들이 그로루브르의 죽음을 노골적으로 말하는 것이 그의 마음을 아프게 했던 것이다.

"맞구나. 그렇기 때문에 살해를 당한 거라면 우발적인 살해다 이거지? 어쨌든 살해는 살해인 거지. 아까 조나탕이 말했듯이 그놈들 목적은 그의 입을 여는 거였어. 그로루브르가 자신들의 제의를 거절하니까 협박했을 거고. 그가 순순히 입을 열지 않자 결국 방아쇠를 당긴 거고. 가슴에 맞지만 않았어도……."

사실 페레트가 묘사한 대로 사건이 발생했는지도 모른다. 그때 조나탕이 다시 말했다.

"그렇다면 집에 불은 왜 난 거죠?"

"그건 우발적인 살해 사건을 은폐하기 위해서겠지. 물론 자신들의 범죄 흔적을 없애기 위한 것이기도 하고."

사고, 자살, 아니면 살해?

밤이 깊었다. 노쾨튀르는 홰에 올라앉아 자고 있었다. 모두들 조용히 앉아 각자 여러 가지 가능성을 점치고 있었다. 뤼슈 씨는 사고라고 믿었다. 조나탕은 자살 쪽으로 생각을 굳히는 듯했고, 페레트는 살해에 비중을 두었다. 하지만 레아는 아예 신경 쓰지 않는 것 같았다. 막스는 그 문제에 관해 어떠한 판단도 내리고 싶지 않았다. 한 가지 확신 때문이었다. 바로 사고사, 살해, 자살, 그 어느 쪽이든 그놈들에게 뤼슈 할아버지 친구의 죽음에 대한 책임이 있다는 것이다. 따라서 그들이 누구인지 알아내는 것이 중요하다고 생각했다. 도대체 발표되지 않은 수학 증명을 손에 넣음으로써 그들이 얻게 되는 이익은 무엇이었을까?

거기에 또 다른 의문이 있었다. 그로루브르의 죽음에 연루된 작자들은 그와 거래가 있던 사람들이다. 과연 어떠한 거래였을까? 뤼슈 씨는 문득 그로루브르가 첫 번째 편지에서 그가 엄청난 돈을 벌었으며 정당하지 못한 경로로 몇 권의 책을 손에 넣었다고 말한 것이 생각났다. 그럼 그들은 밀매업자? 마약이나 다이아몬드, 무기 같은 걸 거래한다고? 조나탕은 마피아에 대해 이야기하는 편이 옳았는지도 모른다. 어떻게 이 의문을 해소할까? 다시 말해 다른 나라나 다른 대륙에서라면? 그로루브르가 자신의 증명을 맡겼다고 하는 그 믿을 만한 친구는 과연 누구일까? 모두들 그게 누구인지는 모르지만 어쨌든 비상한 기억력을 가진 것만은 틀림없을 것이라고 생각했다.

*

다락방 침대에 앉아 있던 레아는 은근히 부아가 치밀었다. 다들 그 늙은 영감이 마나우스에서 어떻게 죽었는지 알아내려고 애쓰는 바람에 지금 여기 있는 쌍둥이의 출생에 관한 비밀에 대해선 전혀 신경 쓰지 않고 있었다. 조나탕마저 그랬다.

'파리 한복판 하수구에서 어떻게 우리 쌍둥이가 생겼는지 아는 것보다 얼굴 한 번 본 적 없는 그가 아마조니아의 벽촌에서 어떻게 죽었는지 아는 게 더 중요한 이유가 뭐야, 도대체!'

07

•

피타고라스,
어디에서든 수를 발견하는 사람

그동안 알아 왔던 모습 그대로의 그로루브르라면 편지 속에 표면적으로 드러나 있는 내용 말고도 틀림없이 몇 가지 비밀이 숨어 있으리라 직감한 뤼슈 씨는 뭐랄까…… 해독이 필요하다고 확신했다. 분명히 또 다른 의미가 있었다. 모든 내용이 피타고라스를 에둘러 말하는 것이었다. 그로루브르는 무슨 이유에서 피타고라스를 선택했고 또 어떤 이야기를 하려 했을까? 따라서 뤼슈 씨가 제일 먼저 해야 할 일은 이 그리스 철학자와 그의 학파에 속한 수학자들의 삶과 업적에 대해 알아보는 것이었다. 또한 그로루브르가 언급한 적 있는 '아쿠스마타'란 것은 정확히 무엇이고, 비밀 엄수의 의무를 부과하게 된 이유는 무엇일까? 무리수의 '놀라운 발견'이 도대체 무엇이며, 그것이 비밀을 누설한 히파소스의 죽음을 불러올 정도로 중요한 것이었을까? 피타고라스학파의 회원들은 어떻게 그 정리를 발견했을까? 그 유명한 피타고라스의 정리가 이 일과 어떤 관련이 있는 게 아닐까?

뤼슈 씨는 젊은 시절에도 한때 이러한 의문들 가운데 몇 가지를 가지고 시간을 보냈지만 지금은 그야말로 희미한 기억만 남아 있을 뿐이다.

그로루브르가 편지에서 이야기했던 것처럼 자신의 기억으로도 지극히 신비주의적이고 종교적인 색채가 짙다고 보아 피타고라스학파의 학설에 대해 특별히 애정을 가져 본 적이 없었던 것 같다.

뤼슈 씨는 아마존 서재로 들어갔다. 휠체어를 움직여 그리스 수학에 관한 책들이 꽂혀 있는 책장 두 번째 단을 살펴보았다. 뤼슈 씨는 책 집게로 소크라테스 시대에 관한 책을 여러 권 끄집어냈다. 그러고는 다시 집게로 2세기경 장 블리크가 쓴 『피타고라스의 생애』라는 책을 집어 책상 위에 내려놓았다. 그는 작업실 구석에 자리 잡은 자그마한 책상으로 다가갔다. 네 다리에 가죽을 씌우고 술을 달아 장식한 멋진 책상이었다. 뤼슈 씨는 곧 『피타고라스의 생애』에 몰입했다. 실로 그것은 한 편의 소설이었다. 책 표지가 접힌 자국으로 보아 그로루브르가 그 책을 얼마나 자주 들여다봤는지 짐작할 수 있었다. 몇 장은 특히 많이 구겨져 있었다. 뤼슈 씨는 그 부분에 각별히 관심을 갖고 읽어 보았다. 그리고 가방에서 펜을 꺼냈다. 유리로 된 이 펜은 깨지기 쉬운 만큼 더욱 귀중한 것이었다. 뤼슈 씨는 공책을 죽 넘기다가 백지가 나오자 펜을 작은 잉크병에 담가 잉크를 찍은 다음 이렇게 썼다.

피타고라스가 최초로 '철학'이라는 말을 만들었다.

탈레스에 관해 연구할 때처럼 피타고라스에 관한 책은 전혀 참고하지 않았다. 피타고라스는 태어난 날과 죽은 날이 정확히 알려지지 않았을 뿐 아니라 책 한 권 남기지 않았다. 오로지 아는 거라곤 그가 기원전 6세기에 살았던 사람이며 에게해 한복판에 있는 사모스섬에서 태어났고 이탈리아 남단의 크로톤(지금의 크로토네)이라는 곳에서 생을 마감했다는 정도다. 올림픽 경기에 참가했을 때 피타고라스는 열여덟 살이었다. 그때 그는 권투 경기마다 승리를 거뒀다. 우승을 차지하고 나자 그는 여행을 떠나기로 결심했다. 그리하여 가까운 이오니아로 가서 탈레스와 아낙시만드로스의 문하생으로 몇 년간 학문을 닦았다. 그 뒤 시리아로 건너가 페니키아의 현인들 곁에 머물던 중 그들의 인도로 비블로스 비교에 입문하기도 했다. 그 후 지금의 레바논 지역에 있던 카르멜산에 입산한 뒤, 그곳에서 이집트로 건너가 20여 년을 지냈다. 그렇게 오랜 세월 동안 나일강 연안의 여러 신전을 돌아다니며 이집트 제관들의 가르침을 받았다.

페르시아가 이집트를 침략한 것도 바로 그때였으며 그가 포로가 되어 바빌로니아로 끌려간 것도 바로 그때였다. 그는 거기에서도 시간을 허비하지 않았다. 메소포타미아의 중심지였던 그곳에서 보낸 12년 동안 바빌로니아의 점성술사와 서기들로부터 방대한 지식을 전수받은 후 40년 전에 떠나왔던 사모스섬으로 돌아갔다. 하지만 사모스는 당시 참주인 폴리크라테스가 통치하던 시기였고 피타고라스는 압제자들을 몹시도 싫어했다. 결국 그는 다시 길을 떠났다. 이번에는 서쪽으로 해서 마그나그라이키아 연안국으로 가 이탈리아 남부의 시바리스에 도착했다. 당시 시바리스는 환락의 도시로 이름난 곳이었다. 그러나 피타고라스는 크로톤이라는 인근 도시에 정착했고, 거기에서 자신의 '학파'를 창설하기에 이른다. 몇 년간 탈레스의 제자로 있었던 피타고라스부터 플라톤의 절친한 친구 타렌툼의 아르키타스에 이르기까지, 피타고라스학파는 약 150여 년에 걸쳐 그 명맥이 유지되었다. 그리고 정확히 218명의 학자를 배출했는데 이들 모두가 수학자였던 것은 아니다. 하지만 당파주의자인 뤼슈 씨는 수학자들에게만 관심이 있었다. 그가 관심 있어 한 학자는 키오스의 히포크라테스, 키레네의 테오도루스, 필롤라오스, 타렌툼의 아르키타스, 히파소스 등이다.

뤼슈 씨는 『피타고라스의 생애』를 덮고 피타고라스와 그 학파에 속해 있던 학자들의 수학적 업적을 다룬 또 다른 책을 펼쳤다. 히파소스는 초기 피타고라스학파의 한 사람이었다. 피타고라스가 정식 '수학자'들을 지도한 반면, 그는 '귀'로만 수업을 들을 수 있는 지원자들, 곧 '청강생'들을 이끌고 있었다. 또한 그는 세 번째 '세 쌍mediete'의 창안자 가운데 한 명이었다. 세 쌍이란 세 개의 수가 유지할 수 있는 다양한 유형의 관계를 가리키는 숫자들이다. 히파소스 이전에는 산술평균과 기하평균, 이 두 가지 평균만 있었다. 이후 조화평균이라는 것이 만들어짐으로써 모두 세 가지가 존재하게 되었다. 두 수, a와 c의 산술평균은 가장 간단한 평균으로 알려져 있다. 그것은 두 수의 합을 2로 나누는 것으로, 덧셈과 뺄셈을 이용하는 것이다. 정의하면 '첫 번째 수에서 두 번째 수를 뺀 값은 두 번째 수에서 세 번째 수를 뺀 값과 같다'라고 할 수 있다. 뤼슈 씨는 식을 적고 그 둘레에 네모 칸을 그렸다.

$$a-b=b-c$$

b는 a와 c의 산술평균

$$b=\frac{a+c}{2}$$

두 수, a와 c의 기하평균은 곱셈과 나눗셈으로 구한다. 정의하면 '첫 번째 수와 두 번째 수의 비는 두 번째 수와 세 번째 수의 비와 같다'라고 하겠다. 그리스 학자들에게 기하평균은 비례하는 닮은꼴 도형을 나타낸다. 뤼슈 씨는 식을 쓰고 역시 네모 칸을 쳤다.

$$\frac{a}{b} = \frac{b}{c}$$

b는 a와 c의 기하평균

$$b^2 = ac$$

마지막으로, 새로 만들어진 조화평균은 좀 더 복잡하다.

'첫 번째 수는 두 번째 수의 분수배만큼 두 번째 수보다 크고, 두 번째 수는 세 번째 수의 분수배만큼 세 번째 수보다 크다.'

매우 명료한 표현임에도 불구하고 뤼슈 씨는 이 말의 뜻이 무엇인지 파악할 수 없었다. 책에서는 수 6, 4, 3을 가지고 예를 들고 있었다. 뤼슈 씨는 위에서 말한 정의대로 세 수를 대입시켜 보았다. 4는 6과 3의 조화 평균이다. 왜냐하면 6은 4보다 6의 $\frac{1}{3}$인 2만큼 크고, 4는 3보다 3의 $\frac{1}{3}$인 1만큼 크기 때문이다. 그러고 보니 간단했다.

'나 참, 이 나이에 뭔 짓이람?'

4는 6과 3의 조화평균

$6 = 4 + 2$ $2 = 6$의 $\frac{1}{3}$

$4 = 3 + 1$ $1 = 3$의 $\frac{1}{3}$

종이 위에 펜촉이 스칠 때마다 나는 유리의 사각거리는 소리는 그에게 하나의 즐거움이었다. 아주 가는 나선형 홈을 따라 흘러내린 잉크는 펜촉에 필요한 액체를 공급해 또렷하고 단정한 글씨체를 만들어 주었다. 뤼슈 씨는 문자를 보기 좋게 다듬고 자신의 공책에 유리 펜이 스칠 때 나는 소리를 듣는 등 즐거움을 만끽하곤 했다.

유클리드보다 150년 앞서 키오스의 히포크라테스라는 학자가 수학 역사상 최초로 『원론』을 집필했다. 이 수학자는 히포크라테스 선서로 유명한 의학의 아버지와 동명이인이다. 두 사람 모두 기원전 5세기에 활동했던 것은 사실이나 수학자 히포크라테스는 키오스섬에서, 의학자 히포크라테스는 코스섬에서 태어났다.

아리스토텔레스의 말을 빌리면, 히포크라테스는 과거에 존재했던 훌륭한 기하학자들 가운데 하나로 손꼽히나 나머지 분야에서는 '미련하고 멍청한' 사람이었다고 한다. 한 가지 일화를 통해 뤼슈 씨는 그 말을 실감할 수 있었다. 그는 애초에 해상 무역상이었는데 항해 도중 비잔틴 출신의 세금 징수 관리들에게 가진 돈을 몽땅 빼앗기고 말았다. 뤼슈 씨는 탈레스 역시 해상 무역상이었음을 기억해 냈다. 그러나 꾀바른 탈레스에게는 그러한 재난이 닥치지 않았을 것이다. 어쨌든 빈털터리가 된 히포크라테스는 한 가지 할 일을 찾아냈다. 수학자가 된 것이다. 이 세상에서 파산한 모든 사람이 그처럼만 된다면, 몽마르트르에만 해도 대학 하나를 세울 수 있을 만큼 많은 수학자가 있지 않겠는가.

히포크라테스는 귀류법의 창시자라고 할 수 있다. 귀류법은 논리학에서 무엇보다 가공할 무기라 할 수 있다. 이를 통해 부정 명제가 가령 '짝수이기도 하고 홀수이기도 한 수'라든가 '평면상에 교차하는 두 개의 평행선'이라든가 '세 각의 크기가 모두 다른 이등변삼각형'이라고 하는, 일종의 모순으로 유도한다는 사실을 증명함으로써 명제의 참이 성립될 수 있는 것이다. 뤼슈 씨가 이러한 유형의 추론에 각별한 관심을 가진 것은 바로 그 추론이 참 명제에 도달하기 위해 거짓 가설에서 출발했기 때문이다. 그것은 언제나 그로 하여금 "진실을 알기 위해 거짓을 가르쳐라"

라는 속담을 떠올리게 했었다.

'명제가 참이라는 것을 증명하고자 한다면 먼저 명제의 역을 취해 그것을 참으로 생각하라. 그리고 거기에서 결론을 도출한다. 도출된 결론이 모순인 경우, 바로 네 가설이 참임을 나타낸다. 한편 명제가 거짓인 경우에는 상반된 결론을 이끌어 낸다. 거짓 명제이기 때문에 그 역은 참이 된다. 쌍둥이들은 그런 것을 아주 좋아할 게 틀림없다. 하지만 분명 고등학교에서 이에 관한 얘기를 들었을 것이다. 적어도 내가 보기엔 그렇다.'

뤼슈 씨는 백지에 다음과 같은 그림을 그렸다.

탈레스는 하늘의 천체를 유심히 살폈고 히포크라테스는 초승달 모양을 추적했다. 수학에서는 이를 활꼴이라고 부른다. 히포크라테스는 활꼴의 구적법을 정립했다. 그것이 곡선 도형에 대한 최초의 구적법인 셈이다. 뤼슈 씨는 여백에 이렇게 메모했다.

그리스 수학의 세 가지 주요 난제, 곧 원적 문제, 입방 배적 문제, 각의 삼등분 문제에 관해 나중에 다시 다룰 것.

히포크라테스는 젊어서 빈털터리가 되었다. 늙어서는 '기하학을 가르치는 대가로 돈을 받았다가' 피타고라스학파에서 제명되기도 했다. 그로루브르가 거절한 것도 그러한 것이 아니었을까? 바로 자신을 괴롭히던 이 범죄 집단에게 자신의 증명을 보여 주는 대가로 돈을 받는 일 말이다. 그로루브르가 만약 그들의 제의를 받아들였다면 그는 지금 살아 있었을 거라고 뤼슈 씨는 생각했다. 하지만 그로루브르는 히파소스처럼 자신의 발견을 공개하는 것도, 히포크라테스처럼 돈을 받고 파는 것도 원하지 않았던 것이다.

뤼슈 씨는 계속해서 책을 읽어 나갔다. 피타고라스학파는 이탈리아 남단에 위치한 크로톤이라는 도시에 기반을 두었다. 그 도시에는 킬론이라고 하는 돈 많은 세력가가 한 사람 있었는데 그는 어떻게 해서든 피타고라스학파에 들어가고 싶어 했다. 몇 차례나 요청했지만 번번이 거절당했다. 난폭하고 독선적인 성격의 킬론은 자신의 요구가 거절당한 것을 도저히 참을 수 없었다. 뤼슈 씨는 여기에서 멈췄다. 이는 그가 언젠가 들어 본 말과 매우 흡사했다. 그런데 무슨 말이었는지 도무지 생각이 나질 않았다.

'아, 기억력하곤. 세월이 흘렀으니……'

그러다 문득 생각이 떠올랐다. 이 말은 들었던 것이 아니라 읽었던 것이다. 바로 그로루브르의 편지에서 말이다.

일단 자신들이 눈독 들인 것은 상대가 오래 거절하지 못하도록 만드는 그런 인간들.

어쨌든 킬론은 복수하기로 결심했다. 당시 피타고라스학파의 회원들은 정기적으로 어느 대저택에 모여 국정을 논하곤 했는데 킬론과 그의 일당이 그곳에 몰래 잠입해 불을 지른 것이다. 결국 그 자리에 있던 회원들 가운데 한 사람을 제외하고 나머지는 모두 불에 타 숨지고 말았다. 뤼슈 씨는 전율을 느꼈다. 우연의 일치 같지는 않았다. 증명의 내용을 알고 싶었던 사람들이 거절당하자 마치 2500년 전의 킬론 일당처럼 그로루브르의 집에 불을 질러 보복한 것이란 말인가? 격분한 뤼슈 씨는 더 이상 책을 읽을 수가 없었다. 페레트가 방화라고 처음 얘기 꺼냈을 때만 해도 믿지 않았는데 이제는 거의 확실하다는 생각이 들었다. 만약 방화가 사실이라면 하수인에게 그로루브르를 살해하도록 사주한 이 범죄 조직의 우두머리를 밝혀내는 일이 급선무였다. 그러나 이는 그저 가설일 뿐이다.

뤼슈 씨는 한참 후 마음을 가라앉히고 다시 시작했다. 우선 수학적 조사를 실시해야만 했다. 그것만이 그의 의문에 대한 해답을 줄 것이기 때문이다. 조사를 해 봐야 비로소 마나우스에서 어떤 일이 일어났으며 그로루브르의 증명은 어찌 되었는지 알 수 있을 것이다. 그는 어떻게 되었을까? 불이 났을 때 무사히 빠져나와 살아남은 그 한 사람. 그의 이름은 필로라오스라고 했다. 그 시대의 많은 철학자처럼 그 역시 천문학과 우주생성론에 관심이 있었다. 그는 놀라운 우주계를 상상했다. 코페르니쿠스와 갈릴레오보다 2000년이나 앞서서 지구가 돈다는 것과 우주의 중심에 있지 않다는 것을 생각해 냈다.

그렇다면 도대체 무엇이 우주의 중심이라고 생각했을까? 믿기지 않았다. 불! 필로라오스는 우주의 중심이 불이고 다른 행성과 태양처럼 지구가 그 주위를 돈다고 했다. 그때 한 가지 의문점이 뤼슈 씨의 뇌리를 스쳤다. 필로라오스가 그런 놀라운 상상을 하게 된 것은 과연 자신이 기적적으로 살아남은 그 화재가 있기 전이었을까, 아니면 그 후였을까? 대답이야 어찌 됐건 간에, 뤼슈 씨는 인류 최초로 감히 지구가 우주의 중심이라는 설을 뒤엎은 그 철학자에게 경의를 표했다.

뤼슈 씨가 만일 불구가 아니었다면 분명 다리가 무척 저렸을 것이다. 이렇게 장시간 작업하는 동안 내내 부동자세로 있었던 것이다. 몸을 움직여 줄 필요가 있었다. 몸을 가볍게 흔든 다음 안마당으로 나가 수도가 있는 곳까지 몇 차례 돌고 나서 다시 들어왔다. 피타고라스학파에 관해 읽어야 할 것이 아직도 많이 남아 있었다.

이탈리아 지도에서 쏙 들어간 부분 가운데, 크로톤 바로 앞에 '타렌툼'이라는 곳이 있다. 그때 문득 '타렌툼의 아르키타스는 1이라는 수를 만든 발명가다'라는 문구가 떠올랐다.

발명가라고? 뤼슈 씨는 펜을 멈췄다.

'1은 항상 존재했던 것이 아닌가? 아, 그래. 존재했지.'

대부분의 그리스 인들에게 수는 '2'부터 시작되었다. 그들에게는 1……과 다른 수들이 있었다. 1은 양이 아닌 존재를 말하는 것이라고 그리스인들은 주장했다. 다수만이 수라고 생각한 것이다. 곧 '존재하는 것이 1이다.' 그것이 바로 필로라오스의 생각이었다. 뤼슈 씨는 몹시 기뻤다. 마치 머릿속이 확 뚫리는 기분이었다. 모든 것을 알아 버린 느낌이라고나 할까. 1의 특이성과 이타성異他性을 제거함으로써 아르키타스는 다른 수처럼 1을 하나의 수로 만들었던 것이다.

뤼슈 씨는 다시 필기를 계속했다. 거기에는 이유가 있다. 그에게는 '1의 아버지' 이외에도 '최초의 공학자'라는 칭호가 하나 더 붙어 있었다. 기하학에서의 수많은 수학적 원리를 기계 장치에 관한 연구에 응용함으로써 기술이라는 것을 만들어 냈던 것이다. 파피루스 위에 기계 장치를 그리는 것에서 그치지 않고 실제로 제작을 했다. 그는 기계로 움직이는 새를 만들기도 했다.

'그래! 이것은 노퓌튀르를 즐겁게 해 줄 것이다. 완전히 혼자서 날아다니는 나무 비둘기 말이다.'

새의 배 부분에다 끼워 넣은 기계 장치가 유일한 동력원이다. 더구나 날개를 파닥이기도 한다. 하지만 그냥 멈춰 있을 때는 날지 못한다. 날기는 하되 이륙은 불가능한 것이다. 게다가 말도 하지 못한다. 덕분에 노퓌튀르는 불안해할 이유가 없다.

아르키타스는 인류 역사상 최초의 낙서꾼이기도 했다. 그 사연은 이렇다. 그는 상스러운 말을 입에 담는 걸 아주 싫어했다. 어느 날 욕을 하지 않으면 안 되는 상황에 놓이게 된 그는 갑자기 상대에게서 등을 돌리더니 뒤에 있던 벽으로 달려갔다. 그러고는 거기에다 커다란 글씨로 자신이 입으로 할 수 없는 말을 적는 것이었다. 이러한 일화를 읽던 뤼슈 씨 머릿속에 누군가가 떠올랐다. 막스는 상스러운 말을 한 적이 한 번도 없다. 그 또래 아이로서는 매우 이상한 일이었다. 마치 상스러운 말이 너무나 엄청난 거라 차마 입에 올릴 수 없다고 생각하는 것 같다.

1의 아버지, 아르키타스는 여러 분야에 두루 관심을 보였다. 나무 비둘기나 수학, 음악 이외에 정치를 하기도 했다. 재능이 뛰어난 피타고라스학파였던 그는 국가의 운명에 관심이 있었다. 당시 타렌툼은 민주주의를 채택하고 있었으며, 아르키타스는 일곱 차례나 사령관으로 선출되었다고 한다. 그야말로 전례 없는 기록 보유자인 셈이다. 또한 플라톤의 목숨을 구한 적도 있었다. 뤼슈 씨가 보기에는 이 사건이야말로 가장 영광스러운 일이 아니었을까 싶다. 시라쿠사의 폭군, 디오니시오스는 플라톤을 암살하려는 계획을 세웠다. 그러한 정보를 접한 아르키타스는 병사들을 태운 배 한 척과 특사 한 명을 시라쿠사로 급파했다. 이 특사는 디오니시오스에게 가서 아르키타스가 플라톤의 안전을 보장해 줄 것을 요청했노라고 전했다. 당시 강력한 도시국가였던 타렌툼과의 전쟁을 두려워한 디오니시오스는 아르키타스의 요구를 받아들였다. 결국 플라톤은 무사히 시라쿠사를 떠날 수 있었다.

뤼슈 씨는 자신이 쓴 내용들을 다시 읽어 보고는 유리 펜에 잉크를 한 번 찍은 뒤 계속 써 내려가기 시작했다.

피타고라스학파에 의해 수학의 영역이 좀 더 확대되었다. 그들은 음악과 역학을 도입했다. 수에 대한 신비주의적인 해석은 그들로 하여금 수의 학문으로서 산술을 만들어 내게끔 했다. 또한 인류 역사상 최초로 진정한 의미의 '증명'이라는 것을 시도한 것도 그들이었다. 2의 제곱근이 무리수라는 사실에 대한 증명 이외에도 삼각형의 세 각의 합이 180°라는 사실을 증명해 보였다.

뤼슈 씨는 매우 만족스러웠다. 피타고라스에 대한 다음 강의를 마련해야 할 이유가 생긴 것이다. 그는 공책을 정리하고 유리 펜을 잘 닦아 넣은 후 도서실 문을 나섰다.

*

조나탕과 레아는 옆문을 통해 강의가 예정된 작업실로 들어갔다. 실내는 희미한 빛 속에 파묻혀 있었다. 있는 거라곤 몇 개의 의자뿐, 작은 교구의 초라한 기도실처럼 썰렁하기 짝이 없었다. 문을 닫은 후, 레아와 조나탕은 안에 자신들만 있는 것이 아님을 알아챘다. 누군가 벽 가까이에 앉아 있었다. 챙이 달린 모자를 쓰고 있었는데 알베르가 틀림없었다. 그곳에 정적이 감돌았다. 그들은 이 정적을 깨지 않기로 마음먹었다.

어둠에 익숙해질 무렵 레아의 눈에 들어온 실내 풍경은 매우 특이한 느낌이었다. 그녀는 오래되지 않아 그 이유를 알아냈다. 가로 방향으로 장막이 쳐져 있어 그 너머 공간에서 일어나는 일을 볼 수가 없었던 것이다. 또한 좌석이 장막과 마주 보고 있었다. 그녀는 장막이 걷히기만을 기다렸다. 하지만 그럴 기미가 조금도 보이지 않았다. 레아는 탈레스에 대한 강의 시간에 그랬던 것처럼 장막 위에 영상이 투사되기를 기다렸다. 그러나 어떠한 영상도 비치지 않았다. 그때 갑자기 장막 너머에서 조명이 켜졌다. 레아는 아주 희미한 빛을 보았다. 그와 동시에 스피커에서 연속적으로 큰 소리가 흘러나왔다. 마치 리듬에 맞춰 울리는 종소리 같았다. 장막 반대쪽에서는 막스가 위엄을 갖추고 서 있었다. 똑같이 원통 모양을 한 네 개의 꽃병이 나지막한 탁자 위에 놓여 있었다. 첫 번째 꽃병은 속이 비어 있었고, $\frac{1}{2}$이라고 적힌 표찰이 붙어 있는 두 번째 꽃병은 절반쯤 물이 차 있었으며, 세 번째 꽃병에는 $\frac{1}{3}$, 네 번째는 $\frac{1}{4}$이라고 각각 표시되어 있었다. 인도네시아 전통 타악기 합주단의 연주자처럼 책상다리를 하고 앉은 막스의 양손에는 채가 쥐어져 있었다. 그는 처음에 개회를 알리던 음향을 다시 틀 준비를 했다. 빈 꽃병을 채로 살짝 때린 다음 물이 절반쯤 채워져 있는 다른 꽃병을 연이어 때리자 두 가지 소리가 났다. 그러고 나서 막스는 두 꽃병을 동시에 두드렸다. 그러자 먼젓번 소리보다 훨씬 아름다운 소리가 났다.

"8도 화음!"

노퓌튀르가 소리쳤다. 또다시 정적이 이어졌다. 막스는 같은 방식으로 비어 있는 꽃병과 $\frac{1}{3}$쯤 물이 채워진 꽃병을 동시에 채로 때렸다. 그러자 두 개의 꽃병이 울렸다.

"5도 화음!"

노퓌튀르가 소리를 질렀다.

다시금 정적이 흘렀다. 막스는 비어 있는 꽃병과 $\frac{1}{4}$쯤 물이 채워진 꽃병을 채로 쳤다.

"4도 화음!"

역시 노퓌튀르가 소리쳤다. 사실 막스는 꽃병이 울릴 때 나는 소리를 거의 알아듣지 못했다. 그저 실험을 하고 싶었을 뿐이다. 그가 소리에 관한 실험을 하는 걸 지켜보던 조나탕과 레아는 이 모든 광경이 도무지 이해가 안 가는지 조용히 보고만 있었다. 한편 알베르는 그리 궁금하지 않은 듯 가만히 있었다. 사람들의 반응에 관심을 기울이던 뤼슈 씨는 막스가 꽃병들보다는 두 개의 틀 사이에 현을 고정시켜 사용하는 편이 더 나았을 텐데 하는 아쉬움을 느꼈다. 그러나 확실히 효과는 있었다.

"피타고라스는 수를 어디에……."

노퓌튀르의 입에서 날카로운 소리가 튀어나왔다. 목소리가 매끄럽지 못했다. 이윽고 날개를 파닥거리는 소리에 이어 목소리를 가다듬느라 마른기침을 하는 소리가 들렸다. 노퓌튀르는 조금 전보다 목소리를 낮춰 말했다.

"……어디에서든 발견했다. 그에게 존재하는 것은 모두 수였다. 그가 제일 처음 수를 찾아낸 것은 바로 음악에서였다."

노퓌튀르의 목이 다시 잠겼다. 그러자 뤼슈 씨가 대신 말을 이었다.

"피타고라스는 이러한 간단한 장치를 이용해 '음정은 두 수의 비'라는 놀라운 사실을 발견했단다. 빈 꽃병과 반쯤 채워진 꽃병을 쳤을 때 나온 8도 음정은 $\frac{1}{2}$, 5도 음정은 $\frac{2}{3}$, 4도 음정은 $\frac{3}{4}$으로 각각 표현됐지. 이 세 가지보다 더 간단한 수치 비율을 알고 있니?"

뤼슈 씨가 묻자 레아가 투덜거렸다.

"일부러 그러시는 것 좀 봐. 이 꽃병은 다 뭐람. 다들 수치 비율이 뭔지도 모른다는 걸 잘 아시면서."

조나탕이 레아를 진정시켰다.

"내 생각엔 우리의 반응을 유도하기 위해서 그러는 것 같은데. 한번 지켜보자."

뤼슈 씨가 다시 말을 이었다.

"그래서 수치 비율로 화음을 설명할 수 있다는 것이 입증되었지. 화음 자체가 수치 비율을 소리로 만든 거야. 음계는 수이고, 음악은 수학인 셈이지."

돌연 작업실에서 튀어나온 소프라노 음성이 아카펠라로 바흐의 칸타타 중에 나오는 아리아 〈나는 흡족하도다〉를 불렀다. 참으로 아름다운 곡이었다. 하지만 소리는 약간 귀에 거슬렸다. 뤼슈 씨가 오래된 고물 전축에다 걸어 놓은 엘피판은 그런대로 가치가 있는 앨범이었다. 소프라노 목소리가 점차 작아질 즈음 뤼슈 씨의 목소리가 오버랩되었다.

"그러나 화음이 음악에만 있는 건 아니야. 피타고라스학파에게 화음이란 전 우주에 미치는 것이지. 우주의 질서 그 자체도 하나의 음계로 표현되니까 말이야. 코스모스라는 말도 피타고라스가 만들어 냈지. 질서와 아름다움이 존재하는 코스모스 말이다. 결국 세계의 역사는 카오스에 맞선 질서와 조화로 표상되는 코스모스의 전쟁으로 이야기되었지."

뤼슈 씨는 준비해 둔 글을 죽 훑어보았다.

이 세 가지 작은 소리는 자연계에서 최초로 수학의 법칙이 탄생했음을 알렸다. 그것이 바로 사물에서 수를 찾는 출발점이 되었다.

자연에 대한 인식에 수의 원리를 부여하는 것이 바로 피타고라스학파의 계획이었다. 그 계획을 실현하기 위해서는 그들 스스로 수를 연구해야만 했다. 실제 그들이 순수 산법인 계산술과 구분하고자 한 것이 바로 수의 학문인 산술의 원리였다. 이러한 분리를 통해 그들은 산술을 상인들의 전유물 이상으로 격상시켰던 것이다.

*

뤼슈 씨는 소리가 즉석에서 울려 퍼지는 스피커에 발언권을 넘기는 게 낫겠다고 생각하고 이 단락은 읽지 않기로 했다.

"주목, 주목! 청중은 이제 장막 너머로 건너가도 좋다."

청중? 관객이 아닌 청중이라……. 조나탕과 레아는 자리에서 일어나다 말고 그 말에 주목했다. 그들은 천을 들추고 장막 안쪽으로 건너갔다. 그곳 분위기는 아주 딴판이었다. 세 개의 조명이 어둠 속에서 빛의 공간을 만들고 있었다. 셋 중 하나가 잡다한 물건이 놓여 있는 나지막한 탁자 앞에 선 막스를 비췄다. 물건들 가운데에 놓여 있는 네 개의 꽃병도 눈에 띄었다. 두 번째 조명은 노퓌퇴르를 비추고 있었다. 노퓌퇴르는 악보대처럼 보이는 것 앞에서 홰를 단단히 움켜쥐고 앉아 있었다. 그리고 나머지 조명 하나는 훨씬 밝았는데 뤼슈 씨를 위한 것이었다. 연단 위에 올라선 그는 온통 시청각 기재들로 둘러싸여 있었다. 오디오 기재로는 각종 디스크와 카세트테이프, 하이파이 시스템 등이 있었다. 다른 탁자 위에는 언젠가 탈레스에 대한 강의 때 사용한 적이 있는 영사기가 놓여 있었다. 또한 커다란 스피커 두 개는 뤼슈 씨의 휠체어 앞쪽에 버티고 있었다. 작은 책 받침대 위에는 그의 공책과 낱장으로 된 서류 뭉치가 올려져 있었다. 뤼슈 씨는 그 종이들 가운데 한 장을 치켜들더니 이렇게 말했다.

"피타고라스는 수에 대한 1차 분류에 들어갔단다. 수 전체를 짝수와 홀수로 나누는 1차 분류는 오늘날 너무도 당연하게 생각되어 언제나 존

재했던 것처럼 보이지만 이것은 아주 중요한 분류였어. 2로 나누어떨어
지는 수와 그렇지 않은 수로 분류하는 것 말이다."

모두들 비극 배우의 목소리에 조용히 귀를 기울였다.

"2를 믿는 수와 그렇지 않은 수겠지."

레아였다.

'아, 못 말리는군! 저 애가 제발 광고업계에서 일하지 않기만을 바랄
뿐이야.'

뤼슈 씨는 충격적인 표현만 골라 쓰는 저 사악한 재주에 대해 잠시 생
각했다. 그러고는 주저 없이 말을 이었다.

"피타고라스는 패리티(우기성偶奇性)에 관한 산법을 정립했단다."

이어 노퓌튀르가 말했다.

"짝수 더하기 짝수는 짝수, 홀수 더하기 홀수도 짝수, 짝수 더하기 홀
수는 홀수."

뤼슈 씨가 말을 받았다.

"한편 곱셈에서는 말이지……."

노퓌튀르가 말했다.

"짝수 곱하기 짝수는 짝수, 홀수 곱하기 홀수는 홀수, 짝수 곱하기 홀
수는 짝수."

그런데 그때 별안간 장막 저편에 있던 옆문이 열리더니 그 틈새로 서
늘한 바람이 작업실 안으로 들이닥쳤다. 조나탕과 레아의 휘파람 소리
에 이어 페레트가 발소리를 죽이며 작업실 안으로 들어왔다. 그녀도 함
께하고 싶었던 것이다. 페레트는 알베르를 발견하고는 매우 반가워하며
자리에 앉았다. 바로 그때 스피커에서 자신 있는 목소리가 흘러 나왔다.

"자, 주목! 이건 새로운 사실이야. 이건 새로운 사……."

뤼슈 씨가 돌연 마이크의 스위치를 끄고는 이렇게 말했다.

"너희에게 새로운 사실을 하나 알려 주마. 피타고라스의 정리는 피타고라스의 작품이 아니란다."

특종이 공개되자 박수갈채가 쏟아졌다. 레아는 그것에 왜 쾌감을 느꼈는지 이유를 알 수 없었다. 조나탕은 냉담한 표정이었다.

"제 임자를 찾아 주자는 애기야. 사실 피타고라스보다 앞서 이집트 바빌로니아에서, 그 유명한 피타고라스의 정리에서 정확히 지적했던 바 있는 정수 '세 쌍' 간에 어떤 탄력적인 관계가 존재한다는 사실을 발견했단다."

뤼슈 씨는 바빌로니아에서 이를 발견한 영국의 고고학자 이름을 따 '플림프톤 322'라고 하는 서판에 어떤 서기가 세 수 가운데 두 수의 제곱의 합이 나머지 한 수의 제곱과 같은 수들의 모임 15개를 기록한 바 있다고 말해 주었다. 그 서판의 내용은 피타고라스가 태어나기 1000년 히고도 훨씬 전에 새겨진 것이다. 거기에 기록된 모임들 가운데 하나가 '45, 60, 75'인데 이것은 3, 4, 5쌍만큼이나 잘 알려져 있는 것이다.

뤼슈 씨가 홰에 꼿꼿이 앉아 있던 노퓌튀르에게 신호를 보내자 막스가 자리에서 일어났다.

"여기 나무토막 세 개가 있다."

노퓌튀르가 말했다. 그러자 막스가 탁자 위에 늘어놓은 나무토막 세 개를 집어 들고는 사람들에게 보여 주었다.

"첫 번째 나무토막의 길이는 3이고, 두 번째는 4 그리고 마지막 것은 5야."

막스는 가장 짧은 나무토막에 세 차례 그리고 중간 길이의 나무토막에 네 차례, 마지막 나무토막에는 다섯 차례씩 쫙 펼친 손을 가져다 댔다.

레아가 비아냥거렸다.

"무슨 쇼를 하는 것 같은데? 그래, 예비 연습도 했다니까!"

조나탕이 중얼거렸다.

"승무원 같지 않니?"

실제로 막스는 시종 만면에 엷은 미소를 띠고 있었고 그의 기계적인
동작은 마치 비행기 안에서 산소마스크와 구명조끼 사용법을 설명하는
승무원 같았다. 노퓌튀르가 말을 이었다.

"3의 제곱 9 더하기 4의 제곱 16은 5의 제곱인 25와 같다. 이들 나무토
막을 변으로 하는 삼각형은 직각삼각형이다."

노퓌튀르가 말하는 동안 막스는 집게손가락을 높이 들어 허공에다 다
음과 같이 썼다.

$$3^2 + 4^2 = 5^2$$

그러고 나서 세 개의 나무토막을 양끝이 서로 맞닿도록 연결했다. 그
러자 완벽하게 직각을 이루는 하나의 삼각형이 만들어졌다.

뤼슈 씨가 질문을 던졌다.

"피타고라스 정리에서 말하고 있는 것은 뭘까? 그것은 세 변의 길이와

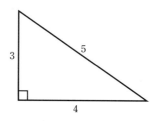

삼각형의 성질 사이에는 어떠한 관계가 존재한다는 게다. 또한 이런 관계는 다음과 같은 방식으로 표현할 수 있겠지. 곧 삼각형 두 변의 제곱의 합이 나머지 한 변의 제곱과 같다고 한다면,

$$a^2 + b^2 = c^2$$

이 삼각형은 직각삼각형의 형태를 갖지. 삼각형의 세 변의 길이와 어느 한 각의 성질 사이에는 매우 밀접한 관계가 있는 거야."

뤼슈 씨는 물을 한 잔 따랐다. 그리고 천천히 들이켰다. 막스는 탁자로 되돌아와서 아까 소리 실험에 사용했던 꽃병 하나를 쳤다.

"뤼슈 할아버지 화음!"

막스는 노퓌튀르의 쉰 목소리를 흉내 내어 말했다. 많이 비슷했다. 한쪽에선 페레트가 신발을 벗더니 다리를 죽 폈다. 서점에서 하루 종일 일하다 보면 피곤에 지쳐 쓰러질 만도 했다. 그녀는 완전히 빛을 차단한 장막을 마주한 채 설명을 듣고 있었지만 눈으로 보지는 않았다. 보지 않는 이유는 무엇보다 이 모든 내용이 그로루브르의 편지 그리고 그녀가 제기한 의문점들과 관련이 있기 때문이었다. 조나탕이 흥분하며 뤼슈 씨에게 한마디 던졌다.

"피타고라스를 변호하려는 건 아니지만……."

사실 그렇게 말할 만했다. 피타고라스와 비슷하게 긴 머리를 하고 있다는 것만으로도 조나탕이 나일강에서 유프라테스강 연안 지역까지, 테베에서 바빌로니아까지, 소아시아에서 시리아까지, 에게해의 섬에서 이오니아해의 해안 지역까지 돌아다닌 이 그리스 수학자에게 동조할 이유는 충분했다.

조나탕이 물었다.

"피타고라스를 변호하려는 건 아니지만 결과와 그에 대한 증명은 구별해야 한다고 말씀하셨죠. 바빌로니아와 이집트에서 어떤 결과를 얻었다고 하는데 그들은 그 결과에 대해 증명을 했나요?"

뤼슈 씨가 대답했다.

"아마 하지 않았을 게다."

"그렇다면 이런 셈이네요. '바빌로니아인의 결과'와 '피타고라스의 정리', 결국 피타고라스의 것은 피타고라스에게 돌려주어야죠."

조나탕의 승리였다. 그때 레아가 뤼슈 씨에게 대답을 요구했다.

"이 장막은 뭐예요? 왜 우리를 뒤에서 기다리게 했죠?"

뤼슈 씨가 빈정거리는 투로 말했다.

"안 그래도 언제 그 질문을 하나 기다리던 참이었다. 이제야 물어봐 주다니 정말 놀랍구나. 이제 좀 참을성 있는 사람이 되려나 보지? 너희를 잠시만이라도 피타고라스의 제자가 되고 싶어 했던 사람들과 같은 상황에 처하게 하고 싶었단다. 피타고라스가 지원자들을 시험할 때 바로 이렇게 했거든. 우선 그 지원자가 '침묵'할 수 있는지를 지켜보았단다. 지원자는 교육 과정에서 들은 내용을 입 밖으로 발설하지 않고 비밀을 지켜야 했어. 너희도 눈치챘겠지만 피타고라스에겐 처음 얼마간은 말을 잘하느냐보다 오히려 침묵할 줄 아느냐가 관심의 초점이었지. 장막을 사이에 두고 강의실이 둘로 나뉘어 있었어. 피타고라스는 이쪽에, 지원자들은 저쪽에 있었지. 이들은 오직 귀로만 피타고라스의 가르침을 받을 수 있었단다. 다시 말해 피타고라스의 목소리를 듣기는 했지만 그를 보지는 못했던 거야. 이런 식의 시험이 5년 동안이나 계속되었지."

레아는 몹시 흥분했다.

"아무것도 보지 말고 듣기만 하고 침묵하라니……. 참 별난 시험도 다 있네요. 게다가 5년씩이나! 정말 사교 집단이 따로 없어요."

막스 역시 무척 화가 났다. '귀가 안 들리는 사람들은 배울 자격이 없단 말인가? 나 같은 사람은 장막 너머에서 무슨 얘길 하는지 어떻게 알겠어! 정말 마음에 드는 게 하나도 없군.'

막스가 말을 했다면 바로 이렇게 했을 것이다. 하지만 평소에 그 정도로 심한 말은 하지 않다 보니 그저 생각만 할 뿐이었다. 막스를 자극한 것이 무엇인지 알아챈 뤼슈 씨가 그에게 수화로 말했다.

"그래, 그랬어, 막스. 나로선 어쩔 도리가 없구나."

그러고 나서 말을 계속했다.

"그 장막은 피타고라스학파의 운명에 대단히 중요한 구실을 했단다. 그 장막을 지나가는 것이 바로 무사히 시험을 통과했다는 걸 의미했으니까. 피타고라스학파의 회원들은 장막의 어느 쪽에 있느냐에 따라 두 그룹으로 나뉘었단다. 피타고라스가 자리하고 있는 공간의 바깥쪽에는 공개 강의를 듣는 사람들로, 안쪽에는 여생 동안 피타고라스의 가르침을 받게 될 사람들로 구분되었지. 이들만이 피타고라스와 대면한 상태에서 수업을 들을 수 있었던 거야."

조나탕과 레아가 동시에 물었다.

"우리를 할아버지가 있는 쪽으로 건너오게 함으로써 우리가 피타고라스의 가르침을 받을 수 있는 자격이 있다고 판단하신 거군요, 그렇죠?"

"사실은 그랬던 거지."

"왜 그러셨는지 이유를 말해 주세요."

"왜 그랬냐고? 그건 말이다, 너희가 장막 저쪽에 있는 내내 침묵했기 때문이야. 사실 내 귀가 잘못된 게 아닌가 의심할 정도였지. 너희가 말을 참을 줄 알다니."

"그렇다면 함정이었군요."

레아가 날카로운 반응을 보이며 조나탕에게 슬쩍 동조를 구했다.

"그건 아니란다. 그저 시험한 것뿐이니까."

"만약 우리가 침묵하지 않았다면요?"

"장막 저쪽에 그대로 있어야 했겠지. 애초에 막스와 그러기로 결정한 일이었으니까. 노퓌튀르 역시 좋다고 했고."

노퓌튀르는 이번 강의 준비에 관여함으로써 어쩔 수 없이 한참 동안 부동자세로 있어야 하는 것에 잔뜩 신경질이 나 있던 차에 자신의 이름이 나오자 해방됐다는 생각에 파닥거리며 작업실 안을 날아다녔다. 새는 장막을 가볍게 스쳐 지나갔다. 그 때문에 장막이 펄럭거리자 흔들리지 않도록 막스가 붙잡으려다가 그만 잘못해 장막이 균형을 잃고 한쪽으로 쏠렸다. 급기야는 큰 소리를 내며 바닥으로 떨어져 막스가 무거운 장막 아래 깔리는 사태가 벌어지고 말았다. 조나탕이 겨우 장막 속으로 손을 집어넣어 막스를 구해 냈다. 장막이 사라지자 반대편에 조용히 앉아 있던 페레트의 모습이 보였다.

"엄마, 거기 계셨어요? 언제부터요?"

조나탕이 묻자 그녀는 빙긋이 웃으며 대답했다.

"피타고라스의 정리를 설명할 때부터지."

아무도 그녀가 들어오는 소리를 듣지 못했다. 알베르가 자리에서 몸을 들썩였다. 다들 그의 존재를 잊고 있었다. 그는 자고 있었다. 모두들 웃음을 터뜨리는 와중에도 그는 일어날 생각을 하지 않았다.

어떠한 어려움 속에서도 꿋꿋이 연극을 계속하는 재능 있는 배우처럼 뤼슈 씨는 의연하게 하던 일을 계속했다.

"피타고라스학파의 내용은 철저히 비밀에 부쳐졌단다. 이중적인 의미를 지닌 용어로 씌어져 일반인이 이해할 수 있는 것과 비법을 전수받은 정식 수학자만을 위한 것, 이렇게 수준에 따라 두 가지로 만들어졌어. 그래서 피타고라스학파에서는 상징과 수수께끼라는 말을 썼지."

뤼슈 씨는 이 두 단어를 입에 담다가 그로루브르의 편지를 문득 떠올렸다. 그 편지는 의심할 여지 없이 상징과 수수께끼로 가득 찬, 이중적 해석이 필요한 진짜 피타고라스학파의 문서였던 것이다.

"지식의 대부분은 입에서 입으로만 전달됐는데 이러한 전달 방식에 따라 또다시 두 부류로 나뉘었지. 곧 결과는 전달받되 그 결과에 이르는 과정에 대한 증명은 전달받지 못하는 청강자와 결과와 증명을 모두 전달받을 수 있는 정식 수학자로 말이야. 그로루브르가 자신의 편지에서도 언급했지만 그 유명한 아쿠스마타란 바로 '말'을 의미하는 용어였단다. 따라서 입으로만 전달되고 글자로 남겨지지는 않았겠지. 그로루브르가 도대체 우리에게 어떤 말을 하려고 아쿠스마타에 관해 이야기한 것이었을까? 아쿠스마타란 과연 자신의 기록을 모두 불태워 버린 그가 '믿을 만한 친구'라고 이름 붙인 누군가에게 말로써 전한 바로 그 증명을 의미하는 것일까? 피타고라스의 제자들이 그렇게 했던 것처럼, 그 믿을 만한 친구는 그로루브르에게 구두로 전달받은 내용을 암기했겠지. 하지만 자신의 기억 속에 입력해 놓은 내용 모두를 이해할 필요는 없었어. 사실 그건 불가능했을 거야. 한마디로 그가 수학자일 필요는 없었던 거지. 그로서는 그저 피타고라스학파에서 말하는 청강자가 되는 걸로 충분했던 거야. 그건 그렇고, 이 증명의 분량이 어느 정도나 되었을까? 2쪽, 10쪽, 그 이상? 도저히 짐작이 가질 않아."

아마존 서재 덕분에 그 점에서만은 모두들 생각이 일치할 수밖에 없었다. 뤼슈 씨는 훈련된 기억력을 가진, 그로루브르의 믿을 만한 친구는 누구일까에 대해 알아보기로 했다.

잠시 침묵이 흘렀다. 돌연 레아가 빙긋이 웃으며 말했다.

"원시림의 청강자를 찾아서! 석간신문에 걸맞은 멋진 제목 아니니?"

조나탕이 물었다.

"우리가 어느 그룹에 해당된다고 보세요? 청강자, 아니면 수학자?"

"그거야 증명을 이해할 수 있는 능력이 있느냐 없느냐에 따라 다르겠지. 그리고 제대로 기억하느냐 하는 문제도 있고. 피타고라스학파의 회원들은 모두 기억력 훈련을 해야 했어."

뤼슈 씨가 이 말을 하는 사이 조나탕과 레아는 은밀히 눈짓을 주고받았다.

"자신이 보았던 것, 말했던 것, 했던 것 그리고 만났던 사람까지 정확히 기억해 내려고 애를 썼지."

별안간 레아가 질문을 던졌다.

"그럼 입회를 거부당한 사람들은 어떻게 되는 거죠?"

뤼슈 씨가 딱 잘라 말했다.

"각 지원자들은 지원할 때 전 재산을 맡기도록 되어 있었어."

레아는 거의 확신에 차서 물었다.

"지금으로 치면 사교 모임과 비슷한 거죠?"

"중간에 퇴학당한 사람은 맡겨 두었던 재산의 두 배를 돌려받는다는 점을 제외하면 비슷하다고 볼 수 있지."

조나탕이 고개를 끄덕이며 말했다.

"그러면 들어올 때보다 부자가 되어 나가겠군요. 그렇다면 철저하게 착취하는 요즘의 사교 모임들과는 정말 차원이 다르네요."

"그 지원자가 얻을 수 없었던 지식을 돈으로 돌려주었던 거야. 그런데…… 그런데 제명된 사실이 알려지는 날엔 다들 무덤을 팠단다."

막스가 경악했다.

"죽지 않았는데도 말예요?"

"그건 일종의 상징적인 죽음이야, 막스."

레아가 비웃었다. 그때 페레트가 두 눈을 반짝이며 자리에서 벌떡 일어났다.

"상징적이긴 해도 무덤은 진짜였어. 이 무덤을 발견하는 사람은 무덤의 주인이 죽은 사람이라는 사실을 진심으로 믿었거든. 살아 있는 자라도 그가 죽었다는 증거가 되는 셈이지."

'엄마가 뭘 어쩌자는 거지?'

레아가 이렇게 생각하는 사이 막스가 다가왔다. 모두들 잔뜩 긴장한 얼굴로 페레트가 무슨 말을 할지 귀 기울였다.

뤼슈 씨가 물었다.

"지금 그로루브르에 관해 얘기하는 거요? 사람들이…… 그것을 발견했다는 사실, 잊지 않았을 테지?"

그는 차마 그로루브르의 '시체'라고 말하지 못했다.

"지금 당신은 알맹이와 그것을 담는 그릇을 혼동하고 있는 것 같소. 시신은 무덤이 아니라……."

"혼동하는 게 아니라 무덤 없는 주검들이 있다는 걸 말하고 있는 거예요. 당신은 주검 없는 무덤이 있다는 걸 우리에게 가르쳐 준 거고요."

뤼슈 씨는 다소 격앙된 어조로 물었다.

"그래서?"

"마나우스의 잿더미 속에서 찾아낸 그 새까맣게 타 버린 시체가 당신 친구라고 누가 말하던가요?"

그때까지만 해도 그 문제에 대해 어느 누구도 의심해 보지 않았다. 그들은 그저 어안이 벙벙했다. 제일 처음 반응을 보인 것은 뢰슈 씨였다.

"페레트, 내 말이 심했다면 용서하오. 하지만 그런 어리석은 소릴 하다니! 경찰서장이 편지에다 그렇게 썼잖소."

"이해할 수 없군요. 도대체 뭘 바라는 거죠? 친구가 죽고 없기를 바라는 건가요, 아니면 살아 있기를 바라는 건가요?"

"내가 바라는 것? 내가 바라는 것이라고? 내가 바란다고 그가 살아나기라도 한다는 거요?"

페레트는 아예 드러내 놓고 말했다.

"그가 죽었다는 확신도 없는데 그를 죽일 수야 없죠."

"그를 죽인다고? 말이 좀 지나치군. 그러니까 그 말은, 내가 그로루브르를 죽인다는 거요?"

뢰슈 씨는 페레트의 말에 분개했다.

"흥분을 좀 가라앉히죠. 난 그저 그가 죽었다는 증거가 없다고 했을 뿐이에요."

"증거가 없다고? 그의 집에서 찾아낸 시체가 증거 아니겠소?"

"맞아요. 불에 타 버린 시체가 입증하는 단 하나의 사실은 그 시체의 주인이 이미 죽고 없다는 거죠. 하지만 그것만으로는 그가 누구인지 그리고 정말 불에 타 죽었는지 전혀 알 수 없어요. 그건 그렇고 그 시체를 알아본 사람이 있다고 하던가요? 부검은 해 봤대요?"

레아가 말했다.

"누가 그런 데 신경을 쓰겠어요!"

뢰슈 씨가 페레트에게 말했다.

"그로루브르가 살해당했다고 말한 건 바로 당신이었어. 그리고 정말 살인 사건이 있었다면 누군가 죽었단 얘기지."

"그건 가정일 뿐이에요. 저야 일단 모든 상황을 고려해 볼 필요가 있다고 생각한 거죠. 제 기억으론 수학에서 그런 방법을 쓰지 않나요? 어떠한 가능성도 무시하지 않고요."

레아가 끼어들어 말했다.

"두 분, 배도 안 고프세요?"

뤼슈 씨가 물었다.

"그 시체가 그로루브르의 것이 아니라면 도대체 누구의 것이란 말이오?"

페레트가 대답했다.

"우선 그로루브르 씨의 것이 확실한지 알아봐야죠."

레아가 고집을 피웠다.

"전 배고프단 말이에요."

뤼슈 씨가 일단 물러섰다.

"좋아. 이쯤 합시다. 식사 후에는 우리도 백화점 '야간 쇼핑'처럼 계속합시다."

그 말에 알베르가 화들짝 놀라 잠에서 깼다. 삐딱하게 쓴 모자와 여전히 입에 물려 있는 담배. 그는 어리둥절한 표정으로 김이 서려 뿌옇게 된 안경 너머로 두 눈을 끔벅거렸다.

"제가 깜빡 졸았나 보군요. 밤새 일을 했더니 말이죠. 전 루아시에 갔었거든요. 사실 어느 공항이나 수입은 짭짤한데 일이 무척 고달프죠."

막스가 말했다.

"알베르 할아버지 역시 한 마디도 하지 않았어요. 규정은 모두에게 똑같이 적용되어야 해요. 알베르 할아버지도 받아들이셔야 해요, 뤼슈 할아버지."

"알베르, 자네도 받아들이기로 했네. 이제부터 자네는 피타고라스학파의 회원일세."

"말도 안 돼! 전 무엇에도, 누구에게도 속하지 않아요. 전 자유인이라고요. 정당이나 조합, 협회, 축구단, 친목회…… 모두 나와 상관없는 것들이에요!"

08

•

불가능성에서 확실성으로,
무리수

뤼슈 씨가 뤼슈 승강기의 승강대에 휠체어를 갖다 대고 버튼을 누르자 승강기가 위로 천천히 올라갔다. 오랜 시간 진행된 피타고라스에 대한 강의로 피로가 밀려왔다. 어리석게도 '야간 쇼핑', 다시 말해 야간 강의 제의한 걸 벌써부터 후회하고 있었다. 아마존 서재는 백화점이 아닐뿐더러 자신 역시 백화점 안 의류 매장의 맵시 있는 점원이 아니기 때문이다. 올라가는 동안 승강기에서 삐걱거리는 소리가 심하게 났다. 알베르에게 기름칠 좀 해 달라고 부탁해야겠다고 생각했다. 승강기 소리는 언젠가 8 자형 롤러코스터가 내리막에서 숨이 멎을 정도로 내달리기 바로 직전 가장 높이 기어오를 때 나던 기계음을 떠올리게 했다.

막스는 강의가 끝나고 나서도 작업실에 그대로 남아 있었다. 그러는 동안 한쪽 구석에 있던 페레트를 미처 보지 못했다. 어둠 속에 앉아 있던 그녀는 조금 전 무슨 일이 일어났는지 곰곰이 생각해 보았다. 뤼슈 씨에게 왜 그리도 심한 말을 했던가? 무엇보다 놀라운 것은 한 번도 본 적 없고, 수 주 전만 해도 그 존재조차 알지 못했던 사람의 죽음에 대해 지나치게 집착하는 자신의 모습이었다. 그녀는 그로루브르의 편지가 처음

당도하던 날부터 집안 분위기가 바뀌었음을 인정하지 않을 수 없었다. 그 전까지만 해도 그들은 어느 정도 유연한 관계를 유지하며 충돌이 전혀 없는, 활기 넘치는 일상적인 생활을 하던 공동체였다. 크게 드러내지는 않았지만 속으론 서로를 아끼고 사랑하면서도 적당한 거리를 유지하며 살아왔다. 공통의 목표나 큰 사건, 함께 열 올리며 좋아하는 대상 없이도 말이다. 일상 이외에는 실제로 공유하는 부분이 전혀 없었던 것이다. 페레트는 중추적인 위치에 있으면서도 그다지 큰일은 해 보지 않았다. 사실 이러한 결합체가 구성된 것도 그녀 때문이며 유대 관계를 만들어 가는 것도 그녀의 몫이었다. 하지만 자신은 책임을 떠맡은 적이 없다고 생각했다.

그러던 와중에 마나우스 사건과 맞닥뜨리게 된 것이다. 도서실이며, 책, 수학, 화재……. 과연 선물인가 재난인가? 그녀가 알 수 있는 것은 이뿐이었다. 어쨌든 간에 이러한 것들이 적절한 시기에 때맞춰 일어나 그들 가족에게 없었던 것들을 주었다고 확신할 수 있었다. 처음으로 온 가족이 혼연일체가 된 듯한 기분이었다. 이 앵무새조차도 거기에 한몫을 한 셈이다.

막스가 장막을 정성스럽게 접어 제자리에 갖다 놓을 준비를 하는 동안 노뛰튀르는 작업실 안을 이리저리 날아다니다 막스가 음악을 연주했던 탁자 위에 내려앉았다. 앵무새는 몹시 갈증이 났다. 아까 사용한 꽃병 하나에 부리를 집어넣었지만 물에는 닿지 않았다. 입구가 너무 좁은 데다 물이 바닥에만 조금 있었기 때문이다. 다른 꽃병에도 부리를 대고 시도해 봤지만 역시 실패했다. 이렇게 버둥거리며 애쓰는 모습을 본 막스는 노뛰튀르를 도울 생각으로 다가갔다. 페레트는 이런 광경을 지켜보며 연신 재미있어했다. 그러고는 가까이 가려고 자리에서 일어났다. 막스는 우선 $\frac{1}{3}$이라고 표시된 꽃병을 들고는 $\frac{1}{2}$이라고 표시된 꽃병에다 물을 쏟아부었다. 노퓌튀르가 다시 부리를 넣어 봤지만 여전히 물을 마시기에는 역부족이었다. 그래서 막스가 $\frac{1}{4}$이 표시된 마지막 꽃병을 기울여 물을 막 부으려는 찰나, 탁자 위에 뤼슈 씨의 공책이 펼쳐져 있는 것을 발견한 페레트가 급히 소리쳤다.

"안 돼, 막스!"

하지만 이미 늦었다. 꽃병에서 물이 넘쳐흘러 공책을 흠뻑 적셨다. 페레트의 외침을 귀로 들었다기보다 느낌으로 알아챈 막스는 젖은 공책을 셔츠 자락으로 꾹꾹 눌러 물기를 없애면서 페레트에게 물었다.

"물이 넘칠 거라는 사실을 어떻게 아셨어요?"

사실 페레트가 서점의 계산대를 지켜 온 지 10년이 된다. 그녀는 금전 등록기에 금액을 찍으면서 동시에 영수증의 총액을 암산하는 습관이 있다. 기계와의 속도 경쟁을 즐겼던 것이다. 과연 그녀와 금전 등록기 중 누가 더 빠를까? 여자 대 기계는, 체스 챔피언과 컴퓨터 간의 역사적인 두뇌 싸움에서 라이트급에 해당될 것이다.

"계산을 해 보고 물이 넘칠 거라는 걸 알았지."

"어떻게요?"

"세 개의 꽃병에 든 물을 쏟아부으면서 너는 그 내용물을 합한 거야. $\frac{1}{2} + \frac{1}{3} + \frac{1}{4}$. 이렇게 말이야. 그 결과 $\frac{13}{12}$이라는 값이 나오잖니. $\frac{13}{12}$은 1보다 크지. 다시 말해 꽃병 하나의 용량보다 더 큰 거야. 그러니 물이 넘칠 수밖에!"

막스는 놀라움을 감출 수 없었다.

"암산한 거군요. 정말 대단해요, 엄마!"

페레트는 평소와 달리 막스의 말을 농담으로 슬쩍 받아넘겼다.

"계산 결과 뤼슈 씨의 공책에는 $\frac{1}{12}$ 리터의 물이 아직 남아 있는데 그분이 별로 좋아하시지 않겠구나."

공책 여러 장에 걸쳐 얼룩이 생겼다. 페레트는 공책을 살펴보았다. 가장 심하게 훼손된 쪽은 뤼슈 씨가 피타고라스의 생애며, 그의 여행기, 시바리스에 도착한 후 크로톤에 정착하기까지의 일들을 기록한 부분이었다. 다행히 글자는 알아볼 수 있었다.

"엄마가 최고예요!"

이번 일로 해서 막스는 페레트의 암산 능력이 뛰어나다는 사실 말고도 계산을 통해 '물이 넘치는 것'을 예방할 수 있다는 교훈을 얻었다.

✳

커피가 가득 들어 있는 주전자가 가스레인지 위에서 서서히 뜨거워지고 있었다. 커피가 막 끓기 시작하자 알베르는 불을 끄고 커다란 잔에 커피를 따랐다. 야간 근무를 하고 돌아온 날이면 항상 하는 일이었다. 그리고 다음 날 아침 일어나서 1리터쯤 되는 양의 커피를 마셔야 하는데 간혹 그러지 않은 경우에는 강의 때처럼 내내 졸기 일쑤였다. 그의 말로는 야간 근무를 하는 동안 잘 버티기 위해 연거푸 두 잔을 마셨다고 한다.

조나탕이 물었다.

"그렇게 피곤한데 왜 야간 근무를 하세요? 벌이가 더 좋아서요?"

"가끔은 그렇지. 하지만 오늘 밤에는 리우에 가고 싶기 때문이야."

"리우요?"

순간 조나탕이 손에 쥐고 있던 칼을 떨어뜨려 훈제 햄을 자르고 있던 도마 위에 흠집이 생겼다.

"파리의 음울함이 지긋지긋해질 때나 그저 충동적으로 그러고 싶을 때 여행을 떠나지. 오를리나 루아시 공항으로 말이야. 어제는 잠에서 막 깨어났을 때 문득 이런 생각이 들더라고. '리우. 그래, 리우에 가고 싶어.' 비행기 시간표를 알아봤더니 리우에서 도착하는 비행기는 오전 5시 루아시 공항에 있었어. 정확히 비행기 도착 시간에 맞춰 공항으로 갔지. 그리고 리우에 살고 있는 어느 브라질 부부를 차에 태웠을 때 '요즘 리우가 많이 변했죠?' 하고 물어봤단다. 그러고는 그 도시에서 일어나고 있는 변화에 대해 이것저것 질문해 댔지. 몇 주 전에 이미 어느 여행객이 이야기해 준 내용을 가지고 말이야. 그러자 부인이 이렇게 말하는 거야. '정말 리우에 대해 너무 잘 아시네요. 언제 그곳에 가신 적 있으세요?' 그래서 난 '한 번도 간 적 없습니다, 부인' 하고 대답했지. 그러자 놀랍다는 표정으로 눈을 동그랗게 뜨고는 나를 쳐다보더군. 그리고 더 이상 아무 말도 않더라고."

조나탕이 훈제 햄의 기름기 많은 부분을 한 조각 얇게 썰어 알베르에게 내밀자 그는 무척 좋아했다. 그때 조나탕이 한껏 솜씨를 부려 만든 파슬리 토마토 요리에 알베르가 쥐고 있던 담배에서 재가 떨어질 뻔했다. 담뱃재는 결국 소금통에 떨어지고 말았다. 소금을 쓰레기통에 죄다 쏟아 버려 소금통을 완전히 비운 알베르는 조나탕에게 공항과 파리 외곽순환도로 사이를 오가는 동안 손님마다 자신이 사는 도시에 관해, 가령 좋아하는 장소며, 자주 가는 카페, 즐겨 다니는 광장, 습관처럼 찾아가 앉아 있곤 하는 정원, 싫어하는 구역 등을 어떤 식으로 이야기하며, 또 알베르 자신은 한 번도 간 적 없는 그 도시에 대해 어떻게 생각하는지 그리고 여행객마다 나름대로 묘사하는 장소에 대해 어떤 상상을 하는지 설명해 주었다. 뉴욕, 도쿄, 보고타, 싱가포르……. 자신은 이런 식으로 지구상에 존재하는 스무 개도 넘는 도시에 관해 훤히 꿰뚫고 있다고 했다. 물론 여행 안내 책자는 들춰 본 적도 없다. 단, 시라쿠사는 예외적으로 안내 책자를 통해 알게 된 유일한 도시였는데 그 이유는 시라쿠사에 가고 싶기는 하나 직항 편이 개설되어 있지 않다 보니 딱히 그의 궁금증을 해소해 줄 그곳 출신의 여행객을 만날 수가 없었기 때문이다.

"나라가 아니고 도시만이지. 나라는 모두 바보 같은 거야. 그저 지도상에만 존재할 뿐이지. 하지만 도시는 실제로 존재하니까……."

알베르는 공항을 찾는 이런 습관이 딱 한 번의 해외여행을 다녀온 뒤부터라고 고백했다. 오래전 로마에 갔을 때 그는 여권과 비행기표를 몽땅 잃어버린 데다 지독한 유행성 감기에 걸려 체류 기간 내내 호텔방 신세를 져야만 했다.

조나탕이 갑자기 물었다.

"마나우스를 아세요?"

"아니. 어디에 있는 건데?"

"브라질이요. 아마조니아에 있다던데."

"브라질이라면 아까도 말했듯이 리우와 브라질리아밖에 몰라. 마나우스는 장거리 운항 시간표에 안 나와 있던데……."

알베르는 이야기를 하는 동안 상을 다 차렸다. 페레트의 뒤를 이어 막스와 노퓌튀르가 식당으로 들어왔고 레아는 자기 방에서 내려오는 중이었다. 모두들 식탁에 둘러앉았다. 조나탕은 썰어 놓은 햄 조각을 담을 길쭉한 금속 접시를 꺼내려고 찬장 맨 위 칸으로 팔을 뻗었다. 바로 그때 페레트가 소리쳤다.

"팔을 그렇게 높이 쳐들지 마. 정말 피곤하게 하네!"

너무 놀란 나머지 조나탕이 얼떨결에 접시를 떨어뜨렸다. 순간 요란한 소리가 났다. 잘 듣지 못하는 막스까지도 화들짝 놀랐다. 반사적으로 몸을 피한 노퓌튀르는 훌쩍 날아올라 벽난로의 부조물 위에 앉았다. 페레트는 아무 말을 못 하고 그저 깔깔거리기만 했다. 그러더니 마침내 입을 열었다.

"뤼슈 씨, 조금 전에 당신이 시바리스에 관해 이야기하셨죠. 지금 이 위치에서 조나탕을 보니 문득 학창 시절 즐겨 하던 이야기 한 토막이 생각나네요. 어느 시바리스 사람이 시골길을 거닐고 있었어요. 그 사람은 한참 밭을 갈고 있던 한 농부 옆을 지나다가 발걸음을 멈추더니 이렇게 말하는 거예요. '팔을 그렇게 높이 쳐들지 마. 정말 피곤하게 하네!' 하고 말이에요."

조나탕이 떨어진 접시를 주웠다. 페레트는 혼자 신이 나서 계속 말을 했다.

"이 사람은 또 장작을 패고 있던 한 노예를 보자마자 구슬 같은 땀방울을 뚝뚝 흘리기 시작하는 거예요. 그리고 또 한 명의 시바리스 사람이 있었는데 이 사람은 피타고라스가 정착했던 크로톤에 가려고 배 한 척을 빌렸어요. 출발 직전 그는 선원들에게 바다를 건너는 동안 노를 젓되 절대 소리를 내지 말고 물 한 방울도 튀기지 않도록 요구했어요. 만약 이를 어길 때에는 뱃삯을 한 푼도 주지 않겠다고 했죠. 그런데 어느 날 아침 이 시바리스 사람이 간밤에 잠 한숨 못 잤다면서 불평을 하더래요. 이유인즉슨 침대보에 수놓인 장미 꽃잎들 가운데 하나가 반으로 접혀 잠자리가 불편했다는 거예요. 이 이야기를 듣고 우리가 얼마나 웃었는지 상상도 못 하실 거예요. 특히 마지막 이야기는 하하…… 꽃잎이 접혀서라니."

모두가 자리에서 일어나려는 순간 페레트가 한마디 했다.

"시바리스는 크로톤 군대에 의해 완전히 파괴됐지. 내 기억으론 피타고라스학파가 주도한 일이라던데……. 흔적을 완전히 없애기 위해 강을 막아 도시를 수몰시켰다더군. 어찌나 일이 철두철미하게 진행되었던지 이 도시의 돌멩이 하나도 발견할 수 없었대."

그사이 휴식 시간이 끝났다. 이제 야간 강의가 시작될 참이었다. 뤼슈 씨는 몹시 피곤해 보였다. 그래서 페레트는 강의를 다음 날로 미루자고 제의했다. 하지만 뤼슈 씨는 거절했다. 페레트는 그가 연단 위로 올라가는 것을 도와주었다. 알베르는 맨 앞줄에 자리를 잡았다. 그야말로 1등석이 아닌가. 여차하면 새벽까지도 깨어 있을 작정인 모양이다. 노퓌퓌르는 식당 안 홰에 그냥 앉아 있었다. 오후에 있었던 강의로 완전히 녹초가 되었던 것이다.

뤼슈 씨가 또랑또랑한 목소리로 말했다.

"여기에서 몇 명은 약 2500년 전에 있었던 무리수의 위기가 어떤 것이었는지 알기 위해 24시간이나 기다릴 수 없을 거야. 어쩌 오늘 밤 그에 관한 개략적인 설명을 하도록 강요받는 기분이 드는군. 배경은 기원전 5세기, 크로톤 근처 이탈리아 남부 마그나그라이키아의 어느 지역이야. 총 3막으로 된 연극이다.

- 제1막 ─ 만물은 수이다.
- 제2막 ─ 한 수가 정사각형의 한 변의 길이라고 할 때, 대각선의 길이는 어떠한 수로도 나타낼 수 없다. 대각선과 변의 길이는 같은 단위로 잴 수 없다.
- 제3막 ─ 따라서 어떠한 수로도 나타낼 수 없는 값이 존재한다.

이러한 주장은 피타고라스학파 자신들이 내세운 것임에도 불구하고 그들의 세계관을 위태롭게 만들었지. 그래서 비밀에 부쳐졌던 거야. 자, 처음으로 다시 돌아가자. 제1막, 만물은 수이다. 세상과 조화를 나타내는 수는 무엇이고, 우주를 나타내는 수는 무엇일까? 그건 바로 정수란다. 정수의 비에 불과한 분수 역시 그렇지. 하지만 어디까지나 양수만을 얘기하는 것이었어. 고대 그리스 문화권에서는 음수의 존재를 인정하지 않았지."

청중석에서 놀라움의 탄성이 터져 나왔다.

"−1이 없었대."

"−2도 없었던 거네."

"그럼 어떻게 계산을 했을까?"

뛰어난 연설가인 뤼슈 씨는 그들이 잠잠해질 때를 기다렸다가 말을 이었다.

"이와는 달리, 그리스 수학에서는 두 정수의 비라는 개념을 사용했단다. 예를 들어, 이집트의 경우 $\frac{1}{2}$과 다른 몇 개의 특수한 분수만이 존재했지. $\frac{22}{7}$라는 수는 생각도 하지 못했어. 훨씬 뒤에 '유리수'라는 이름으로 불리게 되는 이들 수의 가장 중요한 기능은 바로 기하학에서 말하는 크기를 수치로 표시하는 것, 다시 말해 크기를 측정하는 것이었단다."

알베르는 담배꽁초를 삼킨 듯했다. 그는 넋 나간 표정으로 뤼슈 씨를 쳐다보았다.

'어쩌면 저리도 똑똑하실까!'

뤼슈 씨가 큰 소리로 말했다.

"제2막, 한 변의 길이가 1인 정사각형의 대각선 출현."

필름을 준비하기에는 다소 늦은 감이 있었다. 그래서 뤼슈 씨는 백지

위에 정사각형 하나와 거기에 대각선 하나를 그렸다. 그러고 나서 모두에게 잘 보이도록 머리 위로 그 종이를 높이 쳐드는 순간…… 페레트가 빙긋이 웃는 것을 보고는 하던 행동을 멈췄다.

"그래, 나도 알아요. '팔을 그렇게 높이 쳐들지 말라' 이거지. 내가 여러분을 피곤하게 하는 건가?"

알베르가 소리쳤다.

"아닙니다. 정말 훌륭하신데요, 뭘. 계속하시죠, 뤼슈 씨."

그러더니 청중석으로 고개를 돌린 뒤 말했다.

"피곤한 사람은 가서 주무셔도 됩니다."

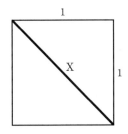

그러자 휘파람 소리와 함께 야유가 터져 나왔다. 그리고 뤼슈 씨가 다시 그림을 머리 위로 쳐들자 모두들 조용해졌다.

"변과 대각선, 이 두 가지는 정사각형의 핵심 요소들이지. 이 둘 사이에 어떤 관계가 있을까? 먼저 한 변의 길이가 1인 가장 간단한 형태의 정사각형을 선택해 보자. 대각선의 길이는 얼마일까? 대각선을 그어 이등분하면 크기가 똑같은 직각이등변삼각형이 만들어진단다. 이때 두 삼각형이 공유하는 빗변이 바로 정사각형의 대각선인 셈이지. 그렇다면 피타고라스 정리에서 말하고자 하는 바는?"

질문이라기보다 그저 형식적인 물음이었지만 모두들 입을 모아 이렇게 대답했다.

"빗변의 제곱은 나머지 두 변의 제곱의 합과 같다."

"1의 제곱은 1이라는 사실을 기억한다면 이러한 공식이 가능하지. 빗변의 제곱, 곧 대각선의 제곱은,

$$대각선의 제곱 = 1^2 + 1^2 = 2$$

'대각선의 길이는 제곱의 값이 2가 되는 어떠한 수이다'. 이게 바로 피타고라스 정리의 기본이야."

뤼슈 씨는 휠체어를 끌고 연단 아래로 내려가서 청중 앞을 천천히 지나며 다음과 같은 질문을 보다 극적으로 묘사하려고 했다.

"이 수는 뭘까? 그리스 수학자들이 그것을 찾으려 했다고는 말하기 어려워. 사실 그에 해당하는 수는 어디에도 없었거든. 정수나 분수 어디에도 말이야. 따라서 이 수가 과연 존재하고 있는지, 또 존재하지 않는다면 그 사실을 어떻게 믿을 수 있는지 등의 의문이 생기게 된 거야. 어떠한 사물이 존재한다는 것을 증명하려면 그 사물을 직접 제시하면 되지만 존재하지 않는 경우에는 어떻게 하지? 존재하지 않는다는 사실을 증명하기란 어렵지. 사물이 존재하지 않음을 확인하는 유일한 방법은 바로 존재할 수 없다는 사실을 증명하는 거야. 문제 해결의 열쇠는 이 과정을 증명하는 데 있었단다. 불가능성의 증명 말이다. 피타고라스학파가 했던 것이 바로 그 증명이야. 그들은 제곱한 값이 2인 유리수가 존재할 수 없다는 것을 증명했지. 임의의 한 수가 정사각형의 한 변의 길이라고 할 때 대각선의 길이는 어떠한 수로도 나타낼 수 없다. 즉, 대각선과 변

의 길이는 같은 단위로 잴 수 없다, 이거지! 그렇다면 증명하는 것 말고는 달리 방법이 없었을까? 자, 이 그림을 봐라."

그러고는 다시 종이를 조금 전보다 낮게 들었다. 그의 얼굴에는 피곤한 기색이 역력했다. 페레트는 그가 염려되었지만 이 세상에 그 무엇도 그의 강의를 그만두게 할 수 없음을 알고 있었다.

$$*$$

"자, 이 그림을 봐라. 대각선과 변은 '같은 단위로 잴 수 없다'는 걸 알 수 있지? 의심할 여지가 없어. 사실 측정이 불가능하다는 것은 그림상으로는 알 수 없어. 뭔가 불가능하다는 것은 눈에 보이지 않는 법이지. 그림은 말을 못해. 오로지 사고를 통해서만 구체화될 수 있는 거니까. 제3막. 그리스인들은 이러한 새로운 사실에 대해 어떤 반응을 보였을까? 종이 위에 그린 단순한 형태의 정사각형에 어떤 수수께끼가 숨어 있는 것은 틀림없지만 그 안에는 또한 확실성이 자리하고 있지. 수와 크기 사이에 존재하는 가장 기본적인 관계는 피타고라스학파와 세계와의 연대를 나타내는 것이었으나 그 연대가 깨지게 되었던 거야. 또한 수와 크기 사이의 기본적인 관계 역시 고대 그리스인들에게 길잡이가 되는 두 도형 가운데 하나인 정사각형을 핵심으로 한 것이었거든. 어처구니없는 일은 피타고라스학파의 가장 유명한 두 작품, 곧 피타고라스의 정리가 그들을 함정에 빠뜨린 장본인이었던 게다. 정수를 짝수와 홀수로 나눈 것 역시 마찬가지야. 너희도 기억하겠지만 아까 저녁 식사 전에 이미 다뤘던 내용이지. '잴 수 없다'는 말은 정확하게 무슨 뜻일까? 한 정사각형의 변과 대각선은 공통의 척도로는 측정할 수 없다는 거야. 어느 하나의 수, 곧 유리수로 변의 길이를 나타낼 수는 있을지언정 대각선의 길이는 그렇지 않아. 결국 동시에 두 가지를 정확하게 알 수 없다는 뜻이지만 둘 다 우리 눈에는 실제 동급의 단위가 적용된 것으로 보이는 거야. 이들 두 가지 크기의 공존은 바로 실재하는 수가 생각보다 훨씬 많다는 사실을 증명하고 있지. 이 대각선을 그리기는 했으나 그 크기를 측정할 수는 없었던 거야. 그 전까지만 해도 그릴 수 있었던 것은 측정이 가능했거든. 그러다 이러한 발견으로 작도와 측정 간의 연대가 끝장나 버린 거지. 요컨대 새로운 발견의 내용은 이거야. 크기 가운데 일부는 이를 나타내는 수가 존재하지 않았다는 것, 바로 그 때문에 그러한 크기는 '말로 표현할 수 없는 것'으로 규정되었지."

뤼슈 씨는 완전히 기진맥진한 상태였지만 다른 사람들은 그가 극도의 희열을 만끽하고 있다고 느꼈다. 초췌한 그의 얼굴은 비록 피로에 찌들어 있었으나 알 수 없는 어떤 힘이 엿보였다. 페레트는 그의 열정적인 모습에 매료되었지만 한편으로는 몹시 불안했다.

'아무 일도 없어야 할 텐데……'

뤼슈 씨는 말을 이었다.

"히파소스가 외부에 폭로한 것도 바로 피타고라스학파의 이러한 '논리상의 오류'에 관한 것이었어. 결국 그는 물에 빠져 죽었지. 하나의 증명 때문에 생긴 이 죽음은 만물 사이에 존재하는 이성적 관계의 전능과 조화에 기초한 사상의 침몰을 의미하는 것이었어. 이로써 최초의 수학적 증명이 바로 불가능성에 대한 증명이라는 사실은 영원히 기억될 게다."

"증명하기가 쉽지 않았을 텐데요."

페레트는 생각한 바를 분명히 말했다.

"그렇지 않소, 페레트. 이 증명이 가져올 결과의 중요성을 미리 고려했다면 오히려 증명이 쉬웠을 거요."

뤼슈 씨는 입을 다물었다. 더 이상 말할 기력조차 없었다.

이 강의가 여태껏 했던 것 중 가장 훌륭했다는 데 모두들 동의했다. 이번에는 막스와 노퓌튀르 그리고 스피커의 도움 없이 전적으로 그 혼자 해낸 작업이었다.

알베르는 모자를 이리저리 만지작거리며 못내 아쉬워했다.

"다시 올게요, 다시요!"

*

수도꼭지에서 물이 콸콸 쏟아졌다.

'불가능성에서 확실성으로 넘어갔다.'

뤼슈 씨의 이 말은 당구공이 초록 당구대의 쿠션을 두드리듯 조나탕의 머릿속에서 끊임없이 튀어 올랐다. 레아가 욕실에서 나왔을 때 아직도 축축한 그녀의 머리카락이 평소보다 더 길어 보였다. 레아는 침대 위로 올라가더니 거울을 잘 고정시킨 다음, 모발 염색제 세트를 꺼내 앞머리 몇 가닥을 파란색으로 염색하기 시작했다. '측정이 불가능하다는 것은 그림상으로는 알 수 없어'라고 뤼슈 할아버지가 말했었지. 조나탕은 자신의 여동생을 뚫어져라 쳐다보았다. 정말이었다. 그건 눈에는 보이지 않았다.

"증명에 매달려야만 해."

방에 들어올 때부터 레아의 동태를 살피던 조나탕이 조용히 입을 열었다. 그러자 레아가 하던 일을 멈췄다.

"거기서 뭐 하는 거야?"

"난 그저 뤼슈 할아버지가 하지 않은 증명을 하고 싶었던 거야."

"너 단번에 넘어갔구나. 도대체 뭣 때문에 그러는데?"

"정말 알고 싶은 거야? 좋아. 불가능성에서 확실성으로 넘어가고 싶어. 너도 이해할 거야. 단지 수학에 국한된 것이지만 말이야."

순간 레아가 쥐고 있던 빗을 떨어뜨렸다. 그러자 침대보가 그녀의 머리카락처럼 파랗게 물들었다. 그 둘은 마치 한 번도 해 본 적 없는 것처럼 어설픈 책 읽기에 몰두했다. 뤼슈 씨는 페레트에게 증명이란 것이 그리 어렵지만은 않다고 말했었다.

그들은 모든 것이 피타고라스가 수의 세계를 짝수와 홀수로 양분했다는 점에 기초한다는 사실을 이해하는 데 많은 시간을 보냈다. 피타고라스는 짝수이면서 홀수인 수를 증명하겠다는 한 가지 생각만으로 무장함으로써 설득력을 갖춘 증명이라는 장치를 세상에 내놓을 수 있었던 것이다. 참으로 지독한 사람이었다.

서로 굳은 약속을 한 쌍둥이는 밤을 꼬박 새워 공부했다. 결국 새벽이 끝나갈 무렵 증명을 해내고는 뿌듯해하며 자리에 누운 그들은 첫 수업 시간이 지나고 나서야 잠에서 깨어났다. 쌍둥이는 그날 오전 수업을 몽땅 빼먹을 수밖에 없었다.

*

얇게 썰어 놓은 염소젖 치즈 한 장으로 식사를 막 끝내려는 뤼슈 씨에게 조나탕이 말을 건넸다.

"어제 저녁 $\sqrt{2}$가 무리수라는 증명이 간단한 것처럼 말씀하시면서 은근히 압력을 넣으셨죠?"

뤼슈 씨는 기가 막혔다.

"난 압력 같은 거 넣은 적 없다. 그저 그 증명이 간단하다고 사람들이 얘기한 댔지."

그의 새하얀 셔츠에 와인 얼룩이 선명하게 남아 있었다.

레아는 큰 소리로 말하며 초등학교 시절 막스가 사용했던 작은 칠판을 꺼냈다.

"귀류법을 이용해 $\sqrt{2}$가 무리수라는 걸 증명해 보이죠."

조나탕은 마치 음모라도 꾸미듯 사람들 쪽으로 몸을 기울여 조그만 소리로 속삭였다.

"제곱의 값이 2가 되는 분수 $\frac{a}{b}$가 있다고 가정해 보죠."

레아가 말을 이었고, 칠판에 그 식을 썼다.

"곧 $\frac{a^2}{b^2}=2$. 이러한 형태를 가지는 가장 작은 분수, 곧 기약분수를 취하도록 하죠. 그 분수의 항, a와 b는 통분이 불가능해요. 다시 말해, 두 수의 공약수가 없다는 말이죠."

조나탕이 덧붙였다.

"그러므로 a와 b가 둘 다 짝수일 가능성은 없다, 이 말이죠."

레아가 말했다.

"그리고 $\frac{a^2}{b^2}=2$인 경우, 당연히 $a^2=2b^2$이 되죠. 따라서 a^2이 b^2의 두 배인 이상, 짝수겠죠."

당황한 페레트가 그들을 쳐다보았다.

'얘들이 어떻게 된 게 아닐까?'

"그런데 짝수의 제곱은 짝수잖아요."

조나탕은 이렇게 말하며 엄마의 표정을 몰래 훔쳐보았다.

레아가 자신 있게 말했다.

"그러므로 a는 짝수인 거죠. 따라서 a는 2의 배수인 셈이에요. c라는 수의 두 배라고 해 보죠."

$a=2c$. 조나탕은 칠판에 이렇게 썼다.

뤼슈 씨는 그들의 강의에 귀를 기울이며 이렇게 말했다.

"좀 천천히 말해."

"맨 처음 등식 $a^2=2b^2$이라는 등식으로 되돌아가죠. 여기에서 a를 $2c$로 바꾸죠. $(2c)^2=2b^2$. 다시 말해 $4c^2=2b^2$, 따라서 $2c^2=b^2$."

"b^2 역시 2의 배수이고……."

뤼슈 씨가 불평을 늘어놓았다.

"너희 글씨 참 엉망이구나. 그나마 내 시력이 좋으니 망정이지."

조나탕이 말했다.

"계속할게요. b^2은 c^2의 두 배에 해당하므로 b^2은 짝수예요."

레아가 힘주어 말했다.

"조금 전의 경우와 마찬가지예요. 그러므로 b는 짝수가 되는 거죠!"

조나탕은 마치 취조하듯 청중을 똑바로 쳐다보며 질문을 던졌다.

"귀류법에 의한 추론임을 의미하는 '그러므로'라는 표현이 모두 세 번 쓰였는데 그 내용을 정리해 보죠. a와 b 둘 다 짝수일 가능성은 없다는 사실과, 동시에 a와 b 둘 다 짝수라는 사실은 불가능해요. 무엇 때문에 이런 터무니없는 결론을 내리게 된 걸까요?"

아이들이 증명이라는 걸 이토록 열심히 하다니 정말 기적 같은 일이었다. 페레트와 뤼슈 씨는 어리둥절해하며 서로의 얼굴만 쳐다보았다. 막스는 두 사람이 놀라는 모습을 보니 매우 기뻤다. 그리고 쌍둥이가 자랑스러웠다.

조나탕이 되물었다.

"무엇 때문에 이런 터무니없는 결론을 내리게 된 걸까요?"

레아가 고백하고는 부끄러워 고개를 떨어뜨렸다.

"내 가설이었어."

조나탕이 명령했다.

"이 잘못된 가설, 어디 다시 한번 읊어 봐!"

레아가 떠듬떠듬 말했다.

"제곱한 값이 2가 되는 분수는 존재한다."

조나탕이 큰소리쳤다.

"이런 가설은 싹 무시해 버리자고요."

둘은 포크를 재빨리 집어 들더니 전날 피타고라스에 대한 강의 때 막스가 꽃병을 두드렸듯이 유리잔을 두드리며 레게풍으로 노래했다.

좋아!
좋아!
제곱한 값이 2가 되는
분수는 없어.
말도 안 돼!
말도 안 돼!

귀류법의 결론을 레게풍의 노래로 만들어 부르자 우레 같은 박수가 쏟아졌다. 이들은 뤼슈 씨 주위를 둘러싼 뒤 결정적인 질문을 하나 던졌다.

"뤼슈 할아버지, 아직도 저희는 청강자인가요, 아니면 정식 수학자인가요?"

뤼슈 씨는 알아듣기 힘들 만큼 말을 아주 빨리 하는 피타고라스학파의 시험관이 된 것처럼 이렇게 말했다.

"기억력, 좋아. 증명에 대한 이해력, 좋아. 완벽해. 이 정도면 어떠한 공식이나 정리, 명제와 추론 등을 가지고도 장막 저편에 있던 그 이름난 수학자들과 충분히 대적할 수 있을 것 같군."

뤼슈 씨가 쌍둥이 틈에서 쩔쩔매고 있을 때 둘은 그의 귀에 대고 수수께끼 같은 말을 슬쩍 던졌다.

"불이 나지 않았으면 비밀 같은 것도 없었겠죠."

09

·

유클리드, 정확성의 인간

11월 말이다. 라비냑가의 작은 세계에 그로루브르라는 존재가 뜻하지 않게 불쑥 찾아온 지 벌써 3개월이 지났다. 그는 죽음의 저편에서 대소동을 일으킨 것에 대해 우쭐해 있는지도 모른다.

아마존 서재는 정리가 모두 끝났다. 하지만 그로루브르의 두 번째 편지가 도착한 직후에 가졌던 가족회의 이후로 그들의 조사는 더 이상 진척되지 않았다. 이 사건을 바라보는 방식에 대해 되짚어 보던 뤼슈 씨는 정확성이 부족했다는 점을 인정할 수밖에 없었다. 정확성과 종합의 결여 말이다. 따라서 이 점을 개선해야만 했다.

막스는 노퓌튀르가 저녁에 말하는 걸 덜 힘들어한다는 사실을 확인하고는 뤼슈 씨에게 모임을 밤늦게 갖자고 제의했다. 이번 강의는 지난 몇 주간 탈레스와 피타고라스의 일화가 펼쳐졌던 장소와는 다른 곳에서 이뤄질 예정이다. 그날 저녁, 조나탕과 레아는 다른 작업실, 곧 아마존 서재로 찾아왔다. 둘 다 야회복 차림이었다.

레아는 친구로부터 옆에 트임이 있어 허벅지가 살짝 드러나 보이는, 몸에 착 달라붙는 드레스를 한 벌 빌려 왔고, 페레트에게는 챙이 넓은 연보라색 벨벳 모자를 빌렸다. 모자에서는 좀약 냄새가 났다. 그리고 굽이 아주 높은 구두를 신었는데 중심을 못 잡아 뒤뚱거렸다. 페레트가 건네준 알 작은 진주 목걸이를 목에 걸고 보니 마치 귀부인이 된 것 같았다. 기사의 호위를 받으며 나타난 귀부인 말이다.

조나탕은 치장하느라 애를 쓰긴 했지만 어쩐지 그 모양새가 우스꽝스러웠다. 활동적이면서 한편으론 잔뜩 멋을 부린 티가 나는, 그야말로 어정쩡한 스타일이었다. 검정 셔츠에 가장 잘 어울리는 황금색 넥타이를 매고 있었지만 앞여밈이 있는 은회색 웃옷은 몸에 너무 꽉 끼어 터질 것 같았고, 바지는 설명할 수 없는 이상한 모양이었으나 주름만은 완벽하게 잡혀 있었다. 게다가 복장과는 전혀 어울리지 않게 샌들을 신고 있었다.

작업실 앞에서 막스는 그들을 맞아들이며 연신 탄성을 질렀다. 그는 사람들에게 표를 받아 들고는 자리로 안내했다. 이들은 일렬로 늘어선 벨벳 의자에 가서 앉았다. 곧이어 작업실의 불이 모두 꺼지고 주위가 깜깜해졌다. 작업실 중앙에서 뻗어 나온 빛줄기가 천천히 돌기 시작하더니 순찰 중인 경찰차 방범등처럼 내부를 환히 밝혔다. 광선은 서가 쪽을 한 번 훑고는 책을 하나하나 차례로 비췄다. 서가의 책들이 조명을 받는가 싶더니 한순간 암흑 속으로 사라졌다. 그러고서 커다란 전망 창에 이른 빛줄기가 거침없이 뻗어 나가 마당 쪽으로 사라졌다. 곧 희미한 파도 소리와 함께 눈부신 원무가 펼쳐졌다. 파도 소리는 조나탕과 레아의 둔한 청각을 강하게 자극했다. 아니스와 백리향의 향기 그리고 귀뚜라미 소리가 없을 뿐이지 마치 신비스러운 장소에 온 듯한 기분이 들었다. 조나탕은 갑갑한지 웃옷 단추를 풀었다. 그러는 동안 빛줄기가 점차 사그라졌다. 다시 주변이 어두워졌을 때 스피커를 통해 누군가의 목소리가 울려 퍼졌다.

"주목, 주목! 알렉산드리아 도서관(고대의 가장 유명한 도서관)에 오신 걸 환영합니다. 이곳에서 플래시를 터트리거나 담배를 피운다거나 껌을 씹는 행위 등은 삼가길 바랍니다."

레아는 하이힐을 살짝 벗어서 의자 아래로 밀어 넣었다.

뤼슈 씨가 이야기를 시작했다.

"탈레스나 피타고라스가 이집트에 이르렀을 때 알렉산드리아에 발을 내딛지 않았던 것은 알렉산드리아라는 도시가 존재하지 않았기 때문이야. 이 도시는 수백 년이 지난 기원전 331년경에야 비로소 이집트를 정복한 알렉산드로스 대왕의 명령에 의해 탄생되었단다. 바다와 마리우트 호수에 둘러싸여 있던 이 도시는 사막과 늪지가 뒤섞인 지대에 펼쳐져 있어. 전초지에는 섬같이 생긴 아주 자그마한 언덕 하나가 우뚝 서서 끊임없이 밀어닥치는 파도로부터 이 도시를 보호하는 역할을 했지. 그게 바로 파로스 등대(한때 세계 7대 불가사의 가운데 하나였다)야. 알렉산드리아는 일종의 신도시라 할 수 있지. 철저한 계획하에서 수년간의 공사 끝에 만들어졌단다. 당시 이 도시를 설계한 사람은 알렉산드로스 대왕에 대한 존경의 표시로 점령지에서 그를 호위하던 마케도니아 기병들의 망토를 본떠 설계했지. 서로 직각으로 교차하는 간선도로들이 가지런히 뻗어 있는, 거의 완벽한 장방형 도시란다. 다시 말해 기하학적인 형태를 띤다고 할 수 있지. 노예들을 제외하고도 전체 인구가 30만 명이나 되었단다. 특히 아테네와는 달리 알렉산드리아는 국제적인 도시라 할 만하지. 실제로 나일강 유역의 토착 원주민인 이집트인은 물론이고 큰돈을 벌기 위해 지중해 연안의 섬 지역이나 대륙에서 건너온 그리스인, 이웃 나라 팔레스타인에서 온 유대인, 스키타이인이나 트라키아인, 무시무시한 갈리아인 등 프톨레마이오스 왕의 군대가 되려고 유럽 각지에서 몰려든

용병에 이르기까지 수많은 인종이 모여들었어. 처음 배에서 내린 여행자들은 이 도시의 거대함과 화려함에 놀라지. 넉 대의 이륜마차가 동시에 지나다닐 수 있을 정도의 자갈로 포장된 대로가 바둑판 모양으로 뻗어 있었거든. 또한 어마어마한 높이의 대리석 기둥들이 하늘을 찌를 듯이 일렬로 우뚝 솟아 있고 그 위에는 역시 대리석으로 된 거대한 판석이 놓여 있는데 수백 명이 달려들어야 간신히 옮길 수 있을 정도였지. 게다가 화재에도 끄떡없도록 대리석과 돌을 이용해 만든 거대 도시였어. 이 도시와 항구에는 늘 활기가 넘쳤지. 특히 항구가 그랬어. 알렉산드리아에는 항구가 둘 있었는데 하나는 동쪽에, 다른 하나는 서쪽에 있어 바람막이 역할을 했단다. 바람이 어디에서 불어오든지 배들은 안전하게 정박할 수 있었지. 알렉산드리아가 건설된 이유도 바로 이러한 지형적인 특성 때문이었어. 소아시아나 밀레투스, 펠로폰네소스반도, 시라쿠사, 이탈리아 북부, 리비아 등의 해안에 자리한 지중해의 모든 항구에서 찾아든 배들이 수시로 드나들었지. 알렉산드리아는 한마디로 세계 교역의 중심지였던 거야. 온갖 물품이 넘쳐나는 대규모 상점들이 부두를 따라 수 킬로미터까지 끝없이 펼쳐져 있었단다. 특히 곡물류는 없는 게 없을 정도였어. 공장도 많았지. 알렉산드리아산 유리는 깨끗하고 입자가 고운 사막 모래를 재료로 만들어 최상품으로 각광을 받았단다. 또한 조선소에서는 원양 항해에 적합한 대형 선박이나 나일강 변을 따라 폭포까지만 항해하는 범선, 도시를 둘러싼 늪을 건너기에 적합한 바닥이 평평한 배 등 모든 종류의 선박들을 제조했어. 그렇게 유럽 대륙과 아프리카 대륙, 그리스와 이집트 그리고 그리스의 신들과 이집트의 신들 사이에서 다리 역할을 함으로써 알렉산드리아는 700여 년에 걸쳐 그리스 사회의 박물관으로 자리 잡게 되었단다."

넋을 잃고 뤼슈 씨의 이야기에 귀 기울이는 동안, 조나탕과 레아의 머릿속에는 그 도시의 모습이 한 폭의 그림으로 그려졌다. 잿빛 구름과 짙은 안개로 둘러싸인 음습한 이 파리에서 벗어나 곧장 알렉산드리아로 날아가고 싶은 생각이 파도처럼 밀려왔다. 그러나 마음 한구석은 그것보다 올여름 방학 때 그들을 더 멀리 데려다줄 또 다른 여행에 대한 기대로 가슴이 설렜다. 하지만 아직은 비밀이다. 둘은 저녁에 다락방 천창 아래에서 목소리를 낮춰 가며 이야기하기로 했다.

뤼슈 씨의 이야기는 계속되었고 조나탕과 레아 역시 그의 이야기 속으로 다시 빠져들었다.

"알렉산드리아가 건설되고 8년이 지난 뒤 알렉산드로스 대왕이 눈을 감았어. 그때 나이가 겨우 서른셋이었단다. 이후 그가 건설했던 거대한 제국이 무너지면서 아테네도 그 명성을 잃었고……. 이제 그곳은 더 이상 그리스 문명의 중심지가 아니었을 뿐만 아니라 앞으로도 명성을 되찾을 가능성이 전혀 없었지."

뤼슈 씨의 음성에서 깊은 슬픔이 묻어났다. 그는 하던 말을 멈췄다. 그에게 아테네는 진정 도시다운 도시, 철학의 도시였던 것이다.

"도시란 도시는 모두 급작스러운 변화를 겪었단다. 제2의 아테네는 과연 어디였을까? 시리아의 안티오키아, 페르가몬, 마케도니아의 펠라, 에페소스, 알렉산드리아……. 그 가운데 막내 격인 알렉산드리아가 아테네의 뒤를 이었지. 사실 알렉산드리아가 선택될 수밖에 없었어. 바로 알렉산드로스 대왕의 무덤 때문이지. 프톨레마이오스 1세가 그의 시신을 되찾아 알렉산드리아에 안장했거든. 어쨌든 알렉산드리아는 무려 7세기에 걸쳐 지적 활동의 등대와도 같은 역할을 담당하게 되었단다."

갑자기 불이 환하게 켜졌다가 이내 꺼지더니 다시 빛줄기 하나가 뻗어 나와 작업실 안을 비췄다. 이를 신호로 노뛔튀르가 입을 열었다.

"지구상의 모든 군주와 통치자들에게 청하노니, 시인과 산문 작가, 수사학자와 소피스트, 의사와 예언가, 역사가, 철학자의 저서는 모두 알렉산드리아로 보내 주시오."

막스는 사전에 짠 각본대로 대화하듯 이야기를 이끌어 나갔다.

"누가 그런 요청을 했는데요?"

뤼슈 씨가 대답했다.

"'구원자'라 불리는 이집트 프톨레마이오스 왕조의 초대 왕, 프톨레마이오스 1세. 알렉산드로스 대왕의 옛 친구였던 그는 알렉산드로스 대왕이 죽자 이집트의 왕이 되었지. 프톨레마이오스 1세의 호소문을 전달하기 위해 수십여 명의 사자가 옛 알렉산드로스 대왕의 제국이었던 여러 나라에 파견되었지. 이 호소문은 어느 추방자에 의해 작성된 것이었어. 그는 10년 동안 명망 있는 아테네의 집정관을 지내던 철학자로 '데메트리오스 팔레레우스'라는 사람이란다. 정국의 반전으로 도망자 신세가 된 그는 알렉산드리아를 피난처로 택했고, 그곳에서 프톨레마이오스 왕의 환대를 받게 되지. 데메트리오스에게는 몇 가지 계획이 있었어."

뤼슈 씨는 한결 부드러운 어조로 말을 이었다.

"플라톤은 아테네 도심 한복판에 위치한 시민의 동산 아카데모스원에 아카데메이아(철학과 과학의 교육·연구를 위한 기관)를 설립했지. 얼마 후에는 아리스토텔레스의 제자, 테오프라스토스가 아폴로 신에게 봉헌된 부지에 세워진 근처 체육장에다 리케이온을 건립했고. 리케이온의 학생들은 일상적으로 나무가 우거진 오솔길을 거닐며 이런저런 토론을 즐기곤 했어. 그 때문에 아리스토텔레스학파의 철학자들은 '산책하며 토론하기를 좋아하는 사람'이라는 뜻에서 자신들을 소요학파라고 불렀단다. 한

편 데메트리오스는 아리스토텔레스학파가 추구하던 '만인의 학문'을 설파하기 위한 계획을 실행에 옮기기로 결심했지. 아테네에서는 하지 못했던 일을 알렉산드리아에 와서야 실현할 수 있게 된 거야. 어찌 보면 그의 복수라 할 수 있지. 어쨌든 그를 내몰았던 아테네인들은 데메트리오스가 설립한 알렉산드리아 박물관과 도서관을 보고 무척 부러워했을 거야. 데메트리오스의 꿈은 바로 세계의 모든 지식을 한 자리에 모으는 거였어. 프톨레마이오스 왕은 두말 않고 그의 뜻을 받아들였지. 이들의 계획은 무리 없이 진행되었고 결과는 대성공이었단다. 도처에서 수많은 인재와 서적이 모여들기 시작했어. 특히 1차분 서적들이 박물관에, 2차분 서적들이 도서관에 각각 도착하자 알렉산드리아 도서관은 세계에서 가장 훌륭한 도서관으로 자리 잡게 되었지. 또 알렉산드리아 시내에는 이 두 개의 시설 못지않게 유명한 건축물이 하나 더 있었는데 바로 등대였단다. 지금까지도 '세계 7대 불가사의' 가운데 하나로 알려져 있는 그 등대 말이다. 첫 번째 불가사의는 너희도 잘 알 거야. 바로 우리가 강의를 처음 시작하게 된 계기라 할 수 있는 쿠푸 왕의 피라미드지. 그리고 다들 알겠지만 에게해의 로도스섬에서 발견된 태양신 헬리오스의 청동제 대형 동상 역시 7대 불가사의 가운데 하나야. 알렉산드리아와 로도스섬은 거의 같은 경선에 위치하고 있단다. 고대 그리스인들은 이 자오선이 '지구의 축'을 이루고 있다고 생각해, 이때부터 모든 지도의 기준으로 삼았지. 이후 몇 년이 지나 알렉산드리아 도서관장이자 박물관의 연구생이던 에라토스테네스가 인류 역사상 최초로 지구의 둘레를 계산했단다."

뤼슈 씨는 뛰어난 진행자답게 파도와 바람 소리를 음향효과용 음반에 녹음해 들려주었다. 파도에 흔들리고 바람에 밀려 아마존 서재는 어느

새 알렉산드리아로 나아가고 있었다.

"밤이 되고 짙은 어둠이 깔리면 해안에서 50킬로미터 이상 떨어진 먼 바다를 항해하던 배의 선원들이 하나둘 갑판 위로 올라와 항구 쪽에서 뻗어 나오는 희미한 빛의 알 수 없는 힘에 매료되어 넋을 잃고 바라보곤 했겠지. 워낙 하늘 높이 있어 새로 생긴 별이라고 생각했을 거야. 너무나 높아 보기에도 숨이 막힐 정도였으니까. 상상해 보렴. 해안에서 수백 미터 떨어진 곳에 위치한 아주 작은 언덕 한가운데 우뚝 솟은 탑을 말이야. 그게 바로 알렉산드리아의 파로스 등대란다. 파로스 등대는 거친 파도에도 끄떡없을 정도로 견고한 암반 위에 세워졌지. 등대는 모두 세 부분으로 이뤄져 있는데, 맨 아래에는 거대한 돌덩이를 층층이 쌓아 올린 높이 70미터가량의 정사각형 탑이 있고, 그 위에 길이가 그 절반인 팔각형의 두 번째 탑신이 있어. 마지막으로 세 번째 탑신은 10여 미터 정도의 길이에 폭이 훨씬 좁은 원기둥 모양으로 되어 있고…… 특히 등대 전체가 흰 대리석으로 만들어졌단다. 그리고 맨 꼭대기에는 여덟 개의 기둥이 둥근 지붕을 떠받들고 있지. 옥탑에는 항상 불이 활활 타오르고 있는데 거기에서 나오는 빛이 여러 개의 거울에 반사되면서 그 밝기가 엄청나게 증폭되는 거야. 1600년 동안이나 알렉산드리아의 밤을 밝히던 이 파로스 등대도 그러니까……."

뤼슈 씨는 슬쩍 공책을 들여다보고는 다시 말을 이었다.

"1302년, 대지진으로 무너지면서 대리석 조각들이 근처 바닷속에 잠기고 말았단다."

조나탕은 생각했다.

'악랄한 몰로스(고대 그리스 종족) 사람들 같으니라고……. 그 시대에 이 등대를 어떻게 들어 올렸는지 정말 궁금할 거야.'

레아가 끼어들었다.

"그래도 그게 이집트의 명물이라니, 그럴 리 없어요. 뭐니 뭐니 해도 헬리오스 신의 대형 동상이 최고죠."

레아가 조나탕에게 물었다.

"그 등대를 세우느라 또 얼마나 많은 사람이 희생되었을까? 너라면 쿠푸 왕 피라미드에 깔려 죽는 게 좋아, 아니면 알렉산드리아의 바닷물에 빠져 죽는 게 좋아?"

"둘 다! 기제(카이로 부근의 도시)의 피라미드 돌덩이에 깔려 알렉산드리아의 바닷속에 빠져 죽는 거야."

조나탕은 이렇게 대답하며 교수형에 처해질 수도 있다는 듯이 자신의 황금색 넥타이를 머리 위로 끌어당기는 시늉을 했다.

"이야기를 계속하라는 거냐, 말라는 거냐?"

뤼슈 씨는 몹시 불쾌했지만 이야기를 이어 나갔다.

"파로스 등대는 뱃사람들에게 빛을 주고 박물관은 인간의 영혼에 빛을 준다. 이것은 알렉산드리아에서 흔히들 하던 말이지. 플라톤의 아카데메이아 건물 정면 현관에는 이렇게 쓰여 있었어. '기하학을 모르는 자는 이곳에 들어오지 마라.' 반면 그러한 제한 규정이 없는 박물관은 모든 뮤즈(학예를 맡고 있다는 여신)에게 봉헌된 장소였지. 아카데메이아와 리케이온이 사설 기관으로 회원들이 낸 돈으로만 운영되었던 것에 비해 박물관은 왕이 하사한 보조금으로 운영되는 일종의 공공기관이었어. 이 박물관은 왕궁이 위치하고 있는 중심부로 프톨레마이오스 왕의 전용 항구에서 멀지 않은 브루케이옴이라는 곳에 자리 잡고 있었단다. 정원으로 빙 둘러싸여 있는 이 박물관에는 곳곳에 안뜰이 조성되어 있고 그리스 양식의 진수를 보여 주는 건축물과 함께 어디에든지 조용하고 쾌적

한 작업실이 마련되어 있었지. 더욱이 대화를 위해 특별히 만들어진 방과 휴식을 위한 휴게실도 구비되어 있었어. 주랑을 따라 길게 이어진 산책로며 분수대, 남쪽 지역 원정 때 데리고 온 각종 동물로 가득 찬 공원, 미술관 등이 있었고, 곳곳에 조각상이 진열되어 있었지. 이 모두가 최상의 작업 조건을 위해 계획된 것이었어. 테아이테토스나 에우독소스, 아르키타스 등은 플라톤의 아카데메이아에서 공부했던 이들이지. 한편 알렉산드리아 박물관을 거쳐 간 학자로는 에라토스테네스와 아폴로니오스를 비롯해 아르키메데스의 친구로 유명한 맹인 수학자 도시테우스 등이 있었지……. 하지만 뭐니 뭐니 해도 초대 연구생들 가운데 가장 유명한 사람은 바로 유클리드가 아닐까 싶다. 그가 어디 출신인지는 아무도 몰라. 그리고 언제 태어났는지 또 언제 죽었는지에 대해서도 전혀 알려져 있지 않아. 어쨌든 박물관의 회원이 된다는 것만으로도 큰 영예였지만 일단 회원에게는 엄청난 물질적 혜택이 주어졌단다. 왕이 직접 임명한 극소수의 연구생들은 나라에서 먹여 주고 재워 주는 데다 급여까지 받는 특전을 누렸지. 세금이 면제된 것은 물론이고. 그러나 가장 큰 혜택은 박물관 안에 있는 도서관을 아무 때고 자유롭게 이용할 수 있었던 거야. 하나의 도서관을 완벽하게 조성하는 일은 거대한 사업이란다. 텅 빈 서가를 양서로 차츰 채워 가는 작업은 한마디로 대역사라고 할 수 있지."

뤼슈 씨는 잠시 말을 멈추더니 무언가 생각난 듯 두 눈을 반짝이며 이렇게 말했다.

"그로루브르가 아마존 서재를 만든 것도 그런 작업이었지. 하지만 그는 프톨레마이오스 왕의 도움 같은 것 없이 혼자 만들어 간 거야. 알렉산드리아 도서관에는 오래지 않아 40만 권의 두루마리 책이 들어찼단다."

'그런데 아마존 서재의 장서는 얼마나 될까?'

뤼슈 씨는 이 질문을 하지 않으려 했고, 굳이 그 답을 알려고 하지도 않았다. 친구의 장서를 계산한다는 것이 그리 바람직해 보이지 않았던 것이다. 그는 이야기를 계속했다.

"책을 긁어모으기 위해 알렉산드리아 당국의 엄청난 추적이 시작되었지. 한마디로 '책 사냥꾼'들이 지중해 연안의 주요 시장을 누비고 다니면서 손으로 쓴 수사본이란 수사본은 모두 비싼 값으로 죄다 사들이기 시작한 거야. 돈으로 구하지 못한 것들은 또 다른 방법으로 반드시 손에 넣고 말았지. 그들은 직접 훔치거나 아니면 협박해 강탈하는 등 수단과 방법을 가리지 않았단다."

막스가 물었다.

"그럼, 뤼슈 할아버지 생각에는 그로루브르 씨도 자신의 서고를 만들기 위해 그런 방법을 사용했단 말인가요?"

"그건 모를 일이지."

뤼슈 씨는 친구를 그리 신뢰하지 않는 것 같았다. 그는 얼른 화제를 바꾸었다.

"알렉산드리아항으로 배 한 척이 들어오면 그 배가 부두에 닿는 순간 대기하고 있던 병사들이 배에 올라가 승객들의 짐을 샅샅이 뒤지기 시작하는 거야. 그들은 옷감이나 보석같이 값나가는 물건에는 관심을 두지 않았어. 과연 그들이 찾는 것은 무엇이었을까? 그건 바로 책이었단다. 배에서 수사본을 발견하는 즉시 박물관 작업실로 옮겨 놓으라는 왕의 엄명이 있었기 때문이지. 이렇게 수거된 수사본은 서기들이 철저히 연구해 그대로 옮겨 쓰는 작업을 마친 다음, 원본은 주인에게 돌려주고 완성된 사본은 도서관의 서고에 보관하는 거야. 그러나 희귀본인 경우에는 사본을 주인에게 돌려주었단다. 원본은 당국에서 보관했는데 일종의 특별 소장품으로 분류되었지."

잔뜩 흥분한 조나탕은 넥타이 매듭을 풀었다.

"그건 순 사기예요. 훌륭한 책을 갖고 온 사람에게 가치도 없는 복사본을 들려 보내다니, 게다가 입이라도 잘못 놀리는 날에는 감옥으로 직행했겠죠. 프톨레마이오스 일당은 정말 나쁜 놈들이에요."

"원본이건 사본이건 책을 만들기 위해서는 파피루스가 필요했단다. 그런데 파피루스는 알렉산드리아 인근에 있는 삼각주 늪지대에서 아주 무성하게 잘 자라지. 너희, 파피루스가 그리스어로 뭔지 아니? 바로 비블로스야."

뤼슈 씨는 주위에 늘어선 서가들을 가리키며 이렇게 말했다.

"그게 바로 훗날 비블리오테크, 곧 도서관으로 불리게 되는 거란다."

그는 서점 주인답게 책과 관계되는 것이라면 무엇이든 열정을 보였다. 이참에 파피루스를 이용한 종이 제조법을 상세히 덧붙여 설명했다.

"수사본에 쓰이는 종이를 만들기 위해서는 먼저 파피루스를 적당한 크기로 자른 다음 즉시 그 줄기를 가공하는 것이 좋단다. 원래 파피루스라는 식물은 물을 잔뜩 머금은 상태기 때문에 칼로 베자마자 서둘러 작업을 마무리해야 하지. 안 그러면 그 많던 수분이 순식간에 빠져 버리니까. 48시간이 지나면 이미 늦은 거야. 줄기가 갈색으로 변하면서 바싹 말라 버리거든. 그러면 크기가 절반으로 줄어들지. 그렇기 때문에 파피루스 군락지에서 멀지 않은 곳에서만 종이를 만들 수 있었단다. 그리스 전역에서 사용되는 파피루스 종이가 모두 이집트에서 생산된 이유가 바로 여기 있지. 알렉산드리아 도서관과 어깨를 견주는 시설로 페르가몬 도서관이 있었는데 프톨레마이오스 왕이 독점권을 행사해 파피루스 수출을 금지시키자 페르가몬 도서관 측에서는 엄청난 품귀 현상을 겪기도 했지."

뤼슈 씨는 강의가 시작된 후 처음으로 만족스러운 표정을 지어 보였다. "이 책들은 어떤 모양이었을까? 파피루스 종이는 잘 접히지 않는단다. 둘둘 말아 사용해야 했지. 그 때문에 최초로 만들어진 책들이 두루마리 모양을 하고 있는 거야. 다시 말해 대부분의 원고는 원통형이었어. 또한 몰약의 즙액을 섞은 노란 잉크로 쓰여졌는데 이때 사용된 문자는 그리스어나 현대 그리스어의 구어체에 해당하는 당시 이집트의 민용 문자 등이지. 서기들은 파피루스 종이의 한쪽 면만 사용했고 특히나 끝이 뾰족한 갈대를 펜으로 사용했는데 이를 칼라무스라고 한다. 일단 원고를 읽으려면 양손을 모두 사용하는 수밖에 없었어. 한 손으로는 종이의 한쪽 끝을 쥐고 다른 손으로는 파피루스 두루마리를 펼쳐 가면서 말이야, 이렇게."

그는 말을 하면서 그대로 시범을 보였다.

"이렇게 분류된 두루마리 책들은 벽장 속의 서가에 보관했단다. 우선 문학, 철학, 과학, 기술 등 각 분야별로 나눈 다음 지은이에 따라 알파벳 순으로 정리했지. 아마존 서재를 만들 때 사용했던 분류 원칙과 같은 셈이야. 그리스인들이 3세기 동안 이룩해 낸 것들이 모두 알렉산드리아 도서관의 서가에 와 있었던 게다. 그 가운데에서도 『오디세이아』의 20여 가지 판본 등 호메로스의 작품 모두와 아이스킬로스, 소포클레스, 에우리피데스 등 비극 작가들의 작품, 그리고 위대한 희극 작가 아리스토파네스의 작품, 밀레투스 출신의 아낙시만드로스와 아낙시메네스의 작품 또한 소피스트와 엘레아학파(기원전 5세기 이탈리아 남부의 그리스 식민지 엘레아에서 번성했던 이 학파의 특징은 극단적 일원론이다), 메가라학파(어떤 긍정적인 주장을 펼친 것보다는 아리스토텔레스를 비판하고 스토아학파의 논리학에 영향을 미친 것으로 유명하다) 등의 저서, 아우톨리코스의 『공간과 운동』, 키오스의 히포크라테스가 쓴 『원론』, 테아이테토스와 테오도루스의 저서 등이 대표적이지. 특히 아리스토텔레스 총서는 프톨레마이오스 왕이 엄청난 돈과 온갖 악랄한 방법을 다 동원해 천신만고 끝에 손에 넣을 수 있었단다. 데메트리오스는 자신의 주도로 만들어진 도서관이었음에도 불구하고 이름을 남길 수가 없었어. 당시 프톨레마이오스 1세는 여러 명의 자식을 두었는데 데메트리오스는 자신이 평소 추앙하던 한 왕자를 옹립하려 했지. 그러나 프톨레마이오스 1세는 다른 아들을 후계자로 삼았단다. 결국 그는 잘못된 선택을 하는 바람에 권좌에 오른 새 왕에 의해 처형당할 뻔했지만…… 결국 스스로 목숨을 끊었지. 불과 그 몇 년 전만 해도 '책은 왕에게 진언하지 않는 신하들보다 용기 있다'고 했건만……. 난 데메트리오스야말로 아테네의 진정한 마지막 위인이라고 생각한다. 한편 프톨레마이오스 2세가 아버지의 뒤를 이어 왕위에 오를 때 그에게는 '형제를 사랑하는 자'라는 뜻의 필라델포스라는 이름이 붙여졌지. 이집트 관습에 따라 그는 자신의 누이 아르시노에 2세와 결혼했는데 그는 그녀를 너무나 사랑했단다. 실제로 아르시노에 2세는 눈이 부실 정도로 아름다웠다는 얘기가 있지."

가만히 듣고 있던 레아가 돌연 휘파람을 불었다.

"필라델포스 역시 아주 잘생긴 얼굴에 아름다운 금발머리를 가진 젊은이였고."

이번에는 조나탕이 휘파람을 불었다. 뤼슈 씨가 다시 말을 이었다.

"그러나 애석하게도 그는 뚱보였단다."

그 이야기를 듣자 레아가 의외라는 듯이 또 한 번 휘파람을 불었다. 그러자 갑자기 뤼슈 씨가 나머지 가족을 차례로 가리키며 이렇게 말했다.

"모두들 기억하는지 모르겠지만 언젠가 레아, 네가 수학을 잘하는 지름길이 뭐냐고 질문한 적이 있었지? 아마 탈레스의 정리와 농부에 관한 이야기를 할 때쯤이었던 것 같은데……. 그리고 조나탕 너는 수학을 어디에 써 먹느냐고 물었지?"

밀려오는 졸음 때문에 막 눈이 감길 뻔한 쌍둥이가 후닥닥 자세를 고쳐 앉았다. 뤼슈 씨는 자신이 사용한 방법이 효과가 있었다는 데 만족한 듯 부드러운 어조로 말했다.

"좋아. 내가 발견한 사실은 유클리드가 너희 귀에 쏙 들어올 만한 답을 이미 마련해 두었다는 거야."

그러고는 이야기를 시작했다.

"어느 날, 프톨레마이오스 왕이 도서관을 방문했지. 장서들을 하나하나 훑어보다가 『기하학 원론』 두루마리가 수북이 쌓여 있는 서가 앞에서 걸음을 멈추더니 한참을 그대로 서 있었어. 그러다 갑자기 유클리드에게 고개를 돌리더니 기하학을 좀 더 쉽게 이해할 수 있는 지름길은 없느냐고 물었단다. 그러자 유클리드는 이렇게 대답했지. '기하학에는 왕도가 없습니다'라고 말이야. 그런 대답을 하는 데는 엄청난 용기가 필요한 거란다. 또 언젠가 유클리드가 한 제자에게 어떤 정리에 관한 설명을 막 끝냈을 때 이 야심 찬 젊은 제자가 그 정리를 배움으로써 얻는 바가 무엇인지 가르쳐 달라고 했지. 그러자 유클리드가 하인을 부르더니 '이 사람은 배움에서 이익을 얻고자 하는 자니 몇 푼 베풀어 주거라' 하고 말했단다."

"뤼슈 할아버지 말씀이 모두 옳아요."

조나탕은 몸을 굽히며 그에게 경의를 표했다. 그러고 나서 레아에게 말했다.

"유클리드의 일화를 통해 뤼슈 할아버지가 우리에게 하고 싶은 이야기는 '수학을 공부하려거든 조급해하지도 욕심내지도 말아야 한다, 아무리 능력이 뛰어나더라도 말이다', 이거란 말이지."

예기치 못한 조나탕의 말에 깜짝 놀란 뤼슈 씨와 레아는 동시에 고개를 저으며 감탄했다.

뤼슈 씨는 확인이라도 하듯 말했다.

"조나탕 네가 나를 인정해 주는구나. 좀 전에 네가 한 말은 수학뿐 아니라 일반적인 인식 분야에서도 틀림없는 사실이란다. 예술에서도 마찬가지고."

레아가 덧붙였다.

"물론 사랑에서도 그렇겠죠."

"아마도. 그 말을 듣고 보니 언젠가 그로루브르가 자기 애인에게 했던 대답이 떠오르는구나. 소르본 대학교에 자주 가던 카페에서 하루는 이런 일이 있었지. 그날따라 그로루브르가 늦게 왔어. 초조하게 그로루브르를 기다리던 여자 친구는 그가 나타나자 투덜거렸지. '자기, 뭐 하느라 이렇게 늦었어?' '수학 문제 좀 마저 푸느라고.' 여자 친구는 이해할 수 없다는 듯 고개를 절레절레 흔들면서 '그게 뭐 그리 대단하다고 온종일 붙들고 있는지 도무지 이해가 안 돼. 아니, 대체 수학이란 게 무슨 소용이 있는데?'라고 하자, 그로루브르가 그녀의 두 눈을 똑바로 쳐다보더군. 뒤늦게 자신의 실수를 깨닫고는 어쩔 줄 몰라 하는 그녀에게 그로루브르는 이렇게 말했단다. '그럼 사랑은 무슨 소용이 있는데?' 그날로 그 여자 친구와는 끝났지."

레아는 반박의 여지없이 딱 잘라 말했다.

"결국 그 질문이 친구분과 그 아둔한 여자가 헤어지는 데 결정적인 역할을 한 셈이군요. 자신의 남자 친구를 '자기'라고 부르는 여자는 정말 밥맛이야. 그 친구분도 분명히 예전에는 몰랐겠죠. 자신이 여자의 심리보다는 수학을 더 능란하게 다룬다는 사실을요."

조나탕이 말했다.

"그러니까 아무짝에도 쓸모없는 일이지만 그래도 수학 공부는 해라, 이 말씀이죠?"

레아가 맞장구를 쳤다.

"게다가 아주 먼 길로 돌아서 가라는 얘기지."

약간의 악의가 느껴졌지만 뤼슈 씨는 마음속으로 무척 기뻐했다.

"너희는 아리스토텔레스에게서 제대로 된 논법을, 유클리드로부터는 정확성에 대해 다시 배워야겠다."

결국 그가 기뻤던 이유는 강의를 해야 할 구실이 생겼기 때문이다. 불이 모두 꺼졌고 작업실은 칠흑 같은 어둠 속에 파묻혔다. 그때 조나탕과 레아가 불안한 빛을 보였다. 레아가 앉은 벨벳 의자의 스프링 하나가 꼬여 자꾸만 엉덩이에 배겼던 것이다. 그녀는 이 틈에 자리를 바꿔 앉았다.

"쉿! 조용히 해."

조나탕이 그녀의 화를 돋우려는 듯 쏘아붙였다. 현대식 극장에서처럼 막을 내리지 않고도 무대 장식이 바뀌었다. 깜깜한 가운데 바삐 움직이는 발소리와 이리저리 가구 끌리는 소리가 났다. 그러더니 갑자기 조용해졌다. 조나탕은 얼른 자세를 바로 했다. 곧 무대가 환해졌다. 그새 모든 것이 바뀌어져 있었다. 뤼슈 씨는 서가들 사이 한가운데 놓인 연단 위에 근엄한 자세로 앉아 있었다. 그리고 그의 앞쪽으로 몇 미터 떨어진 곳에 악보대 여러 개가 반원형으로 빙 둘러서 있었고 그 위에는 직접 쓴 원고가 한 부씩 놓여 있었다. 뤼슈 씨는 휠체어에 앉은 채 자세를 고치더니 큰 소리로 이렇게 말했다.

"유클리드의『기하학 원론』은 모두 열세 권이다. 지은이는 전집 각 권에 1부터 13까지 번호를 매겨서 모두 한 질이며 정확한 순서에 따라 내용이 전개된다는 것을 인식시켰지. 각 권별로 자체적인 순서가 있는 것은 물론이고 열세 권 모두 순서가 정해져 있단다. 이렇게 내용이 서로 상이한 책들에 대해 서열을 매기는 방식은 유클리드가 이룩한 기념비적인 업적 가운데 하나지. 유클리드의『기하학 원론』은『성서』다음으로 많은 판본을 가진 책이란다. 현재 판본이 800가지 이상이라니 엄청나지. 아마존 서재에 있는 이 전집은 아주 오래된 판본 가운데 하나다. 타르탈리아가 번역한 이탈리아판인데, 1543년 베네치아에서 간행된 거야. 그로루브르가 어떻게 손에 넣을 수 있었는지 정말 모를 일이야. 돈을 엄청나게 줘야 했을 텐데……."

바로 그때 막스와 노퓌튀르가 들어왔다. 막스는 파리 오페라 극장의 독주자가 입는 연미복을 걸치고 있었는데 벼룩시장에서 찾아낸 거라 그런지 그에게는 조금 커 보였다. 이 모습을 본 조나탕과 레아는 폭소를 터뜨렸다. 뤼슈 씨도 웃음이 나오려는 걸 억지로 참았다. 막스는 왼쪽 끄트머리에 반원형으로 늘어선 악보대 앞에 자리 잡았고 노퓌튀르는 그의 어깨 위에 올라앉아 있었다. 이들은 부동자세로 악보를 들여다보며 자신들이 노래 부를 때를 기다리고 있었다.

"이 책은 130개의 정의와 465개의 명제로 이루어졌단다. 제일 먼저 평면기하학을 시작으로 정수론, 공간기하학의 순으로 구성되었지. 위대한 그리스 학자 유클리드는 자신의 전집에서 우선순위를 기하학에 두었던 거야. 열세 권 가운데 1권부터 4권까지 기하학에 할애했지. 도형의 특징 비교, 원을 제외한 기타 도형의 넓이 계산, 작도 등 그의 연구 대상은 명확했어."

그러고는 막스와 노퓌튀르 앞에 놓인 네 개의 악보대를 가리켰다.

"유클리드는 마치 희곡 작품처럼 자신의 원고 처음 몇 줄에서 총 13막으로 전개되는 기하학의 서사시에 걸맞은 '배우'들을 등장시켰단다. 바로 정의 부분에서 말이야."

그는 둘에게 신호를 보냈다. 순간 막스와 노퓌튀르의 지루한 이중창이 시작되었다.

노퓌튀르가 먼저 노래했다.

"점은 부분이 없는 것이다."

그다음에 막스가 이를 받았다.

"선은 넓이가 없는 것이다."

"면은 길이와 넓이만을 갖는 것이다."

"평면각이란 하나의 평면 위에서 서로 만나고 일직선은 되지 않는 두 선 사이의 각이다……."

문장의 수식이 너무 길다 보니 막스는 꽤나 진땀을 흘렸다.

"선 가운데 가장 중요한 것은 바로 직선이다."

노퓌튀르가 공중에서 날갯짓하며 한 마지막 대사는 이것이었다.

"직선이란 그 위에 존재하는 점에 대해 한결같이 늘어선 선이다."

그때 뤼슈 씨가 끼어들어 직선상에서 포착 가능한 점은 하나도 없다는 사실을 덧붙였다.

"달리 말하면 직선은 그 위에 존재하는 모든 점을 똑같이 취급하고 있지."

그러고 나서 둘에게 이중창을 계속하라고 손짓했다.

"면 가운데 중요한 것은 바로 평면이다."

"평면이란 그 위에 있는 직선에 대해 한결같이 놓인 면이다."

막스는 각본대로 하지 않고 뤼슈 씨가 할 대사까지 해치워 버렸다.

"평면은 그 위에 존재하는 모든 직선을 똑같이 취급한다."

그러고는 말을 멈췄다. 순식간이었다. 뤼슈 씨가 다시 말을 이었다.

"각!"

이번에는 팔을 위로 쳐드는 게 아니라 앞으로 폈다 굽혔다 하면서 팔꿈치 관절을 놀렸다.

"각이라는 명칭은 팔꿈치란 뜻에서 나온 말이란다. 각 가운데 매우 중요한 것이 있지. 그건 바로 직각이야."

막스가 두 팔을 십자형으로 교차시켰다. 그러자 노퓌튀르가 그렇게 하여 생긴 네 개의 부분을 부리로 하나하나 짚었다.

막스가 말했다.

"두 직선이 교차하는 경우 모두 네 개의 각이 생긴다. 이 네 각의 크기가 같다면 그건 직각이다."

"이번엔 여러 도형에 대해 알아보자. 먼저 원은 단 하나의 형태만을 갖지. 다음, 직선으로 이뤄진 도형으로 넘어가서, 우선 삼각형. 너희가 자그마한 땅을 마련할 생각이라면 당장 이 삼각형에 대해 알아 두는 편이 나을 게다. 단 두 개의 직선만으로 배치한다고 고집부리지 마라. 직선으로 공간의 범위를 정하려면 적어도 세 개의 직선이 필요하단다. 삼각형은 닫힌 직선 도형들 가운데 가장 기본적인 도형이지. 삼각형의 종류로는 나팔처럼 벌어진 형태의 둔각을 갖는 둔각삼각형, 예각만을 갖는 예각삼각형 그리고 이등변삼각형, 정삼각형, 직각삼각형 등이 있단다. 한편 사각형의 경우, 가장 기본적이고 중요한 사각형이 정사각형인데 정사각형 역시 단 하나의 형태만을 갖지. 다음, 직사각형과 마름모, 평행사변형, 사다리꼴 등이 있고……. 그리고 내가 잊을 뻔했는데 도형 가운데 종류가 가장 많은 것이 바로 이 사각형이란다. 별로 놀라운 일도 아니지만……. 그런데 사각형이란 과연 어떤 것일까?"

조나탕이 대답했다.

"네 변과 네 각, 두 대각선을 갖는 것이죠."

레아 역시 기억을 떠올리곤 소리쳤다.

"그리고 네 각의 합은 360°예요."

이때 막스가 손을 흔들었다. 뤼슈 씨가 무언가를 잊고 있다는 뜻인 듯했다. 막스는 이렇게 말했다.

"동일 평면상의 두 직선 말이에요. 이 두 직선을 양방향으로 무한대로 연장시킨다면 이는 무척 어렵고 상당한 시간이 걸리는 일이지만……."

뤼슈 씨가 웃음을 터뜨렸다. 막스의 해설이 각본에 없기 때문이다.

"……그래서 이 두 직선이 서로 만나지 않는 경우, 평행하다고 하죠."

계속 웃고 있던 뤼슈 씨가 그의 말을 받았다.

"그래서 제1권은 '꼭 알아 둬야 할 필수 개념'에 대한 정의만으로 끝을 맺는데 그 책에서 별로 눈에 띄진 않지만 47번 명제로 제시된 것이 바로 피타고라스 정리란다. 일단 배우들이 정해지면 유클리드는 이제 그들을 데리고 작업을 시작하겠지. 하나의 각을 똑같은 크기로 양분해 이등분선을 여러 개 그릴 수 있으며 마찬가지로 하나의 선분으로 수직이등분선을 여러 개 그릴 수 있어……. 그리고 넓이를 계산하지. 그래서 어떤 경우에 같은 형태의 두 도형의 넓이가 같은지 확인하는 거야. 삼각형의 경우, 내가 초등학생이었을 때 아주 중요하다고 배운 그 유명한 '합동 조건'을 예로 들 수 있지.

도중에, 처음 두 권(1권과 2권)은 자를 이용한 기하학을 다루고 있는 반면 3권은 컴퍼스를 이용한 기하학을 다루고 있지. 그리고 평면기하학을 좀 더 멋지게 마무리하기 위해 유클리드는 정다각형의 작도법을 소개하고 있어. 그는 다각형마다 내접원과 외접원의 크기를 측정했지. 외접원은 다각형 외부에 위치하며 삼각형의 경우 세 꼭짓점을 지나는 반면, 내접원은 다각형 내부에 존재하며 삼각형의 경우에 세 변과 접하는 원을 말하는데……. 자, 이것이 기본 정다각형인 정삼각형의 내접원과 외접원을 표시한 그림이다.”

스크린 위에 아래와 같은 그림이 나타났다.

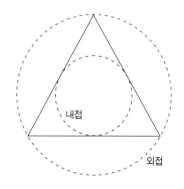

막스는 1권부터 4권까지, 처음 네 개의 악보대를 덮어서 바닥에 내려놓았다. 중간 휴식 시간임을 알리는 신호였다. 불이 켜졌다. 레아는 구두를 다시 신으려 했으나 발이 부어 잘 들어가지 않았다. 조나탕은 강의가 진행되는 동안 풀어 두었던 몸에 꼭 맞는 웃옷의 단추를 다시 채웠다. 둘은 안마당으로 나가더니 간단히 몸을 풀었다. 뤼슈 씨 역시 휠체어에 앉은 채로 몸을 흔들며 피곤함을 달랬다. 한편 노퓌튀르는 막스가 사발에 부어 준 물을 단숨에 들이켰다. 그러는 사이 종소리가 났다. 휴식 시간이 끝난 것이다. 모두들 자리로 돌아와 앉았다. 불이 꺼졌고 잠시 정적이 흘렀다. 곧이어 무대 위에만 불이 켜졌다. 다섯 번째 악보대 앞에 다가선 막스가 대뜸 이렇게 말했다.

"제5권, 열세 권 가운데 가장 유명한 책. 비례론 편."

뤼슈 씨가 입을 열었다.

"유클리드는 두 도형의 크기 사이의 비가 얼마이고 이 두 크기가 길이나 넓이, 부피와 같은 기하학에 관계된 것인지 아니면 수라고 하는 산술에 관계된 것인지 하는 것들을 입증하고자 했단다."

이어 막스가 말했다.

"두 크기 가운데 하나의 배수가 다른 하나보다 값이 큰 경우, 두 크기 간에는 일정한 비가 존재한다."

"다들 알고 있겠지만 피타고라스학파에서는 같은 단위로 잴 수 없는 크기들 간의 비라는 것은 생각조차 하지 못했단다. 반면 유클리드는 비에 관한 자신의 일반론에 그러한 크기들의 비를 포함시키고 있지. 가히 혁명이라 할 수 있는 이러한 생각이 유클리드에 의해 시작된 것은 아니야. 그는 그저 그러한 생각을 널리 보급해 수학의 다른 부문에 결합시키기만 했을 뿐이지. 실제 이 개념을 창안한 사람은 천문학자이면서 수학자인 크니도스의 에우독소스야. 유클리드가 쓴 이 책의 내용 거의 전부가 그 사람의 이론을 기초로 한 것이란다."

여섯 번째 악보대 앞에 서 있던 막스가 큰 소리로 말했다.

"닮은꼴 편."

뤼슈 씨가 설명을 덧붙였다.

"실제로 사물의 형태를 정의할 수는 없단다. 직접 시험해 보면 알 수 있겠지. 그러나 각 사물이 언제 같은 형태를 갖는지 말할 수는 있어."

이어 막스가 말했다.

"동일한 사물일 때만 같은 형태를 갖는 게…… 아니다."

뤼슈 씨가 물었다.

"그래. 크기는 다르더라도 형태가 같을 수 있지. 곧 닮음꼴이라는 커다란 문제는 수학의 영역을 넘어서는 거란다. 여기에서는 기하학 분야에서 취급되는 개념이지만 언제 두 도형이 서로 닮았다고 하는 것일까?"

그는 마치 각본에 있는 것처럼 막스에게 질문을 던졌으나 대답한 것은 오히려 노퓌퓌르였다.

"두 도형이 비례하는 경우."

"그렇다면 어떤 경우에 비례하지?"

그러자 노퓌퓌르가 큰 소리로 말했다.

"대응하는 각의 크기가…… 비례할 때와 변의 길이가…… 서로…….""

노퓌퓌르의 깃털은 눈에 띄게 헝클어져 있었다.

막스가 중간에 끼어들었다.

"그건 노퓌퓌르의 잘못이 아니에요. 내용이 너무 어려워서죠."

뤼슈 씨가 다시 말을 이었다.

"원래 책에는 '대응하는 변의 길이가 비례할 때와 각의 크기가 서로 같을 때'라고 되어 있었지."

노퓌퓌르는 자신의 일에 끝까지 책임을 지려는 듯 자신의 대사를 정확히 다시 읊었다.

"대응하는 변의 길이가 비례할 때와 각의 크기가 서로 같을 때."

모두들 그에게 박수를 보냈다.

뤼슈 씨는 서둘렀다.

"자, 이번에는 제7권! 선조에 대한 경의 편. 명제2에 나와 있는 것은 바로 탈레스의 정리다."

막스는 일곱 번째 악보대를 덮어 바닥에 내려놓았다. 그러고는 오른쪽으로 옮기며 큰 소리로 말했다.

"산술 편 세 권."

뤼슈 씨가 설명했다.

"유클리드는 여기에서 정수에 관한 피타고라스학파, 특히 아르키타스 이론의 상당 부분을 그대로 응용하고 있지. 그에 관해서는 이미 언급한 바 있지만, 수학의 주요 기능 가운데 하나가 바로 분류라고 했지. 제일 처음에는 짝수 / 홀수의 분류가 이뤄졌고, 네가 '2를 믿는 사람과 그렇지 않은 사람'이라고 말했던 거, 레아 너도 기억할 게다. 짝수는 똑같은 크기로 양분할 수 있지만 홀수는 그렇지 않아. 게다가 2나 3같이 1과 자신 이외의 다른 어떤 양의 정수로도 나누어떨어지지 않는 수가 존재하지. 그것이 바로 소수素數란다. 그와 같은 이름이 붙여진 이유는 다른 어떠한 수로도 그 값을 측정할 수 없기 때문인데……."

갑자기 뤼슈 씨가 하던 말을 멈췄다. 문득 그로루브르의 편지에서 이런 문구가 떠올랐기 때문이다. '피에르 자네를 평가하는 기준이 뭔가? 나일 테지? 이제 우리가 서로를 측정했던 값의 합계를 내야 할 시간이 된 듯하군.' 잠시 후 그가 제정신으로 돌아왔다. 이를 눈치챈 막스는 그의 기억을 일깨우기라도 하듯 큰 소리로 말했다.

"두 번째 분류."

그러자 뤼슈 씨가 말을 계속했다.

"두 번째 분류는 나누어떨어지는 수와 나누어떨어지지 않는 수, 곧 소수의 분류란다. 소수야말로 산술에서 가장 중요한 부분일 거야. 거기에는 일종의 무한성이 존재하지. 내가 놀란 것은 바로 덧셈에 대해 유클리드가 전혀 관심을 갖지 않았다는 사실이야. 그가 흥미로워한 것은 다름 아닌 나눗셈이었단다. 다들 '소인수분해'라는 건 알고 있지? 한 수를 소수의 곱의 형식으로 표시하는 거 말이다. 두 수 a와 b의 약수를 구하면 이 두 수의 공약수를 알 수 있지. 이런 약수 가운데 가장 큰 수, 곧 최대공약수는 a와 b를 정확히 나누는 최대 정수를 말하는 게다. 또 최대공약수만큼이나 유명한 최소공배수가 있지."

그는 영사기를 직접 조작했다. 그러자 스크린에 희한한 그림 하나가 나타났다.

뤼슈 씨는 막스가 오후 내내 그려 놓은 그림을 보고는 칭찬해 주었다.

"참 잘했구나, 완벽해. 여기, 딱 한 사람에게 이 강의가 꽤 도움 되겠는걸."

막스는 이미 내용 검토가 끝난 아홉 번째 악보대를 덮어 바닥에 내려놓고는 다음 악보대 앞에 서서 큰 소리로 말했다.

"제10권, 무리수 편."

역시 뤼슈 씨의 설명이 뒤따랐다.

"여기에서 유클리드는 '같은 단위로 잴 수 없는 수' 이론의 창시자, 테오도루스의 이론을 토대로 하고 있단다. 또한 같은 단위로 잴 수 있는 직선과 잴 수 없는 수, 그에 상응하는 정사각형 또는 직사각형의 넓이 등에 관해 다뤘지. 피타고라스학파는 $\sqrt{2}$라는 하나의 무리수만을 찾아낸 반면 테오도루스는 무리수론을 꽃피운 학자다. 그는 17까지의 정수들의 제곱근이 무리수임을 증명했지. 물론 1, 4, 9, 16 등과 같은 완전제곱수는 제외하고 말이야. 그가 왜 하필 17까지만 대상으로 했는지에 대해서는 아무도 모른단다. 이후 테아이테토스가 그의 뒤를 이어 17 다음에 나오는 수들의 제곱근도 무리수라는 것을 증명했지. 열세 권 가운데 이 책이 가장 어렵다는 것을 미리 말해야겠구나.”

이때 막스가 한마디 덧붙였다.

“그 때문에 흔히들 ‘수학자의 십자가’라고 부르죠.”

뤼슈 씨는 조나탕이 투덜거리는 소리를 들은 것 같았다.

“조나탕의 십자가이기도 하고.”

하지만 뤼슈 씨는 그 말에 아랑곳하지 않고 이야기를 계속했다.

“이 책에서는 피타고라스학파를 그토록 당황하게 만든 이 무리수를 유클리드가 어떤 식으로 ‘길들이는지’ 알 수 있을 게다.”

그 말이 끝나자, 막스는 열 번째 악보대를 덮고는 바닥에 내려놓았다. 조나탕은 남아 있는 악보대의 개수를 세어 보았다. 머지않아 고행의 길이 끝날 것이다.

막스가 큰 소리로 알렸다.

“공간기하학.”

이어 뤼슈 씨가 말했다.

“유클리드는 평면기하학으로 공간기하학을 만들었기 때문에, 각뿔이나 각기둥, 원뿔, 원기둥, 구 등 ‘입체’와 같은 공간상의 여러 가지 수학적 존재를 확인해 판별했단다. 특히 입체의 범주에 정다면체를 포함시켜 그들 중 일부의 넓이와 부피를 계산하고 다른 것들에 대해서는 부피의 비를 측정했지. 유클리드는 이 과정에서 에우독소스가 고안한 상당히 효과적인 방법을 사용했는데 후에 이 방법은 ‘착출법’이라고 불리게 되지. ‘착출’이란 ‘철저히 고찰하다’라는 뜻이야. 실제 두 크기의 차가 주어진 양보다 작다는 것을 보여줌으로써 두 크기가 똑같다는 것을 증명하는 방법이지. 한 단계나 두 단계, 열 단계가 아닌, 일련의 단계들을 ‘철저히 고찰’하는 하나의 연속 과정을 시행함으로써 그러한 결과에 도달하게 되는 거야. 예를 들어, 원의 넓이를 측정하려면 우선 내접하는 정사각형을 하나 그린 다음 네 변의 개수를 두 배로 늘리는 거야. 각 단계마다 생겨나는 내접 다각형의 넓이가 점점 커져 봤자 원의 넓이보다는 작겠지. 그 방법의 이점은 다름 아니라 계산이 가능한 이런 다각형의 넓이와 구하는 원의 넓이의 차가 다각형의 변의 개수를 배가시킴으로써 원하는 만큼 축소될 수 있다는 데 있단다. 따라서 원하는 만큼 정확한 원의 넓이를 알아낼 수 있다는 거야. 하지만 실제로는 정확하게 알 수 없었지."

막스가 악보대 두 개를 접었다. 강의가 진행되는 작업실 중앙에는 이제 딱 한 개의 악보대만이 덩그러니 놓여 있었다.

막스가 외쳤다.

"제13권, 완결편!"

뤼슈 씨의 설명이 이어졌다.

"이 책에서 유클리드는 앞서 열두 권에서 다룬 내용의 최종 목표로서, 구에 내접할 수 있는 다섯 가지 정다면체, 곧 정삼각형의 네 면을 갖는 정사면체, 정사각형의 6면을 갖는 정육면체, 정사각형의 밑변에 의해 결

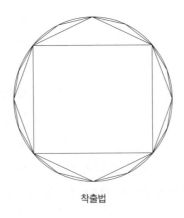

착출법

합된 똑같은 크기의 두 각뿔로 정삼각형의 8면을 갖는 정팔면체, 정오각형의 12면을 갖는 정십이면체, 정삼각형의 20면을 갖는 정이십면체 등의 작도법을 제시했단다."

조나탕과 레아가 의아해했다.

"왜 5 아니면 4나 6이지?"

"그래, 바로 그것이 이 문제의 특이한 점이지. 수많은 다면체 가운데 정다면체는 정확히 다섯 가지만 있단다. 같은 유형의 수학적 대상들 가운데 주어진 특성에 부합하는 것을 찾는 경우, 대개는 그러한 것이 하나도 없거나 혹은 단 한 가지밖에 없지. 아니면 무수히 많을 수도 있고. 한 예로, 평면상으로는 원에 내접하는 정다각형이 무수히 많지만 공간에는 딱 다섯 가지뿐이야.

그 이유를 알아보자. 먼저 이것이 그리스 철학자들에게 일거리를 주었다고 해도 과언이 아니라는 말을 해야겠구나. 플라톤의 대답은 바로 이런 거였어. 다섯 개가 존재하는 이유는 우주에 존재하는 기본 원소가 모두 다섯 가지이기 때문이라고 말이다. 각 다면체가 완벽한 형태로 존재하면서 어느 한 가지를 상징적으로 나타내고 있으며 다섯 가지 모두 기하학적 구에 내접하고 있어 절대 조화를 나타냄으로써 천지창조의 성격을 띤다고 했어. 이 때문에 고대 그리스에서는 이들 다면체를 '플라톤의 입체'라고 불렀지.

마지막으로 정리하자면, 유클리드의 『기하학 원론』에서 가장 중요한 결론은 바로 '정다면체는 다섯 가지밖에 존재하지 않는다'는 것이란다."

막스는 마지막 악보대를 덮어 바닥의 다른 악보대 열두 개 옆에 내려놓은 다음 좌중을 향해 이렇게 말했다.

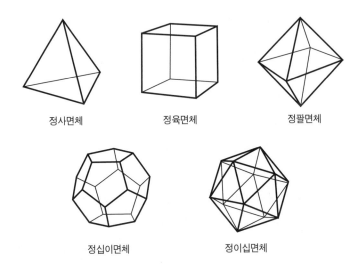

정사면체   정육면체   정팔면체

정십이면체   정이십면체

"열세 권짜리 『기하학 원론』에서 다루는 내용은 기원전 300년 당시 젊은 수학자라면 누구나 꼭 알아야 할 것들이었습니다."

레아가 물었다.

"뤼슈 할아버지는 모두 읽어 보셨어요? 열세 권 모두?"

뤼슈 씨는 '그렇다'고 대답하고 싶었다. 두 아이의 감탄 어린 시선을 받는 것이 뜻밖의 즐거움을 주었기 때문에 그렇지 못해 스스로 부끄러움을 느끼는 것보다 낫다고 생각했다. 결국 그는 거짓말을 했다.

"그럼, 그랬지."

책의 내용을 모두 소개한 뒤, 뤼슈 씨는 유클리드의 계획을 하나하나 설명해 나갈 준비를 했다. 그때 스피커에서 다음과 같은 말이 흘러나왔다.

"주목, 주목, 어떠한 수학적 명제도 증명, 증명 없이는 인정되지 않아. 그것은 고대 그리스 수학자들이 내부적으로 정해 놓은 규약 같은 것이었지. 그런데 명제라는 것을 어떻게 증명해야 할까? 이미 사실로 인정된

다른 명제로부터 그것을 추론해 냄으로써 가능하지."

막스가 소리쳤다.

"순환 논법인가요? 수학은 꼬리에 꼬리를 물고 빙빙 돌지 않을 수 없겠네요. 그게 아니라면 그 순환 고리를 어떻게 끊죠?"

뤼슈 씨가 대답했다.

"그것은 시작의 문제지. 항상 그렇지만 시작이란 아주 중요한 문제란다."

말을 하다가 그는 자신의 말이 쌍둥이 둘에게 필시 영향을 미치게 되리라는 사실을 깨닫고는 아차 했으나 이미 때는 늦었다. 반응은 즉시 나타났다.

"중요하기로 말하자면 무언가를 제대로 시작해야 한다는 게 중요하죠. 안 그래요, 뤼슈 할아버지? 그건 그렇고 폴리비오스라는 역사가가 이런 말을 했죠. '시작이 반이다.' 시작이 나쁘면 오래도록 일이 안 풀린다, 뭐 그런 얘기죠?"

조나탕이 맞장구를 쳤다.

"시작이 좋아도 그래. 어쨌든, 아예 시작이 없으면 문제도 없었겠죠."

레아가 말했다.

"토대가 있어야 건물이 만들어지듯이 말이에요."

뤼슈 씨는 힘주어 말했다.

"바로 그거야! 일단 어떤 진리를 기반으로 해야 하지. 그 진리라는 것이 새로운 진리를 만드는 기계를 구동시키는 힘이라고 생각하면 돼. 일단 발동이 걸리고 나면 그 기계는 자체의 힘으로 작동할 수 있는 거야. 따라서 선험적으로 제시된, 시작이 될 만한 몇 가지 진리를 인정함으로써 순환 논법으로부터 벗어날 수 있는 게다. 토대란 것은 필요에 따라 개조할 수 있지. 물론 아무 때나 토대를 바꾸는 경우는 거의 없지만. 그렇다면 제일 처음에는 무엇을 놓아야 할까? 바로 정의란다. 최초의 수학적 존재. 곧 그 위에 다른 것들을 정립해 나갈 토대가 되는 기본 존재가 실존한다는 사실을 주장하기 위해서는 우선 정의가 전제되어야 하지. 그리하여 수학의 세계를 새로운 존재들로 가득 채우는 거야.”

“뤼슈 할아버지, 『성서』에 대한 생각은 안 해 보셨어요? 태초에…… 아니지, 태초 이전에 하느님이 계셨죠. 그러고 나서 하느님은 아담을 만들기로 결정하시죠. ‘아담이 있다. 아담은 인간이다’와 같은 것을 설정하셨잖아요. 제 기억엔 그다음에 아담이 자신의 갈비뼈로 이브를 만들었는데……. 그래서 아담과 이브는 함께 살게 되고, 또 아벨과 카인을 비롯해 많은 자식을 두죠.”

뤼슈 씨는 조나탕이 나름대로 손을 본 『성서』 이야기를 듣고는 놀라지 않을 수 없었다.

“너희도 알겠지만 난 신앙심이 그리 깊지 않은 사람이다.”

“저희도 그래요. 하지만 고전에 대해서는 잘 알고 있죠.”

“고전이라니? 정말 『성서』를 읽었다는 거냐?”

“할아버지가 유클리드의 『기하학 원론』을 읽지 않은 것과 마찬가지로 저희도 『성서』를 읽진 않았어요. 그렇지만 세상에 가장 많이 번역되어 나온 게 바로 이 두 작품이죠.”

“다시 돌아가서 하…….”

뤼슈 씨는 ‘하느님 얘기를 해 보자’고 말할 뻔했다. 「창세기」 이야기와 유클리드의 『기하학 원론』을 비교하다 보니 서로 헷갈렸던 것이다.

“다시 돌아가서 유클리드 얘기를 해 보자. 정의를 내린 직후에는 공준과 공리에 이르게 되지. 공준의 경우 일부 작도가 가능함을 선험적으로 주장하는 것이고 공리란 일반에 의해 승인된 공통의 개념들, 다시 말해 사람들이 타당성 자체를 문제 삼을 필요조차 못 느끼는 사고의 원칙들을 말한단다. 예를 들면, 둘이 서로 같으면서도 서로가 구별된다면 그것들의 상등성은 어떻게 되는 걸까? 혹은 같은 것에 같은 것을 더함으로써 결국 다른 것들을 갖게 되었다면? 혹은 같은 것의 두 배에 해당하는 것들끼리 서로 다른 것으로 판명된다면? 그 때문에 유클리드는 엄밀한 의미에서 수학의 범주를 훨씬 뛰어넘는, 이러한 공리라는 장치를 도입하고 있는 거야."

막스가 영사기를 돌렸고 찰칵하는 소리와 함께 다음 화면이 넘어가고 문장이 하나씩 나타났다.

동일한 것과 같은 것들은 모두 서로 같다.

같은 것에 어떤 같은 것을 더하면 그 전체는 서로 같다.

같은 것에서 어떤 같은 것을 빼면 나머지는 서로 같다.

서로 일치하는 것은 서로 같다.

전체는 부분보다 크다.

같은 것의 두 배에 해당하는 것들끼리는 서로 같다.

같은 것의 절반에 해당하는 것들끼리는 서로 같다.

"그럼, 공리란 무엇에 필요한 걸까? 그건 비교를 위해 필요한 것이다. 역시 같은 것에 같은 것을 더하거나 뺐을 때 생기는 절반, 부분, 전체 등을 비교하는 거지. 공리가 없다면 비교가 불가능할 거야. 다음, 공준의 경우를 살펴보자. 사실 기하학에서만 공준이란 것이 존재한다는 사실에 처음에는 약간 놀랐단다. 산술에는 그런 개념이 없거든."

이때 레아가 한마디 내뱉었다.

"필요가 없어서겠죠. 그렇지 않다면야 거리낌 없이 일련의 공리를 길게 늘어놓겠죠. '두 수를 거쳐 마지막 세 번째 수로 넘어갈 수 있다'거나 '수는 어디에든 존재한다'는 식의 공리 말이에요. 아니면 '수가 하나면 좋고 두 개면 더 좋다. 세 개는 손해 보기 십상이다' 등등······."

그 소리에 모두들 폭소를 터뜨리는 바람에 레아는 더 이상 말을 계속할 수 없었다. 사실 그토록 정신없이 웃은 이유는 레아가 한 말이 재미있어서라기보다는 다들 피로에 지친 탓이었다. 그러는 동안 하얀 대리석으로 만들어진 알렉산드리아의 등대나 네 대의 마차가 나란히 달릴 수 있는 널찍한 대로, 박물관의 아름다운 정원들에 관한 이야기에서는 차츰 멀어졌다. 간단히 말해 모두들 그러한 이야기가 슬슬 지겨워지기 시작했던 것이다. 강의가 너무 길어져 그쯤에서 끝마쳐야 할 것 같았다.

"유클리드는 기하학에서의 공준으로 다섯 가지를 꼽았지."

조나탕이 물었다.

"다면체처럼요?"

"다면체와는 무관한 거야. 더욱이 유클리드가 박물관에서 함께 공부하던 대부분의 동료들처럼 손가락이 다섯 개라는 사실과도 무관하고. 첫 번째 공준은 너희 모두 잘 알 게다."

찰칵하는 소리에 이어 스크린에 왼쪽 아래와 같은 그림이 나타났다.

"유클리드가 이러한 공준에서 주장하고자 하는 바는 무엇일까? 공간에서 두 지점의 위치에 상관없이 첫째 두 지점을 연결할 수 있으며, 둘째 어떠한 것을 빙 돌아가지 않아도 가능하다는 주장을 펴고 있는 거야."

찰칵 소리와 함께 두 번째 공준이 나타났다.

유한 직선을 무한히 연장시킬 수 있다.

"이 가정에서 유클리드가 말하고자 하는 것은 무엇일까? 직선이란 하나의 방향을 가리키는 것이지. 유클리드는 원하는 길이만큼 직선을 연장시킬 수 있다고 주장하고 있어. 그렇게 하려면 공간이 있어야 하지. 실제로 그가 주장하는 것은 공간이란 어떠한 방향으로도 끝없이 무한하다는 것이다. 직선에 이어 원의 경우 세 번째 공준은 이렇단다."

임의의 점을 중심으로
하고, 그 중심으로부터
그려진 임의의 유한 직선과
동일한 반경을 갖는 원을
그릴 수 있다.

"그럼 이 가정에서 주장하는 것은 무엇일까? 바로 원은 어디에든 존재한다는 거야. 공간의 특정 부분에서만이 아니란 말이지. 또한 이런 원들은 원하는 만큼 커질 수도 작아질 수도 있다는 얘기다. 직선과 원에 이어 각의 경우를 살펴보자. 네 번째 공준은……."

"이 공준에서는 무엇을 말하려는 것일까? 직각은 그 위치에 따라 크기가 달라지는 것이 아니라는 거지."

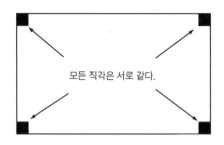

모든 직각은 서로 같다.

조나탕이 질문했다.

"그럼 다른 일이 일어날 수도 있다는 건가요? 가령 직각이 커지거나 작아지는 거 말이에요."

"바로 그거야. 유클리드는 다른 무엇도 일어나지 않는다고 주장하고 있는 게다."

막스는 계속 '손을 놓고 있는 상태'였다. 뤼슈 씨 혼자서만 작업을 할 수밖에 없는 상황이었다.

"그리고 그의 공준 가운데 제일 유명한 것으로 '평행선의 공준'이 있는데 그 내용은 이렇단다."

한 직선이 두 직선과 만날 때 어느 한쪽에 있는 내각의 합이 두 직각보다 작으면 이 두 직선은 무한히 연장될 때 그 직선에서 만난다.

뤼슈 씨가 덧붙였다.

"그것이 말하는 것…… 그것이 말하고자 하는 것은……."

조나탕이 표현을 바로잡아 주었다.

"차라리 '그것이 말하는 바가 말하고자 하는 것'이라고 하시는 게 어때요?"

"조나탕, 내가 말하는 바를 말하고자 하는, 아니 더 정확히 말해 내가 말하고자 하는 바를 말한다고 할 수 있지."

겨우 말을 끝낸 뤼슈 씨와 함께 다 같이 박장대소하고 있을 때 페레트가 들어왔다. 레아가 페레트에게 유클리드의 공준 때문에 웃게 된 경위를 설명하자 페레트는 다들 제정신이 아니라는 듯한 시선으로 그들을 쳐다보았다. 그러고 나서 이해할 수 없다는 표정으로 반문했다.

"그것 때문에 웃은 거야?"

그 순간 모두들 또 한 번 자지러졌다. 뤼슈 씨는 휠체어가 기우뚱거릴 정도로 껄껄대고 웃었다. 막스는 빨강 머리카락을 흔들며 눈이 보이지 않을 정도로 웃었고 웃음을 참느라 킥킥대던 레아도 결국 양계장을 누비고 다니는 살찐 병아리처럼 한 발로 깡충깡충 뛰며 웃어 댔다. 노퓌튀르마저도 땅에 닿을락 말락 하게 초저공비행을 하면서 쉰 목소리로 소리를 질렀다. 그 모습을 지켜보던 페레트는 오로지 한 가지가 궁금했다.

'앵무새도 웃는 걸까?'

10

·

원뿔과 평면의 만남

뤼슈 씨는 알렉산드리아의 등대 불빛에 관한 이야기에서 전등 불빛의 광원뿔에 관한 이야기로 넘어갔다.

그들이 작업실에 다 모였을 때 그곳은 또다시 어둠 속에 파묻혔다. 그러다 어느 순간 벽에 둥그런 빛 하나가 나타났다. 막스는 기다란 전등의 발치를 단단히 붙잡고서 벽과 직각을 이루도록 기울였다. 벽에는 원뿔형의 전등갓을 통해 발산된 빛줄기가 완벽한 원을 그리고 있었다. 이때 어둠 속에서 노퓌튀르의 쉰 목소리가 튀어나왔다.

"원이다!"

막스는 전등을 옆으로 비스듬히 기울였다. 그러자 불빛으로 벽에 생긴 점이 길어지면서 원이 타원형으로 바뀌었다.

"타원이다!"

막스는 계속해서 전등을 기울였다. 그럴수록 타원은 점점 길어졌다. 그러다 갑자기 타원이 조각나 버렸다. 벽에 생긴 점은 이제 열린 상태로 한없이 퍼져 나갔다.

노퓌튀르가 큰 소리로 말했다.

"포물선이다."

벽면을 향한 원뿔형 전등갓의 기울기가 점점 작아졌다. 그러면서 포물선이 넓게 벌어졌다. 순간 반대쪽 벽에 제2의 점이 생겼다.

노퓌튀르가 자신 없는 목소리로 말했다.

"쌍곡선이다!"

사실 벽 위에 나타난 것은 약간 모호한 형태였다. 그렇게 되자 뤼슈 씨가 마지막 부분의 실수를 슬쩍 무마하려는 생각에서 중간에 끼어들었다.

"너희는 조금 전 하나의 만남을 지켜본 거다. 전등갓에서 생긴 광원뿔과 벽면의 만남 말이다. 너희 눈앞에서 만들어진 이 네 개의 도형을 '원뿔곡선'이라고 부르는 이유도 바로 그 때문이란다. 그리스 수학자인 메나이크모스가 기원전 4세기경 그러한 현상을 발견할 당시 얼마나 큰 감동을 느꼈을지 상상해 봐라. 네 가지 도형은 조금씩 다른 형태를 갖고 있는데 특히 타원과 원은 모두 닫혀 있단다."

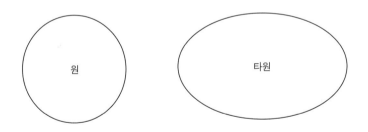

벽면에 그림이 하나 떴다.

"반면 포물선과 쌍곡선은 둘 다 열려 있지?"

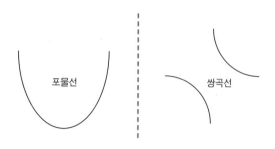

포물선   쌍곡선

"또 먼저 나온 세 도형이 하나의 연결된 선으로 만들어졌다면 마지막 도형은 서로 분리된 두 개의 가지로 이루어졌다는 점에서 서로 다르다고 볼 수 있을 것이다. 서로 다른 이들 도형이 원뿔과 평면의 우연한 만남이라고 하는 하나의 사건으로부터 만들어질 수 있고 원뿔의 축을 단지 연속적으로 기울임으로써 별문제 없이 다른 도형으로 바꿀 수 있다는 사실을 발견하는 순간, 메나이크모스가 얼마나 감격스러웠겠니."

쌍둥이의 얼굴에서 뤼슈 씨는 놀라움과 즐거움이 교차하는 것과 함께, 여전히 이해가 잘되지 않는 듯한 모호한 표정을 읽을 수 있었다. 뤼슈 씨는 그 원인이 무엇인지 짐작할 수 있었다. 그것은 다름 아니라 강의 내용에서 자신들이 아는 통상적인 형태의 원뿔을 발견하지 못했기 때문이다. 뤼슈 씨는 스피커를 켰다.

"자, 여기를 봐라. 정의란 이런 거야. 원뿔은 하나의 고정점, 곧 꼭짓점을 지나는 모든 직선을 모선으로 하고 밑면이 원으로 되어 있는 입체 도형이다. 많은 사람의 생각과는 반대로 원뿔은 꼭짓점을 사이에 두고 두 면이 대칭을 이루는 형태로 되어 있지. 흔히 원뿔로 생각하는 것은 사실상 반원뿔에 불과한 거야."

막스는 전등을 제자리에 똑바로 세웠다. 그러자 평소처럼 전등갓에서 새어 나온 빛줄기가 천장에 둥근 원을 하나 그렸다.

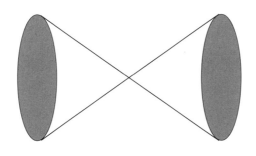

"메나이크모스의 발견 이후 2세기쯤 지나, 아폴로니오스라는 학자가 그 주제를 최첨단 전문 분야의 하나로 발전시킴으로써 그 분야에서 독보적인 존재가 됐지. 그는 원뿔곡선의 명칭들을 고안해 냈단다. 나 자신도 완전히 이해하지 못했기 때문에 너희에게 설명해 주지는 못하지만 수학적인 이유로 몇 가지 용어를 만들어 내기도 했어. 대표적으로 쌍곡선은 '넘치는 것'이라는 '초과'를 의미하는 그리스어 'hyper'에서 나온 말이고, 타원은 '모자란 것'이라는 '부족'의 의미를 갖는 말이며, 포물선은 '정확히 필요한 것'이라는 '일치'를 의미하는 'para'에서 나온 말이란다. 이러한 기하학적 곡선은 여러 가지 자연 현상 속에서 쉽게 만날 수 있지. 예를 들면 천체의 운행 같은 거 말이다. 그리스어 'planetes'에서 유래된 '행성'이라는 말은 '떠돌이별'이란 뜻으로 붙박이별들이 자리 잡고 있는 항성권에서 유일하게 운행한다고 해서 붙여진 이름이란다. 태곳적부터 인간은 이러한 떠돌이별의 운행 방식을 알고 싶어 했지. 그런데 우주의 '조화'라는 것이 원형 또는 구형 궤도를 따라 운행했던 거야. 우주, 고대 그리스의 천문학자들도 우주가 질서와 조화에 따라 움직인다고 생각했어. 특히 에우독소스가 그랬지. 하지만 자연이 인간의 의지대로 움직여지는 것이 아니다 보니 행성들은 자기네들 마음대로 태양의 주위를 돌았고 원형 운동을 싫어했어."

뤼슈 씨는 에우독소스 이후 2000년이 지나 케플러가 행성은 원형이 아닌 태양을 중심으로 한 타원형의 궤도를 따라 운행한다는 사실을 발견하게 된 경위에 대해 이야기했다. 그러고는 16세기 말 이탈리아 수학자 타르탈리아의 발견에 대해 말하면서 그는 대포의 탄도가 완전 직선이 아닌 포물선을 그린다는 사실을 간파했다고 덧붙였다.

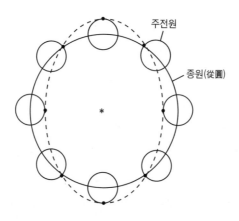

원의 움직임의 배열이 어떻게 타원 운동을 만들 수 있었는지를 보여주기 위해서 아폴로니오스가 발전시킨 주전원 이론의 그림. 이 이론은 과학혁명기까지 달과 행성의 궤도 이론을 지배했다.

"그래서 원과 직선은 심하게 타격을 받았던 거야. 원뿔곡선에 대한 연구로 유명해진 아폴로니오스, 그는 '위대한 기하학자'라는 칭호와 함께 모든 이의 부러움을 샀어. 그는 기원전 3세기 후반에 알렉산드리아에 살았던 사람이었지. 그 역시 알렉산드리아 박물관의 연구생으로 당시 에라토스테네스가 운영하던 도서관에 자주 드나들었겠지. 그의 주요 저서로 『원뿔곡선론』이 있는데 총 여덟 권으로 된 그 책 가운데 7권만이 발견되었단다."

그 자리에 있던 사람들이 모두 뤼슈 씨의 책상 주위에 자리를 잡고 앉았다.

"그로루브르가 작성한 도서 카드가 있었지만 거기에서 별다른 정보를 얻지는 못했어. 너희도 알다시피 고대 그리스의 수학은 유클리드 이후부터 활짝 꽃피게 되었지. 기원전 2세기에 히파르코스라는 학자가 있었는데……. 이제부터 내가 읽어 주는 내용을 잘 들어라."

*

히파르코스를 삼각법의 시조라고 하는 데 이의를 제기할 사람은 아무도 없을 것이다. 그는 바빌로니아 천문학자들의 뒤를 이어 360° 원 분할법을 도입했다. 그리고 천체 관측이라는 놀라운 작업을 통해 역사상 최초로 수리 천문학 분야에서 가장 고귀한 도구의 하나로 남을 '현의 길이를 구하는 표'를 만들었다. 그 정확성으로 가치를 인정받고 있는 이 표를 사용해 지축은 고정되어 있지 않다는 사실을 발견했다. 또한 지축이 원형 궤도를 따라 이동하며 제자리로 돌아오는 데 걸리는 시간은 약 2만 6000년 정도다. 이를 세차운동이라고 한다.

지축이 이동함에 따라 지구 자체도 기울기를 달리한다. 따라서 히파르코스 이후에는 지구가 고정되어 있다는 주장이 사실상 거의 받아들여지지 않았다. 그런데도 얼마나 많은 사람이 계속해서 그 같은 주장을 했던가.

*

"알렉산드리아에서는 어떤 일이 있었을까? 프톨레마이오스 1세가 왕위에서 물러난 이후 프톨레마이오스 2세 필라델포스는 이미 그에 대한 논의를 마쳤어. 기원전 1세기 초에는 라티로스(사마귀)라고 불리던 프톨레마이오스 9세가 통치하고 있었지. 왜 사마귀라는 이름이 붙었을까? 어떠한 책에도 그에 관한 이야기는 나와 있지 않아. 프톨레마이오스 10세는 없단다. 그다음 프톨레마이오스 11세는 농민 폭동으로 살해당했지. 프톨레마이오스 12세는 플루트 주자 아울레테스로 불렸어. 알렉산드리아 주민들에게 쫓겨 로마까지 도망갔다가 그곳에서 로마 군대를 이끌고 되돌아왔지만 도리어 로마 군대에 의해 점령당하고 말았단다. 그로써 이집트가 독립국으로서의 면모를 자랑하던 시대는 끝이 났어. 프톨레마이오스 12세는 겨우 열 살 정도밖에 안 된 어린 아들을 큰딸과 결혼시킨다는 조건하에 왕위를 물려주기로 결심했던 거야."

뤼슈 씨는 잠시 말을 멈추고 반응을 기다렸다.

"누나인 클레오파트라와 말이다. 그들은 결혼을 했단다. 하지만 얼마 지나지 않아 부부 관계에 금이 가기 시작했지."

레아가 씁쓸한 어조로 말했다.

"프톨레마이오스 2세 필라델포스와 그 누이 아르시노에 2세의 경우와는 반대군요. 그나마 그 둘은 서로 사랑했는데⋯⋯."

뤼슈 씨는 침착하게 말을 이었다.

"달아났던 클레오파트라는 당시 로마 장군으로 알렉산드리아에 와 있던 카이사르와 함께 돌아왔다. 결국 알렉산드리아에서 폭동이 일어났고 주민들에 의해 이들 남녀는 꼼짝없이 포위당하고 말았어."

조나탕이 혼자 중얼거렸다.

"우리한테 왜 이런 이야기를 하는 거지? 전혀 할아버지 취향이 아닌데……."

레아가 낮은 목소리로 속삭였다.

"무슨 속셈이 있나 보지."

"카이사르는 자신의 함대가 나포되지 않도록 하기 위해 항구에 정박해 있던 모든 선박을 불살라 버렸단다. 그 불은 삽시간에 육지로 옮겨 붙어 도서관까지 번졌지. 결국 수만 권에 달하는 두루마리 책들은 완전히 불타 버리고 말았어. 온갖 노력을 기울여 겨우 긁어모은 책들이 몽땅 화염 속으로 사라져 버린 거야."

그 이야기를 듣고 쌍둥이는 서로 은밀한 눈짓을 보내며 속삭였다.

"아, 그것 때문이었구나!"

"카이사르의 계획은 성공했고 배는 모두 침몰했지. 그러나 도서관에 있던 책은 불타 버렸단다. 선박들은 바다 깊숙이 가라앉았고 항구를 드나드는 배에서 반강제적으로 빌려 온 책 원본들을 보관해 둔 '배 밑바닥' 서가 역시 흔적도 없이 소실돼 버렸지."

"결국 옳지 못한 방법으로 얻은 재산은 결코 이롭지 않다는 거죠?"

뤼슈 씨를 향해 레아가 큰 소리로 말했지만 그는 귀담아듣지 않았다.

"카이사르 측과 프톨레마이오스 13세 측 군대 간의 교전으로 프톨레마이오스 13세는 결국 목숨을 잃고 말았단다. 졸지에 클레오파트라는 남편을 잃게 되었지. 그리 오랫동안은 아니었지만 말이다. 그녀에겐 남동생이 한 명 더 있었는데 그녀는 그와 다시 결혼했어. 그가 바로 프톨레마이오스 14세란다. 하지만 그 또한 머지않아 죽고 말았는데 클레오파트라의 밀명으로 살해된 것이 틀림없어. 클레오파트라는 두 차례나, 그것도 자신의 남동생의 죽음으로 상복을 입게 된 거지. 카이사르가 로마로 돌아가자 클레오파트라 역시 그의 뒤를 따랐단다. 이후 카이사르가 암살되었고 클레오파트라는 다시 알렉산드리아로 돌아왔어. 그러고는 얼마 가지 않아 또 다른 로마 장수와 불같은 사랑에 빠졌지."

조나탕과 레아가 동시에 소리쳤다.

"바로 안토니우스군요."

"그들은 서로 사랑했고 세 명의 아이를 두었죠."

"너희는 왕족에 관한 거라면 정말 모르는 게 없구나."

"우리 너무 얕보지 마세요. 영화 〈클레오파트라〉는 모조리 다 봤다니까요."

조나탕이 기억을 되살렸다.

"엘리자베스 테일러와 리처드 버턴이 주연했던 영화지."

레아가 덧붙였다.

"그리고 비비안 리가 주연으로 나온 〈시저와 클레오파트라〉도 있었어."

뤼슈 씨가 쌍둥이에게 물었다.

"〈나일강의 왕녀〉였나? 그 영화는 안 봤니? 그럼 〈클레오파트라의 군단〉은? 린다 크리스탈 주연이었지. 너희, 린다 크리스탈이 누군지 모르지? 정말 멋진 배우였는데……. 여하튼 영화 얘긴 이쯤에서 그만하고 책 얘기로 돌아가자. 클레오파트라는 도서관을 다시 건립하려고 했어. 안토니우스는 원래 이 도서관과 어깨를 겨루던 페르가몬 도서관을 강점해 20만 권 이상의 장서를 빼돌려 클레오파트라에게 주었어. 두 남녀는 지난번 대화재로 분실되었던 두루마리 책들을 다시 한 곳으로 끌어 모으려고 했지."

조나탕이 외쳤다.

"카이사르의 것은 카이사르에게 돌려줘야 해요."

레아가 흥분했다.

"페르가몬 도서관의 장서들을 빼내 알렉산드리아 도서관에 넘기다니!"

"클레오파트라는 이집트의 마지막 여왕이었다. 역대 프톨레마이오스 왕조의 군주들 가운데 백성들을 진심으로 사랑했으며, 당당하게 모국어로 말을 하고, 자신의 옷을 모두에게 나눠 준 이는 그녀밖에 없었어. 오랫동안 그녀는 '농민의 여왕'으로 불렸단다. 하지만 이집트는 결국 로마의 속국으로 편입돼 버리고 말았지. 프리기아, 미시아, 카리아, 리디아, 트라키아, 스키티아, 사르마티아, 콜키스, 아르메니아, 카파도키아, 파플라고니아, 갈라티아, 비티니아, 시리아, 리비아 등에 이어서 말이다."

막스, 조나탕과 레아, 노뷔튀르는 모두 감탄해 마지않는 동시에 불안한 시선으로 뤼슈 씨를 쳐다보았다. 그렇게 길게 나열하는 동안 그가 연거푸 숨을 몰아쉬었기 때문이다.

"……알렉산드로스 제국은 로마 제국 안에 건설되었단다. 이집트는 수 세기 동안 동로마 제국, 아라비아, 투르크, 프랑스, 영국 등 여러 나라의 지배를 받아 왔지. 독립을 하기까지 2000년을 더 기다려야 했어. 그럼에도 불구하고 알렉산드리아는 계속해서 수많은 학자를 맞아들였단다. 그들 가운데 박물관의 회원이었던 두 사람이 내놓은 작품의 중요성만으로도 수 세기를 넘나들며 높은 평가를 받아 오고 있지. 그 두 사람이란 바로 2세기에 활약했던 프톨레마이오스와 3세기의 디오판토스란다. 뭐, 말이 났으니 하는 말인데 프톨레마이오스는 이집트의 프톨레마이오스 왕조와는 전혀 관계가 없는 사람으로 천문학자로 더 많이 알려져 있지만 사실상 천문학자라기보다 수학자라고 하는 게 옳을 게야. 그가 자신의 주요 저서를 『수학 대계(알마게스트)』라 한 데는 다 그럴 만한 이유가 있지."

막스는 프톨레마이오스의 책을 참석자들에게 보여 주고는 이렇게 말했다.

"모두 열세 권이에요."

두 학자에 관한 이야기가 나오자 막스는 당황해했다. 유클리드의 『기하학 원론』에 관해 열세 개의 악보대를 가지고 했던 지루한 공연을 되풀이하고 싶지 않았던 것이다. 막스는 그로루브르의 도서 카드를 읽는 것으로 대신했다.

*

이 시대에는 천문학이 천체의 시운동을 설명하고 기하학적 측면에서 이를 기술하려는, '우주의 상'을 다루는 학문으로 인식되었다. 에우독소스나 히파르코스, 프톨레마이오스 등 위대한 그리스 천문학자 대부분이 프톨레마이오스의 말마따나 '체면치레를 위해' 천체의 운동을 설명하기에 적합한 여러 가지 수학적 모형을 마련하려는 노력을 아끼지 않았다.

프톨레마이오스가 내세운 학설의 핵심은 지구는 움직이지 않고 다른 행성들이 그 주위를 돈다는 것이다. 우주 공간이 원이나 구로 빽빽이 들어차 있다고 생각하여 프톨레마이오스가 그에 관한 완벽한 개론서를 남겼지만, 원래부터도 원의 기하학이나 구면 기하학을 토대로 한 접근 방법이 사용되었다.

"체면치레를 위해 이론을 정립하고 모형을 마련한다……."

뤼슈 씨는 천천히 책에 나온 문구를 되풀이해 읽었다. 그러고는 공책을 대충 훑어보았다.

"로마가 멸망하자 동로마 제국이 그 뒤를 이었단다. 그리하여 알렉산드리아는 그리스도교를 숭상하게 되었지. 사실 황제들이 그리스도교로 개종하는 동안 알렉산드리아에는 이미 그리스도 신앙이 도입되어 자리를 잡은 상태였어. 그리스 시대에 과학 분야가 크게 발전했다면 로마 시대에 들어서는 암흑기를 거치게 되지. 이탈리아의 테베레강 가에서는 오직 배를 모는 재주만 중시되었을 뿐이란다. 법을 열심히 공부한다고 할 때 그 법은 수학 법칙이 아닌 사법의 근간이 되는 법률을 가리키는 말이었어. 로마의 판테온에서 이상이 교차되는 경우는 없었단다. 거의 1000년에 걸쳐 로마 제국이 유지되는 동안 수학에 관계된 학과가 존재했었다는 흔적은 전혀 없었다는 말이지. 정신적인 세계에 대한 로마인의 무관심과 하느님과 성인들과 동떨어진 학문에 대한 그리스도교도의 반감이 결합해 과학의 존립에 비극적인 영향을 가져다주게 되지. 제일 먼저 그 영향을 받은 사람이 바로 인류 역사상 최초의 여류 수학자인 히파티아였어."

알렉산드리아의 변천사에 이미 시들해져 있던 레아는 그 말에 귀를 쫑긋 세웠다.

"4세기 말 알렉산드리아에 이름난 수학자 집안이 있었단다. 테온이라는 수학자와 그의 두 자녀, 히파티아와 에피판이 그들이었지. 그 유명한 제곱근 계산법이 바로 테온의 책에 나와 있는데 그는 젊은 시절을 감옥에서 보냈어. 그의 딸 히파티아는 아폴로니오스의 발견을 토대로 훌륭한 연구 업적을 남겼을 뿐만 아니라 디오판토스와 프톨레마이오스에 관한 연구를 하기도 했단다. 에피판 역시 프톨레마이오스의 천문학 연구에 몰두했지. 하지만 재능 면에서는 누이인 히파티아보다 못했던 모양이야. 위대한 고대 그리스 수학자들의 맥을 이어 히파티아 역시 수학과 철학을 모두 가르칠 정도로 철학자로서의 소양이 풍부한 여성이었지. 실제로 명석한 두뇌와 풍부한 지식, 게다가 빼어난 외모를 두루 갖춘 그녀의 강의를 듣기 위해 수백 명의 학생이 몰려들었다고 해. 이 모든 것이 알렉산드리아를 강타한 신도덕주의자들로서는 도저히 상상도 할 수 없는 일이었단다. 히파티아는 한마디로 자유분방한 여성이었어. 415년 어느 날, 알렉산드리아의 그리스도교 광신도들이 길을 지나던 그녀의 마차로 달려들어 그녀를 바닥에 쓰러뜨리고 발가벗긴 채 성소로 끌고 갔지. 그러고는 칼날처럼 예리하게 깎은 굴 껍데기로 그녀를 고문한 뒤 산 채로 불태워 버렸단다. 확실히 일부 성직자들은 히파티아나 잔 다르크 그리고 중세 종교 재판에서 '마녀'로 몰린 수만 명의 여자처럼 산 채로 타 죽은 여자만 좋아하는 모양이야."

레아는 파랗게 질린 얼굴로 뤼슈 씨를 쳐다보았다. 그는 지나치게 상세한 부분까지 말해 버린 것이 몹시 후회했다. 사실 그러한 이야기는 꺼내지 않는 편이 나았을 텐데 말이다.

심각한 표정을 짓고 있던 레아의 입에서 이런 말이 튀어나왔다.

"고대 그리스·로마 시대를 통틀어 단 한 명뿐인 여류 수학자는 결국 고문을 당한 뒤 불에 타 죽었군요. 그러면서 다들 수학 잘하는 여자가 별로 없다는 사실에 의아해하죠."

이쯤에서 고대 그리스·로마 시대에 관한 이야기는 마무리해야만 했다.

"자, 이제 로마 시대로 넘어가 볼까. 이 시대에 내세울 만한 수학자로는 당시 원로원 의원이었던 보에티우스, 한 사람밖에 없단다. 그는 테오도시우스 황제의 명령으로 처형됐지. 한편 유스티니아누스 1세는 즉위하자마자 당시 그리스도교 극렬 보수주의자들이 '이교 대학'으로 부르던 시설들에 폐쇄 명령을 내렸단다. 그리하여 아카데미아 학원을 필두로 아테네 전역에 있던 학교들이 모두 문을 닫기에 이르지. 마호메트가 죽은 지 10년이 지난 서기 642년, 알렉산드리아는 아라비아 군대에 의해 점령당했고, 그에 따라 종교 역시 그리스도교에서 이슬람교로 바뀌게 된단다. 아라비아인에 의해 강점당하기 3년 전, 이 도시에서 일어난 폭동으로 도서관의 장서들 가운데 상당수가 불에 탄 채 공중목욕탕에…… 던져졌지."

다소 이상하게 들리는 이 이야기 때문에 잠시 침묵이 흘렀다.

"물과 불에 뒤범벅된 채 완전히 파기되었단 말이다. 이것이 곧 알렉산드리아 도서관의 말로였어. 자, 다음은 박물관 차례구나. 서기 718년 오마르 2세는 박물관에 있던 학자들에게 안티오키아로 옮겨 갈 것을 명했단다. 이로써 찬란했던 알렉산드리아 시대는 막을 내리게 되지. 일반적으로 불가능한 일은 실제로 일어나지 않는 법이란다. 만약 어떤 일이 일어난다면 그건 그럴 만한 이유가 있기 때문이지. 이미 일어났던 일이 되풀이되는 이유와 다른 곳도 아닌 바로 그곳에서, 다른 때도 아닌 바로 그 순간에 사건이 발생하게 된 이유를 안다는 것은 극히 미묘한 문젠데…… 정치, 경제, 종교, 하물며 기술 분야까지 관계된 이유뿐만 아니라 인간의 사상과 밀접한 연관이 있는 인간 내면의 이유 등을 찾을 수 있지."

*

뤼슈 씨가 아베스 시장에 장을 보러 간 사이 레아는 그의 차고 방 안으로 들어갔다. 그녀는 히파티아의 비참한 죽음으로 또 한 번 충격을 받았던 것이다. 이 모든 종말, 알렉산드리아, 도서관, 박물관의 종말, 고대 그리스 로마의 종말은 수 주 동안 그녀의 뇌리를 떠나지 않았다. 그녀에게 이 사건들은 분명 큰 충격이었다. 그녀는 이 모든 것의 시작이 궁금했다.

"뤼슈 할아버지, 수학은 왜 하필 다른 곳이 아닌 그리스에서, 그것도 다른 시대가 아닌 6세기에 탄생했던 걸까요?"

물론 뤼슈 씨는 연구해 오는 동안 내내 그 질문에 대해 생각했고 몇 가지 타당성 있는 답을 얻기도 했다. 하지만 다시 고민했다. 오전 내내 곰곰이 생각한 끝에 그는 레아가 충분히 납득할 만한 이유 한 가지를 찾아냈다. 그가 찾아낸 답은 단 한 문장으로 충분했다. 바로 '그리스인들은 토론하기를 무척 좋아한다'는 것이었다.

오소부코는 사프란 가루를 친 리소토와 그레몰라타와 함께 내놓는 요리다. 물을 가득 채운 냄비에 국물을 내기 위해 닭고기 두 조각을 넣는 것으로 요리는 시작됐다. 뤼슈 씨가 과감히 시도한 요리법의 핵심인 육수를 만드는 데 몇 분이 걸렸다. 뭉근한 불에서 맑은 국물이 서서히 끓기 시작할 즈음 한 대접을 덜어 내어 그 안에 사프란 가루를 뿌렸다. 그러고는 국물이 계속 끓게 불을 조절했다. 이때가 매우 중요하다.

그날따라 날씨가 고약했다. 뤼슈 씨가 얇게 썬 송아지 뒷다리 살 다섯 조각을 펼쳐 놓는 동안 부엌의 유리창에 빗물이 한두 방울씩 부딪혔다. 레아는 뤼슈 씨의 행동을 하나하나 지켜보면서 그의 답변에 대해 곰곰이 생각했다. 겉으로 보기에 뤼슈 씨는 이미 충분한 답변을 했다고 생각하며 요리에만 전념하는 듯했다. 어머니로부터 물려받은 낡은 구리 프라이팬이 중간 불에서 뜨겁게 달궈지기 시작하자, 뤼슈 씨는 버터 세 스푼을 가득 떠 넣은 다음 프라이팬 한가운데에 송아지 뒷다리 살 한 조각을 올려놓았다. 치직거리는 소리와 함께 버터가 충분히 녹자 두 조각을 차례로 더 올렸다. 네 조각째 올리려는 순간 레아가 그를 불렀다.

"그럼 뤼슈 할아버지, '그리스인들이 토론하기를 무척 좋아한다'는 게 바로 그들이 수학이라는 학문을 접하게 된 이유라 이거죠? 전 말이에요. 무려 10년 동안이나 수학 시간마다 거의 늘 '레아 양, 여기서 이러니저러니 군말하지 말게'라고 하는 소리를 귀에 못이 박히도록 들었다고요."

"레아, 난 그들이 토론하기를 좋아했다고 했지, 트집 잡기를 좋아했다고는 하지 않았어. 그 시대의 그리스인들은 토론을 중요한 활동 가운데 하나로 보았거든. 사실 토론의 목적은 말로써 상대를 설득시키는 데 있지."

그러는 동안 고기가 노릇하게 구워졌다.

"경기장에서는 선수들이 몸으로 직접 대결하지만 광장에서는 논쟁이 벌어지는 거야. 사람들이 주고받는 것은 주먹질이 아니라 설득력 있는 주장이란 말이다. 너도 기억하겠지만, 피타고라스가 올림픽에서 권투 챔피언이 되었던 것처럼 말을 주고받는 데도 규칙이 있었단다."

뤼슈 씨는 벽에 걸린 양파 자루를 손가락으로 가리켰다. 레아는 반사적으로 손을 뻗어 양파 한 개를 꺼냈다.

"얇게 썰어라."

양파를 써는 동안 그녀는 연신 눈물을 흘렸다.

"할아버지는 괜찮으세요?"

레아는 뤼슈 씨의 멀쩡한 눈을 보고 괜스레 화가 났다.

"이젠 더 이상 쏟을 눈물도 별로 없단다. 나머지는 가장 감격스러운 때를 위해 남겨 둬야지."

그는 프라이팬에 양파를 두 겹으로 깔았다. 그러고는 셀러리와 당근을 얹고 닭고기 국물을 한 국자 떠 넣은 다음, 한 번 구운 뒷다리 살을 프라이팬에 다시 올려놓은 뒤 레아가 미리 씨를 발라 놓은 토마토 조각과 파슬리를 얹어 마무리했다. 이제 다 익을 때까지 기다리기만 하면 된다. 레아는 양파를 써느라 매워 눈물이 고인 두 눈에 안약을 떨어뜨려 진정시켰다. 그러는 동안 뤼슈 씨는 멍하니 먼 산을 바라보았다. 어느새 방 안이 환해졌다. 빗방울은 더 이상 유리창을 두드리지 않았고 라비냥가를 질주하던 자동차들의 소음도 희미해졌다.

뤼슈 씨와 레아는 에게해의 넘실대는 푸른 바다에 몸을 맡긴 채 밀레투스와 에페소스를 거쳐 키클라데스, 스포라데스 그리고 키오스와 사모스, 델로스 같은 헤아릴 수 없이 많은 섬을 훑으며 여행을 한 적이 있다. 석회를 바른 나지막한 하얀 집 그리고 정신이 아찔할 정도로 파란색 창과 대문을 다시금 떠올렸다. 뤼슈 씨는 그리스의 어느 작은 선창가 여기저기에 조그만 나무 탁자를 사이에 두고 여럿이 둘러앉아 우조 한 잔에 구운 오징어와 빨간 토마토 몇 쪽을 꼬챙이에 끼워 든 채 쉼 없이 토론을 벌이고 있는 모습을 묘사했다.

"탈레스나 피타고라스 시대에도 우조라는 술이 있었는지는 잘 모르겠다만, 오징어와 이를 굽는 데 필요한 불이 있었다는 것은 확실해. 또한 그들이 주고받은 말들은 똑같았지."

셀러리와 당근이 맛있는 냄새를 솔솔 풍기며 두 사람이 만든 '양파 침대'에서 익어 갔다. 레아는 이탈리아 토스카나에서 곧바로 건너온 올리브유병을 개봉했다. 끈적거리는 병을 닦고 자신의 두 손도 말끔히 닦은 후 뤼슈 씨에게 넘겨주자 그는 컵에 기름을 넉넉히 따랐다.

"이 병이 손가락 사이로 미끄러지는 것처럼 토론의 쟁점이 옆길로 새지 않도록 하기 위해 그리스인들은 '홈 장치'라고 하는, 실로 기발한 장치를 하나 발명했단다."

레아는 뤼슈 씨의 적절한 임기응변에 탄복했다.

"오늘 아침 네가 던진 질문에 대해 많은 생각을 했지만 생각하면 할수록 이 발명품이 위험하다는 생각이 드는구나."

그는 손가락으로 레아를 가리켰다.

"인간은 죽게 마련이라는 사실을 인정하니?"

레아는 흠칫 놀랐지만 금방 뤼슈 씨의 의도를 알아챘다.

"네, 인정합니다."

마치 결혼식에서 신부가 답변하는 것처럼 단호한 어조로 말했다.

"그럼 소크라테스가 인간이라는 사실도 인정하니?"

"네, 인정합니다."

그는 양 손바닥을 쳤다.

"이제 됐다. 결국 소크라테스도 죽게 마련이지. 넌 그것에 대해 어떠한 책임도 질 필요가 없어. 그건 너와 전혀 상관없는 일이라고. 애야, 넌 함정에 빠진 거야. 처음 두 문장에 대해 인정했으니 세 번째 문장도 인정하지 않을 수 없는 거지."

레아는 잠자코 있었다. 그러더니 패배를 인정하려 들지 않는 속 좁은 도박사처럼 이렇게 말했다.

"'내가 너에게 손가락 하나를 내밀자 넌 내 팔 전체를 덥석 잡는다.' 이게 할아버지가 생각해 낸 술책인가요?"

"나라면 그런 식으로 표현하지는 않았을 게다. 하지만 그 의미를 파악하기에는 꽤 좋은 예로구나."

약한 불에서 닭고기 국물이 끓고 있었다. 레아는 선반 위에 얹어 둔 묵중한 무쇠 스튜 냄비를 내려 중간 불에 올려놓았다. 한편 뤼슈 씨는 이번에도 역시 전혀 눈물을 흘리지 않고 염교(작고 길쭉한 양파의 일종) 두 개를 얇게 썰어 다지고 컵에 담아 두었던 기름을 스튜 냄비에 따라 부은 다음 불을 조절했다.

"제게 하신 이야기가 재미없다는 말이 아니에요. 다만 소크라테스와 오징어 몇 마리를 가지고 하는 이 기나긴 여행이 끝난 후에도 여전히 제가 '왜 하필 다른 곳이 아닌 그리스였냐'고 질문했었다는 걸 기억하실지 모르겠단 얘기죠."

"알아. 탈레스, 피타고라스, 메타폰티온의 히파소스, 키오스의 히포크라테스, 데모크리토스, 테아이테토스, 타렌툼의 아르키타스처럼 수학을 공부했던 그리스 사상가들은 모두 어떤 사람이었을까. 그들의 직업은? 또한 사회에서의 위치는 어느 정도였을까? 그들은 서기나 수도승의 신분으로 지식과 계산을 자신들의 전유물로 여기던 바빌로니아나 이집트의 산술학자들처럼 나라의 관리나 노예는 아니란다. 그리스 수학자들은 관청에 보고나 설명을 할 필요가 없었지. 연구 분야를 결정하거나 연구 범위를 설정하는 데는 왕이고 최고위 신관이고 없었거든. 그리스 수학자들은 한마디로 자유인이었어. 하지만……."

스튜 냄비 안에 들어 있던 염교는 아직도 완전히 물러지지 않았다.

"……하지만 그들은 동료들과 마주했을 땐 자신의 견해를 피력하고 관철시켜야 했지."

뤼슈 씨는 레아에게 그들이 하나의 '학파'에 소속되어 있을 때도 그저 개개의 수학자로서만 행동했을 뿐 사회적 지위 따위는 철저히 비밀에 부쳤다는 사실을 이야기해 주었다.

"그들은 개인 신분으로서 생각의 자유는 물론 자신의 의견을 개진하고 이론을 정립할 수 있는 권리를 갖고 있었지. 자신들의 명예를 지킨다는 조건하에서 말이야. 특정 기관이 아닌 바로 자신들의 저작물을 비평하고 이론을 제기하고 반박할 권리를 행사할 수 있는 각 개인을 상대로 그 연구 결과물에 대한 책임을 져야 했어. 당시 그리스는 하나의 제국은 아니었지만 도시국가라는 독립된 체제를 가진 도시들로 형성된 집합체였단다. 도시들 가운데에는 전제 군주가 폭정을 일삼는 곳도 있었지만 민주주의가 제대로 실현되는 곳도 있었어. 그런 곳에서는 너도 잘 알다시피 시민들이 적극적으로 정치에 참여했단다. 혹시 네가 모를 수도 있겠지만 아테네의 경우 일곱 명에서 많게는 8000여 명의 시민이 참여하는 여러 집회가 개최돼 각자 순서대로 발언할 수 있었다는 거야. 어땠을지 한번 상상해 봐라. 다른 이들을 설득하고 지지를 얻어 내기 위해 철저한 논거를 제시하며 자기주장을 펴는 모습을 말이야. 그리고 집회가 끝날 무렵엔 모든 참석자가 투표하고 만장일치로 사안을 결정했단다. 한편, 재판소에서는 신의 심판이나 왕의 심판이 아닌 판사와 시민들로 구성된 배심원단의 판결로 죄인을 심판했기 때문에 당연히 그들을 상대로 자기 변론을 해야만 했지. 정치, 재판, 철학 등 모든 분야에서 토론은 필수였어."

"그럼 수학에서는요? 슬그머니 돌려서 말씀하시는군요."

"아니지. 핵심을 말하고 있는 거야."

부엌에서는 가스 불 두 개가 모두 사용 중이었다. 뤼슈 씨는 뚜껑을 열었다. 프라이팬에는 송아지 뒷다리 살 다섯 조각이 한창 익는 중이었고, 스튜 냄비에서는 염교가 익어 갔다.

"최소한의 것에 대해 동의하는지에 관해서만 참된 토론을 할 수 있지. 이렇게 최소한의 것이 일단 인정되기만 하면 실제로 행할 수 있으니까. 네가 내게 말하면 난 또 네게 말하고, 네가 이렇게 주장하면 난 또 저렇게 응수하고, 네가 논거를 열심히 준비하면 난 또 내 논거를 철저히 마련하는 식이지. 그런데 결국엔 누가 옳은 걸까? 그리고 그것을 어떻게 판가름하지? 도대체 누가 논쟁에서 이기게 될까? 여러 학문 중 특히 수학에 관해서 그리스인들의 견해는 극단적인 차이를 보였단다. 정치나 재판, 철학 부문에 비해서 말이야. 또한 이집트나 바빌로니아의 수학과 견주어도 마찬가지지. 그리스 수학자들은 두 가지 요구 사항을 제시했단다. 감히 말하건대 그리스의 철학자나 정치가, 법률가 같은 사람들이 상대를 말로써 설득하는 기술은 뛰어났을지 몰라도 실제에 있어서는 많은 한계를 가지고 있었어. 설득이란 의심을 완전히 제거하는 거지만 수학은 단순한 설득 이상의 무언가를 요구하게 되었던 거야. 바로 반론의 여지가 없어야 한다는 거지. 다시 말해 수학에서는 주장하는 내용에 대해 어느 누구도 반박할 수 없을 정도로 완벽하게 상대를 이해시킬 수 있어야 한다는 건데, 이는 의심의 소지를 없애는 증명이 존재한다고 믿었기 때문이란다. 수학에서는 절대적인 증거를 요구했지. 이것이 바로 그리스 수학자들이 동시대의 정치가나 법률가들과 확연히 구분되는 점이란다. 또 직관이나 수치상의 증거를 수학적 진리로 인정하지 않았다는 점에서 전대의 바빌로니아나 이집트 수학자들과 구분되었단다. 내가 직접 보고 있기 때문에 확신하는 것이고 네게 보임으로써 확신을 준다는 것은 유프라테스강과 나일강 연안에서 사용된 아주 구체적인 증거야. 하지만 그리스 수학자들은 이런 식의 구체적인 증거로는 만족하지 못했고 다른 무엇인가를 요구했지. 그게 바로 '증명'이라는 거야."

"그 전에는 증명이라는 것이 없었나요?"

레아의 두 눈이 휘둥그레졌다.

"없었지. 그들이 처음으로 생각해 낸 거란다."

염교가 푹 물러졌다.

"다 됐다!"

뤼슈 씨는 쌀을 넣은 후 기름, 염교 등과 골고루 섞은 다음 밥알이 반쯤 투명해질 때까지 저었다. 이제 세심하게 주의를 기울여야 할 순간이 왔다. 밥알이 뭉치지 않도록 계속 저어 줘야 한다. 뤼슈 씨는 주걱으로 충분히 휘저었다. 그러다 리듬을 타게 되자 이야기를 계속했다.

"이러한 직관과 구체적인 증거에 대한 거부는 중대한 결과를 가져다 주었단다. 그 거부가 불안을 불러일으켰던 거야. 나의 경험만으로 믿음을 가질 수 없다면, 그리고 네게 보여 주는 것만으로 네게 믿음을 주지 못한다면, 도대체 나의 주장이 사실이라는 것을 입증할 만한 근거는 무엇일까? 어떻게 이를 확신할 수 있으며, 또한 너로 하여금 내가 말하는 것이 진실이라고 어떻게 확신을 갖게 할 수 있을까? 누가 나를 안심시킬 수 있는가? 그래서 그리스 철학자들이 인류 역사상 최초로 이런 질문을 스스로에게 던지게 된 게다. '어떻게 생각할 것인가? 내가 생각하는 바가 타당성 있는 것이라고 어찌 확신할 수 있는가?'"

뤼슈 씨가 너무나 열심히 이런 질문들을 하나하나 짚어 가자 레아는 뤼슈 씨가 자신에게 질문을 던지는 듯한 느낌을 받았다. 그녀는 한 번도 해 본 적 없는 물음인데도 말이다.

"그들의 가슴을 압박하는 이러한 불안감을 잠재울 묘책을 찾던 그리스 철학자들은 심사숙고 끝에 자신들의 주장이 옳다는 것을 스스로에게 확신시키는 방법을 택하게 되었던 거야. 솔직히 말해 일부러 그렇게 했던 거지. 아주 획기적인 일이었단다. 인류 역사상 처음으로 '사유 자체를 위한 사유'가 이뤄진 셈이니까. 이러한 작업은 기원전 5세기~기원전 4세기 사이에 완성됐는데 아리스토텔레스는 『오르가논』에서 이에 관한 모든 내용을 기술했단다. 그 책은 진실을 입증하는 방법에 대해 이야기한 것으로 사유의 원칙으로 간주된 논리학의 탄생을 의미하는 것이었어. 개개의 명제가 임기응변식의 방법이 아니라 일반적인 방식을 적용받음으로써 같은 정칙에 따라 모든 주장이 가능해진다는 가정에 따라 논리학이라는 것이 일종의 민주적인 영역임을 자처할 수 있게 된 거지. 이러한 방식은 다뤄진 주제들과는 무관하게 선험적으로 제시된 것이기 때문에 편파적이라는 의심을 받을 염려 없이 심판자로서 인정받을 수 있는 거야."

기름이 밥알에 완전히 스며들었다. 뤼슈 씨는 스튜 냄비에 닭고기 국물을 한 국자 분량만큼 따르고는 휘저었다.

"그 방식은 간단한 몇 가지 원리를 기초로 하고 있어. 하지만 이전에 어느 누구도 제시한 적 없는 원칙들이었단다. 전부 다음과 같은 금지 문구로 시작하는데……."

어떠한 주장과 함께 그 반대 주장을 할 권리는 없다.

"달리 말하면 하나의 주장이나 그 반대 주장이 동시에 참일 수는 없다는 거지. 이것이 바로 비모순율로, 절대적으로 금지된 사항이야."

뤼슈 씨는 스튜를 계속 휘저으면서 이렇게 덧붙였다.

"이를 예고하는 또 하나의 원리가 있단다."

어떠한 주장이나 그 반대 주장이 동시에 거짓일 수는 없다.

"하나가 거짓이면 나머지는 참이라는 얘기야. 다른 가능성은 전혀 없는 거지. 이것이 바로 배중률이라는 건데, 그렇게 해서 그리스인들은 단순히 제시하는 단계에서 증명하는 단계로 넘어가게 되었던 거야."

그는 마치 콜레주 드 프랑스(프랑스 국립 고등교육 기관)의 신임 교수가 자신의 취임 기념 강의에서 말을 마칠 때 하는 투로 설명했다. 레아는 오소부코를 만드는 것만큼 뤼슈 씨의 강의를 주의 깊게 경청했다. 뤼슈 씨는 불을 줄여 일정한 온도를 유지하도록 한 다음, 사프란 가루를 쏟아부었다.

"리소토의 맛의 비결은 어떻게 젓느냐에 있지."

요리 시작 후 처음으로 뤼슈 씨는 자신이 조리법대로 잘하고 있는지 확인하기 위해 요리책을 들여다보았다.

"아차, 잊을 뻔했구나. 그리스에 알파벳이 일찍 도입된 덕에 실제 이러한 증명이 훨씬 용이했단다. 논거를 서면으로 제시하는 경우, 특히 장문인 경우, 자가당착의 우를 범하지 않았는지 확인하기가 훨씬 수월했겠지."

이제 그레몰라타를 만드는 일만 남았다. 그는 마늘쪽을 꺼내 잘게 다진 다음, 아까 가위로 잘라 놓은 파슬리 줄기를 찻잔에 가득 채웠다. 그러고는 레몬 껍질을 강판에 갈다가 손가락 끝을 살짝 긁혔다.

"이걸로 준비는 다 끝났다. 아주 맛 좋은 요리가 탄생할 게다."

그런데 한 가지 의문이 레아의 머리에서 떠나지 않았다. 뤼슈 씨는 왜 자신에게 이런 이야기를 하면서 오소부코를 만들기로 했던 것일까 하는 문제다. 분명히 모종의 관계가 있을 것이다. 그녀는 그에게 어떤 속셈이 있을 거라는 예상은 했지만 구체적으로 무슨 일이 일어날지는 몰랐다고 털어놓았다. 뤼슈 씨는 묘한 눈빛으로 그녀를 바라보았다.

"무엇이나 굴레라고 생각해서는 안 되지, 레아. 그레몰라타를 준비하면서 그리스의 증명에 관해 이야기할 수 있는 것도 자유 아니겠니?"

식탁에는 다섯 개의 접시가 놓여 있었고 가스레인지 위에는 프라이팬이 올려져 있었다. 뤼슈 씨가 뚜껑을 열었을 때 뒷다리 살은 마침 먹기에 알맞을 정도로 잘 익은 상태였다. 살코기가 뼈에서 쉽게 떨어져 나왔다. 이때 먹는 것이 딱 좋다. 길쭉한 타원형 접시에 그것들을 담았는데, 이 접시는 언젠가 야간 강의가 있던 날 저녁 조나탕이 떨어뜨린 바로 그 접시였다. 뤼슈 씨는 뒷다리 살 위에 그레몰라타를 한 겹씩 얹고 나서 작은 냄비에 리소토를 부은 뒤 파르마산 치즈 가루를 뿌린 다음 큰 쟁반에 준비된 재료를 한가득 차려 내놓았다.

이윽고 식구 모두가 식탁에 와 앉았다. 뤼슈 씨는 접시마다 뒷다리 살 하나씩을 담은 후, 적당히 걸쭉해진 리소토를 내놓았다. 레아는 발코니로 가서 시원해진 이탈리아산 레드와인을 가지고 왔다. 병은 아까 내린 비 때문에 흠뻑 젖어 있었다. 그것은 이탈리아 시에나와 피렌체 사이에 위치한 토스카나 최고의 포도 산지에서 생산된 와인이었다.

"이탈리아 와인으로, 그리스 발명품을 위하여!"

레아의 말에 모두들 건배를 했다.

"에게해는 말의 바다야. 그 양편에서 토론이 활발히 벌어졌거든. 참, 맛있게들 먹어라."

뤼슈 씨는 이렇게 말하고 오소부코를 입으로 가져갔다. 레아는 아주 맛있게 먹었다. 주방에는 밤늦게까지 환하게 불이 밝혀져 있었다. 시원한 맛과 거품이 산호초의 에메랄드빛 바다를 떠올리게 하며 여행을 떠나고픈 충동을 불러일으켰다. 그 거품에는 작지만 가공할 위력을 가진 알코올 성분이 숨어 있어 그들로 하여금 식사 뒤에 장밋빛 인생을 맛보게 했다.

　　＊

　조나탕과 레아는 오소부코에 대응할 만한 다른 먹을거리를 생각해 냈다. 그래서 뤼슈 씨와 함께 집을 나와 레스토랑으로 가던 중 생드니 문 앞에 이르렀을 때 발길을 멈추고 문에 새겨진 그 유명한 부조들을 감상했다.

　정예 군인들이 철통같이 지키고 있던, 단단한 성벽으로 둘러싸인 생드니 지역은 어떠한 공격에도 끄떡없을 것만 같았다. 그 문을 포위한 군대 역시 철저히 무장한 그리고 잘 훈련된 군대였다. 그들이 공격하는 도시는 유럽 최고의 요새였지만 얼마 못 가 점령당하고 말았다. 라인강과 모젤강, 엘베강을 지나는 동안, 루이 16세가 이끌던 프랑스 군대는 60일 만에 세 개 주를 적에게 내주었고 마흔 개의 진지를 빼앗기고 말았다.

　1673년 6월 어느 날 아침, 함락된 도시가 있었으니 바로 마스트리흐트였다. 이 도시는 왕의 근위병이었던 달타냥이 전사한 곳으로 잘 알려져 있다. 그의 모습은 부조로 조각되어 있으며 생드니 문 안쪽 벽에 이름이 새겨져 있다. 바로 정면으로 대형 중고 서적 판매점이 있고 거기에서 100여 미터 되는 지점부터는 브래디 상가가 시작되는데 이곳에서는 단 55프랑으로 끼니 해결은 물론 이발까지 할 수 있다. 실제로 탄두리 1인분이 25프랑이고 이발료가 30프랑이다. 그렇지만 레아는 씀씀이가 헤펐다. 샬리마르는 브래디가에 있는 열다섯 개가량의 인도 음식점(사실 대부분은 파키스탄 음식점) 중에서도 가장 근사하고 분위기 좋은 곳이었다.

　어쨌든 에메랄드빛 칵테일이 효과가 있었는지 뤼슈 씨는 조나탕과 레아의 초대에 응했고 결국 잘 알려지지 않은 이 작은 식당에 앉아 있게 된 것이다. 그는 자신이 왜 그곳에 있는지 굳이 알려고 하지 않았다. 머지않아 그 이유를 알게 되리라는 생각에서였다. 그 나이에는 미리 생각하지 않는 편이 낫다. 그러나 이미 그가 생각하고 싶지 않은 질문에 대해 수수께끼 같은 답변을 하던 레아가 얼굴을 붉히며 입을 열었다.

"릴라바티, 그녀는 모든 걸 가졌죠. 아름답고 총명한 그녀의 아버지는 바스카라라는 위대한 천문학자였어요. 그녀가 결혼할 나이가 되었을 즈음 바스카라는 점성술 연구에 한창 몰두하고 있었죠. 어느 날 별점을 보았는데 딸이 결혼하면 자신이 죽는다는 점괘가 나왔대요. 자신의 삶을 사랑하는 그는 당연히 딸의 결혼을 반대했죠. 이후 딸에게 참회하는 뜻에서 자신의 일대기를 그린 책에 딸의 이름을 붙였대요. 어떤 수학자들도 해결하지 못한 수많은 문제와 풀이가 그 책 안에 모두 나와 있죠. 그는 딸에게 질문하는 식으로 문제들을 나열해 놓았어요.『릴라바티』('릴라바티'는 아름다운 것을 의미한다)는 인도 수학사에서 가장 유명한 책 가운데 하나예요."

레아는 잠시 말을 멈추더니, 다시 이야기를 시작했다.

"어떤 사람이 그랬다죠. '수학의 본질은 자유'라고."

"'집합론'의 아버지, 게오르크 칸토어가 한 말이지. 소르본 대학교 시절 한창 유행했던 말이란다."

조나탕이 중간에 끼어들었다.

"내가 알고 있는 이야기는 좀 다른데. 하지만 시작은 거의 비슷해. 바스카라가 읽은 점괘가 다르다는 것만 빼고 말이야. '릴라바티가 결혼하면 배우자가 일찍 죽는다'는 예언이었거든. 바스카라는 딸의 결혼을 반대했던 것이 아니라 그 예언을 피할 방도를 찾기 위해 어려운 계산에 몰두했다는 거야. 결국 한 가지 방법을 찾긴 했지. 바스카라 자신이 철저한 계산 끝에 택일한 날에 결혼식을 올리게 하는 거였어. 그는 그 택일한 날을 기억할 수 있도록 좁은 구멍으로 모래가 흘러나오면서 시간이 계산되는 일종의 '모래시계'를 만들었어. 릴라바티는 모래가 흘러내리는 것을 무척 구경하고 싶었지. 어느 날 그녀가 몸을 기울여 모래 샘 안을 들여다보다가 코에 박아 놓은 작은 장식용 진주 한 알이 떨어져 나갔는데 도저히 찾을 수가 없었어. 그런데 이때부터 모래의 흐름이 느려지기 시작한 거야. 결국 택일한 날짜에서 며칠 더 지나서야 결혼식이 거행되었고, 얼마 지나지 않아 릴라바티의 남편이 급사하는 바람에 졸지에 청상과부가 되었지. 그런 딸을 위로하기 위해 바스카라는 그 유명한 수학책을 딸에게 바쳤던 거야."

레아의 짧은 외침이 브래드 상가에 울려 퍼졌다.

"아! 그다지 놀랄 일도 아니네. 코에 진주를 달고 다니며 그저 멋이나 부리는 말괄량이 딸이 젊은 신랑을 죽음으로 이끈 장본인인데도 그 아버지는 아무 도움도 되지 않은 딸을 위해 책 한 권을 써 준 거잖아. 정말 시시하군. 결국 남성우월주의로 가득 찬 순 엉터리 같은 이야기야. 이것 봐, 조나탕, 너도 그렇게 살다간 말년에 고생 좀 할 거다."

"됐네, 너나 잘해."

뤼슈 씨가 그들을 향해 말했다.

"가끔 말이야, 너희를 보면 꼭 수십 년을 함께 살아온 노부부 같단 생각이 드는구나."

쌍둥이에게는 대단히 충격적인 발언이었다.

"너희끼리 아웅다웅하는 꼴이나 보이려고 이 자리에 날 초대한 건 아니겠지?"

좀 전의 모습과 달리 쌍둥이는 다시 사이좋은 척 입을 모았다.

"아, 아니에요. 뤼슈 할아버지께 브라마굽타라는 사람이 색채 수학을 창안했다는 사실을 알려드리려고요. 아직 세상에 알려지지 않은 색깔이 더 많았을 때, 두 번째는 검정색, 세 번째는 파란색, 네 번째는 노란색, 다섯 번째는 하얀색, 여섯 번째는 빨간색, 이런 식으로 되어 있었죠. 방정식마다 색깔이 있다고 상상해 보세요."

"초록색과 대비되는 것은 없었니?"

뤼슈 씨는 목소리를 낮춰서 묻고는 남은 칵테일을 단번에 들이켰다.

"A가 검정색, E는 하얀색, I는 빨간색, U는 초록색, O는 파란색이라는 건 너희도 알지? 시인 랭보의 「모음」이라는 시에 나오잖아. 이는 시와 수학 사이에 어떤 연관성이 존재함을 보여 주는 일례라고 할 수 있지."

조나탕이 말했다.

"인도 수학이에요. 모든 색깔을 따로 떼어 놓고서 시작에 관해 이야기하고 싶었어요. 모든 일은 탈레스에 의해 시작되었고 그리스인들이 증명이라는 것을 생각해 냈죠. 그리고 바빌로니아인들이랑 인도인들과 중국인들도요. 민주적인 절차에 따라 행한 도서 분류 과정에서 우리에게 통계나 삼각법에 대한 찬반 투표를 제의하신 적이 있죠? 하지만 '기타 수학'인지 또는 '비서양 수학'인지 확실치는 않지만 여하튼 그런 이름을 붙인 섹션에 대해서는 찬성 여부를 물어보지 않으셨죠?"

"우리가 마나우스로부터 받은 책들 가운데 그런 섹션에 포함시킬 만한 것은 단 한 권도 없었어."

"그 말씀도 하셨죠. 그런데 『릴라바티』가 아마존 서재에 있지 않은 이유가 뭐죠? 바빌로니아의 서판 역시 하나도 없잖아요? 중국어로 된 책이나 남아메리카 마야의 복사본들도 마찬가지죠. 아마존 서재에 그리스 수학과 연관되지 않은 책이 단 한 권이라도 있던가요? 하긴, 그저 책 상자를 풀기도 전에 미리 이름을 정했기 때문에 그 사실을 모르는 게 당연하겠죠."

그야말로 꼼짝없이 당했다. 인도주의자이며 다른 것에 대해 항상 열린 생각을 가진 그가 졸지에 자기 민족 중심주의에 서양 중심주의로 똘똘 뭉친 현행범으로 내몰리는 순간이었다. 조나탕은 탁자 아래로 손을 집어넣더니 주머니에서 꾸러미 하나를 꺼내 뤼슈 씨에게 내밀며 한마디 했다.

"탈레스보다 1000년 앞서 아메스라는 사람이 있었죠."

뤼슈 씨가 꾸러미를 풀자 그 속에서 『린드 파피루스』(산술표와 수학 문제를 담은 고대 이집트의 두루마리)가 나왔다. 19세기경 테베에 있는 람세스 2세 무덤에서 발견된 파피루스 두루마리를 그대로 복제한 것이었다. 당시 알렉산더 린드가 구입한 뒤 영국으로 가져온 것으로 대영 박물관에 소장되어 있는 것이었다. 게다가 총 길이 5미터가 넘는 이 두루마리는 파피루스 종이 열네 장으로 되어 있는데, 수십여 가지의 문제가 총망라되어 있었다. 오늘날 발견된 수학 개론서 가운데 가장 오래된 것이라고 한다.

문서를 작성한 사람은 자신을 '서기, 아메스'라고 소개했다. 그다음으로 이 문서가 이집트 15대 왕조의 아포피스 왕 33년, 나일강 범람이 시작된 지 4개월째 되었을 즈음에 작성된 것임을 확인했다. 다시 말해 기원전 16세기 중반의 자료였던 것이다. 또 한 가지 놀라운 사실은 아메스 자신도 이 책이 제12대 왕조의 여섯 번째 왕인 아메넴헤트 3세가 통치하던 시기에 만들어진, 훨씬 더 오래된 파피루스 문헌을 바탕으로 엮은 것임을 명시하고 있다는 것이다. 이른바 기원전 2000년에 만들어졌다는 이야기다. 더욱이 몇몇 연구가의 말에 따르면 『린드 파피루스』에 나와 있는 수학 자료들은 기원전 2800년, 피라미드 건설이 한창이던 시대까지 거슬러 올라간다고 한다.

"뤼슈 할아버지, 웬만하면 '모든 것이 탈레스에 의해 시작되지는 않았다'는 말에 동의하세요."

뤼슈 씨는 대답하기 난감했다.

조나탕이 닭뼈를 오도독 깨물고는 이렇게 말했다.

"'열차 뒤에 또 열차'가 있는 식으로 시작 뒤에는 또 다른 시작이 있는 법이죠, 뤼슈 할아버지. 기원전 2000년에 메소포타미아와 이집트, 더 구체적으로 바빌론과 테베에서는 수학의 또 다른 분야가 등장했다죠. 기존의 수학과는 조금 다른 형태였지만 어쨌든 수학은 수학이죠. 중국의 경우 어땠을까요? 증명이란 것이 있었을까요? 물론 고대 그리스식의 증명은 아니었겠죠. 하지만 수와 도형에 관한 주장의 타당성을 입증하는 방법이 있었을 거예요. 물론 증명이라고 부르진 않았겠지만 말예요. 그점에 관해서 수천 년을 뛰어넘기란 쉬운 일이 아니었겠죠."

레아가 그 파피루스를 가리키며 말했다.

"읽어 보면 아시겠지만 아메스는 '자연을 유심히 관찰하고 비밀이든 수수께끼든 존재하는 모든 것을 아는 데 필요한 원칙들'을 소개하겠노라고 말하고 있어요."

"'존재하는 모든 것'이라!"

뤼슈 씨는 가슴이 두근거렸다.

'모든 것이란 세상 사람들이 공유하고 있는 문제를 말하는 것이겠지.'

"아메스, 탈레스, 그 무엇도 전부일 순 없어요."

조나탕은 이 말로써 결론을 내리려는 듯했다. 그러나 레아는 그 난해한 상형문자와 씨름하느라 이틀 밤을 꼬박 새운 터였다. 그녀는 은근히 이 사실을 알리고 싶었다. 그래서 상형문자가 있는 부분을 가리키며 뤼슈 씨에게 말했다.

"여기 보이시죠? 앞에 나온 문제 여섯 개는 열 사람에게 빵을 몇 개씩 나눠 주어야 하는가에 관한 것인데 이때의 수는 1부터 9까지를 말해요. 이집트인들은 이런 식으로 구구표를 만들었죠."

우연의 일치인지는 모르겠으나 때마침 종업원이 한 입에 들어갈 정도의 작은 크기로 오븐에서 구워 낸 맛깔스러운 빵 한 접시를 가져다주었고, 그들은 앞에 놓인 빵을 삼등분했다. 조나탕은 에메랄드빛을 띤 톡 쏘는 맛의 소스에 연신 빵을 찍어 먹느라 정신이 없었다. 뤼슈 씨는 이 쌍둥이에게 난생처음 선물을 받았고 그 선물이 책이라는 것에 가슴이 뭉클했다. 그러나 아무런 내색도 하지 않았다.

레아는 집요하게 상형문자가 있는 부분만 끄집어내 이야기했다.

"50번 문제 보세요. 이것은 원적, 다시 말해 π의 근사값을 구하는 문제예요. 아메스는 그 값이 3.16이라고 했네요. 기원전 2000년경에 했던 계산의 오차가 겨우 0.5퍼센트라니 정말 놀랍죠? 그리고 이건 정사각형에 내접한 팔각형 그림인데, 뭐더라…… 아, 그래요, 착출법을 이용한 원적 계산 방식을 나타내려 한 것 같네요. 하나하나 검토하는 건 생략하죠, 뭐. 여하튼…… 람세스 2세는 어느 날 이 계산을 위해 몇 사람을 뽑은 다음 그들에게 각각 크기가 똑같은 정사각형의 농지를 하사하기로 결정했어요. 그러고는 그들 모두 세금을 똑같이 내도록 했죠. 하지만 매년 발생하는 나일강의 범람으로 일부 토지가 유실되는 등 땅의 크기가 조금씩 줄어들게 되었죠. 생각하다 못해 람세스 왕은 서기들을 보내 토지가 얼마만큼 소실되었는지 알아보라고 했고, 조사 결과에 따라 세금을 깎아 주었어요. '기하학의 기원은 바로 거기에 있다.' 이 말은 제가 아니라, 왜 잘 아시죠, 그리스 역사가인 헤로도토스가 자신의 책에서 했던 말이죠."

"내게 그 이름을 상기시켜 줘서 고맙구나. 네 이야기를 듣는 동안 헤로도토스가 남긴 말 가운데 '균형이 깨질 때 비로소 사람들은 기하의 필요성을 느낀다'는 말도 있었다는 게 생각났단다."

그는 브래디 상가 쪽을 멍하니 바라보았다. 샬리마르의 탁자마다 놓인 초가 마치 집에서 '촛불이 있는 저녁 식사'를 하는 듯한 분위기를 만들었다. 뤼슈 씨는 계속 생각에 빠져 있었다. 그는 인도 수학이며 수메르인의 숫자 표기법 발명, 인도와 중국에서 음수가 존재했다는 사실, 5세기의 아리아바타나 7세기의 브라마굽타 같은 인도 수학자들의 저서, 기원전 1세기경 주장 스완슈가 쓴 세제곱근의 계산법을 다룬 중국어 개론서 『구장산술』 등에 관한 조나탕과 레아의 이야기를 전혀 경청하고 있지 않다가 갑자기 이런 말을 했다.

"균형이 깨질 때마다 균형을 되찾기 위해 새로운 지식을 창조하지 않으면 안 되지."

"균형을 되찾을 것, 자유를 찾을 것! 언젠가 제게 그리스 수학자들은 자유인이었다고 하셨죠. 그 말씀이 옳아요. 저도 다시 생각해 봤는데 거기에는 확실히 차이가 있더라고요. 그리스를 제외하고는 수학이란 학문 자체가 대개 메소포타미아, 이집트, 인도, 중국, 아메리카 대륙의 아즈텍이나 마야처럼 하나같이 엄격한 계급 구조를 가진 대제국에서 탄생했죠."

레아의 말을 듣고 있던 조나탕 역시 그 점을 인정했다.

"서기들이 수학 분야에서 중요한 역할을 담당하고 또 많은 기여를 했지만 작업 과정에서 누구의 간섭도 받지 않다 보니 자연히 그들의 작업 방식 등을 비밀로 하려는, 좋지 못한 풍조가 있었던 건 사실이에요. 하지만 그 사실 자체를 숨기지 않고 솔직히 시인했기 때문에 긍정적인 결과를 가져왔다고 생각해요. 그래요, 자유와 비밀."

아마존 서재로 되돌아온 뤼슈 씨는 다섯 번째 섹션을 새로 마련했다. 이름 하여 '〈섹션 5〉 기타 수학·비서양 수학'. 그러고는 그곳에 『린드 파피루스』를 갖다 놓았다.

11

•

세 가지 문제

그들은 제자리걸음만 계속할 뿐이었다. 벌써 12월이다. 아무리 머리를 짜내도 그로루브르에 관한 세 가지 의문은 쉽게 풀리지 않았다. 그 '믿을 만한 친구'란 도대체 누구를 말하는지, 또 그의 증명을 가로채려는 작자들의 정체는 무엇인지, 도통 확인할 길이 없었다. 과연 그로루브르의 죽음은 사고사였을까, 아니면 타살이나 자살이었을까? 오로지 아는 거라곤 이제 겨우 조사가 시작됐다는 사실뿐이었다. 세 가지 난제는 그들의 가슴을 무겁게 짓눌렀다.

뤼슈 씨는 크리스마스이브에 맞춰 만찬 계획을 세워 놓았다. 더 정확히 말하자면 만찬을 들기 전에 먼저 강의를 하고 향후 조사 방향에 대한 이야기를 나눈다는 것이다. 노퓌튀르가 우렁찬 목소리로 강의 시작을 알렸다.

"고대 그리스 수학의 세 가지 작도 문제. 정육면체의 배적, 각의 삼등분, 원적."

파란 이마와 끝이 붉은 깃털을 한껏 뽐내며 홰에 꼿꼿이 서 있는 모양이 꼭 총천연색 미국 영화의 위풍당당한 광고 모델 같았다. 뤼슈 씨는 완벽하게 준비를 마쳤다. 작업실 천장에는 은빛 별들이며 황금빛 꽃 장식이 반짝이고 있었다.

페레트는 올해 마지막 강의를 절대 놓치고 싶지 않았다. 그날따라 그녀는 짙은 화장을 하고 나타났다. 파랗게 칠한 눈두덩과 새빨간 손톱, 노퓌튀르가 시샘할 만했다. 그녀는 의자에 깊숙하게 기대어 앉았다. 한쪽에는 알베르의 자리도 마련되어 있었다. 하지만 알베르는 저녁 식사 전에는 도착하기 힘들 거라고 미리 알려 왔다. 물론 강의에 참석하고 싶지만 택시 기사들에게는 24일이 대목이라 어쩔 수 없다는 것이었다. 사실 그가 자동차에 칠을 다시 하고 싶어 한다는 것을 다들 알고 있었다. 어쨌든 알베르가 불참한 가운데 강의가 시작되었다.

막스가 자신 있게 말했다.

"원적은 그에 관한 속담까지 있을 정도로 아주 유명한 문제예요."

그러고는 조나탕과 레아에게 다가가더니 이들 얼굴 앞에 대고 원 하나를 그렸다. 그리고 도끼질하듯 네 곳을 쳐내 정사각형 모양을 만들었다.

"아리스토파네스의 희극에 나오는, 공기를 갈라 원을 정사각형으로 바꾸려는 측량사의 흉내를 내 본 거야. 그 작품 제목이 〈새들〉이었는데!"

노퓌튀르는 갑자기 새가 날갯짓하는 모습을 연기했다. 막스가 말리는데도 노퓌튀르는 재미를 붙인 모양이었다. 막스는 다시 맑고 부드러운 음성으로 세 가지 작도 문제를 하나하나 설명했다.

"원적이란 주어진 원과 동일한 넓이를 갖는 정사각형을 작도하는 문제이고, 정육면체의 배적은 주어진 정육면체 부피의 두 배에 해당하는 부피를 갖는 정육면체를 작도하는 문제입니다. 또한 각의 삼등분이란 임의의 각을 삼등분하는 것을 말합니다. 따라서 원적은 넓이, 정육면체의 배적은 부피, 각의 삼등분은 각도에 관한 것이라고 볼 수 있습니다."

이때 노퓌튀르가 큰 소리로 외쳤다.

"원적!"

원적: 주어진 원과 동일한 넓이를 갖는 정사각형을 작도하는 문제.

막스가 얼른 영사기 뒤로 가 서자, 뤼슈 씨가 노퓌튀르의 말을 받았다.

"당시 바빌로니아나 이집트에서는 이미 원과 정사각형의 관계에 대해 관심이 있었어, 그렇지?"

그러고는 조나탕과 레아를 쳐다보며 말을 계속했다.

"지금까지 발견된 수학 책들 가운데 가장 오래된 『린드 파피루스』에서 아메스는 '주어진 원과 동일한 넓이를 갖는 정사각형을 찾으라'고 했단다."

뤼슈 씨는 이 말과 함께 쌍둥이에게서 받은 『린드 파피루스』 복제품을 자랑스럽게 내보였다.

"아메스는 원지름의 $\frac{8}{9}$에 해당하는 변을 가진 정사각형의 작도를 제안했지. 하지만 그건 근사치에 불과했어. 이후 그리스에서는 에제시불레의 아들, 아낙사고라스가……."

조나탕과 레아는 서로의 얼굴을 쳐다보았다. 석 달 전 바로 이 자리에서, 뤼슈 씨는 '엑사미아스와 클레오불리나의 아들, 탈레스가 밀레투스 근처 들판을 가로질러 걷고 있었지'라고 했었다. 첫 강의가 그렇게 시작되었다. 정말 아득한 옛일처럼 느껴졌다. 둘은 당시 뤼슈 씨가 어떤 의도로 탈레스 이야기를 꺼냈는지도 기억해 냈다. 그들 옆자리에 있던 페레트는 의자에 편안히 앉아 뤼슈 씨의 말에 귀 기울이고 있었다.

"……제일 처음 그 문제에 관심을 보였단다. 아낙사고라스가 원적 문제의 해법을 궁리하기 시작한 것은 그가 정치범으로 수감되어 있을 때야. 다른 죄수들의 손가락질에도 아랑곳하지 않고 감옥 벽에 문제를 풀어 나갔지. 벽면은 곧 도형과 수식으로 가득 찼단다. 결국 답은 구하지 못했지만 말이야. 그러다 아낙사고라스는 한때 자신의 제자였던 그리스 민주주의의 창시자 페리클레스의 도움으로 감옥에서 풀려났지만 끝내 자신의 무고한 감옥살이에 대한 울분을 참지 못해 자살하고 말았지. 결국 그는 죽었지만 원적 문제는 남게 된 거야."

뤼슈 씨의 이야기는 계속됐다.

"서기였던 아메스 이래로 원적 문제의 성질이 바뀌었단다. 근사치를 구하는 것이 아니라 임의의 원과 넓이가 똑같은 정사각형을 작도하는 것으로 말이야. 이때 등장한 것이 키오스의 히포크라테스였어."

레아가 물었다.

"아, 사기를 당해 빈털터리가 된 그 사람이요?"

"맞아."

조나탕이 외쳤다.

"활꼴을 연구했던 그 수학자 말씀이군요."

"그래. 내가 이야기했던 내용을 너희가 그렇게 잘 기억하고 있으리라곤 정말 생각지도 못했구나."

조나탕이 자신 있게 말했다.

"우린 뤼슈 할아버지가 하신 말씀은 하나도 놓치지 않고 귀담아듣거든요."

그러자 레아가 한술 더 떠 이렇게 한마디 내뱉었다.

"어쩜, 우리가 뭐 귀머……."

레아는 갑자기 하던 말을 멈췄다. 영사기 뒤에 있던 막스가 레아의 눈을 똑바로 쳐다보고 있었다. 순간 몹시 당황한 그녀는 막스에게 사과할 요량으로 그를 바라보았다. 막스는 괜찮다는 듯이 고개를 끄덕이며 계속하라고 했다.

레아는 기어들어 가는 목소리로 말했다.

"……귀머거린 줄 아세요."

"조나탕이 히포크라테스의 활꼴 얘기를 꺼냈는데, 맞아. 바로 그 활꼴이 문제란다. 히포크라테스가 마침내 활꼴의 구적법을 고안해 냈다는 사실은 학계에서 커다란 반향을 불러일으켰지. 당시만 해도 고작해야 직사각형이나 평행사변형, 사다리꼴 같은 직선으로 이뤄진 도형의 넓이밖에는 구할 수 없었거든. 어쨌든 곡선으로 이뤄진 도형과 넓이가 같은 정사각형의 작도로 히포크라테스는 학계에서 대단한 존재로 떠올랐지. 하지만 히포크라테스도 직접 원적을 구하려 했지만 실패하고 말았단다. 그의 뒤를 이어 수많은 그리스 수학자가 시도했지만 결과는 마찬가지였어."

이때 노퓌튀르가 양 날개를 부딪치더니 큰 소리로 외쳤다.

"정육면체의 배적!"

정육면체의 배적: 주어진 정육면체 부피의 두 배에 해당하는 부피를 갖는 정육면체를 작도하는 문제.

"정육면체의 배적에 관한 얘기가 처음 나온 것은 극심한 전염병이 창궐하던 시기였어. 페스트가 아테네 전역에 퍼졌을 때지. 당시로서는 이 전염병의 확산을 막을 길이 없었단다. 그래서 아테네 시민들에 의해 선출된 대표단이 델포이 신탁소로 가서 어떻게 하면 전염병의 확산을 막을 수 있는지 물어봤어. 사제는 조용히 자리를 떴고 대표단은 그를 기다렸지. 오래 걸리지 않아 사제가 돌아왔단다."

홰에 꼿꼿이 앉아 있던 노퓌튀르가 양 날개를 다시 한번 부딪쳤다.

"아테네인들이여, 페스트를 잠재우기 위해선 델로스섬에 있는 아폴론 신의 제단을 지금의 두 배로 만들어야 하느니라."

노퓌튀르는 아까보다 두 배나 큰 목소리로 신탁을 전했다.

"델로스섬에 있는 아폴론 신의 제단은 여러 가지 이유로 그리스인 사이에서 매우 유명했단다. 특히 제단의 모양 때문에 유명했지. 정육면체였거든."

영사기 뒤에 서 있던 막스가 질문을 던졌다.

"제단을 두 배로 만든다고요?"

"아테네인들에게 그 이상 쉬워 보이는 일은 없었지. 그래서 곧장 델로스섬으로 가서 이전보다 가로, 세로, 높이가 각각 두 배씩 큰 제단을 새로 만들었단다. 그런데도 페스트는 계속 번져 나갔어."

뤼슈 씨가 계속해서 말을 이었다.

"그들의 절망감은 이루 말할 수 없었어. 그런데 그곳을 지나던 어느 학자가 새로 만든 제단의 부피가 이전 것의 두 배가 아니라 무려 여덟 배라는 사실을 지적해 준 거야."

페레트의 눈동자에 얼핏 이해할 수 없다는 듯한 빛이 스쳐 지나갔다. 그때 거대한 정육면체 하나와 아주 조그마한 정육면체가 나란히 스크린 위에 나타났다. 멀리서 막스가 우렁찬 목소리로 외쳤다.

"$2 \times 2 \times 2$."

그러자 페레트의 표정이 환해졌다.

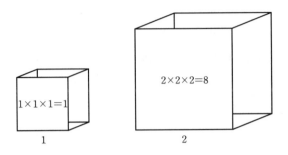

$1 \times 1 \times 1 = 1$

$2 \times 2 \times 2 = 8$

1

2

"옳지, 2^3이로구나. 그렇다면 8이지. 생각지도 못했네. 한 변의 길이가 2인 사각형의 넓이는 2^2이고, 정육면체의 부피는 2^3이지."

조나탕은 놀란 눈을 동그랗게 뜨고 엄마를 쳐다보았다. 엄마가 정육면체 문제에 대해 이렇게 줄줄이 읊어 대리라곤 상상도 하지 못했다.

뤼슈 씨가 화제를 바꿨다.

"델로스섬 이야기로 다시 돌아가자. 델로스섬에 도착한 아테네인들은 서둘러 거대한 제단을 깨부쉈단다. 그리고 이번에는 신탁에 어긋남 없이 제대로 된 제단을 만들기로 결심하고는 새롭게 작업을 시작했지. 그들은 이전의 제단 위에 네 개의 꼭지점이 일치하는 제단을 하나 더 올렸어.

이렇게 결합된 두 제단의 부피는 원래 있던 제단 부피의 두 배가 되겠지. 그들은 이젠 됐구나 싶어 흡족한 마음으로 아테네로 돌아왔어. 그런데도 페스트는 여전히 시민들을 괴롭혔어. 당연히 이들의 분노는 극에 달했지. 그렇다면 이들이 새로 만든 제단이 원래 제단의 두 배가 아니라는 것일까?"

페레트는 얼굴이 뻘게질 정도로 흥분했다.

"그렇죠! 두 배인 것은 제단 한 개가 아니라 제단 두 개의 부피니까요."

페레트가 옳았다.

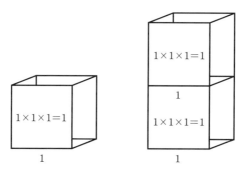

"아테네 사람들은 이토록 쉬운 문제를 왜 자신들이 풀지 못할까, 이해가 되지 않았어. 선분을 두 배로 하는 것? 이보다 더 기초적인 문제가 어디 있겠어."

뤼슈 씨의 말이 끝나자 막스는 OHP 필름을 살짝 끼웠다.

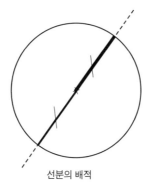

선분의 배적

"정사각형을 두 배로 하는 것? 아테네 사람들 중에서 최고의 교육을 받은 이들은 정사각형의 대각선을 한 변으로 해서 작도한 정사각형이 원래 정사각형의 두 배가 된다는 사실을 알고 있었단다."

막스는 다른 필름 하나를 새로 밀어 넣었다.

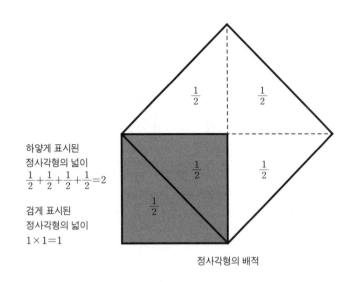

하얗게 표시된
정사각형의 넓이
$\frac{1}{2}+\frac{1}{2}+\frac{1}{2}+\frac{1}{2}=2$

검게 표시된
정사각형의 넓이
$1 \times 1 = 1$

정사각형의 배적

"그렇다면 그 많은 노력에도 왜 정육면체의 배적은 구하지 못했을까?"

동시에 다들 입을 꾹 다물고 말았다. 그때 페레트가 몸을 일으켰다.

"그럼 페스트는 어떻게 되었죠? 완전히 물러갔나요?"

노퓌튀르는 페레트의 질문을 무시하며 이렇게 소리쳤다.

"각의 삼등분!"

  각의 삼등분: 임의의 각을 삼등분하는 문제.

수업 시간에 이미 몇 번 해 본 막스가 자신 있게 말했다.

"임의의 각을 똑같이 이등분하는 일은 누구나 할 수 있는 것이었죠. 우선 '이등분선'이 발명되었는데 이등분선의 작도는 쉬웠어요."

뤼슈 씨가 말했다.

"임의의 각을 삼등분하는 것은 그리 어렵지 않은 문제야. 당시 사람들은 탈레스와 농부의 정리를 이용해 임의의 선분을 삼등분하는 방법을 알고 있었거든. 하지만 각의 삼등분 문제로 또다시 진땀을 흘렸단다."

페레트가 물었다.

"정말 그리스 수학자들 가운데 이 세 가지 작도 문제, 아니 어느 한 문제라도 푸는 데 성공한 사람이 없었단 말인가요?"

"단 한 명도 없었소. 아, 물론 엘리스의 히피아스, 이탈리아에서 플라톤의 목숨을 구해 준 타렌툼의 아르키타스나 메나이크모스, 에우독소스 같이 해법을 제시한 수학자는 몇 명 있었지만. 그러나 그들의 해법은 기본 원칙을 무시한 것들이었소."

"원칙이라뇨? 어떤 원칙이죠? 원칙에 대해서는 한 번도 얘기한 적 없잖아요."

원칙이라는 단어를 듣는 순간 조나탕은 눈앞이 캄캄해졌다.

"강의를 시작할 때 이미 이 모든 이야기가 기하학의 세계에서 일어나는 것으로 도형의 작도와 관계된 것이라는 점을 분명히 밝혔잖니. 작도라는 것은 곧 도구를 의미한단다. 사고의 도구임은 물론 유형의 도구이기도 하지. 사고의 도구에 대해서는 이미 많은 이야기를 했지. 그런데 그리스 기하학자들은 순수 정신을 표방한다는 뜻에서 유형의 도구로는 자와 컴퍼스 이외에는 그 어떤 것도 허용하지 않았단다."

레아가 물었다.

"자와 컴퍼스는 되면서 다른 것들은 왜 안 된다는 거죠? 사실 그보다 더…… 복잡한 다른 도구들을 사용할 수도 있었을 텐데 말이에요."

뤼슈 씨는 진지한 어조로 말했다.

"레아, 그리스 철학자들은 말이지, 과장이나 허식과는 거리가 먼 사람들이었거든. 다시 말해 그러한 것들을 일절 배제했다는 거야. 자는 직선이고 컴퍼스는 원이야. 그 이상도 이하도 아니지. 그들은 원소의 개념만을 생각했던 게다. 단 한 개의 획으로 그 원소들을 충분히 그릴 수 있다는 거야. 직선은 그저 길게 그으면 되고, 원은 손목을 이용해 부드럽게 돌려 주면 되는 거니까. 그리스 기하학에서는 오로지 직선과 원을 이용한 도형만 존재한단다."

뤼슈 씨는 물을 한 컵 들이켰다. 페레트는 만찬 시간이 너무 길어지는 것 같아 차츰 걱정되기 시작했다.

"이제야 고대 그리스 수학의 3대 작도 문제에 대한 올바른 개념을 정리할 수 있겠군. 자, 3대 작도 문제란 '자와 컴퍼스를 이용해' 주어진 원과 동일한 넓이를 갖는 정사각형의 작도와 주어진 정육면체 부피의 두 배에 해당하는 부피를 갖는 정육면체의 작도 그리고 임의의 각을 똑같이 삼등분하는 문제라고 정의할 수 있을 것이다. 이렇게 되면 말이 달라지겠지. 일부 수학자들이 올바른 작도법을 제시했지만 그 작도법은 자와 컴퍼스만을 이용한 것이 아니었어."

조나탕이 물었다.

"그래서 그 수학자들도 조르다노 브루노같이 불에 타 죽거나 갈릴레오처럼 유죄 선고를 받았나요?"

"아니. 하지만 너희, 히파소스가 어떤 일을 당했는지 알고 있지? 아낙사고라스도 좀 전에 이야기했듯이 기하학이 아닌 천문학에 관계된 발언을 한 것 때문에 형을 선고받아 감옥에 갇히고 말았단다. 그의 목숨을 가져간 것은 정사각형도 원도 아닌 바로 태양이었어. 태양을 불타는 돌덩이라고 주장했거든. 기원전 5세기에 말이야."

조나탕은 고개를 끄덕였다.

"태양이 그 흔해 빠진 보통의 돌멩이라는데 사람들이 좋아할 리가 없죠."

페레트는 이미 딴생각에 정신이 팔려 그들의 말이 전혀 귀에 들어오지 않았다.

"그렇다면 페스트는 어찌 되었죠? 완전히 퇴치할 수 있었나요? 그저 재미있는 이야기 하듯 말씀하시지만 그건 무서운 페스트 이야기라고요."

"물론 알고 있소."

조나탕이 물었다.

"두 개의 제단을 쌓아 올렸는데도 또다시 기대가 무너지자 아테네 사람들은 어떻게 했죠?"

"자신들의 무력함을 깨달았지. 급기야 절망에 빠진 그들은 당대 최고의 수학자들에게 도움을 청하기로 결심했단다. 수학자들은 나름대로 해결책을 찾아냈지. 타렌툼의 아르키타스는 세 면, 곧 직뿔과 직기둥, 원환체(내부의 직경이 0)면 등을 교차시킴으로써 그리고 메나이크모스는 쌍곡선과 포물선, 이 두 개의 원뿔곡선을 이용해 문제를 풀었어. 그런데 자와 컴퍼스만을 사용하기로 한 원칙을 사상 최초로 깨뜨린 사람이 있었는데 그가 바로 엘리스 출신의 소피스트인 히피아스였던 거야. 학창 시절 난 히피아스에게 푹 빠져 있었지. 그는 모르는 게 없었단다. 천문학, 음악, 그림, 조각, 수학 등 거의 모든 분야를 꿰뚫고 있었어. 특히 기억술을 연마한 그는 어떠한 주제든 즉석에서 연설할 수 있을 정도로 기억력이 뛰어난 사람이었다는구나. 늙어서도 한 번 들은 이름을 순서 하나 틀리지 않고 50개까지 줄줄 읊었을 정도라니까 놀랍지. 또한 손재주가 뛰어난 것으로도 유명하단다. 옷은 물론이고 신발, 허리띠, 향수병, 화장용 분 등 그가 몸에 걸치거나 지닌 것들은 모두 손수 만들었단다. 어쨌든 그는 가난한 집안에서 태어났지만 나중에 큰 부자가 되어 생을 마감했지.

처음에 시칠리아의 작은 도시 이니코스로 가면서부터 운이 트이기 시작해 결국 엄청난 재산을 갖게 되었던 거야. 그러나 어떻게 해서 부자가 되었는지는 전혀 알려져 있지 않아. 그는 모든 문제를 기술적인 것으로 봤단다. 복잡한 이론 따위로 골머리를 썩지 않고 그저 할 수 있는 모든 방법을 동원해 목적하는 바를 이뤄 내고야 말았지. 그 많은 재산을 모은 것도 다 이유가 있었던 거야. 그 놀라운 솜씨 덕분에 모든 기술적인 문제에서 개가를 올릴 수 있었어. 특히 자신이 만든 '할원곡선(쿼드러트릭스)'을 이용해 마침내 원적 문제를 풀기에 이르렀지. 이후 300년이 지나 디오클레스란 학자가 '질주선(시소이드)'을 발명해 각의 삼등분 문제를 풀었고, 그로부터 100년 후 니코메데스가 '나사선(콘코이드)'을 발명함으로써 정육면체의 배적과 각의 삼등분 문제를 동시에 해결하는 쾌거를 올렸단다. 그리고…… ."

"그리고 페스트는요? 아테네에 창궐한 페스트 문제는 잊지 않으셨겠죠?"

"걱정 마시오, 페레트, 이따 얘기할 거요. 어쨌든 이러한 작도 문제를 풀기 위해 세 명의 수학자가 발명한 할원곡선이나 질주선, 나사선 등은 역학과 관계된 곡선이었어. 기하학이 아니고 말이야. 당시 널리 인정받던 기하학적인 원칙은 비교적 하위에 속하는 작도 방법을 다루는 것이었어. 이 방법들은 그냥 지나칠 수 없는 중대한 결함을 하나 가지고 있었지. 바로 운동과 속도의 작용을 무시했다는 거야. 점, 직선, 도형이 이리저리 움직인다고 생각해 보렴. 당시에는 이런 생각 자체를 금기시했단다. 그리스 기하학의 세계는 정적인 세계였으니까 말이다. 굳이 말하자면 케이크에 얹힌 버찌처럼 비록 대수롭지 않은 것이지만 모든 것을 바꿔 놓을 만큼 획기적인 작도법이었단다. 하지만 '동적인 존재'의 도입을 전제로 하고 있어서 델로스섬의 신전을 만드는 일은 사실상 실현이 불가능하다는 문제를 안고 있었지. 그런데도 신탁은 그것을 주문했고 실제로 신전을 세워야만 했던 거야. 결론적으로 곡선의 발명자들은 마땅한 해법을 제시하지 못했단다. 페스트는 계속 번져 갔지. 이쯤 되자 아테네인들은 철학을 통해 해결해야겠다는 생각에 아카데메이아로 플라톤을 찾아갔어. 플라톤은 이렇게 말했어. '아폴론 신이 신탁을 통해 이러한 건축물을 만들라고 했다 하더라도 그것이 꼭 두 배 크기의 제단을 반드시 만들어야 한다는 뜻은 아닐 거요. 실지 그리스인들이 수학을 무시하는 것에 일침을 가하고 동시에 기하학을 경시하는 풍조에 대해서도 자성하도록 하려는 것일 게요. 어떻게 해서든 그 문제를 풀어야겠다는 일념으로 당신네들은 온갖 몰지각한 방법을 동원하거나 주먹구구식의 엉성한 솜씨를 부리면서 최고의 학문인 기하학을 돌이킬 수 없을 정도로 망쳤던 것 아니오?'라고 말이야."

페레트가 그만 쉬었다 하자고 말하려는 순간, 뤼슈 씨가 재빨리 말을 이었다.

"이후 페스트는 아테네에서 완전히 물러갔지."

＊

그래도 크리스마스이브다. 페레트는 크리스마스에 관한 한 전통을 고집하는 편이었다. 기본적으로 푸아그라(먹이를 강제로 먹여 살을 찌운 거위나 오리의 간으로 만든 요리)와 밤을 곁들인 칠면조 요리, 귤, 장작 모양의 케이크 등은 반드시 준비해야 한다는 것이 그녀의 철칙이었다. 그러나 딱 하나 전통에 어긋나는 일을 했다. 쌍둥이의 스키 캠프 때문에 25일 정오에 먹어야 할 칠면조 요리를 24일 저녁상에 내놓은 것이다. 뤼슈 씨는 와인을 골랐다. 푸아그라에는 보르도산 화이트와인, 칠면조 요리에는 부르고뉴산 레드와인. 그리고 장작 케이크에는 떫은맛이 강한 에페르네산 샴페인이 어울린다. 푸아그라를 한창 먹고 있을 때, 문이 열렸다. 드디어 알베르가 도착한 것이다. 그가 들어서자 모두의 입에서 "와!" 하는 탄성이 동시에 튀어나왔다. 딴사람인가 싶을 정도로 그의 모습은 달라져 있었다. 평소에 입던 헐렁한 작업복은 온데간데없이 사라졌다. 늘 쓰고 다니던 모자도 벗어 던진 채 머리는 가르마를 타서 단정하게 빗어 넘기고, 보일 듯 말 듯 줄무늬가 들어간 어두운 색의 정장에 옅은 상아색 와이셔츠를 받쳐 입은 그가 뚜벅뚜벅 걸어왔다. 모두들 감탄을 금치 못했다.

그들이 칠면조 요리를 즐기고 있을 때 근처 예수성심성당의 종소리가 울려 퍼졌다. 어찌나 소리가 큰지 제2차 세계대전 당시 연합군의 폭격이 있던 날처럼 유리창과 컵이 약하게 흔들렸다.

"그러니까 아까 이야기는 연합군의 폭격이 있기 400년 전의 상황이란 말씀이군요."

페레트는 '그렇게 오랜 세월이 흘렀어!' 하는 표정으로 말했다.

대화의 주제는 작도의 원칙을 비롯해 작도 문제의 해법과 그것의 한계 등, 강의 내용으로 돌아갔다. 물론 다들 그로루브르와 그가 마나우스에서 부자가 된 경위 등에 대해서도 생각했다. 그로루브르는 편지에서 언제나 정당하고 합법적인 방법만 쓴 것은 아니었다고 이미 고백했다. 그는 무엇인가를 불법적으로 거래했음에 틀림없다. 보석이었을까? 금? 희귀목? 아니면 동물?

페레트가 물었다.

"살인을 저지른 것은 아니라고 덧붙이지 않았던가요?"

"그렇다고 했지. '모든' 방법을 동원하진 않았다고 알리려 했던 것 같소. 하지만 그를 괴롭히던 악당들은 분명 달랐을 거요. 그 작자들은 어떤 방법이든 개의치 않았을 테지. 공산주의자에겐 '낫과 망치'를, 그리스도교도에겐 십자가와 교단기를, 왕에겐 칼과 성수채를 그리고 그리스인에겐?"

뤼슈 씨의 물음에 모두가 입을 모아 "자와 컴퍼스를!"이라고 소리쳤다. 목이 가늘고 긴 샴페인 잔에 거품이 일었고, 접시마다 빙산처럼 우뚝선 케이크 조각들은 이들의 스푼 공세를 참아 내고 있었다. 스푼이 접시에 부딪치는 요란한 소리가 노퓌튀르의 잠을 깨웠다. 알베르가 노퓌튀르에게도 샴페인을 조금 줘 보는 게 어떻겠냐고 했다. 그는 술병을 들고 자리에서 일어났다.

"이것 봐, 그만두게나."

뤼슈 씨는 휠체어에 앉은 채 몸을 곧추세우고 일장 연설을 늘어놓았다.

"아리스토텔레스는 말이야, 『동물의 역사』에서 '흔히 앵무새라고 부르는 인도 새는 인간의 혀를 가지고 있어서 일단 술이 들어가면 도저히 그 입을 다물게 할 수가 없다'고 했단 말일세."

결국 노퓌튀르에게는 샴페인 대신 달콤한 꿀 바게트가 한 접시 가득 주어졌다. 한편 케이크를 먹고 있던 페레트가 불쑥 질문을 던졌다.

"제가 제대로 이해한 것이라면 그리스인들이 3대 작도 문제를 완전히 해결하지 못했다는 말이군요. 그 작도 문제가 제기된 지 1000년이 지나도록 한 문제도 풀지 못한 건가요?"

"엄마, 그 문제들이 해결되지 못했던 이유는 사실 자와 컴퍼스 때문이었어요. 우리, 아르키타스나 히피아스가 했던 것처럼 한번 해 봐요. '불법적인' 방법이라도 사용하든지요. 그리스인들은 역학적인 해법이 '운동'에 관계된 것이라는 이유에서 이를 거부했다, 그 말씀이죠? 우리 역시 어떠한 운동도 거부하지 않았던가요? 여기서 엉덩이 한번 들썩이지 않았잖아요."

레아의 투덜거림을 들은 뤼슈 씨가 빙긋이 웃었다.

"할아버지 얘기를 한 건 아니지만 어쨌든 그건 사실이잖아요. 전 다만 '여기서 꼼짝 않고 있으면 그…… 그 세 가지 문제가 풀릴까'라는 의문이 들어요."

"다소 성급한 결론이구나. 그리스인들은 그 작도 문제를 풀지 못했지만, 그래, 역사는 아직 끝나지 않았어. 그 후에도 많은 수학자가 탄생했지. 네가 무슨 근거로 그리스인들이 자와 컴퍼스 때문에 단 한 문제도 풀지 못했다고 생각하는지 모르겠구나. 그것에 대해 아는 거라도 있니?"

조나탕이 물었다.

"어째서 세 가지 문제죠? 마치 금기 사항이라도 되는 것처럼 여기에선 한 번도 이야기되지 않은 문제가 하나 더 있잖아요. 그렇지만 가장 중요한 것이기도 하죠. 그로루브르 씨가 정말로 두 가지 가설을 증명했는가 하는 거 말이에요. 여하튼 그것도 의문이에요, 그렇죠?"

취기가 오른 알베르가 큰 소리로 말했다.

"3 더하기 1은 4. 그 세 가지 문제에 하나를 더해 모두 네 가지 문제가 되었군요."

12
·
아랍세계연구소의
은밀한 어둠

뤼슈 씨는 불면증에 시달린 적이 없었다. 그는 평소 불을 끄자마자 곧 잠이 든다. 그래서 졸리다 싶으면 아예 불을 껐다. 대개 침대에 누운 지 얼마 되지 않아 졸음이 마구 쏟아졌고 이내 깊은 잠에 빠져드는 것이다. 다음 날 아침까지.

하지만 이날 밤엔 그렇지 않았다. 한밤중에 잠이 깼다. 뤼슈 씨의 정신은 온통 그로루브르의 편지에 쏠려 있었다. 그는 이제야 그로루브르가 두 통의 편지로 어떤 메시지를 전달하려 했음을 확신하게 되었다. 그로루브르가 첫 번째 편지에서 몇몇 수학자를 거명하면서 그들을 무작위로 선정했노라고 말했는데 과연 그 말을 믿을 수 있을까? 아니면 다분히 의도적으로 그 수학자들을 선택한 것일까? 다시 말해, 그로루브르가 무엇인가를 깨닫게 하려는 뚜렷한 이유에서 의도한 게 아닐까 하는 말이다. 물론 그 이유들은 거명된 수학자들의 생애와 저서를 통해 마나우스 사건에 대한 의문을 푸는 데 실마리가 될 만한 것들을 찾아낸다면 자연히 알게 될 것이다. 그로루브르는 자신의 증명에 대한 비밀 유지와 피타고라스학파의 계율을 연관시킴으로써 뤼슈 씨에게 문제 해결의 길을 제시했던 것이 아닐까?

뤼슈 씨는 혼란스러웠다. 그러다 문득 편지 속의 글귀 하나가 떠올랐다. 그는 몸을 일으켜 줄을 잡아당겼다. 그러자 닫집 침대의 커튼이 걷혀 올라갔다. 등을 켜고 머리맡 탁자의 서랍을 열어 반듯하게 접힌 두 통의 편지를 꺼냈다. 문제의 글귀는 금세 찾을 수 있었다. 그것은 두 번째 편지 끝부분에 있었다.

어쨌든 젊은 시절 내가 자네에게 뭔가를 숨길 때마다 자네는 그것을 알아내기 위해 요령 있게 행동하곤 했었지.

'도대체 무슨 말일까? 내게 아무것도 숨기는 게 없다는 걸까? 자신이 숨기려는 것을 나보고 알아서 밝혀 보라는 뜻인가? 그렇다면 내가 결국 알게 될 사실을 굳이 숨기려 한 이유는 뭘까? 그래, 도대체 왜?'

굳이 이 말을 한 것으로 미루어 자신의 편지에서 숨기고 있는 모든 사실을 요령껏 알아내라는 이야기일지도 모른다. 뤼슈 씨는 그 해답을 찾지 못했다. 그러다 어느 순간 그의 두 눈이 빛났다. 그가 특별히 '내게' 그것을 숨기려 한다기보다는, 어쨌든 그것 자체를 숨기고 싶어 하는 게 분명하다. 도대체 누구에게 비밀로 하려는 걸까? 그건 악의를 가지고 증명에 관한 정보를 캐내기 위해 이 편지를 읽는 사람들 모두다.

'결국 나 스스로 알아서 해결해야 하는 거야. 늘 그랬듯 다른 이들에겐 비밀이다.'

암묵적으로 둘 사이를 연결하는 고리를 찾아냈다는 사실에 내심 기뻐하던 뤼슈 씨가 편지를 막 덮으려는 찰나 어떤 글귀가 그의 시선을 끌었다. 편지를 처음 읽었을 때는 그저 아무 생각 없이 훑고 지나간 대목이었다.

그러고 나면 내가 자네에게 그 문제에 관해 지겨울 정도로 말했지.

뤼슈 씨는 소스라치듯 놀랐다. 그로루브르는 죽음 저편에서, 두 개의 짧은 문장으로 요약될 수 있는 어떤 메시지를 그에게 보낸 것이 틀림없었다.

첫째, 난 네게 어떤 사실을 숨겨야만 한다.
둘째, 네가 알아챌 만큼 이미 지겨울 정도로 이야기했다.

그러고 보니 뤼슈 씨는, 그로루브르가 그토록 강조했던, 피타고라스학파에서 비밀 유지를 위해 전문 수학자들에게만 시행했다는 바로 그 2차 강독을 하고 있는 게 아닌가?
'내 추리가 맞는다면 우리가 제기한 몇 가지 의문에 대한 실마리가 모두 이들 편지 속에 있을 것'이라고 뤼슈 씨는 생각했다. 두 통의 편지는 분명 어떠한 계획에 의해 쓰여졌다.
'그로루브르가 내게 일러준 모든 사항을 짚어 가며 언급된 수학자들에 대해 하나하나 조사해 봐야겠어. 이렇게 또 한 번 그로루브르에게 리드를 당하는군.'
새벽 3시 30분, 차고 방에서 뤼슈 씨는 몸을 바르르 떨었다. 추워서가 아니었다. 그는 탁자 서랍에 편지를 집어넣고 불을 끈 후 줄을 당겼다. 무거운 커튼이 다시 드리워진 침대에 누운 그는 좀처럼 잠을 이룰 수가 없었다. 그로루브르의 편지에 제일 먼저 등장한 수학자는 다름 아닌 두 명의 페르시아 수학자, 오마르 하이얌과 알투시였다.

*

알베르는 생루이섬을 사이에 두고 센강의 왼쪽과 오른쪽을 연결하는 쉴리교 바로 초입의 생베르나르 기슭에 뤼슈 씨를 내려 주었다. 그곳은 흔히 'IMA'라고 부르는 '아랍세계연구소' 아래였다. 물론 완전히 아래쪽은 아니었지만, 행여 그랬다면 일군의 고층 건물들이 앞에 있는 건물의 북쪽 면 꼭대기 부분에 만들어 낸 기묘한 그림자를 못 보고 지나칠 뻔했다. 뤼슈 씨는 자신의 시력이 건재하다는 사실에 절로 어깨가 으쓱해졌다. 그는 안경을 써 본 적이 없었다. 그러기에는 때가 너무 늦은 감도 없지 않다. 근시, 난시, 노안, 백내장 그 어느 것으로도 시력이 감퇴해 눈이 침침해지거나 한 적이 한 번도 없었다. 모든 것을 한꺼번에 가질 수는 없다. 여하튼 그 그림자를 찬찬히 살펴보던 그는 그것이 실제 그림자가 아니라 유리창에 건물의 실루엣을 실크스크린으로 프린트한 것임을 깨달았다. 뤼슈 씨는 그림자의 실제성보다 사진의 사실성을 더 선호한 건축가의 멋진 아이디어를 높이 평가했다.

파리의 여느 강변도로에서처럼 모든 차량이 예외 없이 쌩쌩 달렸다. 아랍 지역의 사막에 흐르는 정적보다 이집트 카이로의 거리 곳곳에서 들려오는 요란한 소음에 훨씬 가까운, 귀가 멍멍할 정도의 소음 속에서 뤼슈 씨는 신호등이 파란불로 바뀌기를 기다렸다. 신호등이 바뀌자 휠체어 바퀴를 있는 힘껏 굴려 최대한 빨리 길을 건넜다. 참으로 화창한 날씨였다. 지금 그는 아랍세계연구소 건물 바로 아래에 있다. 책의 탑을 죽따라갔다. 눈앞에 나타난 건물은 입구부터가 특이했다. 똑바로 앞을 보는 것이 아니라 약간 비스듬히 나 있는 정면 현관을 들어서면 바닥에 타일을 깐 안뜰이 보이고, 이를 사이에 두고 아랍세계연구소와 쥐시외 자연과학대학 건물이 있었다.

옛 모습은 어디에서도 찾아볼 수 없었다. 정확히 40년 전, 바로 이곳에는 와인 시장이 들어서 있었다. 작은 건물들과 정원들, 그 사이사이 대충 포장을 한 골목길 하며 100년 이상 된 가로수 등은 그저 기억 속에만 존재할 뿐이었다. 그러나 무엇보다도 놀라운 것은 센강에서 쥐시외 광장까지 가로지르는 100미터 남짓한 터널이 아직 있다는 사실이었다. 이 터널은 당시 지하 저장고로 사용되었다. 이 엄청난 규모의 지하 저장고에 와인 도소매업자들이 와인을 보관했던 것이다. 빛이 차단돼 어두운 가운데 희미하게 보이는 거대한 술통 속에는 수십만 리터의 와인이 잠자고 있었다. 실제 파리에서 소비되는 와인의 상당량이 이곳을 거쳐 갔다. 수 킬로미터 밖에까지 와인 냄새가 진동할 정도였다.

순간 뤼슈 씨는 아랍세계연구소가 들어선 곳이 바로 와인에 젖은 땅이라는 것을 깨달았다. 물론 아랍세계연구소는 아랍의 문화를 연구하는 기관일 뿐 이슬람교와 특별히 관계된 곳은 아니지만 뜻밖이었다.

도서관은 정오에 문을 열기 때문에 뤼슈 씨는 건물 여기저기를 한가로이 둘러볼 수 있었다. 주로 유리와 금속을 건축재로 사용한 이곳에서 책의 탑만이 유일하게 콘크리트로 되어 있었다. 하지만 건물 전체의 주재료는 역시 사방에서 쏟아지는 빛이라고 할 수 있다. 이 건물을 설계한 건축가는 측면이나 정면에서 또는 수직으로, 아니면 빛의 반사를 이용하는 등 자연광을 실내로 끌어들이기 위해 오만 가지 방법을 다 동원했다. 예를 들어 도서관이 있는 본관의 경우, 중앙에 빛의 우물이라고 할 수 있는 커다란 유리 공간이 있는데 그 안으로 역시 유리로 된 네 대의 승강기가 오르내리며 보는 이로 하여금 어지럼증을 일으키게 한다. 투명한 승강기는 소리 없이 움직였다. 간간이 각 층에서 멈출 때마다 조그맣게(피타고라스에 관한 강의 때 막스가 꽃병을 쳐서 낸 소리와 거의 비슷한 정도의) 딩동 하는 소리만 날 뿐이었다.

드디어 정오가 되었다. 뤼슈 씨는 휠체어를 끌고 승강기에 올라탔다. 문이 스르르 닫혔다. 그러고는 허공을 가르며 곧장 공중으로 솟았다. 옆쪽에서 똑같이 생긴 승강기 한 대가 서서히 올라가기 시작했다. 그 모습은 마치 물이 가득 찬 유리 기둥 속에서 사람들을 태운 기포 하나가 위로 떠오르는 것처럼 보였다. 정말 신기한 일이었다. 뤼슈 씨는 '뤼슈 승강기도 저렇다면 얼마나 멋질까' 하고 생각하고는 집 안마당에 비슷한 시설을 만들어야겠다고 마음먹었다. 새 천년을 기념하는 뜻에서 말이다.

도서관은 세 개 층에 걸쳐 있었다. 그러나 가운데 층을 통해서만 들어갈 수 있었는데 안에는 계단이 없었다. 나선형의 경사로가 책의 탑 맨 꼭대기까지 층층이 이어져 있었다. 그리고 경사로 옆으로는 책들이 빼곡히 들어찬 서가가 사방으로 뻗어 있었다. 기울어진 서가를 본 것은 이때가 처음이었다. 휠체어를 타고 경사로를 내달리는 순간 그 옛날 클리시 광장 주차장으로 진입하는 좁은 경사로를 급히 내려갈 때 느꼈던, 뭔가에 빨려 들어가는 듯한 황홀감을 다시금 경험했다. 그는 황급히 휠체어에 제동을 걸었다. 오마르 하이얌의 시편들은 분류 기호 8번에 있었다. 책들을 손에 들고 그는 열람실로 쏜살같이 향했다. 열람실 내부는 무척이나 넓고 천장이 높았으며 환했다. 게다가 초현대식 설비를 갖추고 있었다. 특히 놀라운 것은 도서관 책상이 모두 금속제라는 사실이다. 마치 알베르의 자동차처럼 금속성 광택이 돌았다. 의자 역시 마찬가지였다. 한 가지 단점이라면 의자 등받이의 모양이 둥글다는 것이었다. 원형 등판에 웃옷을 걸면 걸자마자 바닥으로 스르르 미끄러져 내릴 것이다. 물론 '자신의 등받이'가 있는 뤼슈 씨로서는 문제 될 게 없지만 말이다. 그는 평상시와는 색다른 즐거움을 느끼며 웃옷을 벗어 휠체어의 직사각형 등받이에 걸었다.

국립도서관과는 달리 사용자가 직접 원하는 책을 찾아볼 수 있게 한 개가식 운영 체계가 이곳의 특징이었다. 뤼슈 씨는 갈색머리의 한 여학생에게 높아서 손이 닿지 않는 곳에 꽂힌 책들을 대신 좀 내려 달라고 부탁했다. 그녀는 친절하게 책을 꺼내 주었다.

오마르 하이얌은 수학자이자 시인이었다. 뤼슈 씨가 제일 먼저 읽기 시작한 작품은 『루바이야트』라는 4행시 선집이었다. 그는 거기에 나온 주석을 통해 4행시에서 1행, 2행, 4행은 각운을 맞추되 3행은 자유로운 형식을 취한다는 사실을 알게 되었다.

슬픔의 나무를 가슴에 심지 마라.
매일 아침 기쁨의 책을 다시 읽어 보라.
술을 마셔도 좋아, 사랑을 해도 좋아.
우리의 시대 우리의 삶, 하늘이 이를 평가하리라.

다음 시를 읽었다.

자네가 나의 술병을 깨뜨리다니, 오 맙소사.
그렇게 나의 기쁨을 가져가 버리다니, 오 맙소사.
술은 내가 마시는데, 비틀거리는 것은 자네로구먼.
오 맙소사, 미안하지만 자네 정말 취했는가?

은근히 도전적이며 오만함이 엿보인다.

술, 그대의 양손에 쥐어진 아름다운 머리칼,

이 세상에서 빼앗긴 것은 정확히 그만큼이다.

그대에게 남은 시간이 얼마나 될까?

뤼슈 씨는 읽던 책을 책상 위에 내려놓았다. 알 수 없는 서글픔이 파도처럼 밀려왔다.

'그대에게 남은 시간이 얼마나 될까? 뤼슈, 자넨 되는대로 살아선 안돼, 절대! 지금 중요한 과업을 수행 중이란 사실을 잊지 말게나. 자네에겐 완수해야 할 임무가 있단 말일세.'

같은 쪽 하단에 있는 또 하나의 4행시가 눈길을 끌었다. 그로루브르가 옛 친구인 자기에게 하고픈 말을 이 시가 대신하는 것이 아닐까 싶을 정도로 가슴에 와닿는 작품이었다.

과학으로써 세계 정상에 올라

자신만의 통찰력으로 우주의 심연을 탐색하는

저들은, 하늘의 단면과도 같이,

머리를 한껏 뒤로 젖힌 채 자아도취에 빠져 살아가고 있다.

그의 확신대로 그로루브르가 두 가지 가설을 증명했다면 단지 수학계에서뿐만 아니라 '세계 정상'의 반열에 올랐을 것이다. 그가 느꼈을 도취감은 향이 강한 와인을 마셨을 때 경험하는 취기만큼이나 강렬했을 것이다. 그런데 과연 그로루브르가 가설을 풀기는 했을까? 그는 그렇다고 주장했다. 비록 그로루브르에게 결점이 많은 것은 사실이지만 허풍을 떨거나 할 사람은 아니었다.

뤼슈 씨는 차츰 더위를 느꼈다. 하지만 그는 셔츠 차림이었다. 그는 웃옷이 휠체어 등받이에 그대로 걸려 있는지 확인했다. 그러고는 『루바이야트』를 덮고 오마르 하이얌의 생애에 관한 또 다른 책을 찾아 읽기 시작했다. 한참을 읽어 내려가던 중 기이한 금속음을 들었다. 뤼슈 씨는 고개를 들어 주위를 둘러보았지만 어디서 소리가 나는지 알 수가 없었다. 어느 순간 정면 유리벽쯤에서 시선이 멈췄다. 소리의 정체가 밝혀졌다. 뤼슈 씨는 자신의 눈을 의심했다. 눈앞에서 펼쳐지는 광경에 놀라지 않을 수 없었다. 마치 지휘자의 손짓에 따라 일사불란하게 움직이는 오케스트라처럼 각 유리판에 박혀 있던 무수히 많은 구멍이 동시에 천천히 닫히고 있었던 것이다. 몇 초 동안 이러한 장면이 계속되는가 싶더니 구멍이 완전히 닫혔다. 좀 전에 뤼슈 씨에게 책을 꺼내 준 여학생이 깜짝 놀라 눈이 휘둥그레진 뤼슈 씨를 쳐다보며 웃음을 터뜨렸다.

"2만 7000개였어요. 정확히."

도저히 믿을 수 없다는 표정으로 앉아 있는 뤼슈 씨에게 그녀는, 정면에 총 240개의 유리판이 있으며, 유리판 하나당 100여 개 이상의 구멍이 있노라고 설명해 주었다. 건축을 전공한다는 그녀가 도서관에 온 이유는 바로 그 작동 원리를 조사하기 위해서였다.

작고 얇은 금속판으로 만들어진 각각의 구멍은 렌즈의 조리개 같은 원리로 작동하는데 필요에 따라 얼마든지 열고 닫는 게 가능하다. 컴퓨터에 연결된 중앙 광전관이 열람실로 들어오는 빛의 양을 조절하는 기능을 한다. 햇빛이 너무 강할 때는 아까처럼 광전관이 조리개를 닫도록 명령을 내린다. 그러면 조리개가 닫히는 것이다. 각 구멍은 빛이 너무 강할 때 흔히들 실눈을 뜨는 것과 같은 원리로 작동한다. 그런 구멍이 무려 2만 7000개나 되었다.

그 여학생은 뤼슈 씨에게 유리판이 아랍 건축물에서 전통적으로 사용되는 요소로 특히 알람브라 궁전의 건축 양식에 잘 나타나 있다고 귀띔해 주었다. 또 이러한 문양은 회전식으로 작동하는데 기획자는 정사각형, 원, 팔각형 등 여러 가지 기하학적인 형태들의 조합을 절묘하게 이용했다고 한다.

여학생은 수학책 몇 권을 그에게 건네주었던 것이 생각났는지 하늘의 별 역시 다각형의 일종이므로 기하학적인 형태라는 말을 덧붙였다. 간단히 설명을 마치고 그녀는 하던 일을 계속했다. 뤼슈 씨 얼굴에는 대화를 좀 더 나누었으면 하는 아쉬움의 빛이 역력했다. 도서관과의 만남, 거기엔 언제나 배움이 있다. 뤼슈 씨가 『루바이야트』를 다시 잡자 4행시가 눈에 들어왔다.

학문을 게을리한 적은 한 번도 없었다네.
학문을 통해 은밀한 어둠의 매듭을 풀었다네.
하루도 빠짐없이 성찰로써 일흔두 해를 나고도
나는 안다네, 나의 무지를…….

뤼슈 씨는 생각했다.

'시대를 뛰어넘어 오마르 하이얌과 나는 형제나 다름없군. 나는 안다네, 나의 무지를……. 아, 그래. 몇 달 전까지만 해도 그런 생각은 꿈에도 해 본 적이 없었어. '……때문'인지 '……덕택'인지 뭐라 해야 할지 몰랐다. 아무튼 '……덕택'이라고 하자. 사실 그로루브르 덕택에 뜻밖의 사건을 당하고 한참을 망설이던 그날 이후로 얼마나 많은 것을 배우게 되었는가. 또한 나의 무지를 통감하게 된 좋은 기회였지 않은가. 그리고 시간

이 지날수록 그 무지가 한 꺼풀씩 떨어져 나가는 것을 알았을 때 얼마나 큰 기쁨을 느꼈던가.'

아랍세계연구소를 나서면서도 오마르 하이얌의 시를 읽으며 '이러한 뜻밖의 사건이 닥친 이래 어떤 은밀한 어둠의 매듭을 풀었는가?'라는 의문이 그의 머릿속에서 떠나질 않았다. 은밀한 어둠이라······.

*

잠깐 낮잠을 자고 일어나자 몸이 가뿐했다. 쌍둥이는 지금쯤 스키를 즐기느라 정신이 없을 것이고, 막스는 벼룩시장을 헤매는 중일 테고, 페레트는 서점 일을 보고 있겠지. 뤼슈 씨는 오후 나절을 혼자서 보냈다. 안에 털이 달린 외투를 어깨에 걸친 채 차고 방을 나선 그는 바닥이 울퉁불퉁한 안마당을 가로질러 작업실 쪽으로 향했다. 건조하고 차디찬 바람이 얼굴을 할퀴었다. 영락없이 눈이 내릴 듯한 추위였다. 그러나 하루종일 눈송이 하나 날리지 않으리라는 것쯤은 이미 알고 있었다.

그는 '아마존 서재'의 문을 열었다. 실내는 어두웠지만 따뜻했다. 몇 군데 등을 켜고 책상 앞으로 가서 걸치고 있던 외투를 벗은 다음 공책을 펼쳐 자신이 적어 놓은 내용들을 다시 읽어 보았다. 그러고는 '〈섹션 2〉 아라비아 수학'이 있는 서가로 다가갔다. 바누 무사 삼형제의 『평면도형 및 구면도형에 대한 이해』, 알파라비의 『신비한 도형의 속성과 그 이용 방법에 관한 책』, 알카라지의 저서로 『알바디』와 『알파흐리』, 『산술의 본질』, 알비루니의 『투영에 관하여』, 알사마왈의 『산술의 이해』 그리고 알카시의 『산술의 열쇠』 등······.

뤼슈 씨는 오마르 하이얌이 쓴 책들을 골라 모두 꺼내 놓았다. 알투시의 저서들도 함께 끄집어냈다. 그런데 별로 중요하지 않은 사소한 것이 잠시 그를 고민에 빠지게 했다. 그것은 다름 아닌 알투시의 이름이었다. 책들 가운데 어떤 것은 '샤라프 알딘'으로 또 어떤 것은 '나시르 앗딘'으로 되어 있었다. 확실히 혼동을 일으킬 만했다. 뤼슈 씨는 당장 하드커버로 장정된 그의 두꺼운 공책을 들춰 확인해 보았다. 그 결과 '섹션 2'에 등장하는 '알투시'는 둘이었던 것이다. 그중 샤라프는 12세기 말에 태어나 13세기 초에 세상을 떠났고, 다른 한 명인 나시르는 13세기에 활동했던 사람인 것으로 밝혀졌다. 어느 쪽이 그 위대한 수학자일까? 그로루브르가 말한 알투시는 과연 전자일까 후자일까? 두 명의 알투시 때문에 일이 복잡해질 것 같았다. 그때 우연히 타비트 이븐 쿠라의 『친화수에 관한 소론』이 눈에 들어왔다. 즉시 그 책을 꺼내 맨 뒤에 붙은 도서 카드를 떼어 냈다. 그로루브르는 거기에 깨알 같은 글씨로 이렇게 적어 놓았다.

유클리드의 『기하학 원론』의 필사본 가운데 가장 오래된 것은 9세기 경에 쓰여진 것이다. 그로부터 수십 년 후에 타비트 이븐 쿠라가 『기하학 원론』을 아라비아어로 번역했다.
(피타고라스학파에게 너무도 중요한 개념이었던) 친화수를 유클리드는 완전히 관심 밖에 두었던 것과는 달리 타비트 이븐 쿠라는 친화수의 성립 조건을 입증함으로써 친화수를 구하는 정리의 증명이라는 위업을 남긴다. 당시 그리스에서는 단 한 쌍의 친화수만이 확인된 상태였으나……

'그래, 220과 284뿐이었지.'
뤼슈 씨는 혼자 중얼거렸다.

……아라비아 수학자들은 다른 친화수가 더 있는지 찾아보았다. 그 결과 알파리지가 또 다른 쌍(17,296−18,416)을 발견했는데, 이들은 수 세기가 지나 페르마에 의해 재발견됨으로써 '페르마의 친화수'로 알려지게 되었다. 이어 알야즈디라는 학자가 또 한 쌍(9,363,584−9,437,056)을 추가로 발견했으나 이들 역시 1세기 후에 데카르트가 재발견함으로써 '데카르트의 친화수'라고 명명되었다.

이 글에서도 그로루브르의 빈정거림은 여전했다. 뤼슈 씨로선 그를 믿지 않았다는 사실보다 그의 필체를 다시 접한다는 것이 더욱 당황스러웠다. 도대체 이것을 언제 다 썼을지 궁금했다. 뤼슈 씨는 마나우스에 있는 자신의 저택에서 속옷 차림으로 책상에 앉아 고개를 숙인 채 열심히 글을 써 내려가는 친구의 모습을 머릿속에 그려 보았다. 하지만 실제로 그러한 모습은 전혀 상상할 수가 없었다.

'그의 집은 어땠을까? 밀림 깊숙이 있었을까? 아니면 마나우스 근교에? 혹시 아마존강 변에 있었던 건 아닐까? 그렇다면 창문 너머로 검푸른 물결이 넘실대는 아마존강이 보였을까?'

사실 더위, 그것도 습도가 높은 무더위를 끔찍이도 싫어하는 뤼슈 씨로서는 적도 근처에서 사람이 어떻게 살 수 있는지 도무지 상상이 가지 않았다. 좀 아까 안마당을 지날 때 스치던 건조하면서 적당한 긴장감을 주는 찬 바람에 대한 기억이 그나마 위안이 되었다. 이런저런 생각 중에 뤼슈 씨는, 그로루브르의 짤막한 메모에서 그 친구가 수학자 페르마의 이름을 언급했으며 두 번째 편지 끝부분에서 잠깐 친화수에 관한 이야기를 꺼냈다는 사실을 뒤늦게 깨달았다. 대략 이런 내용이었던 것으로 기억한다.

'그리고 우리 둘 역시 친구겠지? 피에르 자네를 평가하는 기준이 뭔가? 나일 테지? 이제 우리가 서로를 측정한 값의 합계를 내야 할 시간이 된 것 같군. 자넨, 때가 늦었어. 그럼 나는?'

이때 누군가 문을 열고 들어왔다. 페레트였다.

그녀는 쌩긋 미소를 지어 보이더니 편지 한 통을 책상 위에 내려놓았다.

"좋으시겠어요. 쌍둥이 녀석들이 보낸 편지예요."

뤼슈 씨 곁으로 다가오려던 그녀는 그의 표정에서 냉기를 감지하고는 이렇게 말했다.

"이제 가 봐야겠어요. 가게에 손님이 있거든요."

뤼슈 씨라면 서점에 손님들을 내버려 두고 안채로 건너오거나 하는 일은 없었을 것이다. 하지만 페레트는 사람들을 믿었다. 그래도 여태껏 책을 도난당한 적은 한 번도 없었다.

그녀는 한껏 들떠 있었다.

"오늘 책이 많이 나갔어요. 다들 선물용 책을 사는 거 있죠. 옛날에 단골이었다가 한동안 뜸하던 손님 두 분이 가게에 다시 찾아오셨더라고요. 그러더니 책을 여러 권 주문했어요."

"그래, 선물용 책이 많이 나가니까 기뻤소?"

사실 그는 선물용 책을 몹시 싫어했다. 그것은 그가 넌더리를 내는 것들 가운데 하나였다. 지금까지 선물용 종이 상자를 제대로 접는 데 성공한 적이 없었기 때문이다. 늘 만들어 놓고 보면 너무 크거나 너무 작아서 당황하곤 했다.

"선물용 상자를 만드는 게 무척 즐거워요. 어렸을 때 종이접기를 하며 시간을 보내곤 했죠. 때론 그 안에 무언가를 담기도 하고 아니면 그냥 내버려 두기도 하고요. 어쨌든 손에 잡히는 거라면 무엇이든 사용했죠. 성냥갑, 구두 상자, 강낭콩 담는 통, 심지어 각설탕 통까지 말예요. 그때 엄마의 족집게를 이용했어요. 네모난 상자, 원통형 상자, 끝이 뾰족한 상자 등등. 그런데 종이접기가 가장 힘든 건 끝이 뾰족한 원뿔형 상자였어요. 원뿔형으로 선물 포장해 보신 적 있으세요?"

"아니, 애석하게도 못 해 봤소."

그녀는 문을 닫고 나가며 큰 소리로 말했다.

"사람들이 다시 책을 읽기 시작한다는 건 좋은 징조예요."

'그래, 좋은 징조지. 어쨌든 아주 좋은 징조야. 전체 서점의 총매출은 그 사회를 평가하는 데 중대한 척도가 되니까.'

휠체어를 끌고 책상으로 간 뤼슈 씨는 페레트가 놓고 간 편지를 집어 들어 봉투를 열고는 안에 있던 사진 두 장을 꺼냈다. 한 장은 조나탕과 레아가 출발 직전 스키 활강로 꼭대기에서 스키 장갑과 헤어밴드, 선글라스를 끼고서 멋지게 포즈를 취한 것이었다. 사진 뒷면에는 '전前', 이 한 마디가 적혀 있었다. 두 번째 사진은 미카도 놀이(쌓아 놓은 막대들을 무너뜨리지 않고 하나씩 빼내는 놀이)에서 막대 하나를 잘못 빼내 막대 더미가 무너졌을 때처럼 스키와 폴이 서로 뒤엉킨 채 둘 다 눈 속에 파묻혀 있는 모습이었다. 그리고 뒷면에는 '후後'라고 적혀 있었다.

뤼슈 씨는 껄껄 웃으며 두 장의 사진을 책상 위에 내려놓았다. 쌍둥이는 서로를 생각해 주지만 서로에게 관대하지는 않았다. 이번에만 용케 서로 어긋나지 않았던 것이다.

'전, 후……. 사마르칸드에도 눈이 오나?'

뤼슈 씨는 서가로 가서 오마르 하이얌이 저술한 책들 앞에 멈춰 섰다. 아마존 서재에는 그의 저서가 모두 세 권 있었다. 그중에서 『대수학』과 『사분의 분할』을 꺼내 들고는 책상 앞으로 돌아왔다. 그러고는 도서 카드를 들춰 보았다.

'오마르 하이얌은 4행시만큼이나 많은 정리를 선보였군.'

오마르 하이얌은 최초로 다항식의 개념을 도입한 학자였다. 대수학이 처음 생겨났을 당시만 해도 방정식에 대한 연구가 전부였으나 오마르 하이얌은 그 대상을 다항식으로까지 확대했다. 그리하여 다항식의 덧셈과 뺄셈, 곱셈, 특히 나눗셈(그는 유클리드 기하학에서 시도한 분할법을 다항식의 나눗셈에 응용했다), 그리고 다항식의 제곱근 등을 다뤘다.

뤼슈 씨는 종이 한 장에 자신이 이해한 대로 너무나도 유명한 방정식, ax^2+bx+c를 적었다. 그러고는 낮은 소리로 읊조리며 그대로 종이에다 옮겨 썼다.

"$ax^2+bx+c=0$이라고 쓰면, 이는 이차 방정식이다. 여기에서 이차 방정식의 해를 구할 수도 그렇지 않을 수도 있어. 좋아, 이제 ax^2+bx+c라고만 했을 경우, 이는 방정식이 아니라 다항식이야. 이차 다항식. 특히 항이 세 개이므로 삼항식이 되는 거지. 바로 이차 삼항식. 따라서 $ax+b$는 일차 이항식인 셈이지. 그렇다면 단항식은? 항이 하나뿐인 경우지."

뤼슈 씨는 오랫동안 그 의미가 모호했던 고대의 수식 표기법을 새삼 깨닫고는 탄성을 질렀다. 오마르 하이얌의 『대수학』맨 마지막 장에 뤼슈 씨의 시선이 머물렀다. 그 책은 다음과 같은 말로 끝났다.

서기 600년의 초하루, 라비(이슬람력의 제3월 또는 제4월) 23일, 한 주가 시작되는 날, 정오에 마침.

뤼슈 씨는 그로루브르가 쓴 도서 카드를 다시 읽어 내려갔다.

오마르 하이얌은 일차, 이차, 삼차 방정식을 완벽하게 분류했다. 알콰리즈미가 이차 방정식을 중점적으로 다뤘던 것에 반해, 그는 삼차 방정식만을 가지고 항의 개수에 따라 이를 총 25가지 유형으로 세분화했다. 그리고 기하학적인 방법을 이용해 그 문제들을 풀었다.

오마르 하이얌은 알후얀디에 이어 방정식 $x^3 + y^3 = z^3$(현대식 표기법에 따름)의 해답은 정수가 아니라고 주장했다. 비록 증명해 보이지는 않았지만 페르마의 가설과 크게 다르지 않은 주장이었다. 이는 바로 12세기의 일이다.

그로루브르는 대수학과 관계된 여러 장의 도서 카드에서 수차례 알콰리즈미의 이름을 거명한 바 있다. 그렇다면 이 수학자에 대해 알아보는 것이 좋겠다고 뤼슈 씨는 생각했다. 그렇게 도서실에서 몇 시간을 보냈다. 아마존 서재를 나설 때쯤 꽤나 많은 눈이 내리고 있었다. 땅에 쌓인 걸로 봐서 족히 두 시간은 내린 듯했다. 또 한 번 그의 추측은 빗나갔다. 지금까지 그의 일기예보가 맞은 적은 한 번도 없었다. 그는 알콰리즈미의 저서가 눈에 젖지 않도록 조심스레 외투로 감싸고는 차고 방으로 돌아왔다. 뤼슈 씨는 잠자리에 들기 전, 책 맨 앞부분의 몇 줄을 읽었다. 알콰리즈미는 이렇게 썼다.

옛날의 학자들은 쉼 없이 저술 활동에 매진했다. 그렇게 함으로써 자신들의 지식을 후대에 남겼던 것이다. 따라서 진리 탐구는 앞으로도 계속될 것이다. 과학의 신비를 밝히고 가려져 있던 부분을 규명하는 데 들인 그들의 노력이 결코 헛되지 않으리라. 어떤 이는 자신도 전혀 몰랐던 새로운 것을 발견해 후세에 전해 준다. 또 어떤 이는 고대인들이 몰랐던 것을 밝혀 인류를 몽매함에서 구원한다. 그리하여 학문의 길에 빛을 던져 진리에 보다 쉽게 접근할 수 있도록 해 준다. 이제 고지가 멀지 않았다. 또 어떤 이는 책에서 오류를 찾아내기도 한다. 하지만 그러한 오류를 바로잡으면서도 글쓴이의 잘못을 비난하거나 이를 기회로 자신의 이름을 높이려 하지는 않는다.

어떤 이는 새로운 것을 발견해 후세에 전해 준다. 그로루브르로서는 비밀을 알아내기 위한 본격적인 작업에 돌입하기에 앞서 이 글을 먼저 읽은 것이 현명한 일이라고 생각했을 것이다. 뤼슈 씨는 어느새 잠이 들었다.

뤼슈 씨는 쌍둥이가 무척 보고 싶었다는 것을 스스로 인정해야만 했다. 진정 아이들이 그리웠던 적은 처음이지 싶다. 저녁 무렵 여행 가방을 들고 식당으로 뛰어들어 와서는 그간의 이야깃주머니를 푸느라 쉴 새 없이 조잘대는 모습을 보는 순간 뤼슈 씨의 가슴에 뭔가 뜨거운 것이 울컥했다. 아이들이 눈앞에서 분주히 오가는 모습을 마냥 지켜보던 그는 문득 자신이 착각한 게 아닐까 하는 생각을 했다. 얼핏 보기에 조나탕과 레아가 절뚝거리는 것처럼 보였기 때문이다. 그것은 착각이 아니었다. 활강 '후'에 찍은 사진에서 알 수 있듯이 눈 덮인 스키 활강로에서 연쇄 충돌을 일으킨 결과였다. 하지만 둘 다 얼굴은 좋아 보였다. 눈언저리에 파르스름한 자국이 남아 있는 것을 제외하고는 얼굴 전체가 검게 그을린 것을 보니 영락없이 산악인 같았다. 그럼에도 노퓌튀르는 용케 이들을 알아보고는 점잖게 맞이했다.

조나탕과 레아는 다리를 절뚝거리며 힘겹게 계단을 올라가 다락으로 향했다. 방에 들어서자마자 그 자리에 풀썩 주저앉아 걸치고 있던 옷들을 벗어 던지던 쌍둥이는 다친 부위에 약간의 통증을 느꼈다. 레아는 고약한 냄새가 나는 연고를 시퍼렇게 멍든 조나탕의 발목에 펴 바르고는 계속 문질러 줬다.

이번엔 조나탕이 레아의 무릎 주위를 주물러 줬다. 거짓말 하나 안 보태고 정말 희뿌연 먼지가 잔뜩 묻어 나왔다. 각자 자신의 '이글루'에 누운 이들은 푹신한 쿠션에다 다리를 올려놓은 채 그대로 곯아떨어졌다.

13

●

미지수와 기지수

"대수학의 탄생지는 그리스가 아니야."

목에 힘을 주어 큰 소리로 던진 이 한마디는 예상대로 효과가 있었다. 속으로 새해 첫 강의를 은근히 기대하던 조나탕과 레아는 이미 준비가 다 돼 있으니 문제없다는 듯 자세를 반듯하게 고쳐 앉았다. 강의가 열리는 작업실에는 1월 해 질 녘의 어슴푸레한 빛줄기가 유리창을 통해 들어왔다. 작업실 한가운데 자리를 잡은 뤼슈 씨는 이야기를 시작했다.

"어떤 남자가 길거리를 헤매고 있었단다. 그는 자신이 가야 할 길을 찾는 중이었지. 그때 그 옆을 지나는 행인이 한 명 있었어. 남자는 행인을 불러 세우고는 '제가 지금 ○○가를 찾는 중인데 어딘지 좀 가르쳐 주시겠습니까?' 하고 부탁했지. 그러자 행인은 그 남자를 힐끗 쳐다보더니 이렇게 말하는 거야. '이봐요 선생, 모르면 가지를 마슈.'"

이 대목에서 모두들 박장대소했다.

"그러나 대수학은 그 반대야. 모르면 일단 가 보는 거지."

그 말이 끝나자 검은색의 무거운 장막이 큰 유리창에 드리워졌다. 어딘가에 숨어 있던 막스가 앞으로 나왔다. 손에서 라이터 불빛 같은 것이 반짝거렸다. 막스가 몸을 굽혔다. 이윽고 점토로 빚은 작은 공에 박힌 수많은 초에 차례로 불이 켜졌다. 그 공은 모래판 위에 얹혀 있었다. 벽 하나를 사이에 두고 아마존 서재가 있기 때문에 화재의 위험을 예방하기 위한 안전 조치였다. 그리고 그 모래판은 작업실로 가져온 사막의 일부이기도 했다.

한쪽 구석에서는 작은 난로 위에 올려놓은 주전자의 물이 한창 끓고 있었다. 그 옆에는 날렵한 유리잔 몇 개가 미끄럼 방지를 위해 표면이 오톨도톨하게 처리된 멋진 원반형 쟁반에 놓여 있었다. 짙은 향기가 작업실 안에 확 퍼지는가 싶더니 어디선가 현악기의 감미로운 선율이 해조음처럼 밀려왔다. 류트였다. 조나탕은 그 소리에 깊이 매료되었다. 두 눈을 감은 채 마냥 그 아름다움에 흠뻑 빠졌다. 〈아라비아의 로렌스〉가 분명했다. 낙타의 경쾌한 걸음걸이를 상상하며 좌우로 몸을 흔들던 조나탕은 또 다른 리듬에 몸을 맡겼다.

'저기, 모래 언덕까지는 얼마나 먼가. 오, 급할 것 없다. 시간은 충분하니까.'

머리가 혼미해진 상태로 끝없이 펼쳐진 사막을 헤매고 또 헤맸다. 조나탕을 잠시 머나먼 땅으로 데려가주었던 그 반복적인 선율이 순식간에 사라져 버리고, 다부카(아랍의 긴 북)를 두드리는 소리가 들려왔다. 그 타악기 소리는 그리 크진 않았지만, 하도 가까이에서 들려 실제 연주가 아닐까 하는 착각을 불러일으킬 정도였다. 레아의 말마따나 녹음이 아닌 생음악 같았다. 과연 어두운 작업실 안에서 실제로 누군가가 다부카를 연주하고 있는 것일까. 감았던 눈을 뜬 조나탕은 다시 강의실로 돌아와 있었다. 낙타와 사막 앞에서처럼 모두 그곳에 있었다. 바로 옆에 레아가 있었고 뤼슈 씨는 휠체어에 그대로 앉아 있었다. 막스는 모래판 앞에 있었는데 여러 개의 촛불이 그의 얼굴을 환히 밝혔다. 게다가 북소리와 함께였다. 그의 노력에도 불구하고 조나탕은 그 연주자가 누구인지 끝끝내 확인하지 못했다. 조나탕에게 아찔한 흥분을 안겨 주었던 다부카 소리는 짧게 끊어지는 마지막 단발음과 함께 완전히 사라졌다. 휠체어에 몸을 깊숙이 묻고 있던 뤼슈 씨가 보이지 않는 연주자에게 감사의 표시를 했다. 그러고는 주위를 한 번 빙 둘러보더니 막스에게 무대 장치가 훌륭하다며 칭찬을 아끼지 않았다.

*

벼룩시장에 열심히 드나들다 보니 고물 수집이 막스의 취미가 되었다. 게다가 막스는 실내 장식가로서 타고난 감각이 있었다. 단 몇 가지 재료를 가지고도 모두에게 의욕을 불어넣어 주는 참된 세계를 재창조할 줄 알았다. 그러나 재능만으로 이런 작업이 이루어질 수 있는 것은 아니다. 근본적으로 천성 자체에 관계된 문제였다. 필요 이상의 군더더기를 배제하는 등 세상에 대한 그의 태도가 그대로 드러나 있는 것이다. 뤼슈 씨는 몇 년이 지나서야 비로소 막스가 결코 어떠한 말이나 몸짓도 반복하는 일이 없음을 깨달았다. 청각 장애를 가진 아이로서 더욱 놀라운 사실은 상대의 말을 그대로 되풀이한 적이 한 번도 없었다는 점이다. 제대로 감지하지 못한 것은 이미 놓쳐 버린 것이며 다시 돌이킬 수 없다는 듯이 말이다. 이런 소박함과 능력을 적절히 아낄 줄 아는 것이 바로 막스의 천성이다. 단 몇 마디면 충분히 말하고 충분히 들을 수 있었다.

'다른 향을 썼으면 더 나았을 텐데.'

이런 아쉬움과 함께 뤼슈 씨의 새로운 강의가 시작되었다. 이번 강의 주제는 대수학이었다.

"긴 여행에서 사들인 물건을 잔뜩 싣고서 인도에서 돌아온 대상들이 '평화의 도시'라는 별칭이 붙은 바그다드의 성문 앞에 당도했을 때인 서기 773년, 바로 그날부터 모든 것은 시작됐단다. 알렉산드리아의 경우처럼 바그다드 역시 단 3년 만에 조성된 신도시였어. 특히 알렉산드리아와 마찬가지로 두 개의 하천, 곧 티그리스강과 유프라테스강으로 둘러싸여 있었지. 게다가 운하가 도시를 관통한다는 점 역시 똑같았어. 이 바그다드에 사는 사람들은 한결같이 윤택한 삶을 누려서 마구간에는 당나귀 한 마리씩, 강둑에는 배 한 척씩 갖고 있는 것이 보통이었단다. 또 하나의 공통점은 바그다드 역시 국제적인 도시였다는 사실이야. 하지만 알렉산드리아가 장방형 도시인 데 반해, 바그다드는 둥근 모양이었어. 그 때문에 바그다드를 '원형 도시'라고 불렀지. 실제 도시를 에워싼 성곽의 모양은 마치 컴퍼스를 대고 그린 것처럼 완벽한 원형을 이루고 있었지. 정중앙에는 이슬람교 사원인 모스크(예배당 또는 사원)와 칼리프(이슬람교의 지배자)가 거처하는 궁전이 있고, 여기에서 사방으로 뻗어 나온 대로가 각각 도시 성곽의 사대문까지 이어져 있었단다. 이들 성문이 바그다드에 이를 수 있는 유일한 길이었어. 대상들은 사대문 가운데 특히 호라산 문을 통해 원형 도시로 들어가 당시 칼리프인 알만수르를 알현하러 궁궐로 향했지. 궁궐 안에서는 오로지 칼리프만이 말을 타고 돌아다닐 수 있었어. 따라서 여행자들은 접견실로 들어가기 전에 타고 있던 말이나 낙타에서 내려야만 했단다. 멋진 붉은색 반장화에 망토를 걸치고 지팡이와 장검, 옥새 등을 몸에 지닌 칼리프는 '정의의 사도'로서 두 고소인 간의 분쟁을 조정했어. 하지만 여행자들은 칼리프의 모습을 볼 수가 없었어. 당시 칼리프는 커튼 뒤에서 공무를 보는 것이 관례였으니까 말이야. 대예언자 마호메트의 직계 후손인 칼리프는 이슬람교도의 '교주'였어. 그러한 이슬람교 최고의 칭호에 걸맞게 세계 전체 이슬람교도에 대한 통치권을 부여받았지. 북아프리카 메디나 근방의 사막 지대에서 처음 시작된 이슬람교는 매우 빠른 속도로 전파되었단다. 8세기 말엽에는 이슬람교도의 수가 전 세계적으로 크게 증가했지. 결국 이슬람 제국의 세력권은 피레네산맥에서부터 인더스강에까지 이르렀단다. 그때 정복된 나라들이나 몇십 년 후 이슬람교로 개종한 나라들의 이름을 짚고 넘어갈 필요가 있겠구나. 어디냐 하면, 이베리아반도, 마그리브, 리비아, 이집트, 아라비아, 시리아, 터키, 이라크, 이란, 코카서스, 펀자브 등이란다. 그리고 얼마 지나지 않아 시칠리아가 이슬람교 국가가 되었지. 알렉산드로스 제국 다음으로 동로마 제국, 이어 이슬람 제국의 시대가 온 거야. 서기 800년 당시에는 샤를마뉴 대제와 하룬 알라시드라는 두 명의 전설적인 군주가 세계를 지배했단다. 한 사람은 서양의 황제로서 『롤랑의 노래』로 유명하고, 다른 한 사람은 동양의 칼리프로서 『천일야화』로 유명하지."

향에서 피어오르던 연기의 소용돌이가 완전히 사라지자 한결 숨쉬기가 편해졌다.

"이슬람교라는 종교만으로는 개종한 지 얼마 되지 않은 나라의 백성들을 융화시킬 수가 없었단다. 그들에겐 공통의 언어가 필요했지. 언어는 그토록 다양한 수백만 이슬람교도를 하나로 결집시키는 매개가 될 테니까 말이야. 사막에서 태어난 소수의 사람만 사용해 온 아라비아어는 그야말로 생긴 지 얼마 안 된 신종 언어였단다. 거의 알려져 있지 않은 생소한 이 모든 개념을 표현할 수 있으려면 어휘를 풍부하게 하고 그 사회에 적절히 조화시키는 것은 물론 새로운 단어를 만들어 내거나 단어가 갖는 의미의 범위를 확대시켜야만 했어. 다행히도 아라비아어는 추상적인 용어를 표현하는 데 적합한 구조를 갖고 있었지. 그래서 흔히 대수학을 위한 언어라고들 한단다. 번역을 거쳐 동화시키고 새로 개발해 어휘를 풍부하게 만드는 것, 하나의 언어를 만드는 일은 커다란 모험이지. 이러한 모험이 책을 통해 이뤄졌단다. 알카르 거리에는 전에 없던 최대 규모의 서적 상가가 형성되었어. 파피루스나 양피지를 사용한 각종 문헌은 알렉산드리아처럼 비잔티움에서, 시라쿠사처럼 페르가몬에서, 예루살렘처럼 안티오크 등지에서 온 것들이었어. 이것들은 아주 비싼 값에 팔려 나갔지. 이쯤에서 알렉산드리아와 바그다드를 다시 한번 비교해 볼까? 우선 알렉산드리아는 박물관과 도서관이 자랑거리였던데 비해, 바그다드에는 알렉산드리아 박물관의 자매기관이라 할 수 있는 '지혜의 집(비트 알히크마)'이라는 연구 기관이 있었단다. 바그다드에도 알렉산드리아처럼 천문대가 하나 있긴 했지. 도서관도 말이야. 그런데 차이점이 있어. 알렉산드리아의 박물관은 도서관보다 먼저 만들어졌지만 바그다드의 경우, 하룬 알라시드에 의해 도서관이 먼저 설립된 이후 그의 아들 알마문에 의해 지혜의 집이 창설됐다는 점이지. 바그다드 도서관은 알렉산드리아 도서관을 그대로 계승한 것이나 다름없었어. 알렉산드리아에 도착한 서적들은 대부분 그리스어로 쓰여진 책들이었던 것에 반해, 9세기경 바그다드로 보내진 책들 가운데 아라비아어로 쓰여진 책은 단 한 권도 없었단다. 따라서 번역을 해야 했지. 그래서 대규모 번역 사업이 전개되었던 거야. 번역하고 번역하고 또 번역하고 말이야. 물론 지혜의 집 안에는 전문 번역 기구가 있어서 재원 마련에 중요한 역할을 담당했단다. 각지에서 선정한 수십여 명의 인재로 이뤄진 번역인단은 수사본을 앞에 두고 바삐 움직였지. 수집된 문헌들은 그리스어, 소그디아나어, 산스크리트어, 라틴어, 히브리어, 아람어, 시리아어, 콥트어 등 헤아릴 수 없이 다양한 언어로 쓰여져 그야말로 언어의 바벨탑이라 해도 과언이 아니었어. 그렇다 보니 번역인단의 구성원은 모두 학자였단다. 번역서의 특징을 고려한다면 그럴 수밖에 없겠지? 과학서나 철학서가 대부분이었으니까 말이야. 먼저 그리스의 문헌들로는 유클리드, 아르키메데스, 아폴로니오스, 디오판토스, 아리스토텔레스 등의 저작이 아라비아어로 번역됐단다. 특히 아리스토텔레스의 저서는 모두 번역되어 나왔어. 지리학자인 프톨레마이오스나 의사인 히포크라테스, 기타 역학자인 갈레노스와 헤론 등의 책들도 번역되었지. 넓은 작업실에서 수많은 서기가 쉼 없이 손을 놀렸단다. 이렇게 아라비아어로 쓰여진 책들이 지혜의 집의 도서관 서가를 하나하나 채워 나가기 시작했던 거야. 결국 사본의 수가 점차 늘어났지. 이제는 누구나 쉽게 읽을 수 있는 언어로 거듭난 이 번역서를 통해 다른 세계로부터 건너온 각종 학문이 거대한 아라비아 제국에 보급되기 위한 모든 사전 준비가 끝난 셈이었어. 당시엔 개인 서고를 갖는 것이 유행이었단다. 그 가운데 수학자 알킨디의 서고가 가장 유명한데 모두가 탐을 낼 정도로 훌륭한 시설이었다고 하는구나. 하지만 그가 죽자 다들 엄청난 비난을 퍼부었다는 얘기가 있어. 그러던 중 아라비아 최초의 기하학자들인 모하메드, 아메드, 하산 이렇게 바누 무사 삼형제가 그 서고를 가로챘단다. 이들 삼형제는 자체적으로 여러 명의 번역가를 데리고 있으면서 많은 비용을 들여 이들을 외국에 파견하여 희귀한 고서들을 구해 오도록 했지."

조나탕은 아무것도 모르는 척 이렇게 질문했다.

"뤼슈 할아버지, 무슨 생각으로 이 얘기를 해 주시는 건가요?"

"아라비아는 그렇게 단기간 내에 전통 문화와 방대한 양의 신학문을 접목시키는 작업을 성공적으로 수행했단다. 700년 동안 학문이 크게 발전했어. 알렉산드리아에는 프톨레마이오스 왕조가, 바그다드에는 학문과 예술을 사랑하는 칼리프가 있었던 거지. 프톨레마이오스 왕조가 1000년 전에 이미 시행했던 것과 여러모로 성격이 비슷한 수사본 색출 작업이 칼리프의 명에 의해 똑같이 이뤄지기도 했단다. 알만수르의 뒤를 이어 『천일야화』로 유명한 하룬 알라시드가 등극했고 다음으로 그의 아들인 알마문이 아라비아를 통치했지. 그는 한마디로 합리주의자였어. 평소 아리스토텔레스를 신봉하던 그는 극렬 보수주의자들을 끔찍이도 싫어해서 권좌에서 물러날 때까지 그들을 핍박했단다. 그의 주도하에 지혜의 집이 설립됐지. 알마문의 군대가 비잔틴 군대와 싸워 승리를 거두자 그는 비잔틴 제국의 황제에게 협상 조건으로 놀랍게도 포로들과 책을 맞바꾸자는 제의를 했단다. 그래서 아라비아 군대에서 풀려난 1000여 명의 비잔틴 군인이 콘스탄티노플로 돌아가는 대가로 동로마 제국에 있는 도서관의 보물이라고 할 만한 10여 권의 희귀본이 바그다드에 전달되어 지혜의 집에 고이 모셔지게 되었던 거야. 그럼 다시 대상들의 이야기로 돌아가 볼까. 그들이 가져온 궤짝 안에 들어 있던 값비싼 선물들 가운데 아라비아 학자들의 눈길을 끄는 물건이 하나 있었어. 그것은 바로 100년 전 그…… 그러니까 조나탕과 레아가 잘 알고 있는 그 색채 수학을 연구했다던 수학자 브라마굽타가 저술한 『우주의 창조』라는 천문학 개론서였단다. 이 책은 즉시 아라비아어로 번역되었지. 그 책에는 엄청난 보물이 숨어 있었어. 바로 열 개의 작은 그림들이었지. 아, 너희가 너무도 잘 알고 있는 거야. 우리가 셈을 할 때 사용하는 열 개의 숫자 말이다. 그래, 1, 2, 3…… 9까지. 마지막에 0이 오는 걸 꼭 기억해라. 칼리프에게 선물을 전달했던 칸카는 해박한 지식을 가진 인물로 이미 숫자에 대해서도 잘 알고 있었단다. 벌써 수년 전부터 숫자들을 이용해 모든 계산을 해 왔지. 원형 도시 바그다드로 향하는 기나긴 여정 속에서 지루함을 달래기 위해 그 숫자들을 얼마나 많이 암송했을까. 그 소리를 수도 없이 들어왔던 터라 대상들은 자기도 모르는 사이에 숫자들을 외웠단다. 밤마다 모두들 불가에 둘러앉아 누군가 먼저 숫자들을 하나씩 불러 주면 나머지 사람들이 그대로 복창하는 식이었지."

갑자기 작업실의 정적을 깨는 소리가 났다. 노퓌튀르가 쉰 목소리로 마치 초등학생처럼 박자에 맞춰 무엇인가를 암송했던 것이다.

"에카, 드바, 트리, 카투르, 판카, 사트, 삽타, 아스타, 나바."

각 단어를 욀 때마다 류트가 화음을 넣어 주었다.

레아가 물었다.

"그럼 0은 뭐야?"

노퓌튀르는 그에 대해 달리 배운 적이 없는지 아무 대답도 하지 못했다. 뤼슈 씨가 그것은 가르쳐 주지 않았던 것이다. 0을 소개하는 영광이 자신에게 돌아오도록 하기 위해서였다.

"'순야cunya'라고 하지."

마지막 수의 도착을 환영하기라도 하듯 북소리가 한참 동안 울렸다.

"순야는 산스크리트어로 '없음'을 뜻한단다. 0은 작은 원으로 표시되잖니. 근데 왜 하필 원일까? 실제로 그 이유는 알려져 있지 않아. 순야를 아라비아어로 옮기면 '시프르'가 되는데 이것의 라틴어 표현인 '제피룸zephirum'이 이탈리아어로는 '제피로zephiro'란다. 그러다 자연스럽게 제피로가 제로zero로 변한 거지. 그리고 0을 가리키는 이름인 '시프르sifr'는 모든 숫자를 포괄하는 이름으로 사용되었어. 그러니까 0은 '전부일 수 있는 무無'인데……."

뤼슈 씨는 갑자기 하던 말을 멈췄다. 정확히 50년 전의 어떤 기억이 떠올랐다. 아마도 그로루브르의 유일한 논문이 아니었나 싶은데 어쨌든 그가 발간한 적 있는 0에 관한 논문이 뤼슈 씨의 기억 속에 각인되어 있었던 것이다. 이 논문은 뤼슈 씨 자신이 존재론에 관해 쓴 논문과 함께 '존재와 무'라는 이름으로 불렸었다.

"이 열 개의 숫자는 총체적인 장치라고 할 수 있는데 이것을 사용해 수를 표기하거나 0이 포함된 '십진 위치적 기수법'을 사용해서 계산할 수 있게 된 거야. 이 기수법이 인류 역사상 무엇보다 중요한 발명품이라는 사실에 대해 이의를 제기할 사람은 아무도 없을 게다."

뤼슈 씨는 잠시 뜸을 들이더니 이런 질문을 던졌다.

"왜 '위치적'이라고 한 걸까? 질문하는 사람이 아무도 없으니 내가 직접 질문을 던질 수밖에. 다들 자는 거냐?"

레아는 펄쩍 뛰었다.

"아뇨. 듣고 있어요. 그건 너무나 감동적인 이야기네요. 마치……."

조나탕의 소리에 레아는 하던 말을 멈췄다.

"아, 바그다드!"

빈말이 아니라 솔직히 그들은 이야기에 흥미를 느낀 듯했다. 수는 언제나 세상 사람들을 휘어잡는 무엇인가가 있다. 최근 들어 산술이라는 분야에 대해 알고 나서부터 산술이 수의 학문으로서 그의 관심을 집중시킨 반면 수비학數秘學은 그를 짜증 나게 만들었다. 수의 세계에서 신비하고 놀라운 점은 바로 수 자체에 있다. 사람의 심리를 교묘히 이용한 신비주의적 이론으로 수를 포장하지 않아도 된다. 지금은 소수의 분류, 페르마의 가설, 골드바흐의 가설, 친화수 연구 등을 다뤄야 한다. 또한 '쌍둥이 소수'의 존재도 마찬가지다. 그런데 '쌍둥이 소수'란 무엇인가?

스피커가 켜져 있었다면 이렇게 말했을 것이다.

'주목 주목, 두 소수의 크기가 거의 비슷할 때, 다시 말해 둘의 차가 2일 때 '쌍둥이 소수'라고 한다.'

17과 19는 쌍둥이 소수이며 1,000,000,000,061과 1,000,000,000,063 역시 그렇다. 여기서 문제 하나. '쌍둥이 소수의 개수는 무한한가?' 사실 지금까지도 그건 알 수 없다. 아는 거라곤 쌍둥이 소수가 극히 드물다는 사실이다. 그렇기 때문에 일부 수학자가 흥미를 갖는 것이다.

*

난로 속의 숯덩이가 벌겋게 타올랐다. 뤼슈 씨는 자신이 던진 질문에 대해 답변하기 시작했다.

"실제 나라마다 고유의 기수법, 곧 수를 기입하는 방법이 있었단다. 아주 효과적인 몇몇 방법이 있는가 하면, 로마식 기수법처럼 별 위력을 갖지 못한 것들도 있지. 대부분은 숫자의 값이 수를 표기할 때의 위치와는 무관하다고 봤어. 가령 로마식 기수법에서 숫자 'X'의 값은 '10'에 해당된단다. 그런 식으로 'XXX'는 10＋10＋10, 곧 '30'이 되는 거지. 그러나 위치 기수법의 경우, 숫자의 값은 수를 표기할 때 차지하는 위치에 달려 있다는 거야. 한마디로 위치가 중요하다는 거지. 1이 맨 끝자리에 오느냐, 아니면 끝에서 두 번째에 오느냐, 아니면 끝에서 세 번째 자리에 오느냐에 따라 1이 될 수도 10, 100이 될 수도 있단다."

레아가 끼어들었다.

"위치가 그 값을 결정한다. 이런 유의 표어는 예전에 한 번 들어 본 적이 있는 것 같아요. 소속된 사회에서 높은 자리에 오르면 오를수록 그 가

316

치를 더한다. 다시 말해 인생에서 성공하려면 거쳐야 할 계층적 단계가 있고 또 어쩌고저쩌고, 뭐 그렇다나 봐요. 넌 어떻게 생각해, 조나탕?"

레아가 입을 삐죽거리며 조나탕에게 물었다.

"네가 우리 강의를 정치적인 분위기로 몰고 가려 한다고 생각하지 만…… 사실 그 말에 동의해. 그러나……."

그러고는 조나탕은 아주 점잖게 한마디 했다.

"'층계의 맨 윗단에 앉아 있는 난쟁이는 맨 아랫단에 서 있는 거인보다 높은 법이다.' 아라비아의 옛 속담이지."

뤼슈 씨는 다시 말할 기회를 포착했다.

"1000에서 1의 값은 999에 있는 세 개의 9보다 크다. 인도의 기수법은 정말 입이 벌어질 만큼 놀라운 발명이야. 알파벳보다도 훌륭하지. 몇 개의, 정확히 양 손가락 수만큼의 기호만으로 세상에 존재하는 모든 수를 나타낼 수 있다는 거니까. 바로 인도인들이 발명한 거란다. 그 말은 곧, 인도가 다른 문명국들에 비해 이 분야가 특히 발달했음을 뜻하는 게다. 오늘날까지도 전 세계 사람들이 이 인도 숫자를 사용하고 있으니, 전 인류와 운명을 함께하는 발명품이 있다면 그건 바로 인도 숫자겠지. 그것을 그리스인들은 발명하지 못했던 거란다."

뤼슈 씨는 쌍둥이에게 시선을 고정시킨 채 이렇게 결론지었다.

그때 누군가의 목소리가 들려왔다.

"그렇지만, 숫자는 아라비아 숫자라고 하지 않나요?"

놀랍게도 다부카 연주자였다. 그때까지만 해도 정체를 알 수 없었던 그가 드디어 모습을 드러낸 것이다. 그는 마르티르가의 길모퉁이에 있는 식료품 가게 주인, 하비비였다. 그토록 멋들어지게 류트와 다부카를 연주했던 이가 바로 그 사람이라니 모두들 깜짝 놀랐다.

하비비는 큰 소리로 외쳤다.

"이봐요, 리슈 씨. 숫자, 0, 이들 모두 아라비아인들의 발명품이라고요! 오랜 친구에게서 그런 얘기를 들으리라곤 상상도 못 했어요."

그는 언젠가 아마존 서재에 들여갈 책 상자들을 싣고 온 운송 회사 직원처럼 '리슈'라고 발음했다.

"미안하네, 하비비. 며칠 전까지만 해도 나 역시 그렇게 믿고 있었지. 하지만 그건 잘못된 생각이었다네. 오늘날 사용되고 있는 숫자는 인도에서 발명된 거야. 그리된 거라네."

"그렇다면 왜 '아라비아 숫자'라고 부르는지 그 이유를 설명해 주겠어요?"

레아는 바로 그때 뤼슈 씨가 가죽 실내화를 신고 있는 것을 보았다. 마치 바그다드의 칼리프가 신는 것 같은 검붉은색의 가죽 실내화였다. 레아는 터져 나오려는 웃음을 간신히 참았다. 하비비가 그를 칼리프로 착각했을지도 모른다고 생각했지만 굳이 그의 기분을 상하게 하고 싶지 않았다.

뤼슈 씨가 설명을 시작했다.

"이 숫자들이 바그다드에 전해졌을 때 아라비아인들은 그것을 '인도 숫자'라고 불렀네. 그런데 지혜의 집의 회원이었던 어느 수학자가 그 숫자를 소개하고 사용 방법을 설명하기 위해 개론서 한 권을 썼어. 아라비아에 인도 숫자가 알려진 것도 다 그 사람 덕분이지. 어쨌든 그로부터 수세기 후 이 책은 라틴어로 번역됐지. 실제로 그 번역서는 중세 말에 출간된 베스트셀러 가운데 하나였어. 이 라틴어 번역본을 통해 프랑스나 이탈리아, 독일 등지에서는 인도 숫자의 존재를 처음 알게 된 거지. 그리하여 그 숫자는 유럽 전역에 보급됐네. 그리스도교도들이 그 숫자를 알게 된 것이 아라비아인들에 의한 것이다 보니 '아라비아 숫자'라는 이름을 붙인 거고, 아울러 0이 아라비아의 발명품이라고 믿었던 거야. 전 세계 사람들이 그 숫자를 '인도 숫자'라고 하지 않고 '아라비아 숫자'라고 부르는 것은 결국 수 세기 전에 서양 사람들이 마치 전 인류를 대표하기라도 하듯 사물의 이름을 마음대로 갖다 붙인 결과라고."

하비비의 얼굴이 일그러졌다.

"안 좋은 얘기군요, 리슈 씨."

하비비는 멍하니 무엇인가를 생각했다. 자신이 무엇 때문에 괴로워하는지 표현하려는 것 같았다. 그의 눈에 강렬한 빛이 스치는가 싶더니 이윽고 이런 말을 내뱉었다.

"언젠가 제게 쿠스쿠스(북아프리카 전통 요리)가 스웨덴이나 혹은…… 아일랜드에서 처음 개발된 요리라고 말했던 것과 같은 경우군요. 맞아, 아일랜드라고 했어요."

그렇게 비교한 것이 어느 정도 효과가 있었다. 막스는 하비비의 괴로운 심정에 공감했다. 작업실 안의 불편하고 어색한 분위기를 감지한 막스는 쟁반을 들고 방 한가운데로 갔다. 그리고 컵에 잣을 한 스푼씩 넣은 다음 하비비에게 차를 준비해 줄 수 있는지 물었다. 하비비는 자리에서 일어나 난로 앞으로 다가가서는 주전자 손잡이를 쥐었다. 그는 한 손으로 유리컵을 잡아 거의 바닥까지 내리고 다른 손으로는 주전자를 높이 쳐들었다. 그러고는 양손으로 컵과 주전자의 간격을 좁혔다 넓혔다 하며 차를 따르는 아슬아슬한 묘기를 부렸다. 물론 컵 바깥으로는 단 한 방울의 물도 흘리지 않았다. 뤼슈 씨는 휠체어를 끌고 그에게 가까이 다가갔다. 그러는 동안 뤼슈 씨의 검붉은색 가죽 실내화에 모두의 시선이 쏠렸다. 다들 쟁반 주위에 빙 둘러섰다. 막스는 하비비가 자신의 처가가 있는 알제리의 오아시스에서 가져온 대추야자 열매 상자를 열었다. 대추야자 열매는 입 안에서 살살 녹았다. 하비비를 제외하고는 모두들 차를 처음 마시는 순간 입천장이 타는 듯한 느낌을 받았다. 모두 아무 말도 할 수 없었다. 정적이 흐르는 가운데 노퓌튀르가 부리를 세게 부딪혀 가며 모이통의 알곡을 쪼아 먹는 소리만 들렸다. 하비비는 마지막 대추야자 열매를 해치우고 마지막 한 모금까지 차를 홀짝 들이켜고 나서야 기분이 다소 풀어진 듯했다. 뤼슈 씨가 부드러운 어조로 말을 건넸다.

"슬퍼하지 말게, 하비비. 아라비아인들이 숫자를 처음 만든 것은 아니지만 정말 대단한 것을 발명하지 않았나. 조금 전 대수학이 그리스에서 탄생하지 않았다고 내가 말했던 것은 바로 그것이 바그다드에서 태어났기 때문이라네."

9세기 초 아라비아에 관한 이야기를 시작하기 전 잠깐의 휴식 시간을 가졌다. 하비비는 주전자를 집어 들고 안마당으로 나가 수돗가에서 물로 닦았다. 그런 뒤 난로 안에 숯을 더 채우고는 주전자에 물을 붓더니 말린 종이를 펼쳐 박하잎을 꺼내 한참 동안 향기를 맡았다. 그러곤 다시 자리에 앉았다.

"탈레스는 그리스 최초의 수학자였고 알콰이, 아니 알콰리즈미는 아라비아 최초의 수학자였지."

"저것 봐. 또 그러시네."

레아가 투덜거렸다. 뤼슈 씨의 형편없는 발음 때문에 레아는 아라비아 최초의 수학자 이름을 제대로 알아듣지 못했다. 이를 지켜보던 하비비가 먼저 시범을 보였다. 뤼슈 씨는 목소리를 가다듬고 '알자파르 모하메드 이븐 무사 알콰리즈미'라는 정식 이름에 도전했다. 겨우겨우 발음할 수 있었다. 뤼슈 씨는 뜨거운 박수를 받았다. 그렇지만 이 능숙한 발음이 그저 우연에서 비롯된 것임을 너무도 잘 아는 터라 다시는 발음하지 않겠노라고 마음먹었다.

뤼슈 씨가 조심스럽게 입을 열었다.

"이 이름은 그가 무사라는, 그러니까…… 거기 출신인 사람의 아들이라는 사실을 말해 주지. 안 그런가, 하비비?"

"저런, 또야? 정말 딱하시군요. 콰리즘 출신이라니까요!"

하비비가 하는 대로 따라 했다. 이번에도 성공했다. 뤼슈 씨는 하비비에게 책 한 권을 불쑥 내밀며 제목을 읽어 보라고 했다. 하비비는 경건한 자세로, 또 약간은 불안해하는 표정으로 그 책을 받아 쥐었다. 그러고는 책 표지에 쓰여 있는 제목을 단어 하나하나에 신경 쓰며 또박또박 읽었다. 책을 다시 받아 든 뤼슈 씨는 처음 몇 쪽을 소리 내어 읽기 시작했다.

"이번에 재결합─이항과 대립─소거에 의한 산법의 절묘하고 놀라운 부분의 묘미를 소개하려는 취지에서 책 한 권을 펴내게 되었다. 특히 우리 이슬람교 국왕이신 알마문께서 많은 격려와 후원을 아끼지 않으셨으며 문화인들을 따로 불러 모아 용기를 북돋워 주셨다. 또한 모호한 것을 명확히 하고 복잡한 것을 단순화하라는 격려도 잊지 않으셨다."

뤼슈 씨는 알콰리즈미의 마지막 문장을 다시 읽었다.

"모호한 것을 명확히 하고 복잡한 것을 단순화하라."

그것은 한마디로 철학이었다. 뤼슈 씨는 말을 이었다.

"그가 찾는 것은 바로 미지수였어. 오로지 미지수만을 가지고 연구했지. 일단 '그것'이라는 이름을 붙였기 때문에 알려지지 않은 미지수지만 기지수처럼 사용했단다. 바로 그게 그의 전략이었어. 정말 탁월한 발상이지. 따라서 그의 위대한 업적이라면 바로 미지수를 기지수처럼 계산하는 방법을 도입한 거란다. 대단한 착상이지 않니? 그야말로 발상의 전

환인 셈이지.

미지수는 기지수와 마찬가지로 취급되었단다. 알콰리즈미에게는 미지수도 기지수와 다름없이 덧셈과 곱셈 등 각종 연산의 대상이 될 수 있었어. 그러나 잊지 말아야 할 것은, 이 모든 것이 '미지수의 정체를 밝힌다'는 단 하나의 목적에서 이뤄졌다는 거야. 미지수의 정체를 밝히는 것, 그게 바로 새로운 것을 창조하려는 대수학에서의 연금술 같은 거란다."

연금술이라……. 조나탕은 아까 하비비가 차를 준비하는 동안 보여 준 신기한 기술을 생각했다.

"알콰리즈미의 책에서 너희가 알고 있는 +, −, = 등의 기호나 소문자 x 같은 것들은 찾으려 하지 마라. 이런 문자 기호는 훨씬 뒤에 가서 생겨났으니까 말이야. 당시 방정식은 모두 문장으로 표기되었단다. 또 하나의 차이점이라면 아라비아에서는 음수의 개념이 없었다는 거야. 음의 부호 이전 용어는 방정식에서 사라진 것 같아. 그 용어를 뭐라고 하는지 아니? 'naquis', 곧 '잘린' 것이란 의미지. 알콰리즈미는 양의 정수나 분수만을 인정했단다. 아울러 분수라는 단어 역시 거기에서 유래됐지. 라틴어 'fractiones'는 아라비아어로 'kasr'란다. 'kasr'란 바로 '부러진' 것이란 뜻이야. 곧 분수란 '부러진' 수다, 이 말이지."

조나탕이 큰 소리로 말했다.

"할아버지가 말하는 수학은 진짜 전쟁터 같군요. 잘리고 부러지고."

"자, 5가 있다고 치자. 5를 다섯 조각으로 똑같이 나눠 봐. 바로 $\frac{1}{5}$이 되겠지. 그중에서 세 조각을 갖는 거야. 그럼 $\frac{3}{5}$이 나오지. 막대 아래쪽에 있는 것을 '분모', 위쪽에 있는 것을 '분자'라고 한단다. 물론 이런 명칭은 한참 뒤에야 생겨났지. 그게 언제였냐 하면 말이야……."

그는 필기해 둔 내용을 뒤졌다.

"그래, 여기 있군. 백년전쟁 중에 니콜 오렘이라는 사람이 '분자'와 '분모'라는 용어를 처음 쓰기 시작했다는구나."

조나탕의 얼굴이 환해졌다.

"아! 몰랐던 사실을 알려 주셔서 고맙습니다, 할아버지."

"오히려 니콜 오렘이나 무리수 부분은 손대지 않았던 알콰리즈미한테 고마워해야겠지. 무리수는 '소리 없는' 수라고 할 수 있지."

뤼슈 씨는 다시 종이를 뒤지더니 한 대목을 찾아 큰 소리로 읽었다.

"'수량에 대한 정확한 표현이 없는 경우 이를 '무성음 같은 수'라고 하는데, 그 이유는 잘 알아들을 수 없는 희미한 소리와도 같이 새어 나가기 때문이다.' 그 무성음 같은 수는 프랑스 철학자인 에티엔 콩디야크가 만든 표현이지. 방정식에서 근이라는 말의 어원이 뭔지 아니?"

막스가 물었다.

"나무뿌리요?"

"맞아. 그럼 a의 제곱근은 뭐지?"

조나탕이 명쾌한 답변을 했다.

"제곱하여 a가 되는 수!"

"다시 말하면? 마치 나무의 뿌리처럼 묻혀 있는 장소에서 '캐내야 하는' 수란다. 그러므로 뿌리를 캐낸 다음에는 위를 올려다보며 이렇게…… 높이 '쳐드는' 거야. 그다지 보기 좋은 건 아니지. 아, 이렇게 말이 얼른 떠오르지 않다니."

레아가 다분히 비꼬는 듯한 말투로 한마디 던졌다.

"퍽이나 목가적이네요. 전쟁터에서 이젠 과수원으로 옮겨 가는 건가요."

"방정식의 '근'이라고 하는 이유는 그것이 숨겨져 있기 때문에, 그러니까……."

"……찾아내야 한다, 이거죠."

"그래, 막스. 그건 그렇고, 방정식의 개념을 밝힌 사람은 바로 알콰리즈미란다. 당시만 해도 방정식이란 완전히 새로운 수학적 존재였지. 그것은 그리스의 디오판토스도 인도의 아리아바타도 전혀 인정하지 않던 개념이야."

둘이 동시에 물었다. 그를 놀려먹을 속셈이었다.

"누구요?"

"아리아바타라고!"

아랍인의 이름뿐만이 아니라 인도인의 이름까지도 정확히 발음하는 걸 보면 뤼슈 씨는 과연 언어에 관한 한 천부적인 재능을 타고난 사람이었다.

"방정식은 어느 한 가지 문제가 아닌 같은 유의 문제 전체를 나타내기 위해 고안된 것이었지. 가령 '첫 번째 수에 어떤 수를 더하면 두 번째 수와 같다'는 말로 설명될 수 있는 유의 문제들 말이야. 문제는 두 수를 제시할 때마다 매번 이것이 변한다는 것이다."

조나탕이 말했다.

"일차 방정식."

"알콰리즈미의 전공은 이차 방정식으로, 그는 총 여섯 가지로 분류했단다. 그리고 아울러 해법을 제시하고 있지."

첫째, 제곱수는 미지수와 같다.

둘째, 제곱수는 임의의 수와 같다.

셋째, 제곱수와 임의의 수는 미지수와 같다.

넷째, 제곱수와 미지수는 임의의 수와 같다.

다섯째, 미지수와 임의의 수는 제곱수와 같다.

여섯째, 미지수는 임의의 수와 같다.

그것은 분명 뤼슈 씨의 기억 속에서 고스란히 나온 것이 아니었다. 그로 루브르의 도서 카드는 물론 아마존 서재에 보관된 책에서 얻은 자료들을 빠짐없이 읽어 봤기 때문이다.

"방정식을 이야기할 때마다 '같다'라는 말이 나오지. 이 상등의 개념이 없다면 어땠겠니. 아마 수학도 존재하지 못했을 게다."

"프랑스 공화국도요, 할아버지!"

"너희는 공화국에 평등이란 것이 진짜 존재한다고 믿니?"

"착각 속에 살더라도 내버려 두세요. 기회의 평등, 그건 기회를 가진 사람에게만 해당된다는 거 잘 알지만 그저 평등한 척하는 거죠, 뭐."

"평등을 위한 투쟁에서도 과연 평등할까요?"

조나탕은 뻣뻣해진 발목을 풀기 위해 자리에서 일어났다. 뤼슈 씨는 생각했다.

'늘 그렇듯 이 녀석들이 날 놀리려는 거겠지. 적어도 수학은 뭔가 대단한 일에 쓰여 왔다고. 이 주제에 관한 이야기를 들어 본 적은 한 번도 없었지만 말이야.'

본 강의로 다시 돌아가야 했다. 뤼슈 씨는 두 손을 똑같은 높이에서 펼쳐 보이며 말했다.

"여기 천칭이 있다고 치자. 상등이란 천칭의 양쪽이 언제나 평형을 유지하는 상태란다. 만약 한쪽에만 물건을 올리는 경우엔……."

막스는 뤼슈 씨에게 다가가 그의 오른손에 물건 하나를 올려놓는 시늉을 했다. 그러자 오른팔이 아래로 내려가고 왼팔은 더 올라갔다.

"……균형이 깨지는 거야."

뤼슈 씨는 두 팔을 처음 위치로 되돌렸다.

"만약 한쪽에 있던 물건을 내려놓으면……."

막스는 뤼슈 씨의 오른손에 있던 물건을 치우는 시늉을 했다. 그러자 오른손은 높아지고 왼손이 아래로 내려갔다.

"……역시 균형이 깨지지. 상등한 관계가 깨지는 거야."

뤼슈 씨는 결론을 내렸다.

"혹시 기억할지 모르겠다만 너희 겨울 방학 전이었지, 유클리드가 여러 공리 가운데 상등성에 대해 이야기했던 거 말이야."

레아는 노뒤튀르를 흉내 내며 노래를 불렀다.

"아, 예. 같은 것에 어떤 같은 것을 더하면 그 전체는 서로 같다."

조나탕이 막스의 말투를 흉내 내어 흥얼거렸다.

"아, 예. 같은 것에서 어떤 같은 것을 빼면 나머지는 서로 같다."

"방정식이란 적어도 하나의 미지수가 포함된 등식이란다. 내가 그 사실을 이해하기 위해 무려 80년 남짓한 시간을 기다려야 했다는 얘길 해야겠구나."

레아가 말했다.

"우리가 이해하기 위해선 족히 60년은 더 기다려야겠군요. 그리고 행여 이해했다면 60년을 번 셈이고요."

"상등성을 증명하는 거란다. 등식을 푸는 거지."

레아가 한마디 덧붙였다.

"가능하다면요."

"방정식을 풀어 미지수를 결괏값으로 대체할 때 방정식은 비로소 등식이 되는 셈이지."

"틀리지 않았다면 등식이 되죠. 오류를 범한다면……."

"그건 엄밀히 말해 등식이 아니야. 그런 식으로 틀렸는지 아닌지를 확인하지."

막스가 물었다.

"'2+2=4'는 등식이고, '2+x=4'는 방정식이라고 한다면 제가 시간을 번 게 되나요?"

레아가 대답했다.

"인생의 절반은 그렇지."

막스의 표정이 밝아졌다. 그의 두 눈이 웃고 있었다. 그리고 나직한 소리로 중얼거렸다.

"나머지 반은 힘겨운 나날이겠군."

그때 노퓌튀르가 홰에서 훌쩍 날아오르더니 막스의 오른쪽 어깨 위에 앉았다. 중량감 때문에 막스의 왼쪽 어깨가 심하게 눌리면서 급기야는 완전히 기울어졌다. 막스는 얼굴을 잔뜩 찌푸리더니 이렇게 외쳤다.

"균형이 깨졌어요."

뤼슈 씨는 작업실의 불을 껐다. 아이들은 벌써 안마당으로 나가 하비비가 악기 옮기는 것을 도와주고 있었다. 뤼슈 씨가 호주머니에서 무엇인가를 꺼냈다. 그러고는 아이들을 불렀다. 귀가 어두운 막스는 돌아보지 않았고 조나탕은 너무 많은 물건을 들고 있었다. 레아가 되돌아왔다. 그는 레아에게 봉투 하나를 쥐여 주었다.

"너하고 네 오빠와 남동생에게 주는 거다."

매일 저녁 똑같은 의식이 반복되었다. 휠체어를 침대 옆으로 끌고 와 침대 쪽 팔걸이를 젖힌 상태에서 반대쪽 팔걸이를 붙잡는다. 그러고는 팔 힘으로 몸을 일으켜 휠체어에서 침대까지 조금씩 미끄러지듯 이동한다. 이쯤에서 숨을 한 번 크게 쉰다. 그런 다음 보따리를 싸듯 다리를 끌어모아 침대 위에 올려놓는다. 가벼운 보따리 말이다. 마지막으로 검붉은색 가죽 실내화를 벗어 던졌다. 실내화가 카펫 위에 둔탁한 소리를 내며 나동그라졌다. 부러진 수, 부러진 사람. 뤼슈 씨는 자신이 분모는 없고 분자만 있는 희한한 분수가 되었다고 생각했다. 나눗셈의 막대 부호가 허리 바로 아래를 가로지르는 셈이다. 뤼슈 씨는 모종의 씁쓸함을 안은 채 잠이 들었다. 입가의 미소는 이미 사라진 뒤였다. 깊은 잠에 빠져들기 직전 침대의 무거운 커튼을 무심코 바라보다가 불현듯 '닫집' 양식이 바그다드에서 생겨났다는 생각이 들자 미소가 다시 찾아들었다.

*

레아는 르피크 거리의 작은 카페에서 조나탕과 막스를 만나기로 약속이 되어 있었다. 막스는 특별히 내색하지는 않았지만 집이 아닌 밖에서 조나탕과 레아를 만난다는 사실이 무척 자랑스러웠다. 레아는 다들 모이자마자 곧 뤼슈 씨에게 받은 봉투를 내보였다. 작은 카드에는 다음과 같은 글귀가 쓰여 있었다.

"페레트 리아르의 말대로, 그녀에게는 '2+1명의 자녀'가 있었다. 두 쌍둥이와 고아 소년. 페레트의 세 자녀 나이를 모두 합하면 마흔세 살이고, 나이 차는 다섯 살이다. 과연 아이들 각각의 나이는?"

조나탕과 막스는 기가 막힌다는 표정으로 레아를 쳐다보더니 배를 움켜잡고 웃어 댔다. 막스가 손을 저으며 말했다.

"어쨌든, 내 수준은 아니네."

하지만 그렇다고 해서 그 질문에 전혀 관심이 없었던 것은 아니었다.

막스가 종이와 연필을 꺼내 놓자 레아가 얼른 손을 내밀어 받아 쥐었다. 그리고 오전에 학교에서 비밀리에 입수한 정보를 털어놓았다.

"자녀 수는 모두 셋이지만 나이는 두 가지야. 좋아. 여기선 두 가지 사실을 알 수 있지. 미지수 둘을 갖는 연립 방정식이야. 그야말로 누워서 떡 먹기지 뭐. 조나탕과 내 나이는 서로 같으니까 첫 번째 미지수로 하고."

조나탕이 한마디 했다.

"2분 30초나 걸렸어."

레아는 한심하다는 듯 조나탕에게 눈을 흘겼다.

"또 트집이야! 나이를 x로 놓겠어."

조나탕은 알콰리즈미의 말을 흉내 냈다.

"'그것'이야말로 내가 찾는 거야!"

"두 번째 미지수는 막스의 나이로 y라고 하자. 첫 번째 힌트. 아이들의 나이를 모두 합하면 마흔세 살이다. 그러므로?"

막스가 말했다.

"그러므로 $x+x+y=43$."

"두 번째 힌트. 나이 차는 다섯 살이다. 따라서?"

조나탕이 자신 있게 대답했다.

"$x-y=5$."

레아는 두 개의 방정식을 차례로 썼다.

$$2x+y=43$$

$$x-y=5$$

"미지수 둘을 갖는 두 개의 방정식이야. 이제 미친 듯이 이항하고 무자비하게 소거시키겠어. 이리저리 대입해 계산해 본 결과……."

레아는 마구 휘갈겨 쓰기 시작했다.

$$x=y+5$$
$$2(y+5)+y=43$$
$$2y+10+y=43$$
$$3y=33$$

조나탕이 소리쳤다.

"그래서 막스의 나이는 열한 살, 훌륭해!"

도박사가 속임수를 동원해 포개진 카드 더미 속에서 처음 상대방이 찍어 놓았던 스페이드 7을 골라내 펼쳐 보이며 '스페이드 7'이라고 외칠 때 그러는 것처럼 막스도 감탄 어린 눈길로 이를 지켜보며 고개를 끄덕였다. 레아는 이 여세를 몰아 계속해 나갔다.

$$y=11$$
$$x=11+5$$

"조나탕과 내 나이는 열여섯 살이 되는 거야."

그녀는 조나탕의 머리를 붙잡고 앞뒤로 흔들어 답이 맞는다는 긍정의 표시를 하게 했다.

아이들은 크로크므시외(햄 샌드위치에 치즈를 얹어 구운 것)를 먹었다.

조금 전부터 막스는 걱정스러운 얼굴을 하고 있었다. 그러다 뭔가 결심한 듯 입을 열었다.

"무엇인가 맞지 않는 것이 있는데 도무지 그게 뭔지를 모르겠어. 왜 $x-y=5$라고 썼어?"

레아가 대답했다.

"너와 난 다섯 살 차이가 나니까."

"아, 그렇구나. 근데 봐, 누나! 누나는 $x-y=5$라고 썼는데 뤼슈 할아버지의 문제에서는 차가 5라고 했지 고아 소년보다 쌍둥이의 나이가 더 많다고 하지는 않았잖아."

"맞아."

"그래. 하지만 그걸 어떻게 알지? 뤼슈 할아버지가 카드에 그 사실을 써 놓지 않았다면 말이야. 무슨 근거로 고아 소년이 쌍둥이보다 나이가 적을 거라고 생각해?"

레아는 아무 말도 하지 못했다. 그러고는 조나탕을 쳐다보았다.

"막스 말이 옳아. 그게 절댓값이라는 거야."

"자, 그럼 네가 해."

막스는 몹시 기뻐하며 씩 웃었다.

조나탕이 물었다.

"그런데 뭐가 바뀐 거지?"

"보면 알 거 아냐, 뭐가 바뀌는지."

레아는 종이를 다시 쥐고는 연필로 줄을 그어 '$x-y=5$'를 지우더니 '$y-x=5$'라고 썼다. 모두의 시선을 의식하면서 또다시 휘갈겨 썼다. 처음보다 시간이 더 오래 걸렸다. 그들은 레아에게서 눈을 떼지 않았다. 마침내 계산이 끝났다.

"막스는 열일곱 살이 넘었고, 우리는 겨우 열두 살이 넘었을 것이다."

막스가 큰 소리로 외쳤다.

"그래, 그게 좋겠어!"

✳

뤼슈 씨는 하비비의 식료품 가게에 있었다. 레아는 카페에서 끼적인 종이를 그에게 건네며 자신들이 어떻게 수수께끼를 풀었는지 이야기했다. 그러고는 2차 해법이 있다는 사실을 그에게 알려 주었다. 2차 해법에 대해선 전혀 생각지 못했던 뤼슈 씨는 당황스러웠다.

"그 잘난 구닥다리 방법을 고안한 알콰……."

레아도 역시 발음의 덫에 걸리고 말았다.

"알자파르 모하메드 이븐 무사 알콰리즈미. 전체 이름을 기억했단다. 자, 레아, 오후에 가게가 한산할 때 찾아오면 네게 발음을 가르쳐 주마."

"고마워요, 하비비 아저씨. 조금 전 카페에서 할아버지 표현대로 '페레트의 세 자녀'는 '세 가지 문제'에 대해 곰곰이 생각해 봤어요. 참, 넷이지."

레아는 새삼 기억이 난 듯 이렇게 덧붙였다.

"아무튼 그것들은 같은 유형의 문제는 아니에요."

뤼슈 씨는 휠체어를 세웠다.

"무슨 말이냐?"

"풀이의 유형이 아주 다르거든요. '그 믿을 만한 친구는 도대체 누구인가?' 하는 첫 번째 문제에는 그로루브르가 '믿을 만한 친구'라고 지칭한 정체불명의 사나이만 등장하니까 그가 누구인지 알아내는 것이 관건이에요. 두 번째로 '그로루브르와 동업 관계에 있으면서 그의 증명을 가로채기 위해 그날 밤 그를 찾아간 악당은 누구인가?' 하는 문제 역시 그 친구라는 이의 정체를 밝히기만 하면 다 해결되겠죠. 일당이 여러 명이라는 것과 그게 모두 몇인지 모른다는 것만 빼고 말이에요. 그러니까 '실제로 몇 명이냐, 또 누구냐?' 이 두 가지에 대해서 답을 찾아야 하는 거죠. 그리고 세 번째, '할아버지 친구는 사고로 죽은 것일까, 자살이었을까, 아니면 살해당한 것일까?' 하는 문제는……."

하비비가 중간에 끼어들었다.

"어느 친구? 친구분 중에 누가 돌아가셨나요?"

뤼슈 씨는 그의 말을 끊었다.

"이따 말해 줌세."

"이 문제의 경우, 해답은 뻔해요. 어느 쪽이 사실인지 알아보는 거죠."

레아는 자신의 말을 되짚어 보더니 다시 말을 계속했다.

"제 얘기는 맞는 답이 무엇이냐 하는 거예요."

그가 보기에 네 번째 문제는 완전히 다른 것이었다.

'그로루브르가 스스로 풀었다고 장담하지만 그 두 가설을 과연 풀긴 풀었을까?'

여기에선 이제 누구인지 확인하는 것이 아니라 '예, 아니오'로 답을 내야 하는 경우다. 물론 두 개 가운데 하나만 풀어 답을 찾을 수도 있겠지만 그렇다고 답의 본질에까지 영향을 줄 리는 없었다.

막스가 걱정스러운 얼굴로 물었다.

"괜찮으세요, 뤼슈 할아버지?"

뤼슈 씨는 꼼짝 않고 앉아 무언가 골똘히 생각했다. 그러다 돌연 입가에 미소를 머금고는 이렇게 말했다.

"그래, 오마르 하이얌의 4행시! 너희에게도 몇 작품 읽어 준 적 있지. 지난번 아랍세계연구소에 갔을 때 짤막한 글귀 하나를 봤는데 별로 유넘하지 않고 그냥 지나쳤거든. 그건 4행시 작법에 관한 글이었어. 4행시의 형식은 매우 엄격한 편인데 4행 가운데 세 개는 서로 연관돼 있어서 각운을 맞춰야 하는 반면 네 번째 행은 형식에 구애를 받지 않는다는 얘기였단다. 너희가 했던 말과 무관하지 않은 것 같구나. 우리가 해결해야할 네 가지 문제도 그 가운데 세 개는 서로 연관돼 있고 마지막 네 번째 문제는 별개의 것이잖니."

그는 말을 끊고 한참 생각했다.

"다시 말해…… 믿을 만한 친구의 정체와 악당의 정체, 그리고 그로루브르의 죽음은 그로루브르가 가설을 증명했느냐 하지 않았느냐 하는 문제와는 전혀 상관없다, 이거지. 그가 실제로 가설을 증명했다는 것을 어떻게 증명할 수 있겠니? 순수한 수학적 증거가 없으면 말이다."

＊

앨프리드 러셀 월리스는 상자를 하나하나 살펴보았다. 거기에는 상세한 목록을 만들어 순서대로 분류, 정리한 수백 종의 식물 표본이 들어 있었다. 런던에 있는 동료들은 일찍이 본 적 없는 희귀종들이었다. 그때 사이렌이 울렸다. 월리스는 매우 흡족해하며 갑판을 지나 자신의 선실로 내려왔다. 그러고는 아마조니아의 밀림에서 보낸 지난 4년간의 성과라할 수 있는 각종 문서로 가득 찬 트렁크 두 개를 애정 어린 시선으로 바라보았다. 그는 1848년부터 1852년까지, 4년간을 아마조니아에서 체류했다. 또다시 사이렌이 울렸다. 리버풀행 증기선 아마조나스호는 뭍에서 차츰 멀어져 갔다. 영국까지는 8000킬로미터를 더 가야 한다. 그는 한시라도 빨리 오랜 밀림 여행을 통해 수집한 보물들을 하나하나 들여다

보고 싶었다.

종소리가 울렸을 때 배는 육지로부터 상당히 멀어진 상태였다. 그것은 다름 아닌 화재경보기 소리였다. 선원들의 노력에도 불은 삽시간에 사방으로 번졌다. 도저히 불길을 잡을 수 없는 상황이었다. 결국 배는 침몰하고 말았다. 월리스는 용케 빠져나왔지만 가지고 있던 여행 가방들은 물에 떠내려가 버렸다. 식물과 곤충 표본 수천 개와 관찰 기록을 비롯한 중요한 문서 등, 하나도 남김없이 몽땅 물속으로 사라졌던 것이다.

조나탕과 레아가 들려준 앨프리드 러셀 월리스 이야기에 뤼슈 씨는 얼굴이 새파랗게 질렸다. 언젠가 꾼 적 있는 자신의 악몽과 똑같았기 때문이다. 월리스가 타고 있던 기선과 그로루브르의 책을 실은 화물선은 똑같은 항로를 거쳐 왔다. 쿠바의 군함이 아니었더라면 아마존 서재에 있는 책들은 지금쯤 대서양 바다 깊숙한 곳에서 월리스의 문서들과 만났을지도 모를 일이다. 마나우스항에서 그로루브르가 책 상자를 배에 실으며 월리스의 소설 같은 여행담에 대해 생각이나 했겠는가? 화물선이 떠나가는 것을 지켜보는 동안 그의 마음은 얼마나 흥분되고 또 걱정되었을까 싶었다. 뤼슈 씨는 그로루브르가 자신의 장서가 무사히 도착한 사실도 모른 채 죽었다는 것을 깨달았다.

*

아마존강은 안데스산맥의 정상에서 발원한 것으로 태평양까지의 길이가 거의 150킬로미터에 다다른다. 특히 가까운 대서양이 아닌 그 반대 방향으로 흐르기 때문에 대서양에 이르기 위해서는 총 6500킬로미터를 휘돌아 남아메리카 대륙 전체를 가로질러야 한다. 처음 발원지에서 수천 킬로미터까지는 표고 차가 5000미터에 이를 정도로 경사가 무척 가파르다. 하지만 그다음부터는 대체로 완만한 편이라 물결이 잔잔하다. 잔잔하기는 하나 아예 파도가 없는 것은 아니다. 그러다 다시 3000킬로미터를 남겨 놓고 65미터를 급강하한다. 1킬로미터당 표고 차 2센티미터로 말이다. 평평해지기 정말 어렵다.

*

이 대화로 모든 것이 시작되었다.

조나탕이 잔뜩 꾸며 낸 목소리로 물었다.

"실례합니다만, 아가씨, 마나우스로 가려는데 어떻게 가야 하는지 좀 가르쳐 주시겠어요?"

레아가 대답했다.

"이봐요, 모르면 일단 가 보라니까."

"당연히 가야지."

"결정한 거야? 그럼 가는 거야?"

"맹세!"

"맹세!"

크리스마스 전에 이미 그 생각을 했지만 완전히 마음을 굳히지는 못했었다. 그런데 지금 와서 결정을 본 것이다. 그들은 바칼로레아(프랑스의 대학 입학 자격시험)가 일단 끝나면 시험 결과에 상관없이 출발할 것이다. 여름 방학 기간 두 달이면 충분했다. 그곳에 가기에 좋은 때가 아니라도 상관없다. 처음이자 마지막 기회일 테니 말이다. 조나탕은 인조 가죽으로 만든 작은 가방에서 광고지 한 묶음과 관광 안내서, 엽서, 지도 등을 꺼냈다. 그러고는 아마조니아 지역이 들어 있는 커다란 지도를 펼쳤다. 드넓은 녹색 부분이 침대 전면을 차지했다. 레아가 여러 책을 뒤져 큰 소리로 읽으면 조나탕은 지도를 보고 그대로 훑어 내려갔다.

"강바닥이 평평하고 30킬로미터의 폭에 수심이 70미터라고? 정말 믿기 어렵군. 냇물이 아니라 지류가 열 개씩 뻗어 있다니. 총 연장 2500킬로미터가 넘는 리오네그로강이 아마존강과 합류하는 지점이 바로 마나우스야."

그렇다고 두 강이 바로 합쳐지는 것이 아니라 80킬로미터까지는 나란히 흐른다. 그건 분명하다. 레아가 조나탕에게 보여 준 사진을 통해 실제로도 그러하다는 것을 확실히 알 수 있었다. 두 강이 마치 노란색과 밤색의 기다란 띠 모양으로 굽이쳐 흐르는데, 그 이유는 아마존강은 강물에 의해 운반된 진흙 때문에 뿌연 황색 띠로 보이는 반면 리오네그로강은 유기물이 풍부하다 보니 짙은 밤색 띠로 보이는 것이다. 마나우스 하류로부터 조금 떨어진 곳에서 '강물의 결혼식'이 거행되고, 두 강물이 연갈색 부분에서 합쳐지며 아마존강의 본류를 따라 1500킬로미터나 더 떨어진 하구에까지 흘러가게 된다. 레아의 마음은 이미 그곳에 가 있었다. 아마존강을 따라 벨렘까지 항해하는, 식량을 실은 작은 상선의 갑판에 매달린 그물 침대 위에 길게 누운 그녀 주위를 몇 명의 사내가 둘러싸고 앉아 흥얼거리는 노래는 그녀의 향수를 불러일으켰다. 하구의 폭은 무려 300킬로미터에 달했다. 그리고 그 한가운데 섬이 하나 있었다. 광고지에는 그 섬이 스위스만 하다고 쓰여 있었다. 아마존강은 매 시간마다 700억 리터의 물을 흘려보낸다고 한다. 센강의 500배나 되고 전체 담수량의 $\frac{1}{5}$이 전 세계 바다로 흘러든다고 하니 대서양조차도 그토록 세찬 흐름에는 대항할 길이 없을 것이다. 아마존강의 강물은 각 해안으로부터 200킬로미터 근방까지 흘러들어간다. 1500년대, 어느 스페인 상선이 아메리카 대륙 주위를 항해하다가 드넓은 이 갈색 지대에 이르렀다. 선장은 바닷물에 물통을 던져 길어 올린 물맛을 보았다. 바다 한가운데서 민물을 맛본 셈이다. 그는 그러한 기적이 어떻게 일어날 수 있는지 알아보기 위해 뱃머리를 서쪽으로 돌렸다. 그러다가 아마존강을 발견한 것이다.

도서관에서 빌려 온 『불의 계절』은 '고무 채취인'으로서 노조를 설립, 지주들의 착취와 그들이 고용한 청부 살인자들에 의해 자행된 무자비한 살육 행위에 항거하다 암살된 시코 멘데스에 관한 책이었다. 수십 년 전부터 아마조니아 지역에서 맹위를 떨치던 압제와 테러리즘에 맞서 싸웠던 다른 이들처럼 시코 멘데스도 결국 살해되고 말았다. 거대 기업에 대항해 누가 숲을 지킬 것인가? 사람과 나무들이다. 그 나쁜 놈들은 수많은 양민을 살해하고 인디언을 노예로 만들고 학대하고 욕보이고 학살하는 것도 모자라 나무까지 공격하기에 이르렀다. 아마조니아의 삼림에 불을 지른 것이다. 한마디로 싹쓸이를 위해 일으킨 엄청난 화재였다. 그로루브르는 편지에서 '세계의 산소 공급원'이라고 말했다. '지구상에서 가장 큰 산소 탱크'는 극도의 시달림을 받았던 것이다.

레아는 분개했다.

"그것으로도 모자라 그로루브르의 집까지 불태워야 했나!"

"네 말이 맞아. 그 짓을 한 악당이 그 지방 출신이라면, 평소 습관대로 아무런 망설임 없이 즉각 그로루브르의 허름한 집에 불을 질렀을 거야."

이 말이 뤼슈 씨의 관심을 불러일으켰을 것이다. 여러 권의 관광 안내서 가운데 하나에는 매일 연기가 피어오르는 삼림의 면적을 축구장 수로 환산해 표시해 놓았다.

"그래서 브라질이 세계 축구 최강국인가 보네."

조나탕은 농담을 던졌지만 화제를 돌리지는 못했다. 어디서든 썩는 냄새가 진동을 한다. 자신을 위해서라도 세상사에 관심을 가져야겠다고 생각했다. 하지만 어떻게 여기에서 지구 저편에 있는 숲이 불타는 것을 막을 수 있겠는가? 그러니만큼 마나우스에 가는 것은 더욱 당연한 일이다. 그들이 구하고자 하는 이 숲에 대해 먼저 알아야 했다. 아마조니아는 '세계의 정원'이다. 에덴동산류가 아닌 천국과 지옥이 공존하는 곳 말이다. 아마조니아는 세계 어느 곳보다도 많은 것을 가지고 있다. 물, 나무, 산소, 전 세계 식물의 15퍼센트가 있는 곳이었다.

"숲의 건축 양식은 흙에서 영양분과 물을 뽑아내려는 욕구와 햇빛을 놓고 주변 식물과 경쟁하려는 욕구, 이 두 욕구 사이의 모순을 단적으로 보여 주는 결과물이야."

조나탕은 이렇게 말하고는 책으로 시선을 옮겼다.

＊

흙 속에 있는 물과 가까이하려다 보면 햇빛으로부터는 아주 멀리 떨어지게 된다. 물론 그 반대의 경우도 마찬가지다. 하지만 수목은 절대적으로 물과 햇빛을 필요로 한다. 그럼 어떻게 할까? 간단하다. 옆에 있는 나무들보다 더 높이 자라는 것이다. 수목의 키가 엄청나게 큰 이유는 모두 나름대로 다른 나무들보다 더 커야 할 필요가 있기 때문이다. 어떤 나무는 키가 100미터 이상인 것도 있어서 거의 30층짜리 빌딩 높이만 하다. 잎이 무성한 가지를 그토록 엄청난 높이만큼 끌어 올리기 위해 나무는 상당량의 에너지를 쏟아 내야 한다. 위로 높이 오르기 위해 말이다.

그러면 아래로는? 어떤 식으로 땅속의 물을 빨아들여 맨 위의 가지까지 공급하는 것일까? 그것 역시 간단하다. 펌프를 만들면 된다. 잎이 아주 넓은 데다 적도 근방이라 기온이 높다 보니 증발이 무척 빠르게 진행되어 나무의 관 속에 커다란 공간이 생긴다. 이 공간을 메우기 위해 물과 영양분이 맨 아래에서 줄기 안으로 빨려 들어오는 것이다. 엄청난 흡입력으로 빨아들인 물이 공급된다. 눈 깜짝할 사이에 100미터 이상 되는 높이의 나뭇잎까지 수분을 공급하는 것이다.

조나탕은 식물에 관한 작은 정보 한 가지를 무심코 지나친 채 그만『불의 계절』을 덮었다.

"아마조니아 숲의 나무 한 그루만 살려도 1500여 종의 곤충을 보호할 수 있대."

조나탕은 자조적인 눈빛으로 레아를 바라보았다. 키니네(말라리아 치료 특효약)와 해독제 상자. 그녀는 이미 마음을 굳혔다. 위험을 무릅쓸 각오가 되어 있었다.

14

·

사인, 코사인, 탄젠트

조나탕과 레아가 다락방에서 지도와 관광 안내서를 들여다보며 머나
먼 도시 마나우스로 항해해 가는 동안, 뤼슈 씨는 차고 방에 들어앉아 그
로루브르의 편지를 '글자 그대로' 해석하려면 친구가 만들어 놓은 명단
에서 오마르 하이얌 바로 다음에 나와 있는 알투시를 먼저 만나러 가야
겠다는 뜻을 굳혔다. 그 대답은 책 속에 있었다. 아마존 서재로 들어서는
순간 일전에 아랍세계연구소에서 발견한 알콰리즈미라는 동시대인의
저서 『재판관과 파리』를 다시금 기억해 냈다.

"책이 죽은 자를 되살리거나, 바보를 온전한 인간으로, 어리석은 이를
현명한 사람으로 탈바꿈시키지는 않는다. 책은 오직 정신을 일깨우고
다듬어 앎의 욕구를 채워 주는 역할을 한다. 뭐든지 알고 싶어 하는 이는
가족의 입장에서도 치료해 주는 편이 낫다. 그것의 원인이 단지 대수롭
지 않은 정신적 장애로 인한 것일 수도 있기 때문이다. 네가 그에게 침묵
을 강요하면 벙어리가 되고, 말을 시키면 웅변가가 된다. 책이 있음으로
해서, 너는 유구한 세월 동안 전문가의 입을 통해 배워 알게 될 것을 한
달이라는 짧은 시간 내에, 더욱이 빚을 지지 않고도 지식을 얻을 수 있

는 것이다. 책은 너로 하여금 가증스러운 이와의 교제나 말귀가 어두운 우매한 자와의 관계에게 벗어날 수 있게 한다. 또한 낮이나 밤이나, 평소 집에 있을 때나 여행 중일 때나 항상 너에게 복종한다. 설사 네가 불행에 빠지더라도 결코 너를 외면하지 않을 것이다. 또한 일이 순조롭게 풀리지 않더라도 책은 네게서 등을 돌리지 않으리라. 때로는 책이 그것을 쓴 지은이보다도 더 나을 수가 있다."

뤼슈 씨는 그처럼 많은 아라비아 수학자의 존재를 알게 된 지금, 그로루브르가 왜 하필 이 두 사람을 언급했는지 그 이유가 궁금해졌다. 자신의 추측이 맞는다면 그로루브르가 어떤 의도로 이들을 선택했는지, 또한 두 수학자와 자신의 일 사이에 어떤 연관성이 있는지 알아낼 필요가 있었다. 두 수학자의 공통점, 다시 말해 특별한 의미가 될 만한 공통점을 내비치려는 의도가 아니었을까. 이러한 의문에 대한 답을 얻기 위해서는 무엇보다 두 명의 알투시 가운데 어느 쪽이 그 위대한 수학자인지 확인해야 한다. 활동 연대로 보아 나시르보다는 샤라프 쪽이 오마르 하이얌과 훨씬 더 가까웠다.

지난번처럼 눈이 오지는 않았다. 하지만 몹시 추운 날씨였다. 수도꼭지에서는 더 이상 물이 방울져 떨어지지 않았다. 얼어붙어 구릿빛 꼭지 끝에 매달려 있을 뿐이었다. 뤼슈 씨는 마구 어지럽혀진 책상 위를 쳐다보았다. 물건들이 널려 있었다. 여기저기 수정한 흔적으로 지저분해진 원고들이며, 바닥에 누렇게 때가 앉은 찻잔 하나, 작년 신문들, 조나탕과 레아의 '전후 사진' 등등. 뤼슈 씨는 아마존 서재에 딱 한 권 있는 샤라프 알딘 알투시의 저서 『방정식』을 꺼냈다. 그리고 제목이 말해 주듯 대수학에 관한 책을 펼쳤다. 그로루브르의 도서 카드 첫 부분은 이렇게 시작되었다.

샤라프 알딘 알투시는 오마르 하이얌이 하던 연구를 이어받았다.

그건 사실이었다. 그로루브르는 자신의 의중을 드러냈다. 실제로 샤라프 알딘 알투시는 삼차 방정식의 기하학적 해법에 관한 연구를 계속했다. 이는 그가 곡선 연구에 뛰어든 계기가 되었다. 그가 당대의 다른 수학자들에 비해 훨씬 앞서 있었다는 얘기다. 천재적인 이 수학자의 가장 중요한 공적은 바로 '미분 계수'의 개념을 도입했다는 데 있다. 샤라프가 그 위대한 알투시라면, 그로루브르는 마나우스 사건과 관계된 어떠한 정보를 뤼슈 씨에게 전달하고자 했던 것일까? 오마르 하이얌과 샤라프 알딘 알투시는 무엇으로 자신의 연구를 진척시켰을까?

뤼슈 씨는 이제 나시르 쪽을 알아봐야겠다고 마음먹었다. 휠체어를 끌고 서가 앞으로 다가간 그는 나시르 앗딘 알투시의 『목판과 먼지를 이용한 산술집』을 꺼내 읽기 시작했다.

5세기경 인도의 계산가들과 그 뒤를 이은 아라비아의 계산가들은 부드러운 흙이건 모래건 상관없이 땅바닥에 직접 숫자를 쓰거나, 아니면 먼지나 곡식 가루를 한 꺼풀 씌운 작은 목판을 자루에 넣고 다니면서 그 위에 숫자를 쓰곤 했다. 이 때문에 그 숫자를 '먼지 숫자'라고 불렀다.

＊

서가를 따라 한 발짝 앞으로 나간 뤼슈 씨는 『분할도형의 신비』라는 다섯 권짜리 수학서 앞에 멈춰 섰다. 호기심을 유발하는 제목이었다. 다섯 권을 몽땅 뽑아 책상으로 가져왔다. 그 책은 기하학에 관한 것이었다.

책은 원을 비롯한 수많은 도형으로 가득 차 있었다. 아라비아의 삼각법 관련서로는 가장 대표적인 책이므로 당연한 일이기도 했다. 그로루브르는 도서 카드에서, 나시르 앗딘 알투시가 아불 와파와 함께 삼각법의 창시자라는 말을 했다. 물론 그 전에도 삼각법이란 것이 있긴 했으나, 그리스나 인도, 아라비아 등지에서 삼각법은 그저 별의 위치나 행성의 이동 등 천체에 대한 이해를 돕기 위해 사용된 계산법으로서 천문학의 도구에 불과했다고 한다. 그러나 나시르 앗딘 알투시는 삼각법을 원과 구의 기하학을 토대로 한 독자적인 수학의 한 영역으로 취급해 고귀한 저작의 주제로 삼았던 것이다. 그런데 도서 카드의 문체가 뤼슈 씨의 눈길을 끌었다. 분명 그것은 사적인 용도만을 위해 쓰여진 것이 아니었다. 그러고 보니 다른 것들도 모두 마찬가지라는 사실을 깨달았다. 그로루브르가 독자에게 직접 말을 건넴으로써 아마존 서재에 있는 장서들 각각의 주제를 밝히려는 듯한 서술 방식을 택하고 있었다. 어쨌든 그로루브르의 글은 계속되었다.

여느 창시자들처럼 나시르 앗딘 알투시에게도 선임자들이 있었다. 제일 먼저 알렉산드리아 출신의 그리스 지리학자 겸 천문학자로, 기원전 2세기의 히파르코스와 기원후 2세기의 프톨레마이오스를 들 수 있다. 그다음으로 역시 알렉산드리아 출신의 수학자인 기원전 2세기의 테오도시우스와 기원후 2세기의 메넬라오스가 있다.

*

뤼슈 씨는 본능적으로 책상 위에 널려 있던 조나탕과 레아의 스키장 사진으로 시선을 돌렸다. 이런 자신의 몸짓에 스스로도 놀라던 뤼슈 씨는 그 이유를 알게 되자 하던 일을 계속했다. 그로루브르는 카드의 마지막 부분에서 두 번씩이나 '전' '후'라는 표현을 썼던 것이다. 그는 즉시 사진과 결부시켜 생각했다. 그러고는 '그 친구, 정말 괴짜군!' 하고 생각했다. 뤼슈 씨는 이런 우연의 일치를 몹시 좋아하는데 그는 이를 인생사의 평범함 속에서 일어난 기적의 개입이라고 생각했다. 그는 합리주의자답게 일체의 괴상한 해석을 접어 둔 채 책 읽기를 계속했다.

유클리드의 평면기하학이 등장한 지 1세기가 지나, 테오도시우스와 메넬라오스가 차례로 구면기하학을 선보였다. 그 가운데 메넬라오스는 구면 위에 놓인 도형들의 다양한 속성을 밝혀냈다. 특히 구면삼각형의 각의 합이 $180°$보다 크다는 중요한 사실을 확인했다.

"$180°$보다 크다고?"

그는 그 대목을 다시 읽었다.

"그래, 맞아. 크지, 같진 않아!"

그는 삼각형의 세 각의 합은 $180°$라고 믿었었다. 그것이 바로 그리스인들이 주장하던 바였다. 하지만 각의 합이 $180°$인 경우는 평면에서만이다. 다른 경우에는 그렇지 않다. 뤼슈 씨는 지금껏 한 번도 생각해 보지 않았던 '곡면 위에 있을 때 어떻게 될까?'라는 문제를 생각해야만 했다. 메넬라오스는 '오렌지 껍질 위에 펼쳐진 삼각형의 내각의 합이 오렌지 나뭇잎 위에 놓인 것보다 크다'는 주장을 하려고 한 걸까? 구면 위에서 80년이 넘는 세월을 살아온 뤼슈 씨는 자신이 사고의 틀이 평면에만 머물러 있는, 말 그대로 '평면' 인간이라는 사실을 깨달은 것이다. 요컨대 그는 고약한 유클리드학파인 셈이었다. 천천히 서가 쪽으로 다가간 뤼슈 씨는 혼란스러움을 감출 길이 없었다.

삼각형의 세 각의 합은 180°이다.

이 말은 그의 기억에서 절대적 진리로 인식돼 왔으나 실상 조건부 진리에 불과했다. 그 문장에서 말하는 삼각형이란 분명 '평면' 삼각형만을 가리키는 것이다. 형용사 하나로 전체 의미가 달라지다니……. 마치 인생에서처럼 말이다. 수학은 다른 모든 학문 이상으로, 어느 정도의 범위 내에서, 어떠한 조건하에서, 어떠한 가정에 의해 그 주장이 사실인지를 명확하게 밝혀야 한다. 그래야 그 주장이 완벽한 모양새를 갖추게 된다. 뤼슈 씨는 그 글들이 어떤 점에서는 철학적으로 또한 정치적으로, 사고의 절대론과 대치되는 일종의 실습과 같은 것일 수 있다는 점을 분명히 알았다. 명증성을 선언하고 확실성을 부르짖는 자들이 상대의 입을 막기 위해 소리 높여 주장하는 바가 무엇일까? 그것은 바로 불가피성이다. 곧 2+2=4다. 정확히 말해 2+2는 아무 데서나 4가 되는 게 아니다. 2+2는 4가 되라고 명령하는 곳에서 4가 되는 것이다. 우리가 늘 사용하는 수의 세계에서 4가 되는 것이다. 2+2가 4가 아닌 다른 것이 되는, 또 다른 수의 세계도 존재할 수 있다. 심지어 2+2가 0이 될 수도 있다. 수학이 권위주의적인 논쟁에서 탈피하기만 한다면, 절대적인 진리가 아닌 철저히 한정된 진리, 그것도 청동같이 차가운 진리만 내세운다는 것은 새로운 발견이었다. 이러한 놀라운 사실을 간과한 채 생을 마감할 뻔했다니 뤼슈 씨는 일종의 희열감마저 느꼈다.

아마존 서재에 줄기차게 드나들다 보니 어느새 그때까지만 해도 차갑고 비상식적인 세계로만 보이던 수학이라는 학문과 점점 가까워졌다. 뤼슈 씨가 만족스러워한 부분도, 연구를 더 해 보자는 욕심이 든 부분도 바로 수학적 진리가 우주를 초월하지는 못하지만 진리라고 자처하는 공간에서는 적어도 실존하고 있음을 실제로 깨달았다는 데 있다. 흥분한 그는 책상으로 가서 나시르 앗딘 알투시의 저서에 관한 도서 카드를 다시 찾아 읽었다.

뤼슈 씨는 '삼각법'에 대해 좋은 기억을 갖지 않았기 때문에 실제 아무런 기억도 나지 않았다. 지식을 쌓기 위해 반드시 암기해 응용해야 할 숱한 공식들이라면? 그는 곡선과 직선, 곧 원호와 호의 양끝을 연결한 현의 관계가 문제라는 것을 실제로 알아 가는 중이었다.

원의 반지름에 따라 현의 길이를 측정하는 것. 선택된 어휘에 대해서는 더 이상의 설명이 필요 없다. 사냥 무기에서 활시위(현)는 나무줄기가 양끝에 미치는 압력에 의해 곧게 당겨지는 반면 활(호)은 당겨진 시위가 부과한 한도에 의해 휘는 것이다. 현이라는 단어는 히타이트어로 '창자'라는 말에서 유래됐다고 보는데 후에 그리스어의 '소시지'라는 말의 어원이 되기도 했다.

계속해서 도서 카드를 읽어 가는 동안 뤼슈 씨는 각과 변의 관계를 규정함으로써 어떻게 삼각법의 대상이 원에서 삼각형으로 넘어갔는지 알게 되었다. 그렇게 하여 도서 카드는 각의 측정에서 변의 측정으로, 또한 그 반대로 넘어가는 놀라운 방법 한 가지를 가르쳐 주었다. 뤼슈 씨는 원에서의 '곡선 – 직선', 삼각형에서의 '각 – 선분' 등의 두 가지 변화를 파악했다.

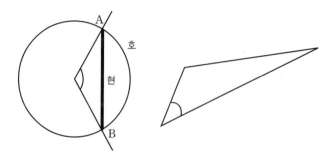

천문학에서 두 번째로 평가받는 위대한 업적은 표의 작성이었다. 최초의 삼각표는 히파르코스의 삼각표인데 지금은 사라지고 없다. 한편 프톨레마이오스의 표는 현의 길이와 호의 값이 일치한다는 것을 입증한다. 그로루브르는 다음과 같이 짤막하게 주를 달아 놓았다.

현표는 수학사상 처음으로 함수의 형태를 보여 준 예다. 그리스인들이 원을 360°로 나누는 습관을 붙이게 된 것도 바로 이 시기였다.

이후 인도인들은 현표 대신 사용이 간편한 사인표(정현표)를 만들었다. 사인은 영락없는 반현이다. 그 명칭은 산스크리트어로 '활시위'라는 뜻을 가진 '지바jiva'에서 유래되었다.

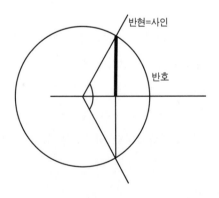

다시 카드로 눈을 돌렸다.

모든 천문학적 계산의 정확도는 사인표가 얼마나 정확한가에 달려 있었는데, 사인표의 작성은 바로 각의 삼등분 문제와 연관되어 있다. 알콰리즈미는 사인표를 작성한 최초의 아라비아 수학자였다.

또다시 삼등분 이야기가 나왔다는 것이 기뻤다. 아직까지 해결되지 않은 삼등분 문제를 통해 알콰리즈미는 핵심에 접근한 듯하다. 아라비아 수학 거의 모든 분야의 시발점에서 이 사람을 다시 만나다니, 위대한 탈레스의 존재감은 대단했다. 그로루브르는 마치 그의 생각을 읽었다는 듯이 이렇게 적어 놓았다.

그 직후 하바시 알하시브가 탄젠트를 발명했다. 하바시 알하시브는 '계산하는 사람'이란 뜻이다. 탄젠트는 물체의 높이를 측정하기 위한 이 상적인 도구다. 탄젠트표를 사용함으로써 그 유명한 쿠푸 왕의 피라미드 높이를 바로 측정할 수 있다. 하지만 탈레스는 그것을 사용하지 않았으니……

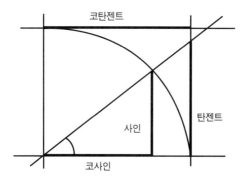

뤼슈 씨는 삼각법의 4총사, 곧 사인, 코사인, 탄젠트, 코탄젠트를 다시금 생각해 냈다. 연필과 자, 컴퍼스를 양손에 쥐고는 서둘러 그림 하나를 그렸다. 모든 기억이 순식간에 떠올랐던 것이다. 최대한 완벽한 형태의 표를 작성하기 위해 아라비아 수학자들은 하나의 이론을 정립할 필요가 있었다고 그로루브르는 덧붙였다. 그 때문에 그들은 현재 수많은 고등학생들의 강박 관념이 되다시피 한 그 유명한 삼각법 공식을 만들게 된 것이다.

$$\cos(A+B)=\cos A \times \cos B - \sin A \times \sin B$$
$$\sin(A+B)=\sin A \times \cos B + \sin B \times \cos A$$

그 공식을 통해 각 A와 B의 사인과 코사인 값을 알면, 각 $(A+B)$나 각 $(A-B)$의 사인과 코사인을 구할 수 있다. 이 골치 아픈 공식들이 필요한 이유는 어떠한 값을 가지고서 삼각표를 완성시킬 수 있기 때문이다. 뤼슈 씨는 이러한 노력의 결과, 마침내 삼각법이 무엇인지 알게 됐다는 사실에 흡족해했다. 하지만 마음 한편으로는 수학 분야에서의 활동과 연관된 오마르 하이얌과 나시르 앗딘 알투시의 관계를 규명할 만한 어떠한 단서도 발견하지 못했다는 사실에 못내 아쉬워하며 나시르 앗딘 알투시의 책을 덮었다. 오마르 하이얌은 특히 대수학 분야에 관심을 가졌고, 나시르 앗딘 알투시는 삼각법과 천문학에서 두각을 나타냈다고 한다. 논리적으로 생각해 볼 때 그들 간에 수학적 관계가 있었다면 제삼의 분야인 기하학에서만은 서로 만날지도 모른다.

＊

뤼슈 씨는 외투를 살짝 걸친 채 차고 방을 나섰다. 중간까지만 단추를 채우고 아랫부분은 풀어 헤친 상태였다. 가로등은 일제히 불을 밝히기 위해 그의 외출을 기다렸던 것 같았다. 아직은 해가 완전히 떨어지지 않았다. 뤼슈 씨는 비탈을 따라 엎어지면 코 닿을 정도의 거리에 있는 에밀 구도 광장 쪽으로 갔다. 저녁 공기는 신선하고 건조했다. 신경 세포에도 맑은 공기를 쏘일 겸 그에겐 운동이 필요했다. 길거리에는 쥐 새끼 한 마리 보이지 않았다. 겨울이라 좋은 점이 있다면 나무의 잎사귀들과 함께 몽마르트르 언덕을 찾는 관광객도 자취를 감춰 버린다는 것이다. 집으로 들어가려던 그는 무심코 유리창 너머로 서점 안을 들여다보았다. 손님이 하나도 없었다. 대개 크리스마스 직후가 제일 장사가 안 되는 시기지만, 겨울철인 데다 밤이 길다 보니 오히려 책을 가까이하고 싶어 할 수도 있다.

페레트는 카운터 옆의 자그마한 버드나무 탁자 앞에 앉아 커다란 장부를 펼쳐 놓고 그날의 매출을 맞춰 보느라 여념이 없었다.

거리에서 찬 바람을 맞은 뒤라 아마존 서재는 그야말로 찜통 같았다. 그는 몇 군데에 불을 켰다. 이제부터는 기하학이다. 오마르 하이얌과 나시르 앗딘 알투시 사이의 관계를 밝혀낼 수 있을 것인가? 제일 먼저 그는 『유클리드의 '기하학 원론' 중 일부 공준의 난점에 관한 주석』이라는 책을 꺼냈다. 유클리드의 『기하학 원론』에는 기하학의 공준만 있었다는 것을 기억하는 그로서는 그 책이 기하학 관련서인지 알아보기 위해 책을 펼칠 필요도 없었다. 그러나 더 이상 그는 이 부문에 관한 책을 찾을 수 없었다. 과연 두 수학자는 수학과 관계된 작업에 서로 공유하는 부분이 전혀 없었을지 뤼슈 씨는 의심스러웠다. 그의 추측이 맞는다면 관련 있는 책이 반드시 아마존 서재 어딘가에 있어야 했다. 그렇다면 도대체 어디에 있단 말인가? 뤼슈 씨는 서가를 천천히 둘러보며 책 표지에 적힌 제목을 하나하나 훑어갔다. 아라비아 수학을 주제로 한 '섹션 2'의 맨 끝에 이르렀을 즈음, 그의 시선이 어떤 책에 가서 멈췄다. 그 책의 제목은 놀랍게도 『평행선에 대한 의심을 풀어 주는 소론』이었다. 바로 나시르 앗딘 알투시가 저술한 기하학서였다. 생기를 되찾은 뤼슈 씨는 잡동사니가 어지럽게 널려 있는 책상 위에 두 권의 책을 내려놓았다. 연대순으로 찾아보기로 하고, 먼저 오마르 하이얌의 책을 펼쳐 재빨리 도서 카드를 꺼냈다.

이 책은 평행선에 관한 제5공준과 관계된 것이다. 이 공준은 유클리드가 처음 제시한 뒤로 끊임없이 수학자들을 괴롭혀 온 문제였다. 그의 무엇을 비난하는가? 그 진술은 공준이라기보다는 정리에 가까운 데다 더욱이 정리의 역명제다. 그런데도 그것 없이는 아무것도 할 수 없다. 그것이 없다면 피타고라스의 정리도 있을 수 없다. 평면삼각형의 세 각의 합이 180°라든가, 직사각형이 존재한다든가 하는 것을 주장할 수 있는 것도 바로 그 공준 때문이다. 정말 시시하군.

이러한 결점을 개선하기 위해, 수학자들은 줄곧 평범한 방식으로 그 공준을 정리의 상황으로 가져갈 수 있도록 공준의 위치로서 결정짓고자 했다. 그들은 그 공준을 증명하는 일, 다른 공리와 공준으로부터 그 공준을 추론하는 일에 열중했다. 이 문제에 대한 오마르 하이얌의 생각은 무엇일까? 나머지 한 직선과 수직을 이루는 두 직선의 경우 수렴하거나 동시에 두 선분으로부터 발산할 수 없다. 그 때문에 오마르 하이얌은 평행선에 대해 '두 직선이 나머지 한 직선과 수직을 이루는 경우 두 직선은 평행하다'라는 또 다른 해석을 하게 되었다.

장점은 평행 관계를 눈앞에서 직접 시험해 볼 수 있다는 것. 단점은 수직성에 따르므로 더 이상 기본 속성이 아니라는 것. 그 말은 두 직선이 평행 관계인지 직접 시험해 볼 수 없음을 의미한다. 만약 시험하고자 한다면 나머지 한 직선에 호소하는 수밖에 없다. 나는 그 방법을 그다지 좋아하지 않는다.

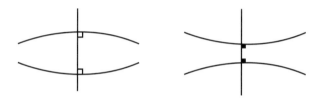

그는 오마르 하이얌의 책을 덮고 나시르 앗딘 알투시의 책을 폈다. 그러자 굉장한 그림들이 눈에 들어왔다. 도서 카드에는 이렇게 쓰여 있었다.

나시르 앗딘 알투시 역시 제5공준을 증명하고자 했다. 그는 오마르 하이얌의 해석이 잘못되었음을 지적했다. 그러나 자신도 증명 과정에서 오류를 범했다.

나시르 앗딘 알투시는 하나의 직선에 내린 수직선과 사선은 반드시 서로 교차한다는 사실을 근거로 제5공준을 설명하고자 했던 것이다.

오마르 하이얌이나 나시르 앗딘 알투시나 그 밖에 다른 아라비아 수학자들도 제5공준을 증명하지 못했다. 그 문제는 뒤를 잇게 될 서양 수학자들의 몫으로 남았다. 기하학이라는 몸통에 꽂힌 가시 같은 존재인 셈이다. 나시르 앗딘 알투시는 다음과 같은 공준을 바탕으로 할 것을 제안하고 있다.

'동일 평면상에 위치한 직선들이 같은 방향으로 발산하는 경우, 서로 교차하지 않는 한 그 방향에서 수렴할 수 없다.'

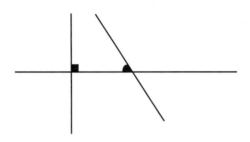

'그래, 바로 이거야. 오마르 하이얌과 나시르 앗딘 알투시 두 사람 모두 제5공준을 증명하려 애썼지만 둘 다 증명에는 실패했어. 그래서 어쨌다는 거지?'

뤼슈 씨는 지금까지 알게 된 사실들을 정리해 보았다. 그리 큰 수확은 없었다. 더 많은 정보를 얻기 위해 그는 오마르 하이얌과 나시르 앗딘 알투시의 생애에 관해 알아봐야 했다. 아마도 그러다 보면 보다 납득할 만한 둘의 관계가 밝혀지게 될 것이다. 뤼슈 씨는 서류들을 뒤죽박죽인 채로 던져 놓고는 안마당에 있는 수돗가에 가서 씻을 요량으로 찻잔을 주머니에 넣은 다음, 조나탕과 레아의 사진 두 장을 집어 봉투에 넣으려 했다. 그 순간 작은 종이 한 장이 봉투에서 빠져나와 멀리 날아갔다.

하지만 뤼슈 씨가 그로루브르의 도서 카드를 처음 발견했을 때처럼 서가 밑으로 떨어지지는 않았다. 뤼슈 씨는 그것을 집기 위해 몸을 구부렸다. 하지만 거기까지 팔이 닿지 않자 한 번도 그의 곁을 떠난 적이 없는 휠체어 아래에 놓인 기다란 집게를 들어 종이를 주웠다. 그것은 담뱃갑을 펼친 종이였는데, 레아의 필체로 이렇게 쓰여 있었다.

"뤼슈 할아버지, 끔찍한 추락을 경험한 저희는 할아버지께 다음과 같은 공준을 제시합니다. '한쪽 스키는 다른 쪽 스키와 평행을 이루며 지나간다.'"

*

일본 신주쿠 NS빌딩은 200미터 고도에 우뚝 솟아 있다. 도쿄 주요 상업 지구의 심장부에 위치한 이 빌딩은 모든 이의 시선을 끈다. 내부를 들여다보면 절로 입이 벌어질 정도다. 쉽게 말해 껍데기만 남고 속은 텅 비어 있는 형상이다. 건축재로 사용된 유리가 총 6000개라고 관광 안내 책자에 나와 있다. 신주쿠 NS빌딩의 29층에는 100미터 남짓한 긴 원통형의 터널식 다리가 걸쳐져 있어 중앙의 텅 빈 부분을 빙 돌지 않아도 반대쪽으로 곧장 가로질러 갈 수 있다. 도시의 밀림 속으로 나 있는 이 다리 위를 어떤 남자가 걸어가고 있었다. 몹시 분주해 보였다. 몇 가지 업무를 처리한 그는 시부야역의 충견 동상 아래에서 약속이 있었다. 다리 한복판에서 길을 막고 재잘대던 세일러복 차림의 여고생들을 밀치며 빠른 걸음으로 나아가던 그는, 한 '고객'이 도쿄의 대표적인 약속 장소로 알려진 이 동상에 대해 그에게 들려준 이야기를 아직도 기억하고 있었다.

1920년대 말, 어느 대학 교수가 매일 아침 시부야역에서 기차를 타고 출근했는데 그의 애견 하치코는 언제나 역까지 따라 나와 그를 배웅하곤 했다. 그리고는 주인이 귀가하는 시간보다 조금 일찍 역으로 나가서 그를 기다렸다가 둘이 함께 집으로 돌아오곤 했다. 이미 수년 동안 계속해 오던 일이었다. 그런데 어느 날 저녁, 교수는 돌아오지 않았다. 그날

신문에는 그 교수가 차에 치여 죽었다는 기사가 실렸다. 하지만 아무도 그 사실을 개에게 알려주지 않았다. 하치코는 매일 저녁이면 시부야역으로 나가 주인이 오기만을 기다렸다. 마지막 승객이 내리고 나면 하치코는 다시 집으로 돌아왔다. 그 기다림은 7년 동안 계속되었다. 1935년, 결국 하치코는 눈을 감았다. 이토록 충직한 하치코의 넋을 기리기 위해 도쿄 시민들이 동상을 세운 것이다. 충견 동상 아래에서 약속하는 것은 언제까지나 상대를 기다리겠다는 의미가 내포되어 있다고 했다.

남자는 기다릴 필요가 없었다. 고객이 먼저 와 있었다. 일본인의 정확성은 알아줄 만했다. 일은 생각보다 빨리 마무리되었다. 이쯤 되면 보스도 흡족해할 것이다. 무척 기분 좋은 하루다. 도쿄의 하늘에도 어둠이 내렸다. 크리스마스가 얼마 지나지 않았을 때였다. 전통을 고집하는 그 남자는 크리스마스를 가족과 함께하지 못한 것이 못내 아쉬웠다. 일 때문이었다. 어쨌든 지금은 도쿄의 어느 최고급 식당에 앉아 있었다. 도쿄에서만 구경할 수 있는 낙지 튀김 요리, 다코야키와 고급 청주를 듬뿍 끼얹은 초밥을 시켰다. 정말 배불리 먹었다. 그렇게 밤이 깊어 갔다.

택시 기사는 도쿄에서 이름난 유흥가 가운데 하나인 가부키초 거리로 그를 안내했다. 먼 길을 달려 목적지에 도착한 택시 기사는 도쿄에서 좋은 곳은 모두 황궁과 거대한 정원들이 차지하고 있어 통행이 금지되어 있다고 설명해 주었다.

"그래도 신주쿠 NS빌딩 29층에는 직접 통하는 길이 있죠."

그 남자는 뒤늦게 생각난 듯이 말했다.

"빌딩은 미국식이지만 정원은 일본식이에요."

택시는 그를 어느 가라오케 앞에 내려 주곤 휭하니 사라졌다. 문을 열고 안으로 들어서는 순간 라이브 바의 온화하고 나른한 분위기가 그의 온몸을 휘감았다. 한 여자가 작은 무대 위에서 희미한 조명을 받으며 녹음된 반주에 맞춰 노래를 부르고 있었다. 그 남자는 단단해 보이는 어깨와 우람한 체격과는 달리 부드럽고 다정다감한 사람이었다. 그리고 사랑을 주제로 한 노래들을 무척 좋아했다. 그 노래들은 언제나 그의 마음을 차분히 가라앉혀 주었다. 노래를 마친 여자는 손님들의 박수갈채를 받으며 탁자로 돌아와 앉았다. 그때 사회자가 그 남자에게 다가왔다.

"프랑스인이신가요?"

남자는 고개를 끄덕였다. 사실 이탈리아인이었지만 그냥 그렇게 대답하는 편이 낫겠다고 생각했던 것이다. 사회자는 그에게 마이크를 건네려 했다.

"일본인들은 샹송을 무척 좋아하죠. 한 곡 부탁드립니다."

사회자는 영어가 아닌 프랑스어로 말했다. 하지만 남자는 그 청을 거절했다. 그러자 사회자의 돌발적인 행동과 함께 마이크가 그의 손에서 스르르 미끄러졌다. 마이크가 바닥에 닿기 일보 직전 남자는 엉겁결에 마이크를 받아 쥐었다. 사회자가 속임수를 쓴 것이었다. 마이크 줄은 이미 그의 손목에 감겨 있었다. 관객 모두 그 광경에 익숙한 듯 장내는 웃음바다가 되었다. 남자는 마이크를 손에 쥐고 있는 자신을 발견했다. 더 이상 거절할 수 없는 상황이었다. 사회자는 그를 무대로 끌어내 샹송 가사가 인쇄된 노래책을 내밀었다. 잠시 주위가 조용해지더니 어느새 말끔하게 차려입은 이 건장한 남자의 노래가 시작되었고, 이내 모두들 그의 노래에 흠뻑 빠져들었다. '내게 사랑 이야기를 들려줘요, 사랑을 속삭여 줘요.' 참으로 아름다운 곡이었다. 노래가 끝나자 여기저기서 환호성이 터져 나왔다. 남자는 자기 자리로 돌아왔다. 그때 옆 탁자에 앉아 있던 귀엽게 생긴 젊은 여자 둘이 그를 향해 술잔을 높이 들어 보였다. 그도 자신의 술잔을 들어 건배했다. 둘 중 한 명은 그가 처음 술집으로 들어섰을 때 노래를 부르던 여자였다. 그녀가 그에게 살짝 미소를 지으며 다가앉더니 강한 억양으로 이렇게 말했다.

"파리! 파리!"

이윽고 가방을 뒤지더니 구깃구깃한 신문 한 장을 꺼내 펼쳐 보였다. 중앙에 사진 한 장이 실려 있었다. 남자는 즉시 그것이 루브르 박물관의 유리 피라미드임을 알아보았다. 사진 아래에는 설명이 붙어 있었는데 일본어로 되어 있어 무슨 말인지 도통 알 수가 없었다.

高齢のフランス人学者は建築家イエオ・ミン・ペイの設計によるルーヴル美術舘のガラス製ピラミッドの高さを、古代ギリシアの数学者タレスの影を使う方式で測定する。

(프랑스의 한 노학자가 고대 그리스의 수학자 탈레스의 그림자 계산법을 이용, 건축가 이오 밍 페이가 설계한 루브르 박물관 유리 피라미드의 높이를 측정했다.)

그는 신문을 돌려주려다 무심코 사진을 다시 보았다. 직업적인 본능처럼 반사적으로 나온 행동이었다.

"제기랄!"

그의 거친 반응에 젊은 여자는 겁에 질려 손을 뒤로 뺐다. 사진 속에서 꼬마의 어깨 위에 앉아 있는 앵무새 한 마리를 발견하고는 가까이 들여다보았다. 그는 자리에서 벌떡 일어나 탁자에 지폐 한 장을 던져 놓고 신문을 거머쥔 채 술집을 나갔다. 첫 번째 상점에 들어서자마자 복사기 앞으로 달려간 그는 신문을 펼쳐 문제의 사진이 유리면 정중앙에 오도록 맞춘 다음 확대 버튼을 눌렀다. 복사 상태는 아주 좋았다.

'지금 파리는 몇 시쯤 되었을까? 시차가 여덟 시간이니까, 오후겠군.'

단 1분도 지체할 수 없었다. 상점에서 약간 떨어진 곳에 팩시밀리를 쓸 수 있는 잡화점이 하나 있다. 그곳으로 달려가 주인에게 종이 한 장을 얻은 남자는 주머니에서 아바나 여송연처럼 굵은 금장 만년필을 꺼내 이렇게 적었다.

그 꼬마 사진이야. 사진을 보면 알겠지만 앵무새는 아직 파리에 있어. 이제 자네가 알아서 하게. 빨리 그들을 찾아!

그는 파리에 있는 패거리에게 팩시밀리로 이 사실을 알렸다. 그제야 비로소 안도의 한숨을 내쉴 수 있었다. 기뻐하는 보스의 모습이 떠올랐다. 남자는 옷매무새를 고친 뒤 잡화점을 나섰다. 그가 벼룩시장의 창고에서 막스와 몸싸움을 벌인 두 녀석 가운데 덩치 큰, 바로 그놈이었던 것이다.

*

뤼슈 씨는 도서관의 일곱 번째 하늘, 환희의 절정으로 통하는 유리 방으로 들어갔다. 오마르 하이얌의 생애에 관해 좀 더 알아보기 위해 아랍세계연구소를 다시 찾기로 마음먹었던 것이다. 물론 특별한 이유 없이 그저 다시 가 보고 싶은 마음도 있었다. 처음 갔을 때처럼 알베르가 쉴리교 입구의 생베르나르 기슭에 내려 주었다. 그리고 먼젓번처럼 한참을 기다려서야 찻길을 건널 수 있었다. 책의 탑에 도착하자마자 어린애처럼 한달음에 나선형 경사로를 올라가 열람실에 도착한 그는 철제 책상과 등받이가 둥근 의자를 다시 만나자 무척 반가웠다. 서가에서 필요한 책을 골라 와 자리를 잡고는, 사방을 휘 둘러보며 지난번에 너무도 친절하게 자신을 도와주던 갈색 머리 여학생을 찾았다. 하지만 그녀의 모습은 보이지 않았다. 5시경 9층에 있는 식당 테라스에서 페레트의 세 아이와 만나기로 약속했기 때문에 그는 슬슬 작업을 시작했다.

오마르 하이얌은 1048년 6월 18일 페르시아의 '해 뜨는 마을' 호라산에서 태어났다. 그의 아버지는 아브라함의 아라비아식 이름, 이브라힘이라 불리는 천막 상인이었다. 오마르 하이얌이 시인이 되자 필명을 무엇으로 할까 고심하다 선택한 이름이 바로 '천막 장사의 아들'이란 뜻의 '하이얌'이었던 것이다. 긴 여정에 대상의 규모 또한 엄청나던 그 시절엔 제법 괜찮은 장사였다. 이브라힘은 아들을 니샤푸르 이슬람교 학교에 입학시켰다. 오마르 하이얌은 금세 친구들을 사귀었다. 그 가운데 압둘 카셈과 하산 사바흐와 가장 가까웠다. 이들 삼총사는 항상 붙어 다녔다. 공부할 때는 물론이고 멋진 시간을 함께 나누었다. 시대를 뛰어넘어 세상의 모든 학생이 그렇듯 그들도 끝없이 이어지는 축제 때마다 광란의 밤을 보내곤 했다. 그러던 어느 날, 축제가 끝나자 그들 가운데 하나가 나머지 둘에게 약속을 하나 하자고 제안했다.

"우리의 변함없는 우정을 맹세하자. 우리 셋 모두 똑같이 대등한 사이야. 우리 절대 변치 말자. 제일 먼저 명예와 부를 얻는 사람이 나머지 둘을 돕는 거다."

그들은 맹세했다. 가장 먼저 명예를 얻은 사람은 압둘 카셈이란 친구였다. 그는 니잠 알 물크라는 재상이 되었다. 그리하여 두 친구가 그를 만나러 갔다. 그는 친구들과의 약속을 잊지 않고 있었다. 그것은 『천일야화』에나 나올 법한 전설 같은 이야기였다. 뤼슈 씨는 계속 읽어 내려갔다.

니잠 알 물크는 오마르 하이얌에게 조정의 요직을 제의했다. 하지만 오마르 하이얌은 그 자리에서 사양했다.

"관직에는 관심 없네. 자네가 내게 해 줄 수 있는 가장 큰 배려는 내가 언제까지고 학문을 계속할 수 있도록 도와주는 것일세."

니잠 알 물크는 그에게 돈을 주어 이스파한이라는 도시에 천문대를 세우도록 했다. 이번에는 하산 사바흐의 차례였다. 그는 오마르 하이얌과 달리 니잠 알 물크의 제의를 수락했다. 워낙 똑똑하고 교양 있는 사람이다 보니 얼마 가지 않아 술탄의 신임을 얻게 되었다. 그러나 언제부턴가 니잠 알 물크의 자리를 넘보고, 급기야는 그를 몰아내려는 음모를 꾸미게 되었다. 빈틈없고 지략이 뛰어난 재상 니잠 알 물크는 다행히 하산 사바흐의 공격을 피한 뒤 그에게 사형 선고를 내리도록 했다. 오마르 하이얌이 중간에 나서서 술탄에게 하산 사바흐를 살려 달라고 부탁했다. 결국 하산 사바흐는 그 도시에서 추방되었다. 하지만 니잠 알 물크의 부하들이 그에게 복수하려고 벼르던 터라 그는 이들을 피해 일정한 거처 없이 이곳저곳을 떠돌아다녀야만 했다. 그러다 이들의 손이 닿지 않는 안전한 은신처를 찾아냈다.

카스피해 남쪽에는 최고봉의 높이가 6000미터에 이르는 엘브루스산이 우뚝 솟아 있다. 하산 사바는 그 산에 이미 폐허가 된 작은 요새가 있다는 이야기를 들었다. 그래서 그곳으로 몸을 피하기로 했다. 그는 뜻을 같이하는 몇몇 동지와 함께 길을 떠났다. 눈보라가 휘몰아치는 가운데 끔찍한 길로 접어든 그는 가파른 협곡을 건너 위험하기 짝이 없는 꼬불꼬불한 길을 가로질러 며칠 밤낮을 걸어간 끝에 산 절벽 위에 요새가 있는 것을 발견했다. 그것이 바로 알라무트 요새였다. 요새는 얼음장 같은 차가운 물이 넘실대는 외호로 빙 둘러싸여 있었다. 그곳을 통과하는 방법은 딱 한 가지뿐이었다. 골짜기 위에 수직으로 세워져 있는 도개교(다리의 한 끝이 들리면서 열리게 되는 가동교)를 이용하는 것이었다. 그러나 끌어 내릴 방도가 없었다.

하산 사바흐는 첫눈에 그곳이 난공불락의 요새임을 알아챘다. 그래서 그곳을 장악하기로 결심했다. 하지만 워낙 탄탄한 요새이다 보니 무력으로 점령한다는 것은 사실상 불가능했다. 그는 동지들에게 숨어 있으라고 하고는 혼자 앞으로 걸어 나가더니 문지기에게 요새 사령관을 만나게 해 달라고 요청했다. 그러자 도개교가 천천히 내려왔다. 하지만 그가 다리를 건너자마자 다시 원위치로 올라갔다. 하산 사바흐는 요새 사령관에게 말을 건네며 소가죽을 펼쳐 보였다.

"내게 소가죽이 있소. 이 가죽으로 경계를 정하는 만큼의 땅을 내게 팔면 금화 5000닢을 주겠소."

하산 사바흐는 소가죽을 펼쳐 보였다.

요새 사령관은 자신의 귀를 의심했다. 그는 금화를 눈으로 직접 확인하고 싶어 했다. 하산 사바흐는 그에게 금화를 보여 주었다. 사령관은 금화의 수를 세어 보라고 했다. 모두 5000개였다. 머리가 이상한 녀석이다 싶으면서도 사령관은 그의 제안을 수락했다. 다시 도개교가 내려졌다. 하산 사바흐는 요새의 성벽 아래로 걸어가더니 손가락으로 땅을 가리켰다. 하지만 선택한 지점에 소가죽을 펼치는 대신 말뚝을 박고는 옷에서 긴 칼을 꺼내 가죽을 아주 얇게 자른 다음 그 가죽 줄을 모두 이어 한쪽 끝을 말뚝에다 묶었다. 그러더니 다른 쪽 끝을 잡은 채 성벽을 따라 걷기 시작했다. 그렇게 요새를 한 바퀴 빙 돌았다. 소가죽으로 요새를 완전히 둘러친 셈이다. 요새는 이제 그의 것이나 다름없었다. 그의 동지들은 성벽 안으로 밀고 들어갔고 사령관은 결국 금화 5000닢을 챙겨 요새를 떠났다.

그곳에 정착하자마자 하산 사바흐는 공사를 시작했다. 성벽의 반대쪽, 요새에서 떨어진 모퉁이에 사람의 시선을 피해 진짜 낙원을 만들었다. 아름다운 정원, 수정같이 맑은 시냇물, 작은 숲, 꽃밭 등 철저히 손질된 하나의 낙원 말이다. 가까운 사람 몇몇을 제외하고는 아무도 그 존재를 몰랐다. 그것은 하산 사바흐가 특별한 임무를 부여한 비밀 장소였다.

하산 사바흐는 전국에서 기운 세고 군인으로서의 자질이 뛰어난 젊은이 수십 명을 엄선했다. 알라무트 요새로 보내진 그들은 수개월간의 강도 높은 훈련을 통해 무적의 전사로 키워졌다. 훈련 마지막 날, 하산 사바흐는 그들에게 성찬을 베풀었다. 그리고 식사가 끝날 무렵 그들에게 마약 성분을 지닌 약초를 상당량 먹였다. 하산 사바흐는 그 약초를 엄청나게 많이 가지고 있었다. 깊은 잠에 빠진 전사들은 모두 비밀 정원으로 옮겨졌다. 이튿날, 잠에서 깬 이들은 자신의 눈을 의심하지 않을 수 없었다. 분명 그곳은 별천지였다. 눈부시게 아름다운 여자로 가득 찬 낙원 말이다. 여자들이 그들을 어루만지고 쓰다듬고 하는 사이 잠에서 깨어났다. 이렇게 한 번도 꿈꿔 보지 못했던 열락의 하루가 시작되었다. 밤이 왔고 정원에서 또다시 성대한 만찬이 진행되는 동안 전사들은 이상한 효험을 가진 이 약초를 다시 삼켰다. 이내 곯아떨어진 전사들은 각자의 방으로 옮겨졌다. 또다시 잠에서 깨어났을 때 그들은 매우 강렬한 흥분에 사로잡혔고 한없는 쾌락의 늪으로 빠져들었다. 아름다운 여자들, 부드러운 애무, 뜨거운 사랑, 그윽한 향이 넘치는 과수원, 오만 가지 색깔의 새, 과일, 술…… 그것은 꿈이었다. 하지만 너무나도 생생했다. 하산 사바흐는 다시 그들을 잠재웠다. 그는 전사들이 본 게 꿈이 아니고 실제 낙원이라는 확신을 심어 주었다. 그리고 언젠가 다시 그곳으로 돌아올 수 있을 것임을 공언했다. 단, 수개월에 걸쳐 훈련하며 기다려 온 결전의 그날, 임무를 수행하다 죽는 경우에만 그렇다고 했다. 다음 날 이들은 그 임무를 위해 길을 떠났다.

　그사이에 하산 사바흐는 완전히 다른 사람이 되었다. 나라에서 추방된 그는 이스마일파(이슬람교 시아파의 한 분파)라는 종파의 전지전능한 대교주가 되었다. 재상, 술탄, 칼리프 등은 자신들의 종교를 지키기 위해 이 종파의 교인들을 추적했다. 하산은 가차 없이 그들에게 선전포고를 했고, 최고위 지도자들을 제거하기로 마음먹었다. 그리고 자신이 훈련시킨 젊은 전사들을 전쟁터로 내보냈다. 그들은 온갖 위험 속에서도 죽음을 두려워하지 않고 싸웠다. 이들이 바라는 것은 죽음이었다. 죽음이 야말로 하산이 약속한 그 낙원으로 가는 유일한 길이었기 때문이다. 죽을 각오로 달려드는 그들에게 패배란 없었다. 그들이 출정하기 전 복용하던 하시시란 약초의 이름 때문인지 아니면 하산 사바흐의 사자들이었기 때문인지 그들은 '하샤신'이라고 불렸다. 바로 '암살자'라는 뜻이다.

*

　뤼슈 씨는 가슴이 두근거렸다. 그럴 만한 이유가 있었다. 유명한 4행시 작가면서 여자와 술을 좋아한 '다항식의 아버지', 삼차 방정식의 전문가, 명망 있는 천문학자 그리고 제5공준 때문에 고심한 페르시아 수학자인 한 시인의 행적을 조사하면서 몇 주간 순탄한 출발을 하는가 싶더니, 그가 천재적인 광신도와 만나게 되면서 난공불락의 요새에 들어앉아 이 천재적인 광신도의 명령으로 암살 행각을 벌였다는 사실과 맞닥뜨리게 된 것이다. 이것이 바로 그로루브르가 자기에게 알리고자 했던 바가 아닐까? 제자리에 그대로 있지 못할 정도로 가슴이 죄어 오는 듯했다. 예전 같았으면 진정시키기 위해 이리저리 서성거렸을 것이다. 그러나 지금은 휠체어를 끌고 열람실 안을 왔다 갔다 할 수밖에 없었다. 그는 책 읽기를 계속했다.

*

　어느 날 아침, 재상인 니잠 알 물크는 술탄의 막사 한가운데 있던 자신의 천막에서 칼에 찔려 숨진 채로 발견되었다. 범인은 바로 옛 친구 하산 사바흐가 보낸 암살자로 체포 즉시 처형됐다. 사형 집행인이 그의 목을 베었을 때, 곧 약속된 낙원에 도달하리라는 기대로 그의 입가에는 미소가 가득했다고 한다. 하산 사바흐는 첫발을 들인 후 한 번도 떠난 적이 없는 알라무트 요새의 거처에서 편안한 죽음을 맞이했다. 이후에도 오랫동안 사람들 사이에서는 두려움의 대상으로 '산속의 노인' 이야기가 회자되었다.

　유일하게 하산 사바흐의 존경을 받은 사람이 바로 오마르 하이얌이었다. 그는 하산 사바흐의 친구이자 자신을 구해 준 은인이고 또한 위대한 학자였다. 하산 사바흐는 오마르 하이얌에게 수차례에 걸쳐 알라무트 요새로 들어와 살 것을 간청했다. 근사한 도서관을 지어 친구가 읽고 싶어 하는 책들을 모두 비치해 두었다. 그러나 오마르 하이얌은 그의 청을 거절했다. 궁궐에 들어와 지내라는 술탄의 끈질긴 요청도 마다한 사람이었다. 다만, 책력을 만드는 일에는 참여하기로 약속했다. 오마르 하이얌은 아라비아에서 누구보다 위대한 천문학자였다. 타고난 자질은 물론이거니와 니잠 알 물크의 도움으로 이스파한에 건설한 천문대에서의 연구 덕에 책력 만드는 일을 훌륭히 수행해 낼 수 있었다. 오랫동안 '오마르 하이얌의 책력' 이야기가 아라비아 사람들 입에 오르내렸다. 또한 그는 점성가이기도 했다. 당시에는 극히 드문 일이었는데 그 때문에 자신이 태어난 날과 죽는 날을 정확히 알았다. 어느 날, 오마르 하이얌이 제자에게 북풍이 불고 그해에 나무가 꽃잎을 두 번 흩뿌리는 장소에 자신의 무덤이 있을 거라고 일러두었다. 세월이 한참 지나 니샤푸르로 돌아왔다가 스승이 눈을 감았다는 소식을 접한 제자는 스승이 묻힌 곳을 알아보았다. 사람들이 그를 데리고 간 곳은 복숭아나무와 배나무 가지들이 드리워진 낮은 담 아래, 바람이 잘 통하는 정원이었다. 그곳에는 두 종류의 나무에서 떨어진 꽃잎들이 시들어 버린 채 서로 뒤섞여 융단처럼 묘석을 덮고 있었다.

*

어느덧 5시가 넘었다. 뤼슈 씨는 서둘러 승강기를 타고 9층으로 갔다. 거기에서 건물을 가르는 작은 다리를 건너 테라스에 도착했다. 그러고는 전경을 감상할 겨를도 없이 곧바로 사방이 유리로 된 식당으로 향했다.

레아와 조나탕, 막스는 뤼슈 씨가 몹시 흥분된 상태임을 금세 알아챘다. 뤼슈 씨는 박하 엽차 한 잔과 아몬드와 꿀이 들어간 레바논 비스킷 두 개를 주문했다. 그들은 수학에 관한 이야기가 나오리라 기대했으나 짧은 종교 강의를 들어야 했다.

"이스마일파는 7세기경 생겨난 이슬람교의 한 분파인데, 살인 행위를 권장하기만 했던 것은 아니다. 하산 사바흐가 죽자 이스마일파는 평화를 지향하게 됐지. 교리 역시 장애물이 되거나 영향을 미칠 만한 모든 것으로부터 영혼을 해방시키자는 것이었어. 요컨대 역사상 최초의 철학적, 과학적 백과사전은 전부 이스마일파의 손으로 쓰여졌으며『천일야화』역시 그들의 영향을 받은 작품이란다. 그건 그렇고, 이스마일의 뜻이 뭔지 아니? 그건 바로 '신은 듣는다'는 히브리어인 '이슈마엘'에서 나온 거야. 이슈마엘은 아브라함이 노예인 하갈과의 사이에서 얻은 아들 이름이란다. 신이 그에게 말했지. '여호와께서 너의 고뇌를 아셨노니, 아들을 낳으면 이슈마엘이라고 불러라.'"

'무서운 일이군. 뤼슈 할아버지 같은 골수 무신론자도 저러다가 성직자가 돼 버리는 거 아니야?'

레아는 생각했다. 막스는 언젠가처럼 뤼슈 씨가 한 마디 한 마디 할 때마다 주의 깊게 그의 입 모양을 읽었다. 뤼슈 씨는 아이들에게 세 친구와 알라무트 요새 이야기 등, 좀 전에 책을 읽어 알게 된 이야기들을 해 주었다.

"오마르 하이얌에 대해 얘기해 주신다더니 하산 사바흐 이야기만 하시네요."

식당 종업원이 저녁 시간을 위해 미리 탁자를 손보기 시작했다. 그들은 자리에서 일어났다. 테라스는 특이하게도 직각삼각형 모양으로 되어 있었다. 직각을 낀 두 변 가운데 하나는 단층 위로 솟아 있고, 다른 하나는 식당의 진열창을 따라 뻗어 있는데 둘 다 직선이었다. 한편 센강의 흐름을 따라 놓인 빗변 부분은 곡선으로 되어 있었다. 거의 물 위에 떠 있다시피 한 난간에 팔을 괸 채 조나탕, 막스 그리고 레아는 밖을 둘러보았다. 파리, 시테섬과 생루이섬. 노트르담 성당의 뒷모습까지도 눈부시게 아름다웠다.

아이들은 먼저 도서관을 떠났다. 쌍둥이는 친구들과 저녁 약속이 있었고 막스는 걸어서 집으로 돌아갔다. 뤼슈 씨는 테라스에 한동안 머물러 있었다. 그러는 사이 해가 지고 어둠이 내렸다. 그로루브르와 아마존 서재에 대한 생각을 까맣게 잊어버리고 있던 그는, 다시 한번 오마르 하이얌을 생각하며 알 수 없는 친근감을 느꼈다. 그때 문득 두 개의 날짜가 머릿속에 떠올랐다.

'1048년 6월 18일에 태어나 1131년 12월 4일에 세상을 뜨다.'

오마르 하이얌은 84세 되던 해에 눈을 감았다. 그러고 보니 그로루브르와 같은 나이가 아닌가. 그는 자세를 고치더니 난간을 움켜잡았다. 찬바람을 맞으며 파리의 밤하늘을 향해 소리쳤다.

"내 나이와 같군."

뤼슈 씨는 이미 여든네 살의 중간에 와 있었다. 이 순간 자신에게 올해는 아무 일도 일어나지 않으리라는 것을 알았다. 몇 년만 잘 넘기면 영원할 것 같다는 느낌마저 들었다.

*

자신의 외침에서 오는 전율을 고스란히 간직한 채 뤼슈 씨는 열람실로 돌아왔다. 그는 책상 사이를 재빨리 지나갔다. 도서실 안은 빈자리 하나 없이 사람들로 꽉꽉 들어차 있었다. 그러다 우연히 도서실 맨 안쪽에서 아주 두꺼운 건축 관련 서적을 들여다보고 있는 소녀를 발견했다. 다름 아닌 갈색 머리 여학생이었다. 어찌나 반가운지 그의 얼굴이 상기됐다. 실내 공기는 훈훈했다. 테라스에서의 일이 있고 난 직후에 그 여학생을 보게 된 것은 어떤 징조라는 생각이 들었다. 바로 삶의 징조 말이다. 곧 장 그 여학생 옆을 지나갔다. 그녀가 읽고 있는 책은 분명 건축서였고 독

서삼매에 빠져 있는지 눈을 내리깐 채 꼼짝도 하지 않았다. 뤼슈 씨는 자기 자리로 돌아와 앉았다. 5시경에 자리를 비웠으니 꽤 긴 시간이 흘렀다. 알베르가 빨리 데리러 와야 할 텐데. 얼마 안 있으면 도서관이 문 닫을 시간이다. 이젠 나시르 앗딘 알투시 차례다.

*

나시르 앗딘 알투시는 1201년 이란 북동부에 위치한 작은 도시, 투스에서 태어났다. 그래서 투스 출신이라는 의미로 그의 이름에 알투시가 들어가게 된 것이다. 그의 아버지는 유명한 학자였다. 천막 상인이었던 오마르 하이얌의 아버지 이브라힘처럼 그 역시 자식을 니샤푸르로 유학을 보냈다. 그 역시 오마르 하이얌이 다녔던 그 이슬람교 학교에서 기초가 될 만한 것들을 모두 공부했다. 오마르 하이얌이 그랬던 것처럼 그 또한 천문학 공부를 열심히 했고 언젠가 이스파한의 천문대 같은 것을 하나 갖는 것이 그의 꿈이었다. 두 수학자 중 하나는 시에 푹 빠져 있었고 다른 하나는 종교에 심취했다. 나시르 앗딘 알투시는『교리의 추상적 개념』을 저술했다.

'그렇다면 지은이 나시르 앗딘 알투시가 하산 사바흐의 후계자들에 의해 존속된 알라무트 요새로 들어갔다는 것이 사실인가?'

뤼슈 씨는 자신의 눈을 의심하며 그 문장을 다시 확인했다.

'나시르 앗딘 알투시가 알라무트 요새에서 지냈다니…… 더 이상 의심할 필요 없이 오마르 하이얌과 나시르 앗딘 알투시, 둘 다 암살단에 가담했던 거야. 그로루브르가 다른 아라비아 수학자들 가운데서도 유독 이 두 사람을 거명함으로써 내게 가르쳐 주려던 사실이 바로 이거였군.'

흥분한 뤼슈 씨는 계속 읽어 내려갔다. 나시르 앗딘 알투시가 매우 기뻐하며 발견했다는 그 유명한 알라무트 요새의 '지상 낙원'에 이어 하산 사바흐가 건립했다는 도서관이 뤼슈 씨의 마음을 사로잡았다. 그리고 나시르 앗딘 알투시의 인생에 몽골인이 등장하는 시점에 이르렀다. 몽골인에게 끝까지 대항한 나라는 어디에도 없었다. 50여 년 동안 몽골 군대는 아시아와 유럽 전 지역을 장악했다. 1227년 칭기즈칸(테무친)이 죽었을 당시 몽골 제국의 판도는 태평양에 연한 중국의 하천 지역에서 카스피해에 이를 정도였다. 세로 8000킬로미터에 가로 3000킬로미터라는 어마어마한 규모다. 뤼슈 씨는 고개를 들고, 눈짐작으로 어느 정도의 규모인지 헤아려 보았다. 열람실의 맨 구석 자리가 비어 있었다. 그 여학생은 그가 같은 방에 있다는 사실을 모른 채 그냥 도서관을 나간 것이다. 그는 그녀가 들어오는 것도 나가는 것도 결국 보지 못했다. 이젠 사람들이 거의 나가고 없었다. 겨울에는 학생들의 귀가 시간이 이른 편이다.

알렉산드로스 제국, 로마 제국, 아라비아 제국에 이어 등장한 것이 몽골 제국이다. 뤼슈 씨의 기억 속에서 몽골 제국은 그가 수학의 역사 기행을 시작한 다음 마주치게 된 네 번째 제국이다. 베이징, 모스크바, 노브고로드, 키예프…… 어떤 도시도 몽골에 대적할 수 없었다. 정복한 땅이 엄청나다 보니 칭기즈칸의 후예들이 서로 나누어 통치했다. 나시르 앗딘 알투시가 살던 이 아라비아 지역은 칭기즈칸의 어린 아들인 훌라구의 손에 맡겨졌다. 훌라구에게 화레즘과 아랄해 연안 지역이 넘어갔다. 호라산과 쿠르디스탄, 이란, 이라크 역시 그러했다. 사마르칸트, 부하라, 이스파한, 니샤푸르 등등……. 이 지역들 가운데 두 지역만이 끝까지 몽골군에게 항전했는데 바로 바그다드와 그 칼리프, 알라무트와 하샤신들이었다. 급기야 훌라구는 알라무트를 공격하기에 이르렀다. 요새를 온

몸으로 사수하던 하샤신들은 몽골군에 포위된 채 차례로 쓰러져 갔다. 몽골군은 이제 이스마일파의 심장부, 알라무트 요새를 공략하기만 하면 된다.

1256년 12월 어느 날, 나시르 앗딘 알투시는 고함 소리를 들었다. 도서관을 나와 성벽이 있는 쪽으로 황급히 달려갔다. 아래를 내려다보니 엄청나게 많은 병력이 진격해 오고 있었다. 사람들은 작지만 힘 좋아 보이는 말을 타고 있었는데, 그 말을 보고 요새에 있던 사람들은 깜짝 놀랐다. 그들은 세계에서 가장 방비가 잘된 도시의 성을 함락시켰다는 가공할 위력을 가진 병기를 끌고 오는 것이었다. 그렇게 전투가 시작되려는 순간이었다.

절대 빼앗기지 않을 것이라 여겼던 난공불락의 요새였지만 알라무트는 결국 항복하고 말았다. 이스마일파의 대교주에게 전투를 하지 말라고 설득한 이가 바로 나시르 앗딘 알투시라는 이야기가 있다. 오마르 하이얌은 알라무트 요새의 탄생을 지켜보았을 테고 나시르 앗딘 알투시는 그 최후를 지켜보았을 것이다. 하산 사바흐의 뒤를 이은 제2대 대교주는 참수형에 처해졌다.

이후 요새를 때려 부수라는 명령이 내려졌다. 돌덩이 하나도 남김없이 말이다. 이것은 훌라구의 결정에 의한 것이었다. 그는 도서관 앞에서 걸음을 멈췄다. 그러고는 학식이 높은 측근 한 사람을 불러 도서관으로 데리고 가, 거기에 있던 외바퀴 손수레를 가리키며 이렇게 말했다.

"오늘 밤 사이에 중요한 책들만 골라 수레에 가득 싣도록 하여라. 나머지 책들은 동이 트는 즉시 모조리 불살라 버리겠다."

그 학자는 커다란 서고에 틀어박혔다. 그리고 그렇게 분류 작업이 시작되었다. 선별 기준은 무엇이었을까? 책이 얇으면 더 많이 챙길 수 있을 텐데. 수레는 너무 작았다. 밤이 깊어 갔다. 뤼슈 씨는 두근거리는 가슴을 간신히 진정시키고 그 학자 곁에서 고통을 함께 나누며 이 소름 끼치는 밤을 보냈다.

서점을 운영하고 있었기에 그 마음을 더 이해할 수 있었다. 책을 몇 권만 선택하고 나머지는 몽땅 불태워야 한다면……. 뤼슈 씨는 그 학자가 나머지 책들을 구하지 못한 데 대한 죄책감으로 자신을 저주하며 평생을 보내리란 것을 알 수 있었다.

나시르 앗딘 알투시는 눈이 쏟아지는 새벽녘 무렵, 책이 가득 담긴 손수레를 밀고 서고에서 나가는 학자를 보았다. 그때 바닥에 책 한 권이 떨어졌다. 나시르 앗딘 알투시가 그것을 줍기 위해 달려 나가려 하자 병사가 그를 가로막았다. 서고는 7일 밤낮에 걸쳐 불탔다. 훌라구는 책들을 불태웠으나 나시르 앗딘 일투시의 목숨은 살려 주었다. 알라무트 요새의 비극적인 종말을 예상하지 못했던 대교주는 그로루브르처럼 장서들을 다른 장소로 옮기지 못했다. 그래서 책들을 구하지 못한 것이다.

*

알베르는 포세생베르나르가의 아랍세계연구소 입구에서 뤼슈 씨를 기다리고 있었다. 집으로 돌아가는 내내 두 사람 사이에서는 별다른 이야기가 오가지 않았다. 뤼슈 씨가 자신이 알게 된 몇 가지 사실 때문에 머리가 혼란스러워 차 안에서 아무 말도 하지 않았던 것이다.

알베르는 그를 서점 앞에 내려 주었다. 마침 페레트가 가게 철제 덧문을 닫는 중이었다. 불은 모두 꺼져 있었다. 피로에 찌든 모습으로 나타난 뤼슈 씨를 본 페레트는 대화가 필요하다는 것을 알았다. 서점으로 다시 들어간 그녀는 등을 하나 켜고 버드나무 의자에 앉았다. 그러자 뤼슈 씨가 입을 열었다. 페레트는 가만히 그의 이야기에 귀 기울였다. 한참을 그렇게 잠자코 듣고만 있던 그녀가 입을 열었다.

"알라무트의 서고가 그로루브르의 서고처럼 불타 버렸다는 것은 제외하고요. 오마르 하이얌과 알투시, 두 사람 다 기하학을 연구했지만 실패하고 말았다죠. 그……."

"제5공준이야."

"제5공준에 대해선 그것 말고 알아내신 게 뭐죠?"

뤼슈 씨는 대답하지 않았다. 침묵이 오히려 설득력 있을 때가 있다.

페레트가 제의했다.

"처음부터 다시 시작해요. 처음에 그로루브르가 당신에게 둘이 아니라, 니샤푸르에서 만난 세 친구 이야기를 했어요. 그다음엔 나이가 들어가면서 변한 그들의 관계에 대해 얘기했죠."

"그렇소. 하지만 우린 둘이라는 것이 다르지."

페레트는 잠시 생각하더니 말했다.

"당신의 이야기 속에는 딱 한 친구만 등장하네요. 전 당신의 삶에 대해 전혀 아는 바가 없지만, 언젠가 절친한 친구가 둘이었다고 하지 않으셨나요? 삼총사라고 하셨던 것 같은데……. 당신과 그로스루브르, 그리고 저희에게 한 번도 말씀하신 적 없는 다른 친구 누군가와 말예요. 세 사람은 필시 어떤 관계가 있을 거예요."

뤼슈 씨가 눈이 휘둥그레지며 그녀를 쳐다보았다. 그는 과거의 일을 기억해 내려 무척 애를 썼다.

"삼총사라고? 아냐, 정말 누군지 모르겠어. 대학 시절이라면…… 글쎄. 당신도 알지, '존재와 무' 말이오. 그리고 수용소에선 우리가 가깝다고 느낀 사람이 수없이 많았지만 그래도 역시 둘밖에 없었어. 살아 나온 사람은 우리 둘뿐이었거든. 정말이야. 삼총사 얘기는 금시초문인걸. 좋소. 그럼 다른 데서 찾아봐야지."

옛 기억을 더듬던 뤼슈 씨에게 페레트가 불현듯 물었다.

"그 학자의 손수레 말이에요, 그건 어찌 되었을까요?"

"아, 맞다! 그 수레!"

뤼슈 씨는 페레트에게 나시르 앗딘 알투시에 관한 뒷얘기를 해 주었다.

알라무트 요새를 함락시키고 나자 훌라구는 바그다드로 돌아갔다. 그는 도시를 완전히 포위했다. 누구든 몽골군에게 저항해 봤자 소용이 없었다. 칼리프는 훌라구에게 밀사를 파견했다. 그들 가운데에는 나시르 앗딘 알투시도 포함되어 있었다. 나시르 앗딘 알투시는 몽골군에게서 풀려난 이후 바그다드에서 그들과 다시 마주치게 되었다. 나시르 앗딘 알투시의 주선으로 칼리프와 몽골 왕이 마지막 협상을 벌일 때, 훌라구는 황금으로 된 접시를 칼리프에게 내밀며 이렇게 말했다.

"들라!"

"그건 음식이 아니오."

칼리프가 응대했다.

"이걸 가지고 있다가 병사들에게 주면 더욱 충성을 다해 당신을 호위할 텐데 왜 거부하는 거지?"

나시르 앗딘 알투시의 이야기로는 결국 칼리프가 자신에게 제공된 유일한 양식과 함께 감옥에 던져졌으며 며칠 후 숨을 거두고 말았다고 한다. 굶어 죽은 것이다. 나시르 앗딘 알투시는 또다시 훌라구의 지배하에 있던 도시에 와 있었다. 알라무트에서처럼 그곳에서도 피의 학살이 자행되었다. 전체 인구의 약 $\frac{1}{10}$인, 무려 10만 명이 죽임을 당했다. 몇 주 동안 도시의 사대문마다 사람들의 목을 잘라 피라미드처럼 높이 쌓아 놓고, 몽골군에 대한 저항의 대가가 어떤 것인지 똑똑히 확인시켰던 것이다.

훌라구는 나시르 앗딘 알투시에게 연구를 계속하라고 요구했다. 니잠 알 물크가 오마르 하이얌을 위해 이스파한에 천문대 하나를 지어 준 지 꼭 100년이 지나 이번에는 훌라구 칸이 나시르 앗딘 알투시를 위해 훨씬 근사한 천문대를 마라가에 세우도록 지시했다. 천문대를 갖게 된 나시르 앗딘 알투시는 자신이 애지중지하는 무엇인가를 짐 속에 넣어 가지고 있었다. 바로 학자의 수레였다. 훌라구가 그에게 하사했던 것이다.

나시르 앗딘 알투시는 알라무트에서 살아남은 책들을 하나하나 정리해 천문대 도서관에 보관했다. 그 도서관은 이후 중세 이슬람교국에서 가장 중요한 과학 시설로 꼽혔다. 물론 바그다드의 '지혜의 집'을 따라잡지는 못했지만 말이다. 칼리프의 죽음은 전 세계적으로 엄청난 반향을 불러일으켰다. 이슬람교 국왕의 수도를 탈취한 것은 500여 년간 유지돼 온 칼리프 통치 시대가 막을 내림을 의미했다. 그럼 바그다드는? 훌라구의 뒤를 이어 티무르라는 왕이 바그다드를 장악했다. 이렇게 해서 바그다드는 두 번째로 약탈을 당했다. 정말 참을 수 없는 일이었다. 그렇게 수 세기가 흐르는 동안 '원형 도시'의 자취는 완전히 사라지고 말았다. 그 후 바그다드는……

2권에 이어집니다.

앵무새의 정리 1

ⓒ 드니 게즈, 2008

초 판 1쇄 발행일   2008년 2월 4일
개정판 1쇄 발행일   2021년 7월 30일

지 은 이   드니 게즈
펴 낸 이   정은영
편   집   김정은 정사라
디 자 인   서은영 김혜원 연태경
마 케 팅   최금순 오세미 김하은
제   작   홍동근

펴 낸 곳   (주)자음과모음
출판등록   2001년 11월 28일 제2001-000259호
주   소   04047 서울시 마포구 양화로6길 49
전   화   편집부 02) 324-2347 경영지원부 02) 325-6047
팩   스   편집부 02) 324-2348 경영지원부 02) 2648-1311
이 메 일   munhak@jamobook.com

ISBN 978-89-544-4743-0 (04860)
       978-89-544-4742-3 (set)